本书受西南民族大学"双一流"项目(ZY2023019)资助出版

巴蜀文学与
文艺思想论稿

李 凯◎著

中国社会科学出版社

图书在版编目(CIP)数据

巴蜀文学与文艺思想论稿 / 李凯著. -- 北京：中国社会科学出版社，2024.7. -- ISBN 978-7-5227-3936-6

Ⅰ. I209.971

中国国家版本馆 CIP 数据核字第 2024SL3821 号

出 版 人	赵剑英	
责任编辑	杨　康	
责任校对	张彦彬	
责任印制	戴　宽	
出　　版	中国社会科学出版社	
社　　址	北京鼓楼西大街甲 158 号	
邮　　编	100720	
网　　址	http://www.csspw.cn	
发 行 部	010－84083685	
门 市 部	010－84029450	
经　　销	新华书店及其他书店	
印　　刷	北京明恒达印务有限公司	
装　　订	廊坊市广阳区广增装订厂	
版　　次	2024 年 7 月第 1 版	
印　　次	2024 年 7 月第 1 次印刷	
开　　本	710×1000　1/16	
印　　张	17.25	
字　　数	289 千字	
定　　价	99.00 元	

凡购买中国社会科学出版社图书，如有质量问题请与本社营销中心联系调换
电话：010－84083683
版权所有　侵权必究

目 录

试论古代巴蜀文学特征 ································· 1

简论巴蜀文学的发展历程和主要特征 ················ 13

巴蜀审美意识的发生
　——以三星堆和金沙遗址出土器物为例 ············ 27

司马相如与巴蜀文学范式 ···························· 46

司马相如与儒学 ······································ 61

司马相如文艺思想与儒家文艺思想大相径庭吗？ ······ 76

"非但文士之选"，又为"唐之诗祖"
　——《陈子昂全集校注》前言 ························ 87

杜诗的西域文化背景 ································· 109

杜甫与成都关系琐谈 ································· 118

苏辙论杜 ·· 136

二苏论杜比较 ··· 144

江西诗风盛行下的杜甫观
　——《韵语阳秋》论杜述评 ·························· 152

苏洵文艺思想散论 …………………………………… 166
苏辙的文艺观 ………………………………………… 179
苏辙文论的价值及地位
　——兼论古代"文气"说 ………………………… 190
苏氏蜀学文艺思想的巴蜀文化特征 ………………… 202
文同文艺思想及其艺术成就 ………………………… 213
"作诗当学杜子美"
　——谈唐庚对杜诗的评价和学习 ………………… 235

参考文献 ……………………………………………… 248
附录1　李凯指导研究生关于巴蜀文学和艺术毕业论文题目、摘要…… 254
附录2　且志宇《伍肇龄集辑注》序 ………………… 268
后　记 ………………………………………………… 271

试论古代巴蜀文学特征*

摘　要：古代巴蜀文学具有强烈的地域性和鲜明的个性。本文简要介绍巴蜀古代文学的发展历程，重点分析古代巴蜀文学的主要特征，包括发展具有明显阶段性，多一流作家且代表一种文体最高成就，富有革新精神和多异端色彩，多浪漫气质和风格偏向崇高审美，强调文艺功能和重视情感抒发，创作文体集中在诗文词赋而少戏剧小说，多女作家。巴蜀古代文学上述特征与巴蜀文化具有密切关系。

关键词：古代巴蜀文学；历史；特征

与整个中国古代文学源自先秦不同的是，古代巴蜀文学文人创作主要是从汉朝开始的。晋代著名文学家左思在其《蜀都赋》中饱含激情和歆羡地写道："近则江汉炳灵，世载其英。蔚若相如，皭若君平。王褒晔晔而秀发，扬雄含章而挺生。幽思绚道德，摛藻掞天庭。考四海而为俊，当中叶而擅名。是故游谈者以为誉，造作者以为程也。"①

左思所提到的司马相如、严君平、王褒、扬雄以及未提到的李尤，他们是古代巴蜀文学的第一代作家，他们的创作是古代巴蜀文学的第一个高峰，其成就体现在汉赋上。

魏晋时期，干戈四起，蜀中也多纷扰。此期内，巴蜀文学寂无声息。

及至唐朝，蜀中迎来了又一个文学高峰。"国朝盛文章，子昂始高蹈"②，

---

* 原载《中华文化论坛》1998年第4期，中国人民大学复印报刊资料《中国古代文学》1999年第4期全文转载。另收录本书时有修改，并完善了注释，部分文献为新增，全书同。——笔者注

① （梁）萧统编，（唐）李善注：《文选》，上海古籍出版社1986年版，第189页。

② 屈守元、常思春主编：《韩愈全集校注》，四川大学出版社1996年版，第355页。

陈子昂自蜀中入长安，高举革新大旗，力倡汉魏风骨，并以其突出的创作实绩，力扫齐梁诗风，奠定盛唐之音。代表唐诗两座高峰的李白、杜甫，前者虽不生于蜀，但长于蜀，至二十五岁始离川；后者旅居巴蜀达九年，其绝大部分诗歌创作于巴蜀。其他如李颀、薛涛、苏涣、雍陶、符载、朱湾、唐求等，都以诗擅名。

五代时期，四川先后为地方政权割据，但文学创作不衰，特别是后蜀时期，西蜀成为词创作的中心。《花间集》一书收录的词作家大部分在前后蜀任职，有的就是蜀中人，如欧阳炯、孙光宪、尹鹗、毛熙震、李珣。

宋代是中国封建时期文化发展的最高峰，也是巴蜀文化发展的最高峰。宋代蜀学独标于世，著作家蔚然蜂起。苏舜钦、苏洵、苏轼、苏辙、田锡、范镇、吕陶、张俞、文同、韩驹、唐庚、张孝祥、魏了翁等，都是当时名流。据《四川通志·经籍志》，宋蜀人有别集者达156家。

元朝，蒙古人入主中原，巴蜀文教衰微，唯虞集最擅名。此外，绵州的邓文原、华阳的费著、成都的宇文公谅也是当时的著名学者。

明清两代，蜀中文人众多。据《四川通志·经籍志》载，明蜀人有别集者232家，清蜀人有别集者236家。最著名者有明代的杨慎，清代的李调元、张问陶、彭端淑。

那么，作为区域性文学，古代巴蜀文学有哪些特征呢？它与古代巴蜀文化的关系如何呢？下面试作分析。

一　古代巴蜀文学的发展有明显的阶段性

具体说，就是古代巴蜀文学的发展有三盛二衰。汉、唐、宋是古代巴蜀文学发展的繁盛期。中国古代文学发展有汉赋、唐诗、宋词、元曲、明清小说之说，所谓一代有一代之文学。而在汉赋、唐诗、宋词当中，古代巴蜀作家可谓独领风骚。二衰指魏晋、元朝。此时的中国古代文学，于魏晋有南北之分，南朝诗歌创作兴盛，而蜀中却无一知名作家；于元朝，北方戏剧大盛，蜀中却罕有其人。出现这种鲜明发展阶段的原因是汉、唐、宋三朝既是全国经济、文化发展的高峰期，也是古代巴蜀经济、文化发展的高峰期。汉朝是凭借成都平原这一天府的优越环境和发达的经济而建立起来的。诸葛亮说："益州险塞，沃野千里，天府之土，高祖因之以成帝业。"① 汉时巴蜀也是全国经济最发达的区域之一，特别是汉武帝时期，汉王朝加强同蜀中及西南夷的联系，这对巴蜀的发展有极大影响。汉之前，巴蜀一直被看作"西僻之国"，文化也欠发达。景帝时，文翁治蜀，大力兴学，巴蜀很快成为可以媲美齐鲁的地区。唐时有"扬一益二"之说，巴蜀再次成为全国经济最发达的地区。加之唐政治开明、文教昌盛，所以巴蜀地区人才辈出，享誉全国。两宋之时，巴蜀成为中央政府在军事和经济上的主要支柱地区，宋代的重文轻武国策以及唐末五代大批文人入蜀，使四川成为仅次于江西的人才渊薮。

二　古代巴蜀多一流作家，他们往往代表着当代文学乃至整个文学门类的最高成就

赋作为汉代文学的代表，是在司马相如手里定型的。司马相如的《子虚》《上林》完成了从骚体赋到大赋的转变。司马相如的后继者王褒、扬雄，也是汉代最著名的赋作家。在汉赋四大家中，蜀人就占了两位，而且，司马相如代表了汉大赋的成就。

唐代是中国诗歌发展的黄金时期。李白代表着盛唐诗的成就。比李白稍早的陈子昂，可称之为由初唐向盛唐转化的关键人物。陈子昂的创作成就使他毫无愧色地进入唐诗大家之列。薛涛无疑是中国古代文学史上除李清照之外又一著名女作家。虽说她尚不能列入唐诗大家之列，但在唐代，薛涛是最出色的女诗人。

五代时期，西蜀成为词创作的中心之一，蜀人占有重要地位，如欧阳炯、孙光宪、李珣等都是当时最著名的词人。

---

① （晋）陈寿撰，陈乃乾校点：《三国志》，中华书局1959年版，第912—913页。

宋文、宋诗和宋豪放词的代表——苏轼，不仅是宋代文学史上独一无二的人物，而且是整个中国古代文学史上不可多得的人物。他和他的父亲苏洵、弟弟苏辙一同被认为是唐宋散文的代表作家之一，即所谓的"唐宋八大家"。

值得注意的是，古代巴蜀作家的成名往往是在跨出蜀中之后。正如袁行霈先生所说：

> 这些文学家都是生长于蜀中，而驰骋其才能于蜀地之外。他们不出夔门则已，一出夔门则雄踞文坛霸主的地位。①

缘何巴蜀作家必须跨出夔门才能成为"雄踞文坛"的"霸主"呢？袁先生未作说明。我们认为是：第一，巴蜀作家在成长之时，深受蜀中崇文好学的影响。在蜀中成长之时，这些作家无一不是好学之士，如司马相如、王褒、扬雄、陈子昂、李白、三苏、李调元等，其中陈子昂、苏涣、苏洵都是接近成年或成年之后才开始发愤学习而终成大器的。《三字经》谓"苏老泉，二十七，始发愤"对后人影响尤深。因受蜀中崇文好学风气的影响，这些作家在其离开四川之前已为后来成名打下了坚实的基础。

第二，更重要的是，古代巴蜀僻处西南，一直未成为全国的政治、文化中心（三国、五代时期的西蜀只能说是区域性中心之一），因此，在信息传递缓慢的古代，巴蜀作家只在蜀中是不大可能取得全国性影响的。而京城历来是全国的政治、文化中心，那里达官贵胄、名流骚客云集。古代作家的成名往往跟帝王的赏识和前辈的揄扬分不开。司马相如是因为汉武帝读到《子虚赋》，慨叹"朕独不得与此人同时哉"之后，经同乡杨得意的说明为武帝赏识而成名的；王褒因向宣帝献《圣主得贤臣颂》而成名；扬雄数次向汉成帝献赋而知名；陈子昂为武则天所赏识而出名；李白因《蜀道难》一诗为贺知章誉为"谪仙人"而出名；苏舜钦、三苏为欧阳修称誉而出名；杨慎为李东阳接纳而出名；张问陶为袁枚推举而出名。事实说明，如果他们一直没有离开巴蜀，是很难成为全国知名人物的。

---

① 袁行霈：《中国文学概论》，高等教育出版社1990年版，第46页。

三 古代巴蜀作家富创新精神，多异端色彩，他们往往在文学革新之际大显身手

翻开中国古代文学史，我们很容易看到，古代巴蜀作家往往是在革新之际跻身文坛、扬名后世的。汉代的司马相如是在由骚体赋向大赋的转化过程中奠定其地位的；唐代的陈子昂、李白是在诗歌革新运动中确立其地位的；宋代的苏舜钦、三苏是在宋代诗文革新运动中脱颖而出的；明代的杨慎也是在前七子宗唐复汉之际以倡汉魏诗风而享誉文坛的；清代的张问陶是在宗唐、宗宋之争中强调独抒性灵而扬名的。

古代巴蜀作家之所以能够在革新之际大显身手，是因为他们有极强的创新精神且富有异端色彩。这种人格个性和文化个性与古代巴蜀文化生成的地理环境及人文环境有极为密切的联系。古代巴蜀僻处西南，虽在殷商之际就已同中原王朝有联系，但其山多水多、交通不便、相对隔绝的地理环境，使巴蜀文化从一开始就显示出与中原文化不同的个性，即民风强悍，富有浓郁的原始神秘气氛，较少受儒家正统思想的影响。因此，巴蜀历来号称难治，多地方割据政权。《华阳国志·序志》说："周失纪纲，而蜀先王；七国皆王，蜀又称帝。此则蚕丛自王、杜宇自帝。"[①] 尽管这种说法并不完全正确，而历代四川地方割据政权也并非全是蜀人，但它确乎能显示巴蜀人的个性。浓郁的原始神秘气氛使四川孕育了本土化的宗教——道教。四川历来是道教和佛教的兴盛之地，青城山和峨眉山分别是这两种宗教文化的代表地之一。在学术上，古代巴蜀以精《易》学、老庄之学、史学而著称。表现于古代巴蜀作家身上就是多具有"杂家"色彩：好老庄、喜佛道，乃至纵横之学。

这种巴蜀文化传统积淀在巴蜀作家身上，就显示出了极强的叛逆精神和异端色彩。汉朝的司马相如"未尝肯与公卿国家之事，称疾闲居，不慕官

---

① （晋）常璩撰，刘琳校注：《华阳国志校注》，巴蜀书社1984年版，第896页。

爵"①。最能显示出个性的还要算他琴挑文君，贪夜私奔的惊人之举。扬雄"少而好学，不为章句，训诂通而已，博览无所不见。为人简易佚荡，口吃而不能剧谈，默而好深湛之思，清静亡（无）为，少耆（嗜）欲，不汲汲于富贵，不戚戚于贫贱，不修廉隅以徼名当世"②，表现出与司马相如相同的个性。唐朝的陈子昂少年不学、任侠使气。李白好击剑、喜饮酒、炼丹学道、邀游天下，"一生傲岸苦不谐"③。苏涣少曾在长江上拦截商旅，善用白弩，人称"白跖"。雍陶恃才傲物，薄待亲党。唐求放旷疏逸，俨如方士，数为官府征辟，辞不就。五代词人欧阳炯，性坦率，无检操。宋代苏舜钦在赛神会时用卖进奏院纸的钱邀伎会友，后被弹劾去职。苏轼身处党争之际，独立不倚，既遭新党打击，复遭旧党忌恨。苏辙论对，极言仁宗得失，获"狂直"之名。明杨慎被谪戍永昌，傅粉戴花，拥妓逛市。清李调元为人旷达，豪放不羁。

以上诸人的特立独行、放荡不羁，使他们勇于革新、大胆叛逆，这正是巴蜀作家能在变革之际大显身手的根本原因，也是今日巴蜀作家值得借鉴的优良传统。

四　古代巴蜀作家多富浪漫气质，作品风格往往偏向崇高一面

古代巴蜀作家多富浪漫气质，因此他们在创作方法上偏向浪漫主义，在文学风格上偏向崇高的审美范畴。这种看法跟钟仕伦先生在其《南北文化与美学思潮》④一书中的看法有所不同。钟先生认为巴蜀文化属于南方文化系统，而南方的美学思潮表现为"飘逸"。我们大体上同意巴蜀文化属南方文化体系，但又认为它不仅仅属南方体系，应该说，巴蜀文化兼具南北文化的特征。古代巴蜀作家富浪漫气质，近南方文化的代表——楚；文学风格上偏向

---

① （汉）司马迁：《史记》，中华书局1959年版，第3053页。
② （汉）班固撰，（唐）颜师古注：《汉书》，中华书局1962年版，第3514页。
③ （清）王琦注：《李太白全集》，中华书局2011年版，第777页。
④ 钟仕伦：《南北文化与美学思潮》，四川大学出版社1995年版。

崇高，又近北方文化的秦。这其实是与巴蜀地理环境兼具南北特征相一致的。这里不妨仍以作品作家为例加以证明。

汉大赋是最能显示出崇高特征的。鲁迅先生评大赋代表作家司马相如说："不师故辙，自摅妙才，广博宏丽，卓绝汉代。"① 明王世贞也说："《子虚》、《上林》材极富，辞极丽，而运笔极古雅，精神极流动，意极高，所以不可及也。"② 司马相如的赋作具有崇高的特征，是与他的审美观和创作观分不开的。他在《答盛览问作赋》中说："合綦组以成文，列锦绣而为质。一经一纬，一宫一商，此作赋之迹也。赋家之心，苞括宇宙，总览人物，斯乃得之于内，不可得其传也。"③ 所谓"作赋之迹"，是指具体的表达，即怎样写。这里涉及内容和形式的结合（"文""质"）、内容的组织安排（"经""纬"）和韵律的协调（"宫""商"）。"赋家之心"则谓写什么的问题，"苞括宇宙，总览人物"就是要求作家在创作前应有仰观宇宙、俯察万类的气势和胸怀，亦即创作主体需具有崇高的意识。如果说"綦组""锦绣"代表的是"宏丽"，那么"苞括宇宙，总览人物"则代表的是"广博"。

司马相如所开创的汉大赋的特点，在王褒、扬雄身上得到继承和发扬。王褒撰《洞箫赋》，《汉书》本传载："其后太子体身不安，苦忽忽善忘，不乐。诏使褒等皆之太子宫虞侍太子，朝夕诵读奇文及所自造作。疾平复，乃归。太子喜褒所为《甘泉》及《洞箫颂》，令后宫贵人左右皆诵读之。"④ 王褒的赋若非有强烈充沛的感情、震撼心灵的冲击力，是断然不可能治好太子的病的。这从而说明了王褒的赋作具有崇高的审美特征。

扬雄对司马相如倾心敬佩，"每作赋，常拟之以为式"⑤。其创作风格近似司马相如是容易理解的，因此后人一直以"扬马"并称。

陈子昂对"文章道弊五百年"深致不满，大声疾呼，提倡汉魏风骨、风雅兴寄。其《感遇诗》三十八首和《登幽州台歌》慷慨蕴藉，铮铮有金石

---

① 鲁迅：《汉文学史纲要》，《鲁迅全集》第九卷，人民文学出版社2005年版，第433页。
② （明）王世贞著，陈洁栋、周明初批注：《艺苑卮言》，凤凰出版传媒集团凤凰出版社2009年版，第32页。
③ （清）严可均校辑：《全上古三代秦汉三国六朝文·一》，中华书局1958年版，第246页。
④ （汉）班固撰，（唐）颜师古注：《汉书》，中华书局1962年版，第2829页。
⑤ （汉）班固撰，（唐）颜师古注：《汉书》，中华书局1962年版，第3515页。

声。卢藏用谓其"卓立千古，横制颓波，天下翕然，质文一变"①。陈子昂的诗歌启盛唐之先声，本身就表现了浪漫的气质和崇高的风格。

李白最能代表中国诗歌中的浪漫主义精神和崇高的风格。其傲岸高洁的性格，突破世俗网罗、追求自由个性的精神，上天入地、天马行空的文风，无一不表现出盛唐气象。

女诗人薛涛，以一女流而写出"平临云鸟八窗秋，壮压西川四十州。诸将莫贪羌族马，最高层处见边头"②的好诗。纪昀谓其诗"托意深远，有鲁嫠不恤纬、漆室女坐啸之思，非寻常巾帼所及，宜其名重一时"③。

以上就汉赋、唐诗中巴蜀作家体现的浪漫精神和崇高风格作了简要分析。汉赋、唐诗当然是最能表现出巴蜀作家及创作的特征的，而宋明清的巴蜀作家也有着相同的特征。宋代的苏舜钦，欧阳修称赞他"笔力豪隽，以超迈横绝为奇"④。苏轼是继李白之后蜀中最有影响的作家。他的诗歌较多地受到李白的影响，表现出李白风神。其词"一洗绮罗香泽之态，摆脱绸缪宛转之度，使人登高望远，举首高歌，而逸怀浩气超然乎尘埃之外"⑤，因而被后人推为豪放派词之祖。张孝祥，意气豪迈慷慨，平生善诗工词。其词上承苏轼，下启辛弃疾，为豪放派词中坚。明代的杨慎，其创作"拔戟自成一队"。清代的李调元，袁枚评为"才力豪猛"。张问陶以文风奇杰廉劲近李白，被人称为"小李白"。

古代巴蜀作家体现的浪漫精神，偏崇高风格，我们认为是由以下三方面原因造成的：首先是巴蜀作家的创新精神和异端色彩，这在前文已述及。其次是时代风气的影响，最能代表这种特征的司马相如、李白、苏轼分别生活在汉武帝、唐玄宗、宋仁宗、宋神宗时期。这三个时期是最适宜培养浪漫精

---

① （唐）卢藏用：《陈伯玉文集序》，载（唐）陈子昂撰，徐鹏校点《陈子昂集》（修订本），上海世纪出版有限公司、上海古籍出版社2013年版，第5页。

② 张蓬舟笺，张正则、李国平、张雅续笺：《薛涛诗笺》（修订版），人民文学出版社2012年版，第70页。

③ （清）纪昀总纂：《四库全书总目提要》，河北人民出版社2000年版，第5094页。

④ （宋）欧阳修：《六一诗话》，载（清）何文焕辑《历代诗话》，中华书局1981年版，第267页。

⑤ （宋）胡寅：《题酒边词》，载郭绍虞主编，王文生副主编《中国历代文论选》第二册，上海古籍出版社1979年版，第360页。

神和崇高风格的。前人所说的汉唐气象,其实正是以汉武帝、唐玄宗时期为代表。第三,它跟巴蜀审美意识的积淀和先贤意识有关。由司马相如、扬雄所铸造的审美范式及后人对他们的追摹、认同对巴蜀文学风格影响甚大。兹不详论。

五 古代巴蜀作家在文艺思想方面有两点特别突出,即强调文学的社会功能、重视情感的自由抒发

对文学社会功能的重视是古代巴蜀作家一以贯之的态度,在巴蜀第一代作家司马相如、扬雄的身上体现极为明显。相如作《子虚赋》《上林赋》,"其卒章归之于节俭,因以风谏"①。扬雄可称为古代蜀中第一大文艺批评家,其明道、征圣、宗经和文道合一的文艺思想,上承荀子,下启刘勰、韩愈,对封建时代儒家文艺思想影响甚巨。扬雄早年好赋,后又操戈入室,自我否定,认为赋乃"童子雕虫篆刻""壮夫不为"。②当然他也并不是全盘否定赋,而是把赋分为"诗人之赋"和"辞人之赋",前者"丽以则",后者"丽以淫"。他肯定的是"诗人之赋",把自己和司马相如等人的赋加以否定。这种前后矛盾的现象,正是扬雄对赋"讽一而劝百"的否定,从而证明了扬雄对文艺社会作用的重视。

陈子昂、李白都是有意于当世,力求入世的人物。两人对齐梁诗风的否定和对汉魏风骨的提倡,正是不满意齐梁及初唐诗人吟风弄月、徒事藻绘。他们认为诗歌应该为现实服务,为政治服务。他们的诗歌创作和文艺主张无不显示出鲜明的时代性、功利性。

宋代的苏舜钦、三苏身处宋代经世思潮兴起之时,继承蜀中文学的优良传统,非常强调文学的现实功利性。这在三苏身上表现得尤为突出。三苏文论固有很多不同之处,但也有很多共同之点,其中,重视文学的现实功利就

---

① (汉)司马迁:《史记》,中华书局1959年版,第3002页。
② 汪荣宝撰,陈仲夫点校:《法言义疏》,中华书局1987年版,第45页。

是之一。他们都强调文学须"有为而作","言必中当世之过"。①

明清两代的巴蜀作家仍然体现出这一特点,限于篇幅,就不再细论了。

中国古代文学似乎有这样一个特点:重视文学的社会功能往往就忽视文学的艺术性。而这一点在古代巴蜀作家那里却没有,相反的是,古代巴蜀作家既重视文艺的社会功能,又强调文艺的艺术性。强调艺术性的突出表现是重视情感的自由抒发。司马相如并没有明确提出缘情的主张,但从他琴挑文君、夤夜私奔和称疾闲居的个性来讲,其人自是任情适性之人,故其所谓"赋家之心"亦应包含情感自由抒发这层意思在内。扬雄则明明白白地表述出来了,他说:"言,心声也;书,心画也;声画形,君子小人见矣。声画者,君子小人之所以动情乎。"② 这些话强调了情感乃文学创作之本原。"彩丽竞繁,而兴寄都绝""梁陈以来,艳薄斯极",这是陈子昂、李白对齐梁文学的评价。所谓"艳",是指词采的艳,它与"清新""自然"对立;所谓"薄",指缺少情感真实度和厚重感。针对齐梁的"艳",李白主张"清新""自然";针对齐梁的"薄",陈子昂倡汉魏风骨、风雅兴寄:都是在强调情感的自由抒发。在创作上,陈、李二人放笔直言、唯我所欲,没有丝毫的忸怩作态,以其情真人真,故千百年来他们的诗作一直被后人喜爱。苏轼提倡真性情,他说:"诗从肺腑出,出辄愁肺腑。"③ 杨慎当前后七子力倡复古之时,主张"诗以道性情"。清张问陶论诗主性情,袁枚引为同道。有人说张问陶的诗学袁枚,他却说,"诗成何必问渊源,放笔刚如所欲言""愧我性灵终是我,不成李杜不张王"④,表现出他独立不倚、重情感、重个性的特点。

上述古代巴蜀文艺思想特征的形成,既与巴蜀文化从根本上讲是农耕文明、受到儒家思想影响有关,又与巴蜀人多浪漫气质、富叛逆精神、受儒家传统影响不如中原那么深有关。

---

① (明)茅维编,孔凡礼点校:《苏轼文集》,中华书局1986年版,第313页。
② 汪荣宝撰,陈仲夫点校:《法言义疏》,中华书局1987年版,第160页。
③ (宋)苏轼著,(清)冯应榴辑注,黄任轲、朱怀春校点:《苏轼诗集合注》,上海古籍出版社2001年版,第768页。
④ (清)张问陶撰,成镜深主编:《船山诗草全注》,四川出版集团巴蜀书社2010年版,第832页。

六　古代巴蜀作家创作集中于传统诗文词赋，
　　而于戏剧、小说少有涉及

形成这一特点的原因有两点：一是宋端平三年（1236）蒙古铁蹄南下破蜀迄清，四川多次遭受大规模的破坏，人口急剧减少，经济衰退不振，物质文化和精神文化都遭到重创，难以复原。长江上游的经济重心地位已朝中下游移动。经济的衰退导致文教衰微、人才流失。这是元明清时期巴蜀文学难以辉煌的重要原因，也是古代巴蜀于戏剧、小说这两种文学体裁缺乏作家的原因，因为城市经济的欠发达和城市文化消费者的缺少是制约小说、戏剧发展的关键。二是跟古代巴蜀文学思想重抒情、轻写实有关。前面已经谈到，古代巴蜀文艺思想的重要特征就是重抒情。巴蜀作家一向是写情的圣手，而于叙事、再现却缺乏关注。他们重视的是情感的自由抒发，重视天才的独创，却不愿按照现实的本来面目去摹写现实、再现现实。这一特点在现代巴蜀作家身上仍有明显体现，郭沫若的戏剧、巴金的小说都带有浓郁的抒情性。

七　古代巴蜀多女作家

可以说，一部中国古代文学史几乎就是一部男性创作史。中国古代女作家寥寥，但古代巴蜀却不乏女才子、女作家，甚至代有其人。下面我们只列出她们的名字，并就这一现象略作分析。

汉，卓文君；唐，薛涛；五代，李舜弦、花蕊夫人、黄崇嘏；宋，蒲芝、史炎玉、谢慧卿；明，黄峨；清，萧刘氏、欧阳刘氏、岳高氏、王淑昭、林颀、高浣花、沈以淑、左锡嘉及其二女（曾懿、曾彦）、梁清芬等。

古代巴蜀多女作家这一现象可从以下几个方面去探讨。一是巴蜀地区的人格个性。古代巴蜀地处西南一隅，自古以来即为多民族聚居区。地域的封闭性和西南夷人的民族个性，使巴蜀自古以来即以强悍著称。这种个性表现于巴渝歌舞、饮食上好吃辣味等。巴蜀女性的大胆泼辣、精明能干是早已闻名的。早在秦始皇之时，巴寡妇清以丹砂致富，富冠全国，秦始皇为其筑怀清台。汉代的卓文君新寡之时，即和司马相如私奔。唐代的薛涛"容姿既丽，才调尤佳，言谑之间，立有酬对"①，"又能扫眉涂粉，与大族不侔"②，表现出她的叛逆精神。五代的黄崇嘏女扮男装，周游天下，是一位花木兰式的人物。这些都说明了巴蜀女子的个性，而这种个性正是她们成为作家的极好条件。二是巴蜀历来较少受儒家思想的影响。儒家对妇女要求很严格，要求妇女守妇德、重节操，足不出户，笑不露齿。所谓"三从四德"，就是女人的金科玉律，不得越雷池一步。自然，习文弄墨不是女人应做的事。相对来讲，古代巴蜀受儒家思想影响不是那么深，故而对妇女的要求也就不那么严格。三是古代巴蜀重文崇教的良好氛围为女作家的出现提供了良好环境。自汉代文翁兴学之后，蜀中文教向称隆盛，文化世家代有其人。巴蜀女作家多出生或生活在这样的家庭中，从小就受到文化的熏陶，爱好学习，为其创作奠定了知识的基础。在她们的家庭中，或父母，或丈夫，或兄弟，都有作家。卓文君的丈夫司马相如是著名的辞赋家，李舜弦的哥哥李珣是五代著名词人，蒲芝的丈夫张俞是蜀中著名文人，黄峨的丈夫杨慎是明代著名的作家，林颀的丈夫张问陶是清代著名诗人，曾懿、曾彦的父母都是诗人。

  以上我们就古代巴蜀文学的特征及形成原因作了粗略的归纳和分析，其中有很多问题尚值得进一步思考、探索。巴蜀文学是一块值得进一步深入开掘的富矿，相比起现当代巴蜀文学的研究来讲，古代巴蜀文学的研究仅集中在几位大家身上，研究的对象尚需拓宽，研究的思路、方法尚需更新，尤其需要对古代巴蜀文学的总体特征作整体把握，这是所有有志于巴蜀文学的研究者、巴蜀文化的研究者共同努力的方向。

---

① （五代）何光远著，邓星亮、邬宗玲、杨梅校注：《鉴诫录校注》，四川出版集团巴蜀书社2011年版，第251页。

② （元）费著：《岁华纪丽谱》，《景印文渊阁四库全书》（第590册），台湾商务印书馆1986年版，第438页。

简论巴蜀文学的发展历程和主要特征*

摘　要：巴蜀古今文学具有较为鲜明的地域特征和个性。作为中华文化大传统的构成部分，巴蜀文化为巴蜀文学的发展提供了适宜的温床。本文简要叙述巴蜀文学从汉代到现代的发展历程，重点分析巴蜀古今文学的七个重要特征。认真分析巴蜀文学的特质和特征，有助于促进当代巴蜀文学创作的发展。

关键词：巴蜀文学；发展历程；主要特征；巴蜀文化

中国地域辽阔，地理、气候等自然条件多样，由此形成了风格多样的中国区域文化。仅就长江流域而言，就有上游的巴蜀文化、中游的荆楚文化、下游的吴越文化。尽管"共饮长江水"，但巴蜀文化与荆楚文化、吴越文化有着很大的差异，更不用说与黄河流域的秦陕文化、三晋文化、中原文化等相比，其间的差异则更大。作为中华大文化传统中的小文化传统，巴蜀文化有着自己独立的始源和发展路向，有着自己独特的艺术发展和特色。本文仅就巴蜀文学的基本历程和简要特征进行分析。

一　巴蜀文学发展简史

在秦并巴、蜀之前，巴蜀地区的书面文学缺少记载，只能从流传于后世的口头传说、神话开始。巴蜀古代传说和神话集中在《山海经》《蜀本纪》

---

* 本文原载朱寿桐、白浩主编《大西南文学论坛》第二辑，中国文联出版社2017年版。

《华阳国志》等书中。根据吕子方、蒙文通先生的研究，《山海经》中的《海内经》四篇，即《海内南经》、《海内西经》、《海内北经》和《海内东经》可能是蜀的作品，《大荒经》五篇为巴人的作品，即《大荒东经》、《大荒南经》、《大荒西经》、《大荒北经》和附在其后的《海内经》，时代大约在西周。①

巴与蜀神话传说内容及其表现出的个性颇不同。蜀神话传说主要集中在民族祖先、蜀道开辟、治水等方面，如传说蜀族祖先为黄帝后裔，大禹生于汶川。古蜀先王蚕丛、鱼凫、杜宇、开明等人之中，杜宇的传说尤多，如杜宇的出生、杜宇化为杜鹃；蜀道开辟中的五丁力士传说以及李冰治水的故事流传甚广。巴地神话传说包括巴族祖先神话，如巴人祖先廪君得位、迁徙以及化为白虎。巴地另一英雄传说是巴蔓子割头保土。此外，巫山神女的神话也在巴楚之地广为流传。

从巴蜀的神话传说中可以看出，不管是蜀地的望帝化杜鹃还是巴地的神女神话传说，都充满了浪漫奇谲的特色。这两个神话传说不仅成为后世中国文学的有名典故，而且在某种程度上也标志着巴蜀特有的地域文化特色。

巴蜀书面文学创作的第一个高峰在两汉时期。两汉之所以成为巴蜀文学创作的第一个高峰，原因是多方面的：首先，巴蜀在周秦时代已经和中原文化，特别是与秦陕文化和荆楚文化有较多接触，加上秦并巴蜀之后，移民入巴蜀地区，这种文化的融合、交流有力地促进了巴蜀地区文化的发展；其次，汉代一统天下之后，特别是文翁在蜀地兴学，迅速推广儒家文化以培养人才，这对汉代巴蜀地区出现众多学者和作家有直接而重大的影响；第三，整个汉代时期，巴蜀地区的经济发展是汉代巴蜀文学发达的最重要的根源；第四，巴蜀地区丰富深厚的文化积淀也是巴蜀文学在两汉大放异彩的重要原因。晋代左思在《蜀都赋》中提到的司马相如、严君平、王褒、扬雄等人是古代巴蜀文学的第一代作家，他们的创作形成了巴蜀文学的第一个高峰，其成就主要体现在大赋和散文的创作上。

魏晋南北朝时期，战乱不断，政治混乱，巴蜀地区也同样如此。此期内

---

① 蒙文通：《略论〈山海经〉的写作时代及其产生地域》，载中华书局上海编辑所编辑《中华文史论丛》第一辑，中华书局1962年版；吕子方：《读山海经杂记》，《中国科学技术史论文集》（下册），四川人民出版社1984年版。

巴蜀文学较为沉寂，没有出现影响全国的大作家。三国蜀汉时期，巴蜀文人中秦宓、谯周二人较为著名，秦宓现存诗歌一首、散文四篇，与当时秦宓的大名很不相称。总的说来，秦宓知识渊博，文采很好。谯周主要是经学家和史学家，著有经学和史学论著多种，并培养出陈寿这位著名的史学家。巴蜀文学史上因为一篇雄文而名垂青史者为晋朝李密，其《陈情表》千百年来广为传诵。该文情真意切、文字简练畅达，不仅为中国孝道的典范，也是公认的散文佳作。如果说此期内巴蜀的散文和诗歌创作显得单薄，那么史志文学则蔚为可观。巴蜀好史志，尤其地方史志，渊源有自。这与巴蜀这一独特的地域培养出的特有的乡邦意识有关。据晋代常璩说，在他撰写《华阳国志》之前，巴蜀地区记载巴蜀历史的著作就有八种，著者分别是司马相如、严遵、扬雄、阳成子玄、郑伯邑、尹彭城、谯常侍、任给事。[①] 除此之外，来敏著有《本蜀论》（已佚），李尤有《蜀记》，谯周除《蜀本纪》外还有《三巴论》《巴中异物志》，陈术和陈寿都有《益部耆旧传》。这么多巴蜀地方史志的出现，不仅说明巴蜀之人对巴蜀之地的热爱，更是一种自觉的乡邦文化意识的反映。三国魏晋南北朝时期，巴蜀史家中最有代表性的，一是陈寿，二是常璩。陈寿所撰《三国志》不仅完整、忠实记录了三国历史，而且对《三国志演义》的出现有直接影响，也为今天四川境内三国文化旅游的打造提供了很好的条件。常璩的《华阳国志》为中国第一部地方史志，不仅记录了巴蜀一地的历史，也开创了地方史志的先河。

隋朝国祚短暂，没有来得及全面展开文化兴建，但为唐代文化的兴盛发展奠定了基础。巴蜀文学创作的第二个高峰在唐代。"国朝盛文章，子昂始高蹈"[②]，陈子昂自蜀中入长安，高举革新大旗，力倡汉魏风骨，并以其突出的创作实绩，力扫齐梁诗风，奠定盛唐之音。代表唐诗两座高峰的李白、杜甫，前者虽不生于蜀，但长于蜀，至二十五岁始离川；后者旅居巴蜀达九年，其绝大部分诗歌创作于巴蜀。其他如薛涛、苏涣、雍陶、李远、符载、朱湾、唐求等，都以诗擅名。

---

① （晋）常璩撰，刘琳校注：《华阳国志校注》，巴蜀书社1984年版，第891页。
② 屈守元、常思春主编：《韩愈全集校注》，四川大学出版社1996年版，第355页。

五代时期，四川先后为地方政权割据，但文学创作不衰，特别是前后蜀时期，西蜀成为词文学创作的中心。《花间集》所收录的词作家十八人，除了温庭筠、皇甫松、和凝外，全与蜀中关系密切，或为巴蜀本地人，或在前后蜀为官。词文学与巴蜀有密切联系，不仅因为李白被公认为词的首创者，还因为五代时期成都成为词创作的繁荣之地。巴蜀文学的很多特质在五代西蜀花间词的创作上得到鲜明体现。

宋代是中国封建时期文化发展的最高峰，也是巴蜀文化发展的顶峰。蜀学独标于世，作家蔚然蜂起。宋代巴蜀文学的繁荣，不仅体现在出现了全国一流的领军人物，更在于大量巴蜀作家创作了极其丰富灿烂的作品。据《四川通志·经籍志》记载，宋蜀人有别集者达156家，这个数字比宋代之前所有史有所载的巴蜀作家加起来还要多。祝尚书先生在《宋代巴蜀文学通论》中专门论述的作家就有：田锡、何亮、陈充、李建中、薛映、罗处约、苏易简，宋初九僧中的释希昼、惟凤、怀古，张俞、僧重显、陈尧佐、梅挚、石扬休、王琪、文同、范镇、李畋、孙抃、王珪、鲜于侁、苏洵、苏轼、苏辙、范百禄、范祖禹、冯山、张商英、唐庚、韩驹、郭印、冯时行、张浚、王灼、史尧弼、冯澥、任渊、喻汝砺、程揆、唐文若、赵逵、宇文虚中、李石、李流谦、释宝昙、员兴宗、张栻、李占、宋若水、冯诚之、阎舒苍、黄裳、任尽言、虞允文、何耕、李舜臣、李焘、释居简、程公许、魏了翁、吴泳、杨泰之、许奕、张方、刘光祖、牟子才、度正、阳枋、李心传、李壁、李埴。[①]可见，宋代巴蜀文学不仅人数众多，而且涉及地区的范围也比前代广泛得多。宋代巴蜀文学不再是以成都为中心的区域，也涉及重庆乃至三峡地区。

元明清时期为巴蜀文化衰落、文学衰颓的时期。元朝，蒙古人入主中原，巴蜀文教衰微，唯虞集最擅名，但其终生未到四川。此外，绵州的邓文原、华阳的费著、成都的宇文公谅也是当时的著名学者。

明清两代，蜀中文人众多。据《四川通志·经籍志》载，明蜀人有别集者232家，清蜀人有别集者236家。明代最著名者为杨慎，黄峨、安磐、来知德等也有一定成就。清代的彭端淑、张问陶、李调元被称为四川三才子，

---

① 祝尚书：《宋代巴蜀文学通论》，四川出版集团巴蜀书社2005年版。

为蜀中文学的代表,此外还有费密、唐甄、刘沅、王怀曾、王怀孟、张邦伸等。

近现代以来,巴蜀文学与全国文学一样,为了保种救国,有志之士倡导维新变化,学习西方。从张之洞主持四川学政、开办尊经书院作育人才开始,宋育仁、杨锐、刘光第、赵熙等人的诗文,充满维新救国之心,黄吉安的川剧创作为川剧的兴盛起到了巨大作用。五四新文化运动之后,现代巴蜀文学迎来了巴蜀文学又一次辉煌。诗歌方面有郭沫若、何其芳、吴芳吉等,小说方面有李劼人、巴金、沙汀、艾芜、罗淑等,散文方面有郭沫若、巴金、何其芳等,都有极大成就。

二 巴蜀文学的基本特征

与其他区域文学相比较,巴蜀文学具有如下特征:

(一) 巴蜀文学的发展具有明显的阶段性

具体说就是巴蜀文学的发展有四盛二衰。"四盛"为汉、唐、宋、现代(20世纪)四个时期。中国古代文学发展有汉赋、唐诗、宋词、元曲、明清小说之说,而在汉赋、唐诗、宋词当中,古代巴蜀作家可谓独领风骚。"二衰"指魏晋南北朝、元明清。魏晋南北朝时期,全国诗歌、散文创作兴盛,出现了三曹七子、三张二陆两潘一左、陶渊明、谢灵运,而蜀中却无一知名诗人;于元朝,北方戏剧大盛,蜀中不仅没有著名戏剧作家,连诗文作家也极为罕见。明清为小说的繁盛时期,但蜀中无一小说名家,只有部分地方史志。

形成这种发展阶段鲜明的原因是汉、唐、宋三朝既是全国经济、文化发展的高峰期,也是古代巴蜀经济、文化发展的高峰期。汉朝是凭借成都平原这一天府的优越环境和发达的经济而建立起来的。诸葛亮说:"益州险塞,沃野千里,天府之土,高祖因之以成帝业。"[①] 汉时巴蜀也是全国经济最发达的

---

① (晋)陈寿撰,陈乃乾校点:《三国志》,中华书局1959年版,第912页。

区域之一，特别是汉武帝时期，汉王朝加强同蜀中及西南夷的联系，这对巴蜀的发展有极大影响。汉之前，巴蜀一直被看作"西僻之国"，与中原文化有较大距离。汉景帝时，文翁治蜀，大力兴学，巴蜀好学成风，很快成为可以媲美齐鲁的地区。唐时有"扬一益二"之说，巴蜀再次成为全国经济最发达的地区。加之有唐政治开明、文教昌盛，所以巴蜀地区人才辈出，享誉全国。两宋之时，巴蜀成为中央政府在军事和经济上的主要支柱地区，宋代的重文轻武国策以及唐末五代大批文人入蜀，使四川成为仅次于江西的人才渊薮。现代巴蜀文学之所以享誉全国，虽然不能说是因为 20 世纪以来的经济发展在全国领先，但相比起元明清时期的大战乱、大衰退来讲，经过三百余年的大移民运动，四川的经济、文化、教育得到复苏，由此人才逐渐兴盛。到了近现代，巴蜀文学得以重振雄风，成为与浙江、湖南并列的文学发达之区。按照鲁郭茅巴老曹的排列，四川占了两位；从文体名家看，诗歌有郭沫若、何其芳，小说有李劼人、巴金、艾芜、沙汀，散文有何其芳、巴金、范长江，戏剧文学有郭沫若等。现代巴蜀文学不仅出现了众多优秀作家和作品，也在文学思潮方面引领了时代思潮，如吴虞、曾兰夫妇、康白情、郭沫若、李劼人，以及浅草沉钟社的林如稷、陈炜谟、陈翔鹤等。

（二）巴蜀作家绝对数量不多，但多一流作家，他们往往代表着其时代之文学乃至整个文学门类的最高成就

赋为两汉之时代表性文体，它是在司马相如手里定型的。司马相如的《子虚赋》《上林赋》完成了从骚体赋到大赋的转变。司马相如的后继者王褒、扬雄，也是汉代最著名的赋作家，他们在赋文学题材、内容乃至风格的开拓上有很大贡献。在汉赋四大家中，蜀人就占了两位，并且扬、马（扬雄和司马相如）代表着汉大赋的成就。

唐代是中国诗歌发展的黄金时期。李白不仅是盛唐气象在诗歌方面的代表，也代表着盛唐诗的成就。比李白稍早的陈子昂，是唐诗由初唐向盛唐转化的关键人物。陈子昂的创作成就使他毫无愧色地进入唐诗大家之列。薛涛无疑是中国古代文学史上最早有影响的著名女诗人。虽说她尚不能列入唐诗大家之列，但薛涛无疑是唐代最出色的女诗人。唐代时期大批文人入蜀，对巴蜀地区文学的繁荣有着重要的影响，形成了"天下诗人皆入蜀"的奇观。

五代时期，西蜀成为词文学创作的中心之一，蜀人占有重要地位，《花间集》所收十八位词人之中，除了三位与巴蜀无直接关系之外，或在蜀为官，或为巴蜀本地人，如欧阳炯、孙光宪、李珣等都是当时最著名的词人。西蜀花间词和南唐词成了五代时期文学的奇葩，其中花间词人影响后世尤为深远，它对宋词的兴盛起到了很好的引领作用。

宋文、宋诗和宋词的代表——苏轼，不仅是宋代文学史上独一无二的人物，而且是整个中国古代文学史上不可多得的人物。他和父亲苏洵、弟弟苏辙被认为是唐宋散文的代表作家，均被列入"唐宋八大家"；诗歌方面，后人普遍认为苏、黄代表着宋诗的风格和特色，而黄庭坚为苏轼门人和朋友，因此，可以说宋诗是在蜀人手中体现了特色；词被推为有宋一代的代表性文体，婉约词和豪放词大放异彩，其中豪放词是在苏轼手里发展起来的，当然苏轼不少婉约词也为宋词增添了光彩。可以这样说，词文学的出现和成熟与巴蜀作家有密切联系：传说最早最有影响的词是李白创作的《菩萨蛮》《忆秦娥》，五代时期西蜀花间词人的创作可以说将词文学大大推进，而苏轼对词的改造和革新，又给词文学带来了新的生命和活力。

20世纪中国现代文学之中，四川作家在诗歌、小说、戏剧文学三个方面成就特别突出，郭沫若的诗歌、戏剧文学代表了"五四"新文学的成就，巴金、李劼人的小说取得了全国公认的成就。至于其他著名的作家还有很多，此不一一列举。

当然，司马相如、扬雄、陈子昂、李白、苏轼、苏辙、郭沫若、巴金等取得的成就都是在离开四川之后。也就是说，巴蜀作家的成名往往是在跨出蜀中之后。袁行霈先生说："这些文学家都是生长于蜀中，而驰骋其才能于蜀地之外。他们不出夔门则已，一出夔门则雄踞文坛霸主的地位。"[1] 虽然是针对古代作家而言，但对现代作家也同样适用。袁先生没有解释形成这一现象的原因，我们认为，如果这些作家一直生活在偏处一隅的西蜀，要想获得全国性的声誉，不离开西蜀肯定是不可能的，因为京城作为全国中心，其传播

---

[1] 袁行霈：《中国文学概论》，高等教育出版社1990年版，第46页。

的渠道和辐射力都远非边远地区能够相比。这些作家也只有离开西蜀才可能在更大舞台上发挥他们的作用。问题不在于他们离开西蜀之后才出名，关键在于为什么他们能够在离开西蜀之后出名。其具体缘由，后面将会继续分析。

（三）巴蜀作家富创新精神，多异端色彩，他们往往是文学革新的倡导者

翻开中国古代和现代文学史，我们很容易看到巴蜀作家往往是在革新之际跻身文坛、扬名后世的。汉代的司马相如是在由骚体赋向大赋的转化过程中奠定其地位的；唐代的陈子昂、李白是在诗歌革新运动中确立其地位的；宋代的苏舜钦、田锡、三苏是在宋代诗文革新运动中脱颖而出的；明代的杨慎也是在前七子宗唐复汉之际以倡汉魏诗风而享誉文坛的；清代的张问陶是在宗唐、宗宋之争中强调独抒性灵而扬名的；而现代巴蜀文学更是中国面临大变革、大转换以及五四精神的感召下出现的产物，这是郭沫若、巴金、李劼人、沙汀、艾芜、何其芳等能够冲出四川盆地，走向中国和世界的根本原因。

巴蜀作家之所以能够在革新之际大显身手，是因为他们有极强的创新精神和富有异端色彩。这种人格个性、文化个性与古代巴蜀文化生成的地理环境及人文环境有极为密切的联系。

（四）巴蜀作家多富浪漫气质，作品风格往往偏向壮美一面，但又不乏优美

巴蜀作家多富浪漫气质，因此他们在创作方法上偏向于浪漫主义，在文学风格上偏向崇高。这其实是跟巴蜀独特的地理位置和地理条件分不开的。巴蜀处于南与北、东与西的交会地带。北方临近秦陕，巍峨雄壮的秦岭山脉成为川陕分界线；再加上巴蜀早为秦国兼并，因此，巴蜀文化深受秦陕文化的影响，故有雄壮的一面。巴蜀地区四面环山、多大江大河的地理环境，也有利于培养巴蜀人的崇高和壮美意识。巴蜀的东面和南面，临近所谓蛮夷文化之区，当然包括巴蜀在内都被认为蛮夷之区。靠近楚国以及和楚国的密切往来，也使巴蜀文学具有与楚文学一致的特色，即具有浪漫和秀美的一面。至于处于蛮夷之地的巫风色彩又为巴蜀文学笼罩了奇谲诡异的色彩。从作品

审美风格来看，汉大赋是最能显示出壮美特征的。鲁迅先生评司马相如说："不师故辙，自摅妙才，广博宏丽，卓绝汉代。"① 明王世贞也说："《子虚》《上林》，材极富，辞极丽，而运笔极古雅，精神极流动，意极高，所以不可及也。"② 司马相如所开创的汉大赋的特点，在王褒、扬雄身上得到继承和发扬。王褒撰《洞箫赋》，《汉书》本传载："其后太子体不安，苦忽忽善忘，不乐。诏使褒等皆之太子宫虞侍太子，朝夕诵读奇文及所自造作。疾平复，乃归。太子喜褒所为《甘泉》及《洞箫颂》，令后宫贵人左右皆诵读之。"③ 王褒的赋若非有强烈充沛的感情、震撼心灵的冲击力，断然不可能治好太子的病。这说明了王褒的赋作具有崇高的审美特征。扬雄对司马相如倾心敬佩，"每作赋，常拟之以为式"。其创作风格近似司马相如是容易理解的，因此后人一直以"扬马"并称。

陈子昂对"文章道弊五百年"深致不满，大声疾呼，提倡汉魏风骨、风雅兴寄。其《感遇诗》三十八首和《登幽州台歌》，慷慨蕴藉，铮铮有金石声。卢藏用谓其"卓立千古，横制颓波，天下翕然，质文一变"④。陈子昂的诗歌启盛唐之先声，本身就表现出浪漫的气质和崇高的风格。李白最能代表中国诗歌中的浪漫主义精神和崇高的风格。其傲岸高洁的性格，突破世俗网罗、追求自由个性的精神，上天入地、天马行空的文风，无一不表现出盛唐气象。女诗人薛涛"平临云鸟八窗秋，壮压西川四十州。诸将莫贪羌族马，最高层处见边头"⑤ 的雄壮之作，纪昀谓其诗"托意深远，有鲁嫠不恤纬、漆室女坐啸之思，非寻常裙屐所及，宜其名重一时"⑥。

宋元明清到现代的巴蜀作家也有着相同的特征。宋代的苏舜钦，欧阳修称赞他"笔力豪隽，以超迈横绝为奇"⑦。苏轼是继李白之后蜀中最有影响力

---

① 鲁迅：《汉文学史纲要》，《鲁迅全集》第九卷，人民文学出版社2005年版，第433页。
② （明）王世贞：《艺苑卮言》，载丁福保辑《历代诗话续编》，中华书局1983年版，第982页。
③ （汉）班固撰，（唐）颜师古注：《汉书》，中华书局1962年版，第2829页。
④ （唐）卢藏用：《拾遗陈子昂文集序》，载（清）董诰等编《全唐文》，中华书局1983年版，第2402页。
⑤ 张蓬舟笺，张正则、季国平、张雅绫笺：《薛涛诗笺》（修订版），人民文学出版社2012年版，第70页。
⑥ （清）纪昀总纂：《四库全书总目提要》，河北人民出版社2000年版，第5094页。
⑦ （宋）欧阳修：《六一诗话》，载（清）何文焕辑《历代诗话》，中华书局1981年版，第267页。

的作家。他的诗歌较多地受到李白的影响,表现出李白风神。其词"一洗绮罗香泽之态,摆脱绸缪宛转之度,使人登高望远,举首高歌,而逸怀浩气超然乎尘埃之外"①,因而被后人推为豪放派词之祖。明代的杨慎,其创作"拔戟自成一队"。清代的李调元,袁枚评为"才力豪猛"。张问陶以文风奇杰廉劲近李白,被人称为"小李白"。至于现代诗人郭沫若、何其芳等人身上,同样体现出鲜明的浪漫主义风格,特别是郭沫若的浪漫主义不仅吸收了包括司马相如、李白、苏轼、张问陶等蜀中先贤的浪漫奇谲,而且也受到外国文学的影响而具有狂飙突进的色彩。

巴蜀作家体现的富浪漫精神,偏向壮美崇高,这与巴蜀独特的地理环境以及由此形成的独特人格个性有直接的关系。

(五)巴蜀文艺思想强调文学的社会功能、重视情感的自由抒发

对文学社会功能的重视是巴蜀作家一以贯之的态度。这在巴蜀第一代作家司马相如、扬雄的身上体现得极为明显。相如作《子虚赋》《上林赋》,"其卒章归之于节俭,因以风谏"②。扬雄可称为古代蜀中第一大文艺理论家,其明道宗经、文道合一的文艺思想,上承荀子,下启刘勰、韩愈,对封建时代儒家文艺思想影响甚巨。其对诗人之赋与词人之赋的区分,以及所谓赋为雕虫篆刻之说,都是因为大赋没有实现他所倡导的讽谏作用。陈子昂、李白都是有意于当世、力求入世的人物。两人对齐梁诗风的否定和对汉魏风骨的提倡,正是不满齐梁及初唐诗人徒事藻绘、吟风弄月。他们认为诗歌应该既具有充实的政治内涵,又具有刚健的风骨,他们的诗歌创作也真正体现了他们的文艺主张。宋代的苏舜钦、田锡、三苏,皆身处宋代经世思潮兴起之时,继承蜀中文学的优良传统,非常强调文学的现实功利性。这在三苏身上表现得尤为突出。三苏文论固有很多不同之处,但也有很多共同之点,其中,重视文学的现实功利就是之一。他们都强调文

---

① (宋)胡寅:《题酒边词》,载郭绍虞主编、王文生副主编《中国历代文论选》第二册,上海古籍出版社1979年版,第360页。
② (汉)司马迁:《史记》,中华书局1959年版,第3073页。

学须"有为而作","言必中当世之过"。①

到了近现代,为了摧毁封建礼教,为了救国强民,郭沫若、李劼人、巴金、沙汀、艾芜、周文、罗淑、何其芳等人,无一不受时代的感召,希望文学为揭示人生、疗救社会发生作用。无论是郭沫若倡导革命文学还是何其芳走向延安,无论是李劼人、沙汀等人对近现代四川的真实书写还是巴金对封建礼教的控诉,都包含了启蒙与革命的因素在内。也就是说,现代巴蜀作家主要还是为人生而写作,当然这不排除郭沫若等早期的"为艺术而艺术"的倾向,总的来说,包括郭沫若在内的现代巴蜀作家都很重视文学在现实、人生乃至革命中发挥作用。

中国文学似乎有这样一个特点:重视文学的社会功能往往就忽视文学的艺术性。而这一点在巴蜀作家那里却没有,相反的是,巴蜀作家既重视文艺的社会功能,又强调文艺的艺术性。强调艺术性的突出表现是重视情感的自由抒发。司马相如虽然并没有明确提出缘情的文学主张,但从他琴挑文君、夤夜私奔的行为和称疾闲居的个性来讲,其人自是任情适性之人,故其所谓"赋家之心"亦应包含情感自由抒发这层意思在内。扬雄则明明白白地表述出来。他说:"言,心声也;书,心画也;声画形,君子小人见矣。声画者,君子小人之所以动情乎。"② 这些话强调了情感乃文学创作之本原。"彩丽竞繁,而兴寄都绝""梁陈以来,艳薄斯极",这是陈子昂、李白对齐梁文学的评价。所谓"艳",是指词采的秾艳,它与"清新""自然"对立;所谓"薄",指缺少情感真实度和厚重感。针对齐梁的"艳",李白主张"清新""自然";针对齐梁的"薄",陈子昂倡汉魏风骨、风雅兴寄——都是在强调情感的自由抒发。在创作上,陈、李二人放笔直言、唯我所欲,没有丝毫的忸怩作态,以其情真人真,故千百年来他们的诗作一直被后人喜爱。苏轼提倡真性情,他说:"诗从肺腑出,出辄愁肺腑。"③ 杨慎当前后七子力倡复古之时,主张"诗以道性情"。清张问陶论诗主性情,袁枚引为同道。有人说张问陶的诗学袁枚,他却说,"诗成何必问渊源,放笔刚如所欲言""愧我性灵终是我,不

---

① (明)茅维编,孔凡礼点校:《苏轼文集》,中华书局1986年版,第313页。
② 汪荣宝撰,陈仲夫点校:《法言义疏》,中华书局1987年版,第160页。
③ (清)王文诰辑注,孔凡礼点校:《苏轼诗集》,中华书局1982年版,第797页。

成李杜不张王"①，表现了他独立不倚、重情感、重个性的特点。现代作家之中，无论是郭沫若为代表的诗歌，还是以李劼人、巴金为代表的小说，重视文学的艺术性，强调文学的真实性，特别是情感的真挚性可以是一以贯之的。像何其芳的散文具有诗的色彩，郭沫若的戏剧文学更近于诗剧，巴金的小说充满了抒情意味，都可以从巴蜀古代文学那里找到文学的原型。

上述巴蜀文艺思想特征的形成，既与巴蜀文化从根本上讲是农耕文明、受到儒家思想影响有关，又与巴蜀人多浪漫气质、富叛逆精神、受儒家传统影响不如中原那么深有关。

（六）古代巴蜀作家擅长诗文，而于戏剧文学、小说等叙事文学少有涉及，现代则与全国同流

巴蜀古代文学从两汉到清代，一直以诗文为主（赋是介于诗和文之间的一种文体）。当然中国古代文学以诗文为"正宗"、以戏剧文学和小说为"小道"的观念是贯穿始终的，但是在元代形成杂剧的繁荣，明清两代出现了小说的兴盛，而四川在元明清时期仍然只有诗文为主要创作的文学家，这一点和全国是颇不一致的。为什么元明清时期巴蜀文学没有戏剧文学和小说作品，我们认为，形成这一特点的原因主要有四：一是宋末到清代，四川多次遭受大规模的破坏，人口急剧减少，经济衰退不振，物质文化和精神文化都遭到重创，难以复原。二是长江上游的经济中心地位从唐代开始即已朝中下游移动，到了南宋之后就更为明显，到了明代，中国的经济中心已向江浙和沿海地区移动。经济的衰退导致文教衰微、人才流失。这是元明清时期巴蜀文学难以辉煌的重要原因，也是戏剧文学、小说这两种文学体裁在巴蜀缺乏作家的原因，因为城市经济的欠发达和城市文化消费者的缺少是制约小说、戏剧文学发展的关键。三是跟古代巴蜀文学思想重抒情、轻写实有关。前面已经谈到，古代巴蜀文艺思想的重要特征就是重抒情。巴蜀作家一向是写情的圣手，而于叙事却缺乏关注。他们重视的是情感的自由抒发，重视天才的独创，却不愿按照现实的本来面目去摹写现实、再现现实。这一特点在现代巴蜀作

---

① 转引自何崇文等《巴蜀文苑英华》，四川人民出版社1984年版，第290页。

家身上仍有明显体现,郭沫若的戏剧、巴金的小说都带有浓郁的抒情性。四是巴蜀重历史的传统也与小说、戏剧文学强调虚构很不相同。从汉代到清代,巴蜀地方史的写作一直为全国的前列,这说明巴蜀古代文人具有史才,如汉代扬雄的《蜀本纪》、晋朝陈寿的《三国志》、常璩的《华阳国志》直到宋代的范祖禹、李焘、李心传、王偁等众多史家,但是历史与小说、戏剧文学具有本质的不同,正如清代金圣叹在谈到《史记》与《水浒传》高下时说,前者是"以文运事",后者是"以文生事",即前者是历史的记录,而后者却是凭空虚构的产物。历史意识的发达恰好是虚构文学难以产生的重要原因。再以古希腊亚里士多德对文学与历史的比较来看,亚里士多德说:"写诗这种活动比写历史更富于哲学意味,更被严肃地对待","诗人的职责不在于描述已经发生的事,而在于描述可能发生的事,即根据可然或必然的原则可能发生的事"。①中外理论家的这种说法都说明了历史与文学的差异,因此,巴蜀多史才却缺乏小说家和剧作家。

(七)巴蜀自古多才女

这一点也可以说主要是古代巴蜀文学的特点。一部中国古代文学史几乎就是一部男性创作史。中国古代女作家寥寥,但古代巴蜀却不乏女才子、女作家,甚至代有其人。下面本文只列出她们的名字,并就这一现象略作分析。

汉,卓文君;唐,薛涛;五代,李舜弦、花蕊夫人、黄崇嘏;宋,蒲芝、史炎玉、谢慧卿;明,黄峨;清,萧刘氏、欧阳刘氏、岳高氏、王淑昭、林颀、高浣花、沈以淑、左锡嘉及其二女(曾懿、曾彦)、梁清芬等;20世纪以来的罗淑、胡兰畦等。②

古代巴蜀多女作家这一现象可从以下几个方面去探讨。一是巴蜀地区的人格个性。古代巴蜀地处西南一隅,自古以来即为多民族聚居区。地域的封闭性和西南夷人的民族个性,使巴蜀自古以来即以强悍著称。这种个性表现

---

① [古希腊]亚里斯多德:《诗学》,罗念生译,世纪出版集团上海人民出版社2006年版,第39页。
② 上述诸人事迹可参见傅平骧等《四川历代文化名人辞典》,四川文艺出版社1992年版,可参见李绍先、李殿元《古代巴蜀妇女的文学生活》,四川出版集团巴蜀书社2009年版。

于巴渝歌舞、饮食上好吃辣味等。巴蜀女性的大胆泼辣、精明能干是早已闻名的。早在秦始皇之时，巴寡妇清以丹砂致富，富冠全国，秦始皇为其筑怀清台。汉代的卓文君新寡之时，即和司马相如私奔。唐代的薛涛"容姿既丽，才调尤佳，言谑之间，立有酬对"①，"又能扫眉涂粉，与大族不侔"②，表现出她的叛逆精神。五代的黄崇嘏女扮男装，才能不凡，是一位花木兰式的人物。这些都说明了巴蜀女子的个性，而这种个性正是她们成为作家的极好条件。二是巴蜀历来受儒家思想的影响相对少。儒家对妇女要求很严格，要求妇女守妇德、重节操，足不出户，笑不露齿。所谓"三从四德"，就是女人的金科玉律，妇女不得越雷池一步。自然，习文弄墨不是女人应做的事。古代巴蜀相对来讲儒家思想影响不是那么深，故而对妇女的要求也就不那么严格。三是古代巴蜀重文崇教的良好氛围为女作家的出现提供了良好环境。自汉文翁兴学之后，蜀中文教向称隆盛，文化世家代有其人。巴蜀女作家多出生或生活在这样的家庭之中，或父母，或丈夫，或兄弟，都有作家。她们从小就受到文化的熏陶，爱好学习，为其创作奠定了良好的基础。卓文君的丈夫司马相如是著名的辞赋家，李舜弦的哥哥李珣是五代著名词人，蒲芝的丈夫张俞是蜀中著名文人，黄峨的丈夫杨慎是明代著名的作家，林颀的丈夫张问陶是清代著名诗人，曾懿、曾彦的父母都是诗人。

从上述的简要介绍和分析中可以看到，巴蜀古代文学和现代文学既有一贯的传统，又因为时代的变迁而产生出不同的变化，但总体上来讲，巴蜀文化独有的文化精神、人格个性、审美范式、文艺思想等方面相同之处还是突出的。

---

① （五代）何光远著，邓星亮、邹宗玲、杨梅校注：《鉴诫录校注》，四川出版集团巴蜀书社2011年版，第251页。

② （元）费著：《岁华纪丽谱》，《景印文渊阁四库全书》（第590册），台湾商务印书馆1986年版，第438页。

巴蜀审美意识的发生[*]

——以三星堆和金沙遗址出土器物为例

摘　要：中华文化的多元发生已经成为共识，但各地域文化的特色却还值得大力探究。巴蜀文化作为长江上游的地域文化，一向以神秘而著称。本文以广汉三星堆、成都金沙遗址出土的文物与古籍相印证，解读古巴蜀的审美意识及其对后来巴蜀审美文化潜移默化的影响。笔者认为，浪漫情怀与崇高追求、好夸饰与好奇深思、世俗化与审美化是巴蜀审美文化的三大特点。

关键词：巴蜀；审美意识；原型；三星堆；金沙遗址

由于古代巴国、蜀国在被秦国灭掉之前缺少书面记载，因此，要探讨巴蜀审美意识的发生，目前我们能够借助的主要材料，一是来自地下出土的器物，一是根据有关载籍中的神话传说。好在从出土器物来讲近百年有两个重大的考古发现：一是1986年三星堆一、二号祭祀坑的发掘，二是2001年成都市内金沙遗址的发掘。而神话方面，除了扬雄《蜀本纪》、常璩《华阳国志》外，现代著名学者蒙文通先生认为《山海经》中《海内经》为蜀人作品，《大荒经》为巴人作品[①]，因此，从书面文献的角度又增加了一个重要材料。根据上述主要材料，我们尝试对巴蜀审美意识的发生进行探寻。目前通行的研究思路，是将出土文物与《山海经》以及巴蜀神话结合起来分析，比如苏宁《三星堆的审美阐释》一书的研究，大体上是沿此思路进行的，当然

---

[*] 李凯、王庆合作，原载《四川师范大学学报》（社会科学版）2015年第2期。王庆，女，博士，西华大学人文学院讲师。

[①] 蒙文通：《略论〈山海经〉的写作时代及其产生地域》，载中华书局上海编辑所编辑《中华文史论丛》第一辑，中华书局1962年版。

苏宁还从宗教学、神话学、原型理论等角度来加以分析。[①] 本文试根据三星堆、金沙遗址的出土器物，并结合《山海经》和其他巴蜀神话传说来探究巴蜀审美意识的发生，以期寻求巴蜀审美文化和文艺思想的原型。

古蜀王国有其辉煌灿烂的历史和文化，三星堆和金沙遗址出土的丰富器物就是证明。它说明作为长江流域上游之巴蜀地区也是中华文明的重要始源。人类的历史文化本来并不只有语言文字一种留存方式，在人类文字产生之前，立象尽意就是人类思想另一种重要表达方式。"子曰：'书不尽言，言不尽意。'然则圣人之意，其不可见乎？子曰：'圣人立象以尽意，设卦以尽情伪，系辞焉以尽其言。变而通之以尽利，鼓之舞之以尽神。'"[②] 从质地多样、种类繁多、造型生动、纹饰各异的无声之器上，我们试图解读古代巴蜀人的信仰、梦想和审美追求。

一　羽化升仙和鸟崇拜

——巴蜀之人的浪漫情怀与崇高追求

三星堆出土的青铜神树可以说是表达古蜀人观念的重要材料。青铜神树是古蜀人幻想与天界沟通的神物。青铜神树一共出土八棵，但因损毁严重，能勉强修复的只有两棵。在古人的心中，神树是长在山上的，因为山离天最近。因此，一号青铜神树有穹隆形的底座，三面镂空，象征神山（见图1）。树干耸立于神山正中，树枝从中分出。树枝共有三层，每层三枝，其中一枝为并蒂枝（一仰二垂三个枝头），两枝为单枝丫（一仰一垂两个枝头）。一共有九个枝丫、二十一个枝头。每个枝头都盛开着花朵，果实居于花心之中。花果满树象征着有花有果的美好仙境。正如《西游记》中美猴王孙悟空所居之地为"花果山"一样，是一个令人向往的地方。在每一个上仰枝头的果实上，都停留着一只神鸟，神鸟浑圆的大眼睛显得机警聪明，巨大的鸟喙呈钩

---

① 苏宁：《三星堆的审美阐释》，四川出版集团巴蜀书社2007年版。
② （清）阮元校刻：《十三经注疏·周易正义》，中华书局1980年影印版，第82页。

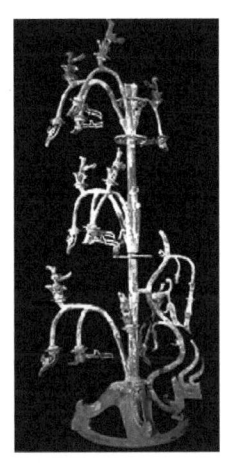

图1 三星堆青铜神树

状,几乎占鸟头的一半,使神鸟显得沉稳自信。比较怪异的是,神鸟头顶立有三支美丽的冠羽,尾羽上翘下垂,华丽流畅,但九只鸟的翅膀却都被折断了。是埋葬时的专门损毁,抑或还有别的原因?历经磨难,翅残的鸟儿仍然昂首欲飞。顺着树干的一条游龙盘旋而下,更是神来之笔,构思绝伦!它是从天而降的使者,仿佛传达着天帝的声音。华夏民族自称是龙的传人,神龙的出现说明古蜀文明和中原文化有深深的关联。一般说来,龙都是飞腾于天的,但这条龙却降到了底座的位置。龙虽然置于下位,但龙头仍然高高昂起,龙角弯曲向上,奋然欲飞。它双眼圆睁,夸张地露出两排牙齿,让走近它的人惊怖而敬畏。最为独特的是龙腰上长着两只龙爪,一只是线条流畅的人手,手上指甲都清晰可见,手背上还刻着符号;另一只是长剑,倒垂下来与龙角正相呼应。这种造型是否另有深意?可以想象的是,古蜀人仿佛是把一切奇异的力量都赋予了这条龙。最为可惜的是青铜神树枝头残缺,那应该是最为精华的一部分,现在却看不到了。不过,虽然顶部残断,但它仍然是世界上最高最大的古代青铜器。

当这棵青铜神树呈现在我们面前的时候,学者们不约而同地想到了《山海经·大荒东经》中所载"柱三百里"[①]的扶木。扶木也就是扶桑之木,树

---

① 袁珂校注:《山海经校注》(增补修订本),巴蜀书社1993年版,第408页。

高三百里,是太阳歇息的地方。《山海经·大荒南经》中说:"羲和者,帝俊之妻,生十日。"① 《山海经·海外北经》又说:"汤谷上有扶桑,十日所浴,在黑齿北。居水中,有大木,九日居下枝,一日居上枝。"② 青铜神树复原出来的正是九枝枝丫,这是否意味着就是人们想象中的扶木?《山海经·大荒东经》中说:"汤谷上有扶木,一日方至,一日方出,皆载于乌。"③ 那么,青铜神树九个枝丫上的九只鸟,应该是负日而出的神鸟了。它们全部背向树干,面向蓝天,这是否意味着随时准备负日而飞?第十只是因枝头缺损而缺失,还是正背负太阳翱翔在蓝天而原本就未予表现?

古蜀人力图通过青铜神树实现天与地的沟通、神与人的交流。仰望三星堆残高 3.96 米的一号青铜神树,我们仿佛看到白日灼灼,星空熠熠,不由自主地被引领而离开世俗的羁绊,向上无限延伸。正是对太阳的祈盼和对苍穹的仰望,任无穷无尽的宇宙引领精神自由飞翔,才使得古蜀人有如此夸张的想象、浪漫的创造。

如果说三星堆出土的青铜神树是古蜀人太阳崇拜最盛大的表述,那么,金沙遗址出土的太阳神鸟金箔饰就是古蜀人太阳崇拜最凝练的表达(见图2)。太阳神鸟金箔外径12.5厘米,内径5.29厘米,厚度0.02厘米,重量只有20克。金灿灿的黄金最适宜表现金色的太阳。令人叫绝的是,太阳居然是以镂空的形式来表现的。这是因为太阳光太过强烈晃眼的写实创造,还是"有生于无"的哲学表达?在金色的衬托下,内层的白日发出十二道耀眼的光芒,这是否象征着一年十二次的月圆月缺?外层绕日的四只神鸟,又是否象征着春夏秋冬的周而复始?十二道光芒动感十足,仿佛是被高速旋转的太阳抛出来的;四只神鸟抽象写意,线条流畅,既烘托了太阳的光芒,也削减了光芒锐利的尖角,它们头足相随,逆向而飞,和太阳的旋转构成和谐的韵律。三千年前的作品,工艺之精湛,构思之绝妙,让人叹为观止。2005年,太阳神鸟金箔饰被选为中国文化遗产标志,真正当之无愧。

---

① 袁珂校注:《山海经校注》(增补修订本),巴蜀书社1993年版,第438页。
② 袁珂校注:《山海经校注》(增补修订本),巴蜀书社1993年版,第308页。
③ 袁珂校注:《山海经校注》(增补修订本),巴蜀书社1993年版,第408页。

图 2　金沙遗址太阳神鸟金箔

无论是青铜神树还是太阳神鸟金箔，都显示出古蜀人的太阳崇拜和鸟崇拜。太阳光照大地，促使万物生长，这是古人从自然界中观察得到的最朴素的知识，也是他们认为最神奇的事情，因此对太阳产生崇拜就非常自然。按照一般的认识来说，因为缺乏，所以人们倍加珍惜和盼望。四川盆地内阴湿天气较多，出太阳的时间很少，因而有蜀犬吠日之说。这两方面的原因造成古蜀人太阳崇拜意识更为强烈。三星堆出土的青铜太阳轮，专家认为是太阳的象征物（见图3）。仰望蓝天，除了那自由翱翔的鸟儿，谁还能飞到太阳里去呢？鸟儿的习性是追随太阳，天亮则鸣，日暮则归。鸟儿面西筑巢难道是为了挽留住最后一缕夕阳和迎接晨起的第一缕阳光？三星堆出土的鸟形象蔚为大观，雕刻精美，造型各异。有代表性的青铜大鸟头，眼大而方，坚毅沉着，巨喙如钩，雄浑有力，造型简洁而有神（见图4）。仅一个鸟头就高达

图 3　三星堆青铜太阳轮　　　　**图 4　三星堆青铜鸟头**

40.3厘米，刚出土时，钩喙口缝、眼珠周围还涂有朱砂。三星堆人崇拜鸟，希望借助鸟的神力飞翔。如青铜鸟脚人身像，出土时上半身已残，给人以无穷的想象。她衣着华丽，下身着紧身短裙，体现出女性身材的柔美，被人们戏称为"东方的维纳斯"（见图5）。她的双脚幻化为鸟型的三爪，各抓一个鸟头，鸟身呈抽象变形，鸟尾如弯角下垂，尾羽上卷成团，线条优美流畅。她脚踏双鸟，是传说中的鸟神，还是扮演鸟形作法的巫师，抑或是想借助鸟儿之力飞翔？在鸟崇拜中，古蜀人把自己也幻想成鸟，如人首鸟身像，其面与三星堆青铜人像风格近似，其身则是鸟翅鸟腿鸟爪，特别突出的是展开的双翅，像是蝴蝶的翅膀。它让人想起《山海经》中的羽民。《海外南经》云："羽民国在其东南，其为人长头，身生羽。"[1]《大荒南经》云："有羽民之国，其民皆生毛羽。"[2] 三星堆出土的人首鸟身像，或出现在铜神树树枝端部，或出现在铜神坛顶部正中，专家推断他身份高贵，并非凡人。因此，与其说他是羽民国的一员，不如说他体现了古蜀人飞天的梦想。他总是在高处展翅欲飞，让我们想起关于鱼凫成仙的传说。《华阳国志》说："鱼凫王田于湔山，忽得仙道，蜀人思之，为立祠。"[3] 鱼凫王得道仙去，是否就是化成鸟儿飞向了蓝天？

图5 三星堆青铜鸟脚人身像

---

[1] 袁珂校注：《山海经校注》（增补修订本），巴蜀书社1993年版，第238页。
[2] 袁珂校注：《山海经校注》（增补修订本），巴蜀书社1993年版，第423—424页。
[3] （晋）常璩撰，刘琳校注：《华阳国志校注》，巴蜀书社1984年版，第181页。

鱼凫成仙而去，杜宇化成杜鹃。羽化仙去的传说成为巴蜀文化的滥觞。这些瑰丽的传说是中国文学家取之不尽的宝藏，司马相如对山川景物想象、铺排，写成《子虚赋》《上林赋》，让汉武帝惊羡不已。"天子既美子虚之事，相如见上好仙道，因曰：'上林之事未足美也，尚有靡者。臣尝为《大人赋》，未就，请具而奏之。'相如以为列仙之传居山泽间，形容甚臞，此非帝王之仙意也，乃遂就《大人赋》。"① 因此，他又润色《大人赋》给汉武帝，果然，"天子大说，飘飘有凌云之气，似游天地之间意"②。不只是《大人赋》中神仙的描写，子虚、乌有等人物的虚构本身也是一种神奇的想象。

巴蜀的神仙文化是道教修道成仙的源头。现在成都遗留的地名，如升仙桥、送仙桥、迎仙桥、升仙湖、神仙树，其来历当与传说有关。老子出关，去了何处，司马迁说"莫知其所终"③，扬雄却说："老子为关令尹喜著《道德经》。临别，曰：'子行道千日后，于成都青羊肆寻吾。'"④ 青羊肆就是现在成都的青羊宫。汉代张陵入蜀中创建五斗米教，以老子为尊，也是源于蜀中浓厚的仙文化氛围。向达先生认为："张道陵在鹤鸣山学道，所学的道即是氐羌族的宗教信仰，以此为中心思想，而缘饰以老子之五千文。"⑤ 可以说，是老子之道与巴蜀之仙，催生了道教文化。《蜀王本纪》云："蜀王之先名蚕丛，后代名曰柏濩，后者名鱼凫。此三代各数百岁，皆神化不死，其民亦颇随王化去。鱼凫田于湔山，得仙。"⑥ 蜀王寿数百岁，"神化不死"的传说与《山海经》中不死之山、不死之国、不死民、不死树连在一起，给人以丰富的想象。《海外南经》曰："不死民在其东，其为人黑色，寿，不死。"⑦《大荒南经》曰："有不死之国，阿姓，甘木是食。"郭璞注云："甘木即不死树，

---

① （汉）司马迁：《史记》，中华书局1959年版，第3056页。
② （汉）司马迁：《史记》，中华书局1959年版，第3063页。
③ （汉）司马迁：《史记》，中华书局1959年版，第2141页。
④ （汉）扬雄著，张震泽笺注：《扬雄集校注》，上海世纪出版股份有限公司上海古籍出版社1993年版，第257页。
⑤ 向达：《唐代长安与西域文明》，生活·新知·读书三联书店1987年版，第175页。
⑥ （汉）扬雄著，张震泽笺注：《扬雄集校注》，上海世纪出版股份有限公司上海古籍出版社1993年版，第244页。
⑦ 袁珂校注：《山海经校注》（增补修订本），巴蜀书社1993年版，第238页。

食之不老。"①《海外西经》云:"开明北有视肉、珠树、文玉树、玕琪树、不死树,凤凰、鸾鸟皆戴瞂。"② 又说:"开明东有巫彭、巫抵、巫阳、巫履、巫凡、巫相,夹窫窳之尸,皆操不死之药以距之。"③ 开明北、开明东、不死树、不死药,这些传说给幻想长生不死的人以希望。寻仙访药,炼制金丹,也发展成道教文化中非常重要的一部分。可以说,巴蜀长生不死的传说与羽化升仙的传说一起,转化为道教的基础信仰。因此,卿希泰先生说:"巴蜀文化是道教思想的重要源头之一。"④

如果说蜀地以鸟崇拜和太阳崇拜显示出蜀人的浪漫和崇高,那么,巴地的神女传说和巴蔓子将军的故事则是巴人浪漫和崇高的表达。巫山神女的传说,见于《山海经》和宋玉的《高唐赋》、《神女赋》。巴蔓子将军的故事见于《华阳国志·巴志》:"周之季世,巴国有乱。将军有蔓子请师于楚,许以三城。楚王救巴。巴国既宁,楚使请城。蔓子曰:'藉楚之灵,克弭祸难。诚许楚王城,将吾头往谢之,城不可得也!'乃自刎,以头授楚使。楚王叹曰:'使吾得臣若巴蔓子,用城何为!'乃以上卿礼葬其头;巴国葬其身,亦以上卿礼。"⑤

"蜀国多仙山"⑥,古蜀流传的神仙故事融入道教思想就流传广泛,影响深远了。诗仙李白无疑是受影响很深的一位诗人。"十五游神仙,仙游未曾歇。"李白一生喜好游仙访道就渊源于蜀地浓郁的道家思想氛围,如他所说:"家本紫云山,道风未沦落。"⑦ 巴蜀文人的道家色彩浓厚,当与古蜀的仙道意识有直接关系。苏轼举杯望明月,"我欲乘风归去,又恐琼楼玉宇,高处不胜寒。起舞弄清影,何似在人间"。中秋之夜,苏轼欲飘然仙去。从荣格的理论来看,是否可以认为后世文人的浪漫仙道流露出自古蜀以来羽化仙去的集体无意识?

---

① 袁珂校注:《山海经校注》(增补修订本),巴蜀书社1993年版,第425页。
② 袁珂校注:《山海经校注》(增补修订本),巴蜀书社1993年版,第350—351页。
③ 袁珂校注:《山海经校注》(增补修订本),巴蜀书社1993年版,第352页。
④ 卿希泰:《道教在巴蜀初探(上)》,《社会科学研究》2004年第5期。
⑤ (晋)常璩撰,刘琳校注:《华阳国志校注》,巴蜀书社1984年版,第32页。
⑥ (清)王琦注:《李太白全集》,中华书局1977年版,第968页。
⑦ (清)王琦注:《李太白全集》,中华书局1977年版,第1152页。

二 纵目、大耳与紧闭的双唇

——夸饰的表达与好奇深思

在三星堆出土的青铜器中，最神秘的莫过于数量众多的青铜人像和面具。两个祭祀坑一共出土了50多件人头像，无一雷同，却有着统一的风格，让人一见就知道这是三星堆的青铜像。

在三星堆出土的青铜人面像中，最引人注目的是纵目人面具（见图6）。其中，最庞大的铜纵目面具宽138厘米，高66厘米，重达80多公斤。它带给人们的震撼还不在于它体型的庞大，而在于他的眼睛，他的柱状眼球，竟然凸出了16厘米！一双耳朵极力外展，如同兽耳；一张嘴巴唯恐不阔，一直延伸到耳根，鹰钩鼻倒卷着花纹显得很厚实，而阔嘴巴线条分明则显得很单薄。最为奇特的是，如此怪模样的面相呈现在你面前，你居然感觉他是微笑而温和的。《山海经·海内北经》云："袜，其为物，人身、黑首、从目"，郭璞注云："袜即魅也。"[1]《楚辞·大招》中有："豕首纵目，被发鬤只。长爪踞牙，诶笑狂只。魂乎无西！多害伤只。"[2] 屈原说西方有猪头纵目的妖怪，莫

图6 三星堆青铜纵目人面具

---

[1] 袁珂校注：《山海经校注》（增补修订本），巴蜀书社1993年版，第367页。
[2] （宋）洪兴祖撰，白化文等点校：《楚辞补注》，中华书局1983年版，第218页。

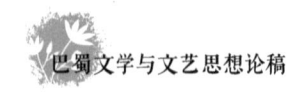

非乃是写实？不过，最为明确的还是《华阳国志·蜀志》中所载："有蜀侯蚕丛，其目纵。"① 因此，人们认为这就是第一代蜀王蚕丛的面具。另外还有铜戴冠纵目面具（见图7），器型较小，但造型却更为独特。面具高31.5厘米、宽77.4厘米、通高82.5厘米。眼睛也呈柱状，凸出达10厘米，更为奇特的是，鼻梁上高耸出约70厘米的夔形云饰。细观此夔形云饰，"铜戴冠纵目面具"的命名可能并不恰当，因为这根本不是头冠。传说中的二郎神有三只眼，它就是在第三只眼的地方，即两眼之间的眉心翻卷出这云饰的，先是翻出个花卷，然后直上云霄，仿佛是一缕馨香魂魄从中而出，升上天去，难道是神灵从脑海中出入的想象？我们不知道古人如何想象有什么东西从额头生长出来，但是，我们能感觉到，他们的精神是向上的，意图是想跟上天相沟通。

三星堆出土的青铜人头像虽然没有纵目面具这么夸张，但也非常有特色（见图8、图9）。几十尊人头像，面貌、发型各不相同，有的面部还贴有金箔，以显示其尊贵。这些人像或许是三星堆人的祖先像，也可能是部落联盟中各部落首领或三星堆神话传说中的各方神灵，但毫无疑问的是他们都身份高贵。这些青铜头像都长了差不多相同的一张脸，形似张开翅膀的蝴蝶。他们的眼睛都很特别，巨大的眼睛能占据整个脸部的二分之一甚至更多，立眼斜飞，眼眶深邃，上有粗眉，下有高颧，呼应在一起好像蝴蝶向上展开的翅膀，那大蒜头鼻子就是蝴蝶的身子了。一双耳朵大且阔，和眼睛差不多高度，好像是蝴蝶外层的翅膀。嘴巴用细长的线条表现，一律紧闭着，显得异常单薄，是五官中最为弱化的地方。这张蝴蝶脸所呈现的面容，和当代蜀人的长相大相径庭，因此有人说他们是外国人，甚至是外星人。实际上，现代人没有长这个模样的，因此，他们只能是三星堆人的艺术夸张。比如他们的眼睛，凸出眼眶，没有瞳孔，中间一道棱角，使得巨目如山陵一样凸出，上下眼睑深深的刻痕，更增添了其表达效果。奇怪的是，人首鸟身像（见图10）、跪坐人像的眼睛是有瞳孔的，而这些青铜人头像却没有，难道这是人神之间的差异？有学者据此推断这些头像表现的是瞎眼的巫师。这种说法值得进一步探究。因为同时出土的金面铜人头像上的金箔，覆盖了整个面部，但是露出

---

① （晋）常璩撰，刘琳校注：《华阳国志校注》，巴蜀书社1984年版，第181页。

了眼睛和眉毛,说明古人认为这些铜人头像的眼睛是能看见的(见图11、图12、图13)。不仅如此,他们对眼睛的崇拜还体现在出土的众多铜眼形器上。三星堆出土了上百件铜眼形器,有菱形的、三角形的,也有勾云状的、"臣"字形的;有整个眼泡,也有眼泡二等分、四等分的(见图14)。这些铜眼形器上都有孔,可以悬挂起来。试想一下,如果庙堂之上挂这么多眼睛,会让人有什么样的感觉?他们希望从中获得怎样的力量?他们能够从中获得怎样的力量?"蜀"字非常古老,在殷商甲骨文上就刻有"蜀"。从甲骨文的诸多异形写法,到后来隶书中"蜀"字定型,不论字形如何演变,"蜀"字上面始终有一个横着的"目"字,这是否源于古蜀的眼睛崇拜?

图7 三星堆铜戴冠纵目面具　　**图8 三星堆青铜人头像**

图9 三星堆青铜人头像　　**图10 三星堆青铜人头像**

图11 三星堆青铜人头像　　　　图12 三星堆青铜人头像

图13 三星堆金面具人头像　　　　图14 铜眼形器

再来看这些展示在祭坛上的青铜头像。首先是眼睛。四川盆地时常雾气笼罩，他们是否想看得更远、更清楚？其次是耳朵。不管是纵目面具夸张的兽耳还是铜人头像蝶翅般的耳朵，都大过常人，他们是否想听得更远、更清晰？再次是鼻子。纵目面具夸张的蒜头鼻上还带有纹饰，铜人头像的鼻子体量也不小，他们是否想辨别出更多、更细微的气息？他们对收集各种信息的感官极度夸大，对用于饮食、说话的嘴却高度简化。首先，这些铜人头像的嘴巴都是紧闭着的[①]；其次，他们嘴巴虽宽但嘴唇极薄，差不多就用一条缝粗略地表达了。这是艺术表达的需要，还是有着思想认识的原因？

紧闭的双唇增加了铜人头像的神秘感，他们的眼睛似乎向下看，表情一概是严肃的，似乎是在怜悯众生，又似乎是在思考。三星堆人抑制不住他们旺盛的求知欲，他们孩子气地夸大、延伸了所有获得信息的器官。凸出的眼睛、夸张的耳朵似乎说明他们急切地想了解这个世界的真实，但紧闭的嘴唇似乎又显示出他们深沉的思索，并不急于表达，一副少年老成的样子。这种好奇深思的精神，可以说是巴蜀思想疏狂外表下的精髓。巴蜀学术的大体框架虽说也在整个中华文化大传统之内，却偏爱剑走奇锋，总有意想不到的学术创新。特别是"易学在蜀，蜀学在易"，很能体现这种治学精神。孔子传《易》于商瞿，商瞿生于瞿上，即今双流。《华阳国志·蜀志》说杜宇"移治郫邑，或治瞿上"①。易学很早就传到了蜀地。西汉胡安居临邛白鹤山传《易》，司马相如曾从之学②。西汉落下闳钻研天象，创立浑天说，发明浑天仪，创制太初历。落下闳在天文学上的成就当与古蜀人之经验积累有关。《汉书·儒林传》称："蜀人赵宾好小数书，后为《易》，饰《易》文。"③赵宾以术数"饰《易》文"，传孟喜，孟喜改师法，讲阴阳灾变，又传京房，遂成为易学之"孟京之学"。严遵精研《周易》《老》《庄》，其易学兼道家《易》、数术《易》二术，扬雄盛赞曰："蜀庄沉冥。蜀庄之才之珍也，不作苟见，不治苟得，久幽而不改其操。"④严君平"不作苟见，不治苟得"，多像三星堆的青铜头像啊！扬雄亦是"为人简易佚荡，口吃不能剧谈，默而好深湛之思"⑤。他的《太玄》，独创"方州部家"，将《周易》之二进制转化为三进制，可谓一本奇书。"易学"在蜀中源远流长，程颐说"易学在蜀"。《宋史》载："初，程颐之父珦尝守广汉，颐与兄颢皆随侍，游成都，见治篾箍桶者挟册，就视之则《易》也，欲拟议致诘，而篾者先曰：'若尝学此乎？'因指'《未济》男之穷'以发问。二程逊而问之，则曰：'三阳皆失位。'兄弟涣然有所省，翌日再过之，则去矣。其后袁滋入洛，问《易》于颐，颐曰：'《易》学在蜀耳，盍往求之？'"⑥"易学在蜀"的根源可在三星堆青铜头像的沉思之中？

---

① （晋）常璩撰，刘琳校注：《华阳国志校注》，巴蜀书社1984年版，第182页。
② 曹学佺《蜀中广记》卷13引陈寿《益部耆旧传》："胡安，临邛人。聚徒于白鹤山，司马相如从之受经。"
③ （汉）班固撰，（唐）颜师古注：《汉书》，中华书局1962年版，第3599页。
④ 纪国泰：《〈扬子法言〉今读》，四川出版集团巴蜀书社2010年版，第167页。
⑤ （汉）班固撰，（唐）颜师古注：《汉书》，中华书局1962年版，第3514页。
⑥ （元）脱脱等：《宋史》，中华书局1985年版，第13461页。

张扬的大耳、凸出的纵目又是如此地张扬和大胆，让人目瞪口呆。艺术上的夸张是激情与想象的产儿，它要表达的不是现实是如何，而是我要如何，我认为该如何：我要看得更远，因此我有此纵目；我要听得更清，因此我有此大耳。三星堆人就这么直率地表达了出来。也许还不懂什么叫夸张，但这种超离现实的表现方式就是夸张，而且这夸张还让我们联想到巴蜀文人的夸饰。《山海经》中的奇形怪物我们还当作神话，而司马相如的山川夸饰我们已经当作文学作品欣赏了。《文心雕龙·夸饰》云："自宋玉景差，夸饰始盛。相如凭风，诡滥愈甚。故上林之馆，奔星与宛虹入轩；从禽之盛，飞廉与鹪鹩俱获。及扬雄《甘泉》，酌其余波；语瑰奇则假珍于玉树，言峻极则颠坠于鬼神。"[①] 刘勰说文学上的夸饰自宋玉、景差始，但真正把夸饰推到极致的是司马相如和扬雄。刘勰也许一时还未意识到夸饰是蜀人的特色，那陈子昂之"前不见古人，后不见来者"[②]，李白之"大道如青天，我独不得出"[③]，让这一特色凸显出来了。此后苏轼之"大江东去，浪淘尽，千古风流人物"[④]，及杨慎之"滚滚长江东逝水，浪花淘尽英雄"[⑤]，直至郭沫若之《天狗》《凤凰涅槃》，一开口都是吞吐山河，气势不凡。巴蜀文人的夸张浪漫、异想天开是否与三星堆一脉相承？

三　人性光辉与人文情怀

——巴蜀文化中的世俗化和享受化倾向

从世界范围来看，三星堆的青铜大立人像也是当时所有青铜像中最高的。它通高2.62米，其中人像高1.72米，底座高0.9米，重达180公斤

[①]（南朝梁）刘勰著，黄叔琳注，李详补注，杨明照校注拾遗：《增订文心雕龙校注》，中华书局2000年版，第466页。
[②]（唐）陈子昂撰，徐鹏校点：《陈子昂集》（修订本），上海世纪出版股份有限公司上海古籍出版社2013年版，第232页。
[③]（清）王琦注：《李太白全集》，中华书局1977年版，第989页．
[④] 邹同庆、王宗堂：《苏轼词编年校注》，中华书局2002年版，第398页。
[⑤] 王文才辑校：《杨慎词曲集》，四川人民出版社1984年版，第293页。

（见图15）。梯形座基上有四个大象似的兽头支撑起方形的台面。大立人赤足站在方形怪兽座上，仿佛如此他才能沟通天地。他长着三星堆人一样的蝴蝶脸，头戴铸有兽面纹和回字纹的花状筒形高冠，身着窄袖与半臂式套装，衣服上绣满花纹，有龙纹、兽面纹、回字纹等，显示出古蜀人高超的刺绣水平。与衣服纹样的写实相比，他的身材又体现出三星堆人奇绝的想象、肆意的夸张。他身材修长，双手巨大。我们同样可以认为这是三星堆人淡化身体，注重双手的一个暗示。从身材上看，有两个特点：一是造型简洁。青铜大立人没有表现出身体凹凸有致的曲线，而是从脖子到衣襟的下摆呈逐步放大的流线型，完全没有腰身，上下身也看不出来。这不是技术的原因，因为从三星堆如此众多的青铜器看来，他们对块面的表达是驾轻就熟的，如青铜鸟脚人身像的身材就铸造得妙曼多姿。二是身材极度瘦削，和大立人的伟岸完全不成比例，以至于他的胸部比脖子粗不了多少。从紧闭的嘴唇到消瘦的身躯，是否是三星堆人不求口腹之欲、只求上天之灵的表达？是否是他们刻苦自己、虔诚祭祀的表现？像大立人这样的大祭师，在登上祭台之前会斋戒吗？会用绝食的方式斋戒以表虔诚吗？这么瘦削的身材是要承担起人世的苦难吗？或者，这瘦高的身材是为了突出那巨大无比的双手？如果说身材的塑造是收敛而低调的，那双手的塑造绝对是夸张而张扬的。虚握的双手与身子几乎一般粗细，与此相应的是手臂也很粗壮。这双手如此之巨，以至大立人全赖底座的厚重才能屹立不倒。左手低右手高，略带倾斜，两臂环抱之势，两手环握之状，大立人手中虚空引来现代人竞相猜测：他握的是什么？他的两只手握成了两个圆，两个圆随手势而倾斜，又不在一条轴线上，因此，人们猜测他拿的是象牙或者玉琮，或者是别的祭祀的礼器。也许真实的情况是大立人手里什么也没拿。三星堆出土的青铜神坛上有五个青铜小人，金沙遗址出土的一个青铜小人像（见图16），也是这个手势，也是什么也没拿。青铜神坛的五个青铜小人并不在神坛顶端，肯定不是主祭，应该是没有资格拿玉琮的；他们和金沙小立人一样都很小，手里也是拿不下象牙的。青铜大立人应该只是做了一个手势，现代人之所以硬要往他手里塞东西，是因为这个手势太怪异。如果我们尝试学着他的样子做这个手势，我们就会感觉到这个手势是运动的。右手高举到眼前，以示尊敬，左手随之跟进，双臂自然而然有向内合抱之势，似乎将要把宇宙囊括怀中。而大立人的双手，在即将合拢之时定格了，引而不发，保留着拥抱世界的冲动。同这种拥抱相反的是他那空握的双手，大而空而圆，绝没有进一步握紧的意思。这样突出表现、强壮有力的双手居然是握空的！这是什么样的智慧？这种虚空留待，是留待神灵从手心中穿过，是"天下万物生于有，有生于无"①的哲学，还是"当其无，有器之用"②的智慧？它丰富的内涵可能永远保持神秘，留待后人猜想了。不过，这样虚掌空握，手指是僵硬而且不舒服的，然而三星堆人仍坚持着，他们拥抱这个世界但并不握紧，拥有掌握世界的权力却知道什么时候不用权力，不仅体现出智慧，而且还体现出善良。

图 15　三星堆青铜大立人像　　图 16　成都金沙青铜小立人像

殷商之际，中国进入了青铜时代。三星堆与殷商大约同时，虽然三星堆也出土有殷商风格的青铜器，但总体来看两者的风格截然不同。首先，殷商出土的青铜器中，以尊、鼎、彝、觯等礼器为代表，这些器物造型庄重、纹饰繁缛，极尽装饰，却很少有人像。陈炎先生说："殷商青铜器几乎无不铸有繁复的纹饰，而且常常是不留空隙，各种动物形象混合布满器表全身。"③ 虽

---

① 陈鼓应：《老子注译及评介》，中华书局1984年版，第223页。
② 陈鼓应：《老子注译及评介》，中华书局1984年版，第102页。
③ 陈炎主编：《中国审美文化简史》，高等教育出版社2007年版，第47页。

然殷商青铜器不管是从铸造还是艺术上来讲，都达到很高的水平，但是西方人还是认为没有达到最高水平，因为在西方文化中，人体雕像才能表现艺术的真谛。这当然是文化信仰不同造成的，本无优劣之分。不过，我国考古工作者还是根据《史记》中秦始皇一统天下之后"收天下兵，聚之咸阳，销以为钟鐻，金人十二，重各千石"①的记载，努力寻找秦人所铸的十二金人，结果却没有找到。没想到居然从四川盆地出土了相当于殷商时期的众多青铜人像，特别是青铜大立人，直摘世界第一的桂冠。那么，同是祭祀神灵，同是炎黄子孙，为什么有如此大的不同呢？为什么殷商以器物为主，而三星堆以人物像为主呢？无论如何，三星堆人把人面像作为祭祀的对象，说明他们重视人。其次，从审美风格上来讲，三星堆也是与殷商青铜器风格迥异。龇牙咧嘴的饕餮是殷商青铜器的主要纹饰（见图17）。"饕餮，就装饰纹样而言，是经过幻化变形处理的兽面形象的总称。……真正具象化的饕餮，也是饕餮之得名的形象，是一种更令人恐怖的造型，即口中含着人头的凶兽。"② 河南安阳殷墟出土的后母戊鼎、四羊方尊、偶方彝、妇好钺等器物上都有吃人的饕餮，这是"殷人尊神，率民以事神"③的审美反映，给人以凌厉威慑、敬畏恐惧之感。而三星堆的青铜器中却没有恐怖造型。抬头看大立人的面容，和众多的青铜头像一样，坚毅中带着虔诚，庄严中带着肃穆，神秘中带着善意。即使三星堆众多的动物形象，不管是鸟，还是兽，都是神奇而可爱，浪漫而美丽的。总之，三星堆的青铜器流露出的是温情，而殷商的青铜器则带有血腥。

图17 饕餮纹饰

---

① （汉）司马迁：《史记》，中华书局1959年版，第239页。
② 陈炎主编：《中国审美文化简史》，高等教育出版社2007年版，第44—45页。
③ （清）阮元校刻：《十三经注疏·礼记正义》，中华书局1980年影印版，第1642页。

这可能是地域文化的因素在里面起了作用。三星堆地处四川盆地膏腴之地，物产丰富，人们生活相对安宁而富足，四面环山又屏蔽了外来的侵略。他们的主要威胁是来自岷江的洪水，而抗击洪水需要群策群力，互相帮助，因此，人与人之间是友爱的。而安阳殷墟地处中原，缺少天然屏障，四方部落之间常有争夺和冲突，一场场征伐之后常是杀俘以殉，造成部落间世代不可和解的仇恨。贪吃人头的饕餮，就是殷商人杀掉战俘的武力炫耀和勇猛象征，它代表着征服和权力，同时，也代表着对神的虔诚祭祀。河南安阳的殷墟出土2000余座祭祀坑，白骨累累。祭祀的人牲多是战俘，其中有些是奴隶。人祭坑排列有序，分为若干组，每组代表一次祭祀活动。排列整齐的称"排葬坑"，比较分散的称为"散葬坑"，还有一种方形坑，是专门埋葬人头骨的。其中仅1976年发掘的191座祭祀坑中，就发现1178具人骨架，可见他们把多少活生生的生命拿来献祭给了神。不仅如此，商王或贵族死后也有人殉，少则一人，多的能达两百多人。著名的妇好墓中殉葬16人，殷墟编号为M1500大墓殉人114个，而M1001大墓殉人达到了225个。因此，发掘三星堆的时候，考古学家们也一如既往地在三星堆寻找殉人的痕迹，但却没有找到。三星堆两个祭祀坑中填埋了大量的动物骨渣，但没有人牲。相比血腥的商朝，这个被历史遗忘的古蜀国显示出高贵的人性光辉。当三星堆人在仰望天空的时候，殷商人在杀戮；当大立人拥抱世界的时候，殷商人在征战疆土；当大立人双手握空的时候，殷商人在抢掠财富。可以说，三星堆是精神的，殷商是物质的。三星堆青铜器中人与神是相互沟通的；而殷商青铜器却要人在神面前战栗而恐惧。三星堆青铜器对人的塑造也是对人的思考，他们的文字我们虽然不认识，但相信他们在哲学上已经开始人本主义的萌芽。

文学本是人学，古巴蜀的人文主义思想是巴蜀文学的底色。从秦并巴蜀之后，独立的蜀国、巴国不复存在，四川盆地内再没有长时间的独立政权，这让巴蜀民众更贴近现实而非皇权，巴蜀文化更贴近生活而非政治。川酒、川菜、蜀绣、麻将等，从古至今这些生活层面最实在、最平常的东西以及相应的世俗文化都很发达。总之，三星堆铜人像显示了人的正常色彩，显示了自古巴蜀重现实、重人情的特征。由此，巴蜀文学也带出富有生活气息的川味儿。司马相如与卓文君私奔，文君当垆，相如涤器，成为文坛佳话。严君平以卖卦为契机，家长里短，劝人向善。他说："卜筮者贱业，而可以惠众人。有邪恶非正之问，则依蓍龟为言利害。与人子言依于孝，与人弟言依于顺，与人臣言依于忠，各因势导之以善，从吾言者，已过半矣。"① 王褒的《僮约》诙谐幽默，充满生活气息，很有巴蜀味儿。李白和苏轼都能笑傲王侯，但是对于普通百姓却了无区别。李白的《哭宣城善酿纪叟》是哭祭一个卖酒翁的："纪叟黄泉里，还应酿老春。夜台无晓日，沽酒与何人？"② 苏轼的《浣溪沙》："簌簌衣巾落枣花，村南村北响缲车。牛衣古柳卖黄瓜。酒困路长惟欲睡，日高人渴漫思茶。敲门试问野人家。"③ 东鳞西爪，抓过来都是寻常景物，凑一起就是生活画卷。

　　三星堆和金沙遗址出土文物所呈现的世界是一个精神的世界，是对太阳的崇拜、对神灵的虔诚，是对自由的向往、对宇宙的探索；同时展现的也是一个人的世界，人性的尊重、人间的慈爱、人生的享受。在这里不禁让人想起康德的名言，康德说："有两样东西，越是经常而持久地对它们进行反复思考，它们就越是使心灵充满常新而日益增长的惊赞和敬畏：我头上的星空和我心中的道德法则。"④ 三星堆的青铜神树引领我们仰望灿烂星空；青铜人像指引我们思考心中的道德法则，也指引着我们思考巴蜀人文之由、巴蜀文学艺术不同于他方文学艺术的来源所在。

---

① （汉）班固撰，（唐）颜师古注：《汉书》，中华书局1962年版，第3056页。
② （清）王琦注：《李太白全集》，中华书局1977年版，第1202页。
③ 邹同庆、王宗堂：《苏轼词编年校注》，中华书局2002年版，第235页。
④ 李秋零主编：《康德著作全集》第5卷，中国人民大学出版社2007年版，第169页。

司马相如与巴蜀文学范式[*]

摘　要：巴蜀文学鲜明的地域特色早为人所关注，但是对巴蜀文学范式的形成及内涵却少有人进行深入研究。巴蜀文学范式由汉代辞赋作家司马相如奠定，司马相如的人格个性与审美特征来源于古代巴蜀文化，又深刻影响到后世巴蜀文学。司马相如不仅是古代巴蜀书面文学的奠基者，而且是巴蜀文学范式的创建者。

关键词：司马相如；巴蜀文化；文学范式；奠基；影响

范式，英文为 Paradigm，源自希腊文，含有"共同显示"之意。由此引申为模式、模型、范例等义。库恩所说的范式，是指特定的科学共同体从事某一类科学活动所共同掌握并必须遵守的一般原理、模型和范例。这里借用"范式"一词是指文学的模式、模型、范例，用中国通俗的说法，指文学传统。

中国地域辽阔、民族众多，由于地理环境不一，经济发展不平衡，文化传统有别，由此形成了各具鲜明特色的地域文化和地域文学，巴蜀文学就是其中之一。换言之，巴蜀文学就是中国文学中一种具有地域特色的文学范式。而巴蜀文学这一范式的形成与汉代著名作家司马相如有密切关系。长期以来，对司马相如与巴蜀文化、巴蜀文学的关系，尽管已有人研究，但都显得十分浮泛和稀少，因此，本文主要探讨以下三方面的问题：巴蜀文化如何孕育出司马相如，司马相如如何奠定了巴蜀文学范式，由司马相如奠定的巴蜀文学范式如何在巴蜀文学中发生潜在和显在的影响。不当之处，敬请指教。

---

[*] 原载《四川师范大学学报》（社会科学版）2005 年第 2 期。

司马相如与巴蜀文学范式

一 司马相如产生的文化温床

晋朝著名文学家左思在《蜀都赋》中写道："近则江汉炳灵，世载其英。蔚若相如，皭若君平。王褒晔晔而秀发，扬雄含章而挺生。幽思绚道德，摛藻掞天庭。考四海而为俊，当中叶而擅名。是故游谈者以为誉，造作者以为程也。"① 如果从书面文学的产生来看，的确，汉代是巴蜀文学的发生期，而司马相如又是巴蜀文学第一人。既然司马相如为巴蜀文学第一人，那似乎在此以前巴蜀文学是一片空白，司马相如简直就像天外来客直接降临到巴蜀大地。其实这一印象是不准确的。我们可以肯定地说，司马相如是巴蜀文化孕育的产物。自然，我们不得不把眼光追溯到司马相如之前来探究司马相如产生的原因。

20世纪以来，随着考古学的发展，很多以前只能依据书面文献进行了解和研究的问题逐渐浮出水面，巴蜀文化即是如此。20世纪40年代以来，有关巴蜀文化的研究就开始起步，不过，有关巴蜀文化的概念却有不同的含义，一是从考古学意义上使用的，一是从文化学意义上使用的，后者包含的意义较广。历来对巴蜀文化的研究，比较倚重书面文献，而恰好先秦巴蜀文化在书面文献方面却极为简略。单靠书面文献，很难直接勾勒出巴蜀的历史，这方面，已故四川大学蒙文通教授的研究引起世人的关注。蒙先生认为，《山海经》中四篇《海内经》（即《海内南经》《海内西经》《海内北经》《海内东经》）可能是蜀的作品，而五篇《大荒经》（《大荒东经》、《大荒南经》、《大荒西经》、《大荒北经》和附录在后面的《海内经》）则是巴人的作品，时代大略在西周。② 但是真正使巴蜀文化揭开神秘面纱的是考古上的重大发现。20世纪三四十年代，考古工作者在四川广汉真武宫发现玉石器窖藏，在成都白马寺发现了异形青铜器，在殷墟卜辞中

---

① （梁）萧统编，（唐）李善注：《文选》，上海古籍出版社1986年版，第189页。
② 蒙文通：《巴蜀史的问题》，《四川大学学报》（社会科学版）1959年第5期。

发现了关于"蜀"的记载,在川西平原发现大石文化遗址。特别是1986年广汉三星堆文物遗址的考古发现,使整个巴蜀文化早期的情况以神奇的面目展现于世界面前。由此,围绕三星堆文化的研究,整个巴蜀文化的研究被掀起了一个空前的热潮。下面我们借助于三星堆文化和部分书面文献,对巴蜀文化中的审美意识和美学思想进行分析,以期揭开司马相如这位文豪出现的文化温床的特质。

人类的美学智慧曾经历了三个不同的发展时期:一是在语言文字出现之前,体现于人类活动及其器物上的审美意识,如前所述的三星堆雕像;二是在文字出现之后,以语言文字为载体的美学思想阶段,这是人类的美学智慧可以较为直接把握的时期;三是美学作为学科形态的出现,这已经是相当晚近的事情。而在文字出现前的漫长阶段,只能借助于器物来分析先人的审美意识。而从以三星堆为代表的青铜雕像中,我们可以窥探到古代巴蜀人审美意识的一些特征。

首先,它们具有浓厚的宗教意识。古代蜀人制造这些青铜器的目的是用于宗庙和宫殿的装饰,是殿堂内陈设的礼器,如青铜神树,经过修复后高达3米多,原本为宫殿中的高级礼器。此外如车轮形器、爬龙柱、大眼睛饰件等,学术界普遍认为,这并非仅仅为一次性使用所为,而是陈设在某一特定的神圣场所,供人们长期顶礼膜拜的礼器。再比如,在青铜人物造像中,有一尊高260.1厘米的大型青铜人像最引人注目,它高冠,左衽,长袍,身子细长,装饰华丽,双手握圈,戴脚镯。学术界一般认为,他与萨满文化有关。这些都说明,三星堆青铜器所反映出的古代蜀人的意识,不仅是审美,而且也是宗教,是审美和宗教意识的完美结合。诚如有的研究者所指出的那样:"三星堆青铜群雕以其独特的文化内涵和别具一格的审美观念的和谐统一,达到了东方上古雕塑史上比较完美的艺术境地。"[1]

其次,抽象与写实的结合。就艺术风格而言,三星堆青铜雕像群趋向于从原始抽象艺术向写实与抽象结合。正如李泽厚所说:早期艺术"只是观念意识物态化活动的符号和标记,但是凝练在、聚集在这种图像符号形式里的

---

[1] 屈小强、李殿元、段渝主编:《三星堆文化》,四川人民出版社1993年版,第366页。

社会意识，亦即原始人那如醉如狂的情感、观念和心理，恰恰使这种图像形式获有了超模拟的内涵和意义，使原始人们对它的感受取得了超感觉的性能和价值，也就是说自然形式里积淀了社会的价值和内容，感性自然中积淀了人的理性性质，并且在客观形象和主观感受两个方面皆如此。这不是别的，又正是审美意识和艺术创作的萌芽"[1]。在三星堆发掘的青铜雕像中，大型人物面具造型尤有特点，"纵目"和"大耳"的形象，一方面是人类早期对"千里眼"和"顺风耳"的渴求，显示了巴蜀先民善于虚构和想象的特征；另一方面也表现了巴蜀先民善于夸张的特点，这与汉大赋善于夸饰的特征可以说有一脉相承之处。除了这种明显的抽象性而外，三星堆青铜雕像还具有浓厚的写实意味，比如青铜人头像为圆头顶，盘辫，发迹线至耳根，两耳上方留有短鬓发。就其形象看，近似今天的彝族人。这与《史记·西南夷列传》中说西南上古先民"魋髻、耕田、有邑聚"[2] 很一致。这一写实的特点同样在汉大赋中有鲜明体现，如对景物的如实铺写，所谓"赋者，铺也"正说明了这一点。

果如蒙文通先生考证那样，《海内经》和《大荒经》为巴蜀人的作品，那么，从以三星堆为代表的青铜雕像到《山海经》中巴蜀人作品，可以看到，富于想象、擅长夸张、具有怪诞色彩，确乎是巴蜀审美文化的特点。由此我们可以做出如下判断：司马相如之所以能够在汉大赋这一文体中显示出色的文学才能，固然与中原文化的传入，与梁孝王文人集团有很大关系，但不能不考虑到巴蜀文化这一特殊的温床对司马相如的影响。

二 司马相如奠定了巴蜀文学范式

司马相如之所以能够奠定古代巴蜀文学范式，是因为他身上极为鲜明地体现出古代巴蜀人的人格个性和行为方式。正是这些鲜明的人格个性及其在

---

[1] 李泽厚：《美的历程》，文物出版社1981年版，第12页。
[2] （汉）司马迁：《史记》，中华书局1959年版，第2991页。

文学上的表现而引发后代巴蜀人对他的认同、模仿、学习,由此形成古代巴蜀文学的范式。

且先看看司马相如人格个性以及文学创作上的特征。

首先,好学能文。《史记·司马相如列传》说:"少时好读书,学击剑,故其亲名之曰犬子。相如既学,慕蔺相如之为人,更名相如。"① 这说明:司马相如兼具崇文尚武两方面的性格,一方面是好读书所显示的沉静,另一方面是好武所显示的刚健。一动一静,一刚一柔,恰好鲜明地体现出司马相如个性的完美结合。如果只是好文的沉静而无尚武的刚健,他就不会在汉景帝不好辞赋之时,毅然弃官到梁孝王那里,由此结识了邹阳、枚乘、庄忌等好辞赋的文人,很可能后来就不会产生司马相如这位举世闻名的大文人了;如果不是有尚武的刚毅性格,他也不可能出使西南,为汉王朝打通西南通道立下卓越功勋,更不会做出琴挑卓文君的大胆举动,为后世留下一段美妙的爱情故事。而古代巴蜀好文者并非司马相如一人,《汉书·地理志》说古代巴蜀人:"未能笃信道德,反以好文刺讥。"② 这句话同时揭示了古代巴蜀人两方面的重要特征:一是好文,善著书,正是这一点,使司马相如为汉武帝所赏识,成为千古流名的大文人;二是未能笃信道德,后者正是下面要谈的内容。

其次,正统道德观念淡漠。司马相如之时,由孔子奠定的礼教文化在中原和北方早已扎下深根,而僻处西南一隅的古代巴蜀到西汉之时仍未能更多地受到这种影响。儒家文化较大规模传入巴蜀是在文翁兴学之后,当然,司马相如正是在这个时期之内,但从受到儒家文化影响看来,特别在道德方面,司马相如更多地保留了西南夷风。历史上所歆羡的司马相如琴挑卓文君的故事,颇能说明这一点。对此,《史记》本传有详细的介绍。

> 会梁孝王卒,相如归,而家贫,无以自业。素与临邛令王吉相善,吉曰:"长卿久宦游不遂,而来过我。"于是相如往,舍都亭。临邛令缪

---

① (汉)司马迁:《史记》,中华书局1959年版,第2999页。
② (汉)班固撰,(唐)颜师古注:《汉书》,中华书局1962年版,第1645页。

为恭敬，日往朝相如。相如初尚见之，后称病，使从者谢吉，吉愈益谨肃。临邛中多富人，而卓王孙家僮八百人，程郑亦数百人，二人乃相谓曰："令有贵客，为具召之。"并召令。令既至，卓氏客以百数。至日中，谒司马长卿，长卿谢病不能往，临邛令不敢尝食，自往迎相如。相如不得已，强往，一坐尽倾。酒酣，临邛令前奏琴曰："窃闻长卿好之，原以自娱。"相如辞谢，为鼓一再行。是时卓王孙有女文君新寡，好音，故相如缪与令相重，而以琴心挑之。相如之临邛，从车骑，雍容闲雅甚都；及饮卓氏，弄琴，文君窃从户窥之，心悦而好之，恐不得当也。既罢，相如乃使人重赐文君侍者通殷勤。文君夜亡奔相如，相如乃与驰归成都。①

这段很有传奇色彩的故事，成为司马相如后世流传最广、民间影响最大的事情。文中两次使用了"缪"（即谬），即"假装"，说明司马相如和王吉是在做戏，其合谋抬高其身价的做法，既充分显示了古代巴蜀人"君子精敏，小人鬼黠"②的特点（今天四川口语中说某人聪明时仍然用"鬼聪明""鬼精灵"），又说明司马相如不遵守传统道德的特征，即前面《汉书》所说的"未能笃信道德"。《华阳国志》不仅十分精辟地概括了古代巴蜀人的性格特征，而且分析了原因，其云："其卦值坤，故多斑彩文章；其辰值未，故尚滋味；德在少昊，故好辛香；星应舆鬼，故君子精敏，小人鬼黠；与秦同分，故多悍勇。"③ 这里从地理分野的角度说明了古代蜀地形成此特点的原因，其具体内容，后面再详论。

第三，重情任性，敢于标新立异。敢作敢为、善于标新立异贯穿司马相如一生行事之中，如琴挑卓文君之违背儒家伦理道德，如当炉酤酒，自著犊鼻裈，与佣人当街洗碗盏，不给富裕的岳丈留情面，如打通西南夷道为国不惮风险，作赋讽谏汉武帝而不怕招来祸害。重情任性，则表现为初期与汉景帝不合而辞官，与梁孝王文人集团的同声相应、同气相求，与汉武帝的相得

---

① （汉）司马迁：《史记》，中华书局1959年版，第2000页。
② （晋）常璩撰，刘琳校注：《华阳国志校注》，巴蜀书社1984年版，第175页。
③ （晋）常璩撰，刘琳校注：《华阳国志校注》，巴蜀书社1984年版，第175—176页。

而直言敢谏，"未尝肯与公卿国家之事，称病闲居，不慕官爵"的顺情适性、保持独立个性。

总之，司马相如充分体现了四川文人"风流才子"的特点。这一点，不仅为他自己赢得了生前身后名，也成为后世巴蜀文人歆羡和仿效的榜样，从而为古代巴蜀文人树立了仿效的榜样。

司马相如的人格个性转化为创作个性，在其文学创作包括赋和散文两方面都有充分展现。

一是他敢于创新的创作态度。司马相如身上有许多第一。他是第一个奠定汉大赋体制的作家，《子虚赋》《天子游猎赋》即是；他的《哀二世赋》用文学的形式第一次指斥了秦朝的暴政；他的《长门赋》开创了写宫怨题材的先河。所有这些都显示了司马相如善于创新、敢于创新的特点。鲁迅先生对司马相如有较高的评价，他说，"盖汉兴好楚声，武帝左右亲信，如朱买臣等，多以楚辞进，而相如独变其体，益以玮奇之意，饰以绮丽之辞，句之短长，亦不拘成法，与当时甚不同"[1]，"不师故辙，自摅妙才，广博宏丽，卓绝汉代"[2]。鲁迅先生此两处评价，都说明了司马相如善于独创和在汉大赋上的成就。

二是他的"苞括宇宙，总览人物"的创作观念。关于此点，有研究者根据其创作实践和理论叙述作出如下论断。

> 司马相如的文学实践，标志着文学自觉时代的来临。这不仅指他有意识地将文学创作当作纯粹审美活动，并自觉地构建着文学创作技巧手法模式，更包括他在创作理论上的自觉。葛洪《西京杂俎》载，司马相如在回答蜀人长通关于创作的问题时，就系统地阐述了文学本质、特征、主体作用、结构技巧和语言法则。他指出，文学创作首先是想象和虚构，是一种形象思维，即"控引天地，错综古今，忽然入睡，焕然而兴"，通过形象塑造达到"苞括宇宙，总览人物"的典型化效果；其次是注重创

---

[1] 鲁迅：《汉文学史纲要》，《鲁迅全集》第九卷，人民文学出版社1981年版，第417页。
[2] 鲁迅：《汉文学史纲要》，《鲁迅全集》第九卷，人民文学出版社1981年版，第418页。

作主体作用的"赋家之心",要抓住灵感,把握独特人生体验并表现自我气质;再次是注重作品的结构安排,他将之比喻为"一经一纬"交错,"合綦组以成文",通过精心安排结构以获取"文"彩美感;最后是注重语言的锤炼,尤其是富于色彩感的词语的选择,即"列锦绣而为质",真正使文学具有美的特点。此外,他并未忽略语言艺术的音乐美,提出"一宫一商"的音韵乐感标准。如此种种,都显示着司马相如在创作和理论上,都自觉地将文学视为一种艺术审美活动,中国文学的自觉时代,因他而始。①

我们认为,上段文字对司马相如创作实践和创作观念的分析,把握准确,论断可靠。这里尤其应该注意的是所谓"文学的自觉"这一结论,目前学界也越来越多地认识到这一点。

三是创作上显示出的浪漫雄健和偏重崇高的审美个性。司马相如之赋产生于汉武帝时期这个国力强盛、进取精神极为浓厚的时代,是汉帝国时代精神在艺术上的典型体现。换言之,相如之赋本身就是一个崇高时代的写照。他笔下之描写,不仅是文人的想象,还有着现实的基础。这使我们很容易想起古罗马著名文论家郎吉弩斯对崇高精神的呼唤,因为他所处的时代本身就是缺乏崇高精神的时代。但大汉帝国却不缺乏这些。除了汉帝国这一土壤之外,我们不能忽视巴蜀这一方土地以及相如本人的个性。巴蜀四面环山、多山多水的地理环境,是比较适宜于产生崇高观念的,西方美学家博克对自然界崇高对象的分析,颇适用于分析高山、大川、大漠、海洋容易产生出崇高的原因。当然,地理环境和时代氛围只是一种可能,是否一定会产生出具有崇高风格的作品又是另一回事。上述两种可能加上司马相如自己的尚武好侠的个性,这种结合使司马相如的赋显示出浪漫刚健和偏向崇高的审美特征。

四是"斑采文章"与"丽"。翻检古代巴蜀文人之作品,辞采华美、音

---

① 邓经武:《二十世纪巴蜀文学》,电子科技大学出版社1999年版,第20—21页。按:此处所说"长通"又谓"盛览",《全上古三代秦汉三国六朝文》题为《答盛览问作赋》。另,葛洪所著为《西京杂记》,而非《西京杂俎》。

韵流畅是其重要特点。前面说到蜀人"好文",这个"文"字,不仅是文章(文学),也是"文采"。好鲜艳色彩,早在相如之前就已存在,三星堆出土器物是明证,蜀锦出产在成都也是明证,至于文学上追求"采""丽"只是整个巴蜀人好尚的一个具体表现。好"色"(各种华美色彩),简直可以说是蜀人的特性。对此,早在西汉末年,扬雄就指出司马相如之赋有"丽以淫"的特点,这里的"丽"是就相如辞赋文采而言,而"淫"则指文采夸张过度,掩蔽了其讽喻意义,这主要是针对赋没有很好起到讽喻作用而言的。又说相如赋"文丽用寡"[①],也就是文采华美,作用有限。但不管如何,扬雄是清楚地看到了相如赋的特征的。班固在《汉书》扬雄本传中说:"蜀有司马相如,作赋甚弘丽温雅,雄心壮之,每作赋,常拟之以为式。"[②]又在《艺文志》中说司马相如等人之赋"竞为侈丽闳衍之辞"[③]。这说明,班固也认同司马相如之赋具有"丽"的特点。刘勰在《文心雕龙·诠赋》中说,"赋者,铺也。铺采摛文,体物写志也"[④],"丽词雅义,符采相胜,如组织之品朱紫,画绘之著玄黄,文虽新而有质,色虽糅而有本,此立赋之大体也"[⑤]。这里的"铺采摛文""丽词雅义""如组织之品朱紫,画绘之著玄黄",都是在谈汉赋的"丽",尤其后面一句基本上是对司马相如在《答盛览问作赋》中意思的继承。李白在《古风》(其一)中说"正声何微茫,哀怨起骚人。扬马激颓波,开流荡无垠"[⑥],这是从否定方面而言的,其实也看出了司马相如和扬雄文风的特点。其实,李白之诗歌又何尝不"丽"呢?王世贞说相如赋"辞极丽"[⑦],鲁迅先生说相如赋"广博宏丽"[⑧],都是对相如赋特点的准确概括。今人认为,"尚美""重用"(讽喻),可谓汉赋的两大特点,这正是相如赋作为汉大赋代表而显示出来的。

[①] 汪荣宝撰,陈仲夫点校:《法言义疏》,中华书局1987年版,第507页。
[②] (汉)班固撰,(唐)颜师古注:《汉书》,中华书局1962年版,第3515页。
[③] (汉)班固撰,(唐)颜师古注:《汉书》,中华书局1962年版,第1756页。
[④] (梁)刘勰著,范文澜注:《文心雕龙注》,人民文学出版社1958年版,第134页。
[⑤] (梁)刘勰著,范文澜注:《文心雕龙注》,人民文学出版社1958年版,第135页。
[⑥] (清)王琦注:《李太白全集》,中华书局1977年版,第87页。
[⑦] (明)王世贞:《艺苑卮言》,载丁福保辑《历代诗话续编》,中华书局1983年版,第982页。
[⑧] 鲁迅:《汉文学史纲要》,《鲁迅全集》第九卷,人民文学出版社1981年版,第418页。

三 巴蜀文学范式影响

　　作为文学范式，当然必须是后代作家不断重复出现而构成的文学传统。扬雄、王褒等辞赋作家对司马相如的模仿和学习，显而易见。同样，后代其他作家无论是赋的创作还是其他文体的写作，都十分鲜明地体现出司马相如所奠定的这一文学范式的影响。由司马相如奠定的巴蜀文学范式更多地被后人看作"相如遗风"、两汉"先贤意识"。扬雄、王褒都被认为有相如遗风。李白是一个充分认同相如并以此为榜样的人，有研究者甚至认为，李白有浓厚的"相如情结"[1]。三苏则有浓厚的"两汉先贤意识"。苏轼主张"以西汉文词为宗师"。所谓"以西汉文词为宗师"，就是向两汉作家作品学习，特别是巴蜀先贤司马相如和扬雄。他说："始朝廷以声律取士，而天圣以前，学者犹袭五代之弊。独吾州之士，通经学古，以西汉文词为宗师。方是时，四方指以为迂阔。"[2] 又说："文章之风，惟汉为盛。而贵显暴著者，蜀人为多。盖相如唱其前，而王褒继其后。峨冠曳佩，大车驷马，徜徉乎乡间之中，而蜀人始有好文之意。弦歌之声，与邹、鲁比。"[3] 又说："我时年尚幼，作赋慕相如。"[4] 李白也说："十五观奇书，作赋凌相如。"[5] 看来，两位巴蜀著名文人莫不以赶超相如为目标。苏辙说："文律还应似两京。"[6] "废兴自有时，诗书付西京。"[7] "西汉"、"西京"、"两京"所指不完全相同，从大者言，三苏以两汉文词为师；就主要而言，三苏"以西汉文词为宗师"。三苏"以西汉文词为宗师"的原因当然不止一个，但与巴蜀文化中所具有的两汉先贤意识大有关系。《汉书·地理志》云："景、武间，文翁为蜀守，教民读书法令。

---

[1] 赵昌平：《李白的"相如情结"——李白新探之二》，《文学遗产》1999年第5期。
[2] （明）茅维编，孔凡礼点校：《苏轼文集》，中华书局1986年版，第352页。
[3] （明）茅维编，孔凡礼点校：《苏轼文集》，中华书局1986年版，第1425页。
[4] （清）王文诰辑注，孔凡礼点校：《苏轼诗集》，中华书局1982年版，第755页。
[5] （清）王琦注：《李太白全集》，中华书局1977年版，第599页。
[6] （宋）苏辙著，曾枣庄、马德富校点：《栾城集》，上海古籍出版社1987年版，第368页。
[7] （宋）苏辙著，曾枣庄、马德富校点：《栾城集》，上海古籍出版社1987年版，第1491页。

未能笃信道德，反以好文刺讥，贵慕权势。及司马相如游宦京师诸侯，以文辞显于世，乡党慕循其迹。后有王褒、严遵、扬雄之徒，文章冠天下。繇文翁倡其教，相如为之师。"① 班固的"乡党慕循其迹""相如为之师"，说得非常好。汉代巴蜀文化，尤其是文学创作以集团军的形式显耀两汉文坛，成为巴蜀人为之自豪的历史。"乡党慕循其迹"，是很自然的。这就是为什么巴蜀人"两汉先贤"意识强烈的原因。

具体而言，两汉先贤意识复显的巴蜀文学范式表现为以下三个方面。

第一，古代巴蜀作家具有创新精神，多异端色彩，他们往往在文学革新之际大显身手。

一部中国文学发展史，就是文学的复古与革新的交替史。而古代巴蜀作家往往是在革新之际跻身文坛、扬名后世的。汉代的司马相如是在由骚体赋向大赋的转化过程中奠定其地位的，王褒则以抒情体物之赋显示出他的影响和价值，唐代陈子昂、李白是在诗歌革新运动中确立其地位的，宋代苏舜钦、三苏是在宋代诗文革新运动中脱颖而出的，明代杨慎也是在前七子宗唐复汉之际以倡汉魏诗风而享誉文坛的，清代张问陶是在宗唐、宗宋之争中强调独抒性灵而扬名的。

古代巴蜀作家之所以能够在革新之际大显身手，是因为他们有极强的创新精神和富有异端色彩。这种人格个性和文化个性与古代巴蜀文化生成的地理环境及人文环境有极为密切的联系，与司马相如所奠定的巴蜀文学范式密切相关。此外，浓郁的原始神秘气氛使四川孕育了本土化的宗教——道教。四川历来是道教和佛教的兴盛之地，青城山和峨眉山分别是这两种宗教文化的代表地之一。在学术上，古代巴蜀以精《易》学、老庄之学、史学而著称。表现于古代巴蜀作家身上就是多具有"杂家"色彩：好老庄、喜佛道，乃至纵横之学。这一文化传统积淀在巴蜀作家身上，就显示出了极强的叛逆精神和异端色彩。司马相如"未尝肯与公卿国家之事，称病闲居，不慕官爵"②；扬雄"少而好学，不为章句，训诂通而已，博览无所不见。为人简易佚荡，

---

① （汉）班固撰，（唐）颜师古注：《汉书》，中华书局1962年版，第1645页。
② （汉）司马迁：《史记》，中华书局1959年版，第3053页。

口吃而不能剧谈，默而好深湛之思，清静亡（无）为，少耆（嗜）欲，不汲汲于富贵，不戚戚于贫贱，不修廉隅以徼名当世"①；陈子昂少年不学、任侠使气；李白好击剑、喜饮酒、炼丹学道、遨游天下，"一生傲岸苦不谐"②；苏涣少曾在长江上拦截商旅，善用白弩，人称"白跖"；雍陶恃才傲物，薄待亲党；唐求放旷疏逸，俨如方士，数为官府征辟，辞不就；五代词人欧阳炯，性坦率，无检操；宋代苏舜钦在赛神会时用卖进奏院纸的钱邀伎会友，后被弹劾去职；苏轼身处党争之际，独立不倚，既遭新党打击，复遭旧党忌恨；苏辙论对，极言仁宗得失，获"狂直"之名；明杨慎被谪戍永昌，傅粉戴花，拥妓逛市；清李调元为人旷达，豪放不羁。这些人的特立独行、放荡不羁，作文行事勇于革新、大胆叛逆，这正是相如遗风的体现。

第二，古代巴蜀作家多富浪漫气质，作品风格往往偏向崇高一面。

古代巴蜀作家多富浪漫气质，因此他们在创作方法上偏向浪漫主义，在文学风格上偏向崇高的审美范畴。巴蜀文化兼具南北文化的特征。古代巴蜀作家富浪漫气质，近南方文化的代表——楚；文学风格上偏向崇高，又近北方文化的秦。这其实是与巴蜀地理环境兼具南北特征相一致的。汉大赋是最能显示出崇高特征的。明王世贞说："《子虚》《上林》，材极富，辞极丽，而运笔极古雅，精神极流动，意极高，所以不可及也。"③ 鲁迅先生评司马相如说："不师故辙，自摅妙才，广博宏丽，卓绝汉代。"④ 司马相如的赋作具有崇高的特征，是与他的审美观和创作观分不开的。这一点，前面已经说到。如果说"綦组""锦绣"代表的是"宏丽"，那么"苞括宇宙，总览人物"则代表的正是"广博"。王褒、扬雄之赋继承和发扬了该特点。王褒撰《洞箫赋》，《汉书》本传载："其后太子体不安，苦忽忽善忘，不乐。诏使褒等皆之太子宫虞侍太子，朝夕诵读奇文及所自造作。疾平复，乃归。太子喜褒所为《甘泉》及《洞箫颂》，令后宫贵人左右皆诵读之。"⑤ 可以设想，王褒的

---

① （汉）班固撰，（唐）颜师古注：《汉书》，中华书局1962年版，第3514页。
② （清）王琦注：《李太白全集》，中华书局1977年版，第913页。
③ （明）王世贞：《艺苑卮言》，载丁福保辑《历代诗话续编》，中华书局1983年版，第982页。
④ 鲁迅：《汉文学史纲要》，《鲁迅全集》第九卷，人民文学出版社1981年版，第418页。
⑤ （汉）班固撰，（唐）颜师古注：《汉书》，中华书局1962年版，第2829页。

赋能治好太子的病，若不是有强烈充沛的感情、震撼心灵的冲击力，是断然不可能的。扬雄"心好沉博绝丽之文"，对司马相如倾心敬佩，"每作赋，常拟之以为式"①，他的《甘泉赋》《长杨赋》诸赋，表现出与司马相如相似的风格，后人一直以"扬马"并称。陈子昂对"文章道弊五百年"的文坛现状很不满，大声疾呼，提倡汉魏风骨、风雅兴寄。其《感遇诗》三十八首和《登幽州台歌》慷慨蕴藉，铮铮有金石声。卢藏用谓其"卓立千古，横制颓波，天下翕然，质文一变"②。陈子昂的诗歌启盛唐之先声，本身就表现出浪漫的气质和崇高的风格。李白最能代表中国诗歌中的浪漫主义精神和崇高的风格。其傲岸、高洁的性格，突破世俗网罗、追求自由个性的精神，上天入地、天马行空的文风，无一不表现出盛唐气象。薛涛以一女流而写出"平临云鸟八窗秋，壮压西川四十州。诸将莫贪羌族马，最高层处见边头"的好诗。纪昀谓其诗"托意深远，有鲁嫠不恤纬、漆室女坐啸之思，非寻常裙屐所及，宜其名重一时"③。宋代的苏舜钦，欧阳修称赞他"笔力豪隽，以超迈横绝为奇"④。苏轼是继李白之后蜀中最有影响的作家。他的诗歌较多地受到李白的影响，表现出李白风神。其词"一洗绮罗香泽之态，摆脱绸缪宛转之度，使人登高望远，举首高歌，而逸怀浩气超然乎尘垢之外"⑤，因而被后人推为豪放派词之祖。张孝祥，意气豪迈慷慨，平生善诗工词。其词上承苏轼，下启辛弃疾，为豪放派词中坚。明代的杨慎，其创作"拔戟自成一队"⑥。清代的李调元，袁枚评为"才力豪猛"。张问陶以文风奇杰廉劲近李白，被人称为"小李白"。

古代巴蜀作家体现的富浪漫精神，偏崇高风格，跟巴蜀审美意识的积淀和先贤意识有关。由司马相如、扬雄所铸造的审美范式及后人对他们的追摹、

---

① （汉）班固撰，（唐）颜师古注：《汉书》，中华书局1962年版，第3515页。
② （唐）卢藏用：《右拾遗陈子昂文集序》，载（清）董诰等编《全唐文》卷二三八，中华书局1983年版，第2402页。
③ （清）纪昀总纂：《四库全书总目提要》，河北人民出版社2000年版，第5094页。
④ （宋）欧阳修：《六一诗话》，载（清）何文焕辑《历代诗话》，中华书局1981年版，第267页。
⑤ （宋）胡寅：《酒边词序》，载郭绍虞主编，王文生副主编《中国历代文论选》第二册，上海古籍出版社1979年版，第360页。
⑥ （清）沈德潜、周准编：《明诗别裁集》，上海古籍出版社1979年版，第142页。

认同对巴蜀文学风格影响甚大。

第三，强调文学的社会功能、重视情感的自由抒发。

对文学社会功能的重视是古代巴蜀作家一以贯之的态度。相如作《子虚》《上林》，"其卒章归之于节俭，因以风谏"。扬雄早年好赋，后又操戈入室，自我否定，认为赋乃"童子雕虫篆刻"，"壮夫不为"。①他分赋为"诗人之赋"和"辞人之赋"，前者"丽以则"，后者"丽以淫"，肯定"诗人之赋"，把自己和司马相如等人的赋加以否定。这种前后矛盾的现象，正是扬雄对赋"讽一而劝百"的否定，从而证明了扬雄对文艺社会作用的重视。陈子昂、李白对齐梁诗风的否定和对汉魏风骨的提倡，正是不满意齐梁及初唐诗人吟风弄月、无益国家。其诗歌创作和文艺主张表现出鲜明的时代性、功利性。宋代苏舜钦、三苏身处宋代经世思潮兴起之时，继承蜀中文学的优良传统，很强调文学的现实功利性，这在三苏身上表现得尤为突出。三苏文论的共同点之一就是重视文学的现实功利，他们都强调文学须"有为而作"，"言必中当世之过"。

古代巴蜀作家既非常重视文艺的社会功能，又很强调艺术的特殊性。强调艺术性的突出表现是重视情感的自由抒发。司马相如并没有明确提出缘情的主张，但从他琴挑文君、贪夜私奔和称疾闲居的个性来讲，其人自是任情适性之人，故其所谓"赋家之心"亦应包含情感自由抒发在内。扬雄则明明白白地说："言，心声也；书，心画也；声画形，君子小人见矣。声画者，君子小人之所以动情乎。"②这些话强调了情感乃文学创作之本原。"彩丽竞繁，而兴寄都绝""梁陈以来，艳薄斯极"，这是陈子昂、李白对齐梁文学的评价。所谓"艳"，是指词采的秾艳，它与"清新""自然"对立；所谓"薄"，指缺少情感真实度和厚重感。针对齐梁的"艳"，李白主张"清新""自然"；针对齐梁的"薄"，陈子昂倡汉魏风骨、风雅兴寄，这都是在强调情感的自由抒发。苏轼提倡真性情，他说："诗从肺腑出，出辄愁肺腑。"③杨慎当前后七子力倡复古之时，主张"诗以道性情"。清张问陶论

---

① （汉）扬雄：《法言》，《二十二子》，上海古籍出版社1986年版，第813页。
② （汉）扬雄：《法言》，《二十二子》，上海古籍出版社1986年版，第816页。
③ （清）王文诰辑注，孔凡礼点校：《苏轼诗集》，中华书局1982年版，第797页。

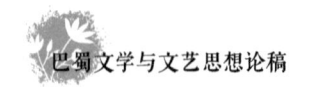

诗主性情，袁枚引为同道。

　　总之，从文学范式的形成看，必须是在文学史上有巨大创造力并奠定文学的体制、风格的作家才能承担，而司马相如恰好具备这一条件。他不仅奠定了这一文学范式，而且在古代巴蜀文学史上确实具有非同一般的影响力。振叶寻根，观澜索源，通过对司马相如奠定之文学范式的分析，我们可以对古代巴蜀文学有更深入和准确的把握。

司马相如与儒学*

摘　要：汉代为儒学独尊和大赋创作兴盛的时代，而司马相如正处于汉代崇重儒学和赋创作最兴盛的时期。作为著名的大赋作家，司马相如身上自然会出现儒学的印记。分析司马相如时期四川地区文化、教育及儒学接受的情况，汉武帝时期儒学情况及其与赋创作的关系，司马相如作品中表现的儒学思想，可知司马相如与儒学的关系密切。

关键词：司马相如；四川；儒学；赋创作

司马相如（前179—前118），字长卿，是我国西汉时期著名的文学家。其《子虚赋》《上林赋》等为汉大赋的典范，司马相如也因此被后人称为"辞宗""赋圣"。

长期以来，人们一直为四川在汉代突然涌现出众多闻名全国的文人而感到惊奇，而历代史志关于古代四川的叙述也多有"僻陋""有蛮夷之风"等语汇，这就令人感到十分疑惑。到底是什么原因使汉代的四川一下成为可以媲美"齐鲁"的文化发达区域？四川地区当时是否也接受了儒家思想的影响？儒家的思想如何在司马相如的作品中得以呈现？本文试图分析汉代四川地区儒学接受和发展的一般情况、汉武帝时期儒学与大赋创作的关系，并进而回答司马相如与儒学的关系。不当之处，敬俟方家指正。

---

*　原载《四川师范大学学报》（社会科学版）2008年第3期。

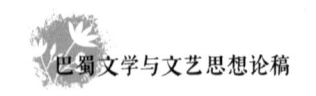

一 司马相如之时四川地区文化、教育及儒学接受的情况

关于汉代四川地区文化、教育的发展情况,文翁兴学被视为一个历史的里程碑,历史上也多将此作为美谈。比较经典的说法见于《汉书》和《华阳国志》的记载。

《汉书·文翁传》云:

> 文翁……景帝末,为蜀郡守,仁爱好教化。见蜀地辟陋有蛮夷风,文翁欲诱进之,乃选郡县小吏开敏有材者张叔等十余人亲自饬厉,遣诣京师,受业博士……又修起学官于成都市中,招下县子弟以为学官弟子。……由是大化,蜀地学于京师者比齐鲁焉。至武帝时,乃令天下郡国皆立学校官,自文翁为之始云。……至今巴蜀好文雅,文翁之化也。①

《汉书·地理志》云:

> 景、武间,文翁为蜀守,教民读书法令,未能笃信道德,反以好文刺讥,贵慕权势。及司马相如游宦京师诸侯,以文辞显于世,乡党慕循其迹。后有王褒、严遵、扬雄之徒,文章冠天下。繇文翁倡其教,相如为之师,故孔子曰:"有教无类。"②

《华阳国志》卷三《蜀志》云:

> 孝文帝末年,以庐江文翁为蜀守,穿湔江口,溉灌繁田千七百顷。是时世平道治,民物阜康,承秦之后,学校陵夷,俗好文刻。翁乃立学,

---

① (汉)班固撰,(唐)颜师古译:《汉书》,中华书局1962年版,第3625—3627页。
② (汉)班固撰,(唐)颜师古译:《汉书》,中华书局1962年版,第1645页。

选吏子弟就学；遣隽士张叔等十八人东诣博士受七经，还以教授。学徒鳞萃，蜀学比于齐鲁。巴、汉亦立文学。孝景帝嘉之，令天下郡国皆立文学。因翁倡其教，蜀为之始也。①

左思《三都赋·蜀都赋》亦云：

若乃卓荦奇谲，倜傥罔已。一经神怪，一纬人理。远则岷山之精，上为井络。天帝运期而会昌，景福肸蚃而兴作。碧出苌弘之血，鸟生杜宇之魄。妄变化而非常，羌见伟于畴昔。近则江汉炳灵，世载其英。蔚若相如，皭若君平。王褒晔晔而秀发，扬雄含章而挺生。幽思绚道德，摛藻掞天庭。考四海而为俊，当中叶而擅名。是故游谈者以为誉，造作者以为程也。②

《三国志·蜀书·秦宓传》曰：

蜀本无学士，文翁遣相如东受七经，还教吏民。于是蜀学比于齐鲁。③

按照上述诸说，文翁未来之前，四川的确好像一个蛮荒未化之地，而儒学的传播也好像是文翁派人到长安学习之后才有的。事实是否果真如此呢？今人对历史的记载多有怀疑，提出了相反的意见。

四川师范大学王文才先生在《两汉蜀学考》中说："旧论两汉蜀学者，咸谓文翁兴教，英伟挺生，迄东京而昌。然蜀学之兴，由来尚矣，非自文翁始也。"④ 又说："学亦别有所承，是蜀学本有渊源，非自文翁倡教始也。"⑤

---

① （晋）常璩撰，刘琳校注：《华阳国志校注》，巴蜀书社1984年版，第214页。
② （梁）萧统编，（唐）李善注：《文选》，上海古籍出版社1986年版，第189页。
③ （晋）陈寿撰，陈乃乾校点：《三国志》，中华书局1959年版，第973页。
④ 巴蜀文化丛书编委会：《巴蜀文化论集》，四川民族出版社1999年版，第299页。
⑤ 巴蜀文化丛书编委会：《巴蜀文化论集》，四川民族出版社1999年版，第302页。

万光治先生在《蜀中汉赋三大家》中说："我们在'前言'中说过，在中原人士看来，先秦时期的蜀国，尚属文明未开的蛮荒之地；汉初以来，蜀地虽有文翁兴学，蜀文化与中原文化因历史而造成的距离，不可能在一朝一夕之间弥合。为什么武帝的时代，如电光石火般的，突然出现了司马相如、王褒、扬雄这三位雄踞赋坛的辞赋作家？是历史的偶然，造就了这一现象，还是在现象的背后，有着历史的必然存在？我们的答案，显然是在后者。"[①]

山东大学龚克昌先生说："像司马相如这样一位继屈原之后的当时中国最杰出的文学家，不是产生在中原，而是出现在僻居西南的蜀郡成都，令人感到万分惊异和不解。因为在古人的心目中，蜀郡原是一个很偏僻、封闭、原始、落后甚至是野蛮的地方，包括后来的蜀郡作家自己也这样看……可是在班固等人的心目中，蜀郡的落后、蒙昧、野蛮状况好像也没有什么改变。如果情况果真如此，那么怎有可能产生司马相如这样名冠全国的杰出赋家呢？这是绝对不可能的。"[②]

三位当代学者的说法和历史的记载形成一种鲜明的对照，究竟孰是孰非？我们认为，三位当代学者的认识是值得充分肯定的。换言之，笔者个人倾向于如下观点：在文翁兴学之前，四川地区已经具有了较高的文化和教育。理由如下：

第一，汉代之前的四川就有原住民存在，原住民也曾经创造出迥异于中原的令人惊叹的古代蜀文化，如广汉三星堆遗址和成都金沙遗址的发掘都充分说明了古代蜀文化的特征和所达到的成就。古代四川不仅具有自己独创的文化，也善于吸收其他外来文化，其中包括通过移民而带来的新文化与本土文化的碰撞、融合。四川历史上曾经有过多次大规模的移民。其中第一次是在秦并蜀国、巴国之后，秦移民万家入蜀（以一户四五丁计），约四五万人。秦始皇之时，又曾经两次移民到四川。一是在秦始皇即位后，徙上郡之民到临邛，即司马相如演出"凤求凰"故事的发生地。二是在秦始皇统一六国后将六国的豪侠、贵族、富商、大族迁往四川。除了像秦朝迁徙罪犯、发配官

[①] 万光治：《蜀中汉赋三大家》，四川出版集团巴蜀书社2004年版，第87页。
[②] 龚克昌：《中国辞赋研究》，山东大学出版社2003年版，第354—355页。

员到四川外，西汉政府还允许一般百姓迁入。这些移民不仅带来了较为先进的生产技术、不同于四川本土的风俗人情，还带来了中原的各种文化，其中自然也包括儒家文化在内。

第二，司马相如出生之时，四川已经并入汉朝版图二十多年；如果按照汉武帝即位开始计算，已经六十多年了。尽管儒学独尊的事实发生在汉武帝之时，但儒学在四川地区开始流传，却应该早在战国时代即已开始。当然，由于四川上古历史史料记载缺乏，今人已经很难完全清晰这段历史，但从文化地理学的角度看，四川与陕西相隔一条山脉，即使交通不便，但也不能阻止川、陕之间人们的交往和文化之间的交流，何况四川的外出通道不仅有向北的陆路通道，还有长江水路直到武汉等地呢？《史记·司马相如列传》对司马相如年轻时候的记录只有短短二句"少时好读书，学击剑"①，没有透露更多的信息。从当时读书能够提供的学习材料看，我们完全可以大胆推断，司马相如所学的东西，其中一定包括儒家经典在内。从现存司马相如作品看，其中即可明显看到《尚书》《周礼》《诗经》《周易》《孟子》等内容。因此，可以肯定地说，司马相如不仅学习过儒家经典，而且还进行了深入钻研，儒家思想是其作品所表现的主要思想资源。此点从我们分析其作品中呈现的儒家思想即可清楚地看到。

二 儒学在武帝时期的情况及其与赋创作的关系

司马相如年轻时在四川地区学习过儒家著作，熟悉儒家思想，已如上述。值得注意的是，既然司马相如成名于武帝时期，而这又正是儒家思想独尊天下开始的时代，可以设想，如果要取得汉武帝的欣赏，不懂儒学显然是行不通的。但迄今为止，关于司马相如与儒学的关系，仍然缺乏专门的研究。不过，在整个汉赋的研究中，研究者已经注意到这一问题。我国台湾地区简宗梧先生在《汉赋源流与价值之商榷》中即探讨到此问题，云南大学冯良方先

---

① （汉）司马迁：《史记》，中华书局1959年版，第2999页。

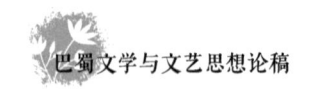

生《汉赋与经学》就汉赋与经学的关系也进行了深入的探讨。但这些都是宏观的、整体的探讨，针对司马相如个人与儒学之关系，尚未见专论。显然，这一问题是值得认真探讨的。探讨司马相如与儒学的关系，其意义至少表现于两方面：一方面可以借此厘清司马相如与儒学的关系，另一方面也可见出四川地区在司马相如之前儒学接受的一般情况。

应该说，司马相如的儒学思想是与整个汉代思想发展的一般状况密切相关的。汉景帝后元三年（前141），年仅16岁的刘彻即位，是为汉武帝。此时的西汉王朝经过六十余年的休养生息，经济繁荣，国库充实。但同样面临许多重大的现实困难，一是地方势力过大危及中央政权的问题；二是由于土地兼并带来的阶级矛盾激化的问题；三是边境问题，如北方的匈奴和南方的两越等都严重威胁到汉王朝的国家安全。严峻的现实迫切要求汉武帝建立起一个强大而有力的中央政府，在此背景之下，建元元年（前140），汉武帝下诏求贤。根据司马光《资治通鉴》记载，就在建元元年这次策试中，董仲舒以"天人三策"为武帝赏识。其中即包括了后来影响深远的"罢黜百家、独尊儒术"之说。此时司马相如正40岁。作为景帝时期已经为郎的司马相如自然知道来自武帝旨意的这一政策的含义。因此，我们看到在作于梁孝王时期的《子虚赋》中，涉及儒家思想很少，而在后为汉武帝所上的《上林赋》中，儒家的思想即得到了鲜明体现。

征召人才、崇重文教是汉武帝一以贯之的政策。武帝时期曾经多次下诏征召贤人，如：

> （元朔五年）夏六月，诏曰："盖闻导民以礼，风之以乐。今礼坏乐崩，朕甚闵焉。故详延天下方闻之士，咸荐诸朝。其令礼官劝学，讲议洽闻，举遗举礼，以为天下先。太常其议予博士弟子，崇乡党之化，以厉贤材焉。"丞相弘请为博士置弟子员，学者益广。[①]

对于汉武帝本人对儒学思想和汉赋兴盛的巨大作用，历代也多给予了充

[①] （汉）班固撰，（唐）颜师古注：《汉书》，中华书局1962年版，第171—172页。

分肯定。班固在《两都赋序》中说：

> 昔成康没而颂声寝，王泽竭而诗不作。大汉初定，日不暇接。至于武、宣之世，乃崇礼官，考文章，内设金马、石渠之署，外兴乐府、协律之事，以兴废继绝，润色鸿业。是以众庶悦豫，福应尤甚。白麟、赤雁、芝房、宝鼎之歌，荐于郊庙。神雀、五凤、甘露、黄龙之瑞，以为年纪。故言语侍从之臣，若司马相如、虞丘寿王、东方朔、枚皋、王褒、刘向之属，朝夕论思，日月献纳。而公卿大臣御史大夫倪宽、太常孔臧、太中大夫董仲舒、宗政刘德、太子太傅萧望之等，时间作。或以抒下情而通讽谕，或以宣上德而尽忠孝。雍容揄扬，著于后嗣，抑亦雅颂之亚也。故孝、成之世，论而录之。盖奏御者千有余篇，而后大汉之文章，炳焉与三代同风。[1]

刘勰在《文心雕龙·时序》中说：

> 逮孝武崇儒，润色鸿业，礼乐争辉，辞藻竞骛；柏梁展朝谠之诗，金堤制恤民之咏；征枚乘以蒲轮，申主父以鼎食；擢公孙之对策，叹倪宽之拟奏；买臣负薪而衣锦，相如涤器而被绣；于是史迁、寿王之徒，严终、枚皋之属，应对固无方，篇章亦不匮，遗风余采，莫与比盛。越昭及宣，实继武绩，驰骋石渠，暇豫文会，集雕篆之轶材，发绮縠之高喻，于是王褒之伦，底禄待诏。[2]

上述两段文字，都同时把汉武帝崇重儒学和奖掖赋创作看作汉武帝的重大文化政策，同时也隐约说明了这两者之间存在一定的关系。的确如此，研究者也发现儒学的复兴与独尊和赋创作的兴盛有着内在的关联。我国台湾地区简宗梧先生在《汉赋源流与价值之商榷》中说：

---

[1] （清）严可均校辑：《全上古三代秦汉三国六朝文·二》，中华书局1958年版，第601—602页。
[2] （梁）刘勰著，范文澜注：《文心雕龙注》，人民文学出版社1958年版，第672页。

两汉是辞赋擅场的时代，也是儒家定于一尊的时代。汉赋是这个时代文学发展的主流，能文之士因辞赋而得宠入仕，于是辞赋繁富，赋家云涌；而儒家思想也在此时深植人心，奠定稳固的基础，形成中国传统思想的主流，博雅之儒因明经而拜相封侯，于是经学昌盛、名儒辈出。这究竟是因果的现象？或是偶然的巧合？该是饶有趣味的问题。

　　从表面看来，汉赋作家以能文为本，不以立意为宗，似乎跟儒家扯不上关系，但我们只要细心考察，就可以发现：汉赋因武帝的奖赏而昌盛，而儒术也因武帝的独崇而定尊。直到孝成之世，奏御之赋千有余篇，而"元成哀三朝，为相者皆一时大儒，其不通经术而相者，如薛宣以经术浅见轻，卒策免；朱博以武吏得罪自杀，皆不得安其位"，其间犹如车之双轨，成平行起伏，这很难说是偶然的巧合。

　　当然，《文心雕龙·时序》篇："逮孝武崇儒，润色鸿业，礼乐争辉，辞藻竞骛"，已说明这个现象，但也没有指出其间的因果。笔者……发现汉代赋家与儒家，源远流长，是有亲密的血缘关系，尤其有汉一代，赋家依附儒家而求发展，儒家藉辞赋以达目的，同车共辙，相形益彰。①

冯良方先生在《汉赋与经学》中也说：

　　赋家的经学家化和经学家的赋家化，其直接的结果就是生产了一大批精通经学的赋家和擅长作赋的经学家，甚至在某些人物身上很难准确地划分他们的属类。……汉代的儒家就是经学家。赋家经学家化和经学家赋家化，彼此同谋，"你中有我，我中有你"，是经学与汉赋互渗互动的主要媒介，促进了经学与汉赋的交流、沟通和融合。②

　　从上述诸家的论述可以看到，汉武帝本人不仅是使儒家思想独尊天下的强有力推动者，也是汉赋创作兴盛重要的推动力量。而这二者（儒家思想和

---

① 简宗梧：《汉赋源流与价值之商榷》，（台北）文史哲出版社1980年版，第102页。
② 冯良方：《汉赋与经学》，中国社会科学出版社2004年版，第72页。

汉赋）的复兴和兴盛，不仅源于汉武帝个人的爱好，还与汉武帝时期社会经济、政治、文化发展的形势密切相关，也与儒家思想本身所具有的价值相关。盖因儒家所倡导的大一统思想、仁政思想、礼乐教化思想、颂美与讽喻的文艺价值观，对汉武帝建立统一而强大的中央集权制度具有很好的助益。因此，可以这样说，汉赋的发展，一方面当然源自文学自身发展创新、汉武帝本人之提倡，但是另一方面，儒家思想在汉代的全面渗透，对汉赋的创作和评价具有极大的影响，这二者实有内在的关系，而不单是一个相互影响的问题。诚如许结先生所说："从横向研究看汉赋流别的形成，无疑受到社会思潮之时代性和个人情志之特异性的制约和影响。由此概观汉赋诸风格，又无不处于汉代学术与汉代文学关联之中，因而，汉赋作家'阐理'则多儒道哲理，'骋辞'亦多儒道旨趣，'写怀'尤多儒道情致。"[1]

虽然许结先生是就整个汉赋流别与儒道思想的关系而言，但对于分析司马相如赋作中的思想内容仍然是恰切的。

三　司马相如作品中表现的儒家思想

司马相如作品中的儒家思想表现极为突出，下面根据司马相如的作品，分析其中包含的儒家思想和儒家价值观念。

司马相如作品中的儒家观念表现在四个方面。其一是维护国家的中央集权，主张"大一统"的观念。中国的大一统思想由来已久。孔子心中的理想帝王就应握有一统天下的权威，所谓"礼征乐伐自天子出"。正式提出"大一统"的是《公羊传·隐公元年》："何言乎王正月，大一统也。"疏曰："王者受命，制正月以统天下，令万物无不一一奉之以为始，故言大一统也。"[2]《汉书·王吉传》中称："春秋所以大一统者，六合同风，九州共贯也。"[3] 大

---

[1] 许结：《中国赋学历史与批评》，江苏教育出版社2001年版，第39页。
[2] （清）阮元校刻：《十三经注疏·春秋公羊传注疏》，中华书局1980年影印版，第2196页。
[3] （汉）班固撰，（唐）颜师古注：《汉书》，中华书局1962年版，第3063页。

一统的原始意义正是消灭对手,由帝王一人统治天下。今人一般意义上理解"大一统"就是中央政权加强对政治、经济、思想文化、领土等各方面的统一领导,形成高度中央集权的政治局面。具体到司马相如生活的时代及其作品,主要的含义是贬低诸侯的地位,维护天子的权威和地位。如在《子虚赋》结尾中乌有先生说:"然在诸侯之位,不敢言游戏之乐,苑囿之大。"为什么诸侯不敢言"诸侯之乐、苑囿之大"?因为,天子所享有的礼乐和苑囿是有专门规定的。在音乐舞蹈方面,按周制,乐舞八人为一列,称为一佾。天子八佾,诸侯六佾,大夫四佾,士二佾。同样,苑囿的大小也是有规定的,传云天子之囿方百里,大国四十里,次国三十里,小国二十里。由此可以知道,司马相如在《子虚赋》中才借乌有先生之口批评子虚,而在《上林赋》中又借亡是公之口批评乌有先生,目的正在于维护天子的地位和荣誉。在《喻巴蜀檄》中,司马相如以汉武帝的语气诏告巴蜀太守等人:

> 蛮夷自擅不讨之日久矣,时侵犯边境,劳士大夫。陛下即位,存抚天下,辑安中国。然后兴师出兵,北征匈奴,单于怖骇,交臂受事,诎膝请和。康居西域,重译请朝,稽首来享。移师东指,闽越相诛。右吊番禺,太子入朝。南夷之君,西僰之长,常效贡职,不敢怠堕,延颈举踵,喁喁然皆争归义,欲为臣妾,道里辽远,山川阻深,不能自致。①

文章通过对汉武帝时期开拓疆土,周边各国争相来朝的兴盛局面,表达了天子一统天下的现实。文中的描述虽然有一定的夸张成分,但基本事实是真实的。

在《难蜀父老》中,司马相如写道:"且夫贤君之践位也。岂特委琐握齪,拘文牵俗,循诵习传,当世取说云尔哉!必将崇论闳议,创业垂统,为万世规。"司马相如歌颂了汉武帝开拓西南疆土的弘远卓见,批评了蜀中父老抱残守缺、拘文牵俗,不愿改化的错误言论。本文下又说:

---

① 李孝中校注:《司马相如集校注》,巴蜀书社2000年版,第52页。

今封疆之内，冠带之伦，咸获嘉祉，靡有阙遗矣。而夷狄殊俗之国，辽接异党之域，舟车不通，人迹罕至，政教未加，流风犹微，内之则犯义侵礼于边境，外之则邪行横作，放弑其上，君臣易位，尊卑失序，父兄不辜，幼孤为奴虏，系累号泣。内向而怨，曰："盖闻中国有至仁焉，德洋而恩普，物靡不得其所，今独曷为遗己！"举踵思慕，若枯旱之望雨，盭夫为之垂涕，况乎上圣，又恶能已？故北出师以讨强胡，南驰使以诮劲越。四面风德，二方之君鳞集仰流，愿得受号者以亿计。故乃关沫、若，徼牂牁，镂灵山，梁孙原，创道德之涂，垂仁义之统。将博恩广施，远抚长驾，使疏逖不闭，阻深暗昧得耀乎光明，以偃甲兵于此，而息诛伐于彼。遐迩一体，中外禔福，不亦康乎？夫拯民于沉溺，奉至尊之休德，反衰世之陵迟，继周氏之绝业，天子之急务也。百姓虽劳，又恶可以已哉？①

通过对汉武帝为了实现大一统，内则施行仁政教化，外则实行"征"与"抚"并举的歌颂，充分肯定巴蜀归化汉朝的必然性。

在司马相如临终前所作的《封禅文》中，更借大司马之口建议封禅泰山，以昭示天下武帝大一统之天下的兴旺："陛下仁育群生，义征不憓，诸夏乐贡，百蛮执贽，德侔往初，功无与二，休烈浃洽，符瑞众变，期应绍至，不特创见。"②

其二是要求君王节用爱民、以德治国。如《子虚赋》中乌有先生批评子虚说："有而言之，是章君之恶；无而言之，是害足下之信。章君之恶而伤私义，二者无一可，而先生行之，必且轻于齐而累于楚矣。"乌有先生凭借什么来指责、批评子虚呢？是因为子虚所言，违背了儒家"仁义礼智信"的教导，违背了儒家所倡导的仁民爱物、节用俭朴的思想。在《上林赋》中亡是公义正词严批评乌有先生说："楚则失矣，齐亦未为得也。夫使诸侯纳贡者，非为财币，所以述职也；封疆画界者，非为守御，所以禁淫也。今齐列为东藩，

---

① 李孝中校注：《司马相如集校注》，巴蜀书社2000年版，第58—59页。
② 李孝中校注：《司马相如集校注》，巴蜀书社2000年版，第82页。

而外私肃慎,捐国逾限,越海而田,其于义故未可也。且二君之论,不务明君臣之义而正诸侯之礼,徒事争游猎之乐,苑囿之大,欲以奢侈相胜,荒淫相越,此不可以扬名发誉,而适足以贬君自损也。"这里所依据的是儒家所要求的严守君臣之"义",尽管诸侯王是独立的,但他在天子的管辖之下,应该严守其诸侯王的职责。在同文结尾,歌颂了汉武帝幡然醒悟、自我检讨以及采取一系列为民的措施:

> 地可以垦辟,悉为农郊,以赡萌隶;隤墙填堑,使山泽之民得至焉。实陂池而勿禁,虚宫观而勿仞。发仓廪以振贫穷,补不足,恤鳏寡,存孤独。出德号,省刑罚,改制度,易服色,更正朔,以天下为始。①

司马相如之所以如此赞美汉武帝,都是因为作为天子的汉武帝真正践履了儒家对君王的要求,完全符合儒家理想的"贤君"形象。在《喻巴蜀檄》这篇以中郎将身份代表汉武帝所写的檄文中,司马相如明确告晓巴蜀父老:

> 陛下患使者有司之若彼,悼不肖愚民之如此,故遣信使晓喻百姓以发卒之事,因数之以不忠死亡之罪,让三老孝悌弟以不教之过。方今田时,重烦百姓,已亲见近县,恐远所溪谷山泽之民不遍闻,檄到,亟下县道,使咸知陛下之意,唯毋忽也。②

篇中塑造了一个圣德君王心系天下的形象,所肯定的思想资源仍然是来自儒家的君仁臣忠、父慈子孝的儒家伦理道德。

在《难蜀父老》文中,司马相如赞扬汉武帝:

> 创道德之涂,垂仁义之统。将博恩广施,远抚长驾,使疏逖不闭,

---

① 李孝中校注:《司马相如集校注》,巴蜀书社2000年版,第22页。
② 李孝中校注:《司马相如集校注》,巴蜀书社2000年版,第53页。

阻深暗昧得耀乎光明，以偃甲兵于此，而息诛伐于彼。遐迩一体，中外
禔福，不亦康乎？夫拯民于沉溺，奉至尊之休德，反衰世之陵迟，继周
氏之绝业，斯乃天子之急务也。百姓虽劳，又恶可以已哉？①

无论是"创道德之涂，垂仁义之统"，还是"拯民于沉溺，奉至尊之休
德，反衰世之陵迟，继周氏之绝业"，这都是作为天子的汉武帝应该尽到的
义务。

反之，司马相如《哀秦二世赋》批评秦二世"持身不谨兮，亡国失势。
信谗不寤兮，宗庙灭绝"，正是因为秦二世没有做到节用爱民、以德治国，最
终导致身死国亡。哀二世，正是为了让汉武帝警醒，以免重蹈覆辙。

其三是强调礼乐教化。以礼乐来施行教化，是儒家所倡导的个人"修齐
治平"的基础，其中既包括一般的庶民，也包括君王在内。比较典型的倡导
以"诗书礼义"来教化天下的是《上林赋》中的一段文字：

于是历吉日以斋戒，袭朝衣，乘法驾，建华旗，鸣玉鸾，游乎六艺
之囿，骛乎仁义之途，览观《春秋》之林，射狸首，兼驺虞，弋玄鹤，
建干戚，载云䍐，揜群雅，悲《伐檀》，乐《乐胥》，修容乎《礼》园，
翱翔乎《书》圃，述《易》道，放怪兽，登明堂，坐清庙，恣群臣奏得
失。四海之内，靡不受获。于斯之时，天下大说，向风而听，随流而化，
喟然兴道而迁义，刑错而不用，德隆乎三皇，功羡于五帝。若此，故猎
乃可喜也。②

这里基本直接引入儒家之"六艺"——《诗》《书》《礼》《易》《乐》
《春秋》，设置了一幅君王游观于儒家经典之林的美好画面，理想化地将儒家
的教导变成了汉武帝时期的写照，其中包含着司马相如的想象，但仍然有着
汉武帝时期的真实历史痕迹。事实上，儒家由在野的一家之说成为封建统治

---

① 李孝中校注：《司马相如集校注》，巴蜀书社2000年版，第58—59页。
② 李孝中校注：《司马相如集校注》，巴蜀书社2000年版，第22—23页。

阶级的意识形态，正是在汉武帝时期开始和实现的。司马相如的描写可以说真实表现了汉代的一些历史情况。

强调以礼乐施行教化，当然不只是强调礼乐在教化中的重要性，目的是指向教化的结果，那就是君君、臣臣、父父、子子，就是君仁臣忠、父慈子孝、夫唱妇随、兄悌弟恭。司马相如在《喻巴蜀檄》中说："陛下患使者有司之若彼，悼不肖愚民之如此，故遣信使晓喻百姓以发卒之事，因数之以不忠死亡之罪，让三老孝弟以不教诲之过。"①一方面写出君王的仁民爱物，另一方面也指责臣下未能尽忠、父亲没有尽到教育的职责。

其四是司马相如整个作品创作中的儒家文艺观。

司马相如作品鲜明地体现了儒家的文艺价值观。这种价值观由孔子在《论语·阳货》中谈得比较突出和集中。《毛诗序》中所概括的"上以风化下，下以风刺上""主文而谲谏"，对于汉朝人来讲具有极大的影响。按照班固的说法，汉赋的起源本来就是"或以抒下情而通讽谕，或以宣上德而尽忠孝"②。因此，司马相如作品大体上可以分为两类，一是主要表现歌颂的，如《上林赋》《喻巴蜀檄》《难蜀父老》《封禅文》，一是主要表现讽喻的，如《大人赋》《哀秦二世赋》《谏猎疏》等。

对于司马相如作品中的歌功颂德与讽喻的突出表现，历来之评价或予以充分的肯定，或以为恰好是司马相如作品的不足。笔者认为，文艺的价值，不仅仅是审美的问题。文艺的功能是多方面的，其中即包括对现实的干预。颂美也好，讽喻也好，其目的都是为了让文艺在现实中起到作用。这不是司马相如个人的行为，而是整个中国古代作家受到儒家思想影响的必然结果。司马迁在《史记·司马相如列传》的评价为后世所接受，笔者也赞同这一认识：

> 太史公曰：《春秋》推见至隐，《易》本隐之以显，《大雅》言王公大人而德逮黎庶，《小雅》讥小己之得失，其流及上。所以言虽外殊，其合德一也。相如虽多虚辞滥说，然其要归引之节俭，此与《诗》之风谏何异。③

---

① 李孝中校注：《司马相如集校注》，巴蜀书社2000年版，第53页。
② （梁）萧统编，（唐）李善注：《文选》，上海古籍出版社1986年版，第3页。
③ （汉）司马迁：《史记》，中华书局1959年版，第3075页。

当然，司马相如作品中不仅仅突出地表现出儒家思想的浓重痕迹，也鲜明地表现出道家思想的影响。而这一点，正好是巴蜀文化的特点。许结先生对汉赋的思想倾向曾经做出如下论断：

> 正因为汉赋艺术本身形成兼容南北文化的态势，所以其表现儒道哲学思想有时泾渭分明，有时交叉模糊。就其分明而言，汉大赋多以儒家思想为主体表现出积极入世的精神；汉骚赋多以道家思想为主体表现出隐身遁世的精神。就其模糊而言，汉大赋中既有对人生珍视的情志，亦有对宇宙渺视的气度；骚赋中既有道家遗弃尘寰、归真反朴之性，又有儒家耿介廉正、缠绵悱恻之志。[1]

我们认为这一论断是完全符合汉赋特别是司马相如大赋作品的实际的。

---

[1] 许结：《中国赋学历史与批评》，江苏教育出版社2001年版，第39页。

司马相如文艺思想与儒家文艺思想大相径庭吗?

摘 要:本文通过分析司马相如主要作品的创作背景、儒家文艺观的基本内容以及司马相如受到儒家思想影响的可能性,集中回答了司马相如与儒家思想的关系,指出其文艺思想中包含了明显且明确的儒家意识。

关键词:司马相如;创作;儒家;文艺思想

研读司马相如和汉赋研究的专著和文章,笔者从中获得了不少启发和教益,如龚克昌先生的著述。龚克昌先生在《司马相如评传》中说:

> 司马相如的文艺思想与儒家的文艺思想也大相径庭。如以孔子为代表的儒家特别强调文艺的经世致用,为政治服务;在形式上注重崇真尚实,反对华饰。但司马相如却完全背道而驰,他的赋大都沉醉在文艺作品的娱乐作用上,并且为所欲为毫无节制地运用虚构夸张的笔法,写出文辞华丽至极的作品。也正由于他的赋与儒家的要求格格不入,所以千百年来才一直引起一些儒家信徒的批评,如《汉书·艺文志》说:"汉兴,枚乘、司马相如,下及扬子云,竞为侈丽闳衍之词,没其风谕之义,是以扬子悔之。"司马相如等人一方面不注意作品的讽谏劝诫,另一方面又恣意骋腾文势,讲究华饰,所以当扬雄一旦转向推重儒经之后,他对自己早年从事的写作活动就表示了忏悔,他不再写赋了,他甚至回过头来狠批汉赋,鄙弃曾经被他推崇的老乡、老前辈、著名赋家司马相如。

---

* 原载《重庆师范大学学报》(哲学社会科学版)2012年第1期。

司马相如文艺思想与儒家文艺思想大相径庭吗？

可见司马相如是绝不可能让文翁送到中原去学经，更不可能从事一系列的讲经传经活动。①

这段文字是龚先生辨正《三国志·蜀书·秦宓传》所载司马相如受文翁派遣东受七经还教于蜀的错误说法所分析的第三个理由。龚先生认为司马相如并未受文翁派遣东受七经并还教于蜀，这一看法是正确的，但对龚克昌先生关于"司马相如文艺思想与儒家文艺思想大相径庭"的说法，笔者有不同看法。笔者认为，司马相如奠定了巴蜀文学的范式，如何理解司马相如，涉及对整个巴蜀古代文学和文艺思想的认识，因此，有必要弄清楚此问题。

一 司马相如的作品没有"经世致用、为政治服务"吗？

龚先生在陈述司马相如文艺思想与儒家文艺思想大相径庭这一说法时，依据之一是司马相如的作品"大都沉醉在文艺作品的娱乐作用上"，因此没有体现出"儒家特别强调文艺的经世致用，为政治服务"。我们认为，这种说法明显不符合司马相如作品的实际情况。相反，阅读司马相如的作品，我们深切地感受到：正是儒家文艺观的影响，司马相如的作品才体现出强烈的现实性和政治性，体现出非常直接地为汉武帝政治服务的特点。

那么，汉武帝时期政治的一般情况是怎样的呢？就内政而言，武帝即位初，政治形势比较稳定，国家经济状况良好，但诸侯王国的分裂因素不仅存在，而且呈现出明显的趋势。所以，武帝除了继续推行景帝时各项政策，还采取了一系列强化专制主义中央集权的措施：政治方面，首先颁行"推恩令"，广封诸侯王子弟为侯，使王国封地被分割，以进一步削弱诸侯王国势力；其次，建中朝以削弱相权，巩固皇权的神圣地位；最后，设置十三部刺史，加强对地方的控制。军事方面，主要是集中兵权，充实中央朝廷掌控的军事力量。经济方面，整顿财政，颁布"算缗""告缗"令，征收商人财产

---

① 龚克昌：《中国辞赋研究》，山东大学出版社 2003 年版，第 356—357 页。

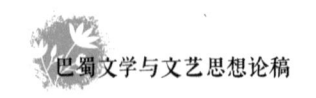

税，打击富商大贾；采纳桑弘羊的建议，将治铁、煮盐收归官营，禁止郡国铸钱；设置平准官、均输官，由官府经营运输和贸易，大大增强了国家经济实力。此外，兴修水利、移民西北屯田、"代田法"等措施，有利于农业生产的发展。思想方面，采纳董仲舒建议，罢黜百家，独尊儒术，使儒学成为当时的主流思想和官方意识形态。对外关系上，汉武帝大力对外扩张，开拓疆土，征匈奴，灭朝鲜，灭夜郎、南越，西南建郡，遣张骞出使西域，打通丝绸之路，加强了对西域的统治。概括起来，汉武帝时期最大的政治就是建立一个强有力的大一统中央政权。无论是削弱诸侯、统一思想，还是发展经济、扩大疆土，汉武帝采取的政策都是围绕这一中心而展开的。

了解了武帝时期的政治，再看司马相如有关作品创作的背景。《史记·司马相如列传》对其主要作品的创作背景有较为详细的说明。李大明先生据刘知几《史通》和《隋书·刘炫传》，认定司马迁《司马相如列传》根据司马相如《自叙》而成，因此，我们可以认为，《史记·司马相如列传》中关于相如作品写作背景的介绍实际上就是司马相如创作意图的自我说明。①

于《上林赋》，《司马相如列传》说：

> 上读《子虚赋》而善之，曰："朕独不得与此人同时哉！"得意曰："臣邑人司马相如自言为此赋。"上惊，乃召问相如。相如曰："有是。然此乃诸侯之事，未足观也。请为天子游猎赋，赋成奏之。"上许，令尚书给笔札。相如以"子虚"，虚言也，为楚称；"乌有先生"者，乌有此事也，为齐难；"亡是公"者，无是人也，明天子之义。故空藉此三人为辞，以推天子诸侯之苑囿。其卒章归之于节俭，因以风谏。奏之天子，天子大说。②

《上林赋》是奠定司马相如文学地位的大赋。司马相如回答汉武帝说"诸侯之事未足观"，他献给天子的作品自然是要明"天子之义"。那么，"天子

---

① 李大明：《司马相如生于蓬安》，《光明日报》2004年12月31日。
② （汉）司马迁：《史记》，中华书局1959年版，第3002页。

之义"包括哪些呢？这就是赋中写到的内容——天子的威仪、天子地域的广大、天子的尊贵荣华、天子的仁政。司马相如的意图是明显的，既然是献给汉武帝的，当然要歌功颂德，但他希望汉武帝为圣明天子，于是"卒章归之于节俭，因以风谏"。汉武帝的大悦，我想不仅是《上林赋》文字所带来的审美愉悦，其中也应该包含了赋中对他的歌颂以及讽谏而表达的忠心。

于《喻巴蜀檄》，《司马相如列传》说：

> 相如为郎数岁，会唐蒙使略通夜郎西僰中，发巴蜀吏卒千人，郡又多为发转漕万余人，用兴法诛其渠帅。巴蜀民大惊恐。上闻之，乃使相如责唐蒙，因谕告巴蜀民以非上意。①

这是直接秉承皇帝之意的布告，表明了汉武帝对开发西蜀而采取的安抚政策，其为现实政治服务的意图是显而易见的。

于《难蜀父老》，《司马相如列传》说：

> 相如使时，蜀长老多言通西南夷不为用，唯大臣亦以为然。相如欲谏，业已建之，不敢，乃著书，籍以蜀父老为辞，而己诘难之，以风天子，且因宣其使指，令百姓皆知天子意。②

这同样是领会圣旨，为汉武帝打通西南通道、开发巴蜀的说辞，直接体现了汉武帝大一统政治的需要。

于《谏猎书》，《司马相如列传》说：

> 尝从上至长杨猎。是时天子方好自击熊彘，驰逐野兽，相如因上疏谏之。③

---

① （汉）司马迁：《史记》，中华书局1959年版，第3044页。
② （汉）司马迁：《史记》，中华书局1959年版，第3048页。
③ （汉）司马迁：《史记》，中华书局1959年版，第3053页。

这是讽谏汉武帝喜好打猎之事,劝谏的目的一方面是为了皇上的安全和尊严,另一方面也隐含了对皇帝不将精力用于国政的批评和讽谏。

于《哀秦二世赋》,《司马相如列传》说:

> 还过宜春宫,相如奏赋以哀二世行失也。①

这是借哀秦二世而劝告皇帝应该勤政恤民,否则就会重蹈秦二世的覆辙,自然也是在表现为现实政治服务的内容。

于《大人赋》,《司马相如列传》说:

> 天子既美子虚之事,相如见上好仙道,因曰:"上林之事未足美也,尚有靡者。臣尝为《大人赋》,未就,请具而奏之。"相如以为列仙之传居山泽间,形容甚臞,此非帝王之仙意也,乃遂就《大人赋》。②

此文虽有迎合王好的意图,看起来似与政治无关,但其讽谏实际上也是一种政治,就是在为政治服务。

于《封禅书》,《司马相如列传》说:

> 相如既病免,家居茂陵。天子曰:"司马相如病甚,可往从悉取其书,若不然,后失之矣。"使所忠往,而相如已死,家无书。问其妻,对曰:"长卿未尝有书也。时时著书,人又取去,即空居。长卿未死时,为一卷书,曰有使者来求书,奏之。无他书。"其遗札书言封禅事,奏所忠。忠奏其书,天子异之。③

封禅本身为统治者的重大政治。据说三皇五帝时期即开始封禅,秦始皇和汉武帝都举行了封禅大典。而汉武帝的封禅,与司马相如《封禅书》的写

---

① (汉)司马迁:《史记》,中华书局1959年版,第3054页。
② (汉)司马迁:《史记》,中华书局1959年版,第3056页。
③ (汉)司马迁:《史记》,中华书局1959年版,第3063页。

作不无关系。

从司马相如为汉武帝知晓到其去世，司马迁（其实也是司马相如自己）较为详细地叙述了司马相如主要作品创作的背景。可以说，司马相如上述每一篇作品都包含了明显的政治背景和政治意图，其作品自然是为汉武帝时期的政治服务的，是经世致用的。

二 "崇真尚实，反对华饰"与虚构夸张的笔法是对立的吗？

龚先生认为司马相如"为所欲为毫无节制地运用虚构夸张的笔法，写出文辞华丽至极的作品"，因此与儒家文艺思想中"在形式上注重崇真尚实，反对华饰"相违背。我们认为，这种说法也存在片面性。有两个问题须在此辨明：一、儒家文艺思想是否完全反对"华饰"？二、虚构夸张与艺术真实的关系如何？

毫无疑问，司马相如作品中体现出的儒家文艺思想主要来自孔子、孟子、荀子。诚然，儒家文艺思想的确具有崇真尚实的观点，但问题是儒家提倡"崇真尚实"是否就反对"华饰"，而"虚构夸张"是否就没有真实？

作为儒家创始人，孔子对文学艺术形式的认识是多方面的：

第一，对"文"的认识，正如顾易生、蒋凡先生所说："《论语》中记载孔子及其弟子多次提到了'文'，表现出对'文'的高度重视。他们运用这一概念还是相当广义的，泛指礼乐文化、典章制度、《诗》《书》文献等，涉及精神和物质文明，包括后代所说的文学艺术。"[1]

第二，关于文与质的关系。孔子曾说："子夏问曰：'巧笑倩兮，美目盼兮，素以为绚兮'，何谓也？子曰：'绘事后素。'曰：'礼后乎？'子曰：'起

---

[1] 王运熙、顾易生主编，顾易生、蒋凡著：《中国文学批评通史——先秦两汉卷》，上海古籍出版社1996年版，第51页。

予者商也,始可与言诗矣!'"① 顾易生、蒋凡先生在《中国文学批评通史》(先秦两汉卷)中分析说:"在孔子的文艺批评中,礼属于文彩,仁属于素质。他常常强调先仁而后礼、先质而后文的。"② 顾、蒋两位先生的说法是符合历史事实和孔子原意的。先仁后礼、先质后文,自然是孔子思想的主导方面,但并非说不要礼,不要文。孔子的最高理想是"文质彬彬,然后君子"③。这本为孔子论君子人格构成的言论,但后世往往将其引申为文学的内容与形式的关系。总之,对于做人或者为文,基本的要求就是要内容与形式完美结合。这一看法也为孔子门徒信奉和尊崇。《论语·颜渊》中说:"棘子成曰:'君子质而已矣,何以文为?'子贡曰:'惜乎!夫子之说君子也,驷不及舌。文犹质也,质犹文也。虎豹之鞟犹犬羊之鞟?'"④ 子贡认为"质"和"文"两者是不可分离的,正是因为形式的因素,才使得虎豹不同于犬羊。因此,形式是事物构成的必然和重要因素,不要文饰显然不是孔子及儒家的看法。

第三,由文质关系,孔子进一步提出了文学批评的标准——尽善尽美。《论语·八佾》中说:"子谓《韶》,尽美矣,又尽善矣。谓《武》,尽美矣,未尽善也。"⑤ 孔子对《韶》和《武》的评价有高下之别,但都提到了"美"这一不可或缺的标准。换言之,即使艺术品缺乏善的内容但具有美的形式,仍然具有审美的价值。当然,孔子从来都是以辩证的立场看待问题的。对于孔子来讲,美是文学艺术必然的构成因素和评价标准,而这里的"美",主要是指艺术形式。

孟子和荀子同样不反对文学艺术的"华饰"。《孟子·万章上》中说:

> 咸丘蒙曰:"舜之不臣尧,则吾既得闻命矣。诗云:'普天之下,莫非王土;率土之滨,莫非王臣。'而舜既为天子矣,敢问瞽瞍之非臣,如何?"曰:"是诗也,非是之谓也;劳于王事而不得养父母也。曰:'此莫

---

① (宋)朱熹注:《四书章句集注》,上海书店1987年影印版,第15页。
② 王运熙、顾易生主编,顾易生、蒋凡著:《中国文学批评通史——先秦两汉卷》,上海古籍出版社1996年版,第65页。
③ (宋)朱熹注:《四书章句集注》,上海书店1987年影印版,第39页。
④ (宋)朱熹注:《四书章句集注》,上海书店1987年影印版,第86—87页。
⑤ (宋)朱熹注:《四书章句集注》,上海书店1987年影印版,第20页。

非王事，我独贤劳也。'故说诗者，不以文害辞，不以辞害志。以意逆志，是为得之。如以辞而已矣，《云汉》之诗曰：'周余黎民，靡有孑遗。'信斯言也，是周无遗民也。"①

这是在论述著名的"以意逆志"说，但其中提到了如何理解诗歌的夸饰问题。从孟子对《云汉》之诗的分析中可以看到，孟子是肯定诗歌允许夸张的；相反，如果不能按照诗歌应有的这种特点去理解，就会犯咸丘蒙那样的错误。

荀子论《诗经》时说：

故《风》之所以为不逐者，取是以节之也；《小雅》之所以为《小雅》者，取是而文之也；《大雅》之所以为《大雅》者，取是而光之也；《颂》之所以为至者，取是而通之也。天下之道毕是矣。②

此处之"是"即"道"，这是荀子论《诗经》与道的关系。文中分别以"节""文""光""通"形容《诗经》之"道"，特别是"文"明显具有修饰之意。

《非相》中又说：

故赠人以言，重于金石珠玉；观人以言，美于黼黻文章；听人以言，乐于钟鼓琴瑟。鄙夫反是：好其实不恤其文，是以终身不免埤污庸俗。③

"观人以言，美于黼黻文章"，说明黼黻文章本身具有美，是一种形式之美。而荀子批评小人"好其实不恤其文"，正是说明了"文"的重要性。

综上，我们可以得出这样一个结论，那就是，儒家文艺思想是认同艺术有"华饰"之美的，艺术也需要"华饰"之美的。

至于虚构夸张与真实的关系，这一问题在当代已形成共识，即艺术真实

---

① （宋）朱熹注：《四书章句集注》，上海书店1987年影印版，第126页。
② 梁启雄：《荀子简释》，中华书局1983年版，第89页。
③ 梁启雄：《荀子简释》，中华书局1983年版，第55页。

与虚构、夸张不矛盾，相反，艺术真实正是一种具有假定性的真实，是一种主观的真实、内蕴的真实。当然艺术创造在夸张虚构上应该做到合情合理，如刘勰所说"夸而有节，饰而不诬"①。

三 司马相如有没有受到儒家思想的影响？

司马相如29岁之前生活在四川，其读书学习的阶段主要在四川，其思想的形成也主要在四川。司马相如在四川地区学习过儒家著作，熟悉儒家思想，这是本文的基本判断。一则因为当时四川地区和中原已经有较为密切的关系，不仅当时巴蜀已经纳入大汉王朝版图，而且在此之前中原文化包括儒家文化已经进入巴蜀地区；二则从时代风气看，读儒家经典也是读书人的普遍要求和进身之阶，当时的读书人没有不学习儒家经典的；三则从其现存所有文章看，也鲜明体现了儒家思想对他的影响。

应该说，司马相如的儒学思想是与整个汉代思想发展的一般状况密切相关的。公元前141年，年仅16岁的汉武帝即位。此时，西汉王朝经过六十余年的休养生息，已经济繁荣，国库充实，尽管同样面临许多重大的现实困难，一是地方势力过大危及中央政权的问题，二是土地兼并带来的阶级矛盾激化的问题，三是边境问题。严峻的现实迫切要求汉武帝建立一个强大有力的中央政府。在此背景之下，建元元年（前140），汉武帝下诏求贤，董仲舒以"天人三策"为武帝赏识，这其中即包括了后来影响深远的"罢黜百家、独尊儒术"之说。此时司马相如正40岁。作为景帝时期已经为郎的司马相如，自然知道来自武帝旨意的这一政策的意义。因此，我们看到在作于梁孝王时期的《子虚赋》中，很少涉及儒家思想，而在后为汉武帝所上的《上林赋》中，儒家的思想即得到了鲜明体现。武帝时期曾经多次下诏征求贤人，如：

（元朔五年）夏六月，诏曰："盖闻导民以礼，风之以乐。今礼坏乐

---

① （梁）刘勰著，范文澜注：《文心雕龙注》，人民文学出版社1958年版，第609页。

崩，朕甚闵焉。故详延天下方闻之士，咸荐诸朝。其令礼官劝学，讲议洽闻，举遗兴礼，以为天下先。太常其议予博士弟子，崇乡党之化，以厉贤材焉。"丞相弘请为博士置弟子员，学者益广。①

对于汉武帝本人对儒学思想和汉赋兴盛的巨大作用，历代多予以充分肯定。班固《两都赋序》和刘勰《文心雕龙·时序》都把崇重儒学和奖掖赋的创作看作汉武帝的重大文化政策，同时也隐约说明了这两者之间存在一定的关系。有研究者也发现儒学的复兴与独尊和赋创作的兴盛有着内在的关联。我国台湾地区简宗梧在《汉赋源流与价值之商榷》中说：

> 两汉是辞赋擅场的时代，也是儒家定于一尊的时代。汉赋是这个时代文学发展的主流，能文之士因辞赋而得宠入仕，于是辞赋繁富，赋家云涌；而儒家思想也在此时深植人心，奠定稳固的基础，形成中国传统思想的主流，博雅之儒因明经而拜相封侯，于是经学昌盛、名儒辈出。这究竟是因果的现象？或是偶然的巧合？该是饶有趣味的问题。……笔者……发现汉代赋家与儒家，源远流长，是有亲密的血缘关系，尤其有汉一代，赋家依附儒家而求发展，儒家藉辞赋以达目的，同车共辙，相形益彰。②

冯良方在《汉赋与经学》中也说：

> 赋家的经学家化和经学家的赋家化，其直接的结果就是生产了一大批精通经学的赋家和擅长作赋的经学家，甚至在某些人物身上很难准确地划分他们的属类。……汉代的儒家就是经学家。赋家经学家化和经学家赋家化，彼此同谋，"你中有我，我中有你"，是经学与汉赋互渗互动的主要媒介，促进了经学与汉赋的交流、沟通和融合。③

---

① （汉）班固撰，（唐）颜师古注：《汉书》，中华书局1962年版，第171—172页。
② 简宗梧：《汉赋源流与价值之商榷》，（台北）文史哲出版社1980年版，第102页。
③ 冯良方：《汉赋与经学》，中国社会科学出版社2004年版，第62页。

汉武帝本人不仅是使儒家思想独尊天下的强有力推动者，也是汉赋创作兴盛重要的推动力量。而儒家思想和汉赋的复兴和兴盛，不仅源于汉武帝个人的爱好，还与汉武帝时期社会经济、政治、文化发展的形势密切相关，也与儒家思想本身所具有的价值相关。盖因儒家所倡导的大一统思想、仁政思想、礼乐教化思想、颂美与讽喻的文艺价值观，对汉武帝建立统一而强大的中央集权制度具有很好的助益。因此，可以这样说，汉赋的发展，一方面当然源自文学自身发展创新、汉武帝本人之提倡，但是另一方面，儒家思想在汉代的全面渗透，对汉赋的创作和评价具有极大的影响，这不单是一个相互影响的问题，二者实有内在的关联。正因如此，上述两位研究者一致认定大赋作家与经学家实在是合并于一身的。从司马相如创作来看，这一结论也完全符合。许结先生在分析汉赋流别与儒道思想的关系时说："从横向研究看汉赋流别的形成，无疑又受到社会思潮之时代性和个人情志之特异性的制约和影响。由此概观汉赋诸风格，又无不处于汉代学术与汉代文学关联之中，因而，汉赋作家'阐理'则多儒道哲理，'骋辞'亦多儒道旨趣，'写怀'尤多儒道情致。"[①] 许结先生虽然是就整个汉赋流别与儒道思想的关系而言，但对于分析司马相如赋作中的儒家思想内容仍然是恰切的。

　　至于司马相如作品中儒家思想的具体体现，笔者已在《司马相如与儒学》[《四川师范大学学报》（社会科学版）2008年第3期]一文中详细分析，此不具论。

---

① 许结：《中国赋学历史与批评》，江苏教育出版社2001年版，第39页。

"非但文士之选",又为"唐之诗祖"*
——《陈子昂全集校注》前言

摘 要:无论是在唐代文学史还是在巴蜀文化史上,陈子昂都是非常重要的人物。2020年,陈子昂被评为四川省第二批历史文化名人,此说明陈子昂不仅在历史上曾经发挥过重要作用,在今天仍然具有重要的现实意义。文章介绍了陈子昂的家世和经历,重点分析了陈子昂的思想和性格、诗文创作成就、文学思想,说明了陈子昂集版本的基本情况。文章强调了陈子昂的双重身份——政治家和文学家,强调从文体角度认识陈子昂的创作,强调陈子昂与巴蜀文化的密切联系。

关键词:陈子昂;生平;思想;个性;创作成就;文学思想;版本

陈子昂享年不永,但成就很大;职位不高,但心忧天下;文章不多,但影响当时和后世甚巨。关于陈子昂,历史上曾经有两种截然不同的评价,即完全肯定其文其人、肯定其文而否定其人。其实,类似的遭遇在伟大诗人屈原身上也曾出现过,如汉代对屈原的评价。当然评价和阐释都内在地具有历史性,无论是文本的生成还是评价阐释者都是历史的产物。王夫之说:"陈子昂以诗名于唐,非但文士之选也,使得明君以尽其才,驾马周而颉颃姚崇,以为大臣可矣。"① 此乃对其政治才具的高度肯定。元代方回说"陈拾遗子昂,唐之诗祖"②,这是对其文学成就的高度评价。我认为此二人对陈子昂的

---

* 原载《成都大学学报》(社会科学版)2021年第5期。
① (清)王夫之:《读通鉴论》,中华书局1975年版,第737页。
② (元)方回选评,李庆甲集评校点:《瀛奎律髓汇评》,上海世纪出版股份有限公司上海古籍出版社2005年版,第1页。

评价极为合适和准确，故用为题目。2020 年，陈子昂被评为四川省第二批历史文化名人，此说明陈子昂不仅在历史上曾经发挥过重要作用，在今天仍然具有重要的现实意义。本文为笔者校注《陈子昂全集》的前言，对陈子昂其人其文进行了较为全面的介绍和评价，重点对其思想的复杂性、人格个性的形成、各体文章的写作及成就、文学革新思想进行了分析，强调了陈子昂的双重身份——政治家和文学家，强调从文体角度认识陈子昂的创作，强调陈子昂与巴蜀文化的密切联系。①

一　陈子昂家世和经历

陈子昂，字伯玉，梓州射洪（今四川射洪市）人，生于 659 年，卒于 700 年②，享年四十二岁。

陈子昂家世，据其《梓州射洪县武东山故居士陈君碑》《我府君有周居士文林郎陈公墓志文》《堂弟孜墓志铭并序》等文，先祖为陈国人，第十代祖陈袛在蜀汉政权任职，子孙后遂留在四川。虽然到陈子昂之时已经第十代，但其家仍属于移民后代。自秦而后，巴蜀之地曾经多次移民。由移民而形成了巴蜀文化的一个重要特质，即包容性。此点在陈子昂家族及其个人身上都有明显的体现。从第六代祖陈太平、陈太乐开始，陈家成为地方豪族，势力很大。陈子昂家族世习儒学、好道教、尚豪气的家风对陈子昂的成长和个性养成具有重要影响，而这些也正是巴蜀文化的重要表征和内容构成。

陈子昂经历不复杂，大体可分为三个阶段。

第一阶段，从出生到 24 岁进士及第之前（659—682），属于居家和求学时期。此期值得注意的陈子昂事迹：一是十七八岁之前的游荡不学；二是折节苦学；三是注意关注与考察社会和民生。

---

① 文中引用陈子昂诗文为笔者校注，标点、文字与徐鹏校点《陈子昂集》（修订本）、彭庆生校注《陈子昂集校注》有所不同，故文中所引陈子昂诗文均不出页码。

② 关于陈子昂生卒年，学界有不同意见，这里采纳彭庆生意见。

"非但文士之选"，又为"唐之诗祖"

关于陈子昂的少年游荡和折节苦学，卢藏用《陈氏别传》说："始以豪家子，驰侠使气，至年十七八未知书。"①《新唐书·陈子昂传》也说："子昂十八未知书，以富家子，尚气决，弋博自如。它日入乡校，感悔，即痛修饬。"②可见青少年时期的陈子昂并非循规蹈矩之人。当然，不读书不等于没有学习。关于陈子昂少年游荡不学，王运熙先生曾说："年青时代的陈子昂，对于国家的政治、经济情况已经给予很大的注意。从他以后所写的《上蜀川安危事》《上蜀中军事》《上益国事》等奏章中，可以看出子昂在青年时期对于自己的故乡蜀地的各方面的情况是非常熟悉的。"③可见陈子昂虽然没有一心只读圣贤书，但也在学习社会、了解社会。一旦当其醒悟之后，他便开始发愤苦读。卢藏用说："数年之间，经史百家，罔不该览。尤善属文，雅有相如子云之风骨。"④此"数年"即包括陈子昂从十七八岁到二十四岁中进士之前的五六年时间。如此短暂的时间，陈子昂就能精通经史百家、擅长写作，一者说明陈子昂天资聪颖，二者说明其学习得法。无独有偶，从巴蜀大地走出的著名文人，多有少年不学而后发愤苦读的记录，唐朝李白和宋代苏洵皆是，尤其苏洵"二十七，始发愤"的说法影响更大。

调露元年（679），陈子昂入长安，在太学学习。卢藏用《陈氏别传》说："年二十一，始东入咸京，游太学。历抵群公，都邑靡然属目矣。由是为远近所称，籍甚。"⑤此说明陈子昂在京城广交朋友、延揽声誉，很快就取得了巨大名声。第二年，陈子昂到东都洛阳参加第一次科考，落第后经长安返乡。这是他人生中第一次遭受到打击。

第二阶段，为官时期（682—698）。包括从二十四岁考中进士到四十岁辞官归隐（为母守丧和身陷囹圄除外），仕宦时间大约十年。

---

① （唐）陈子昂撰，徐鹏校点：《陈子昂集》（修订本），上海世纪出版股份有限公司上海古籍出版社2013年版，第264页。
② （宋）欧阳修、宋祁：《新唐书》，中华书局1975年版，第4067页。
③ （唐）陈子昂撰，徐鹏校点：《陈子昂集》（修订本），上海世纪出版股份有限公司上海古籍出版社2013年版，第284页。
④ （唐）陈子昂撰，徐鹏校点：《陈子昂集》（修订本），上海世纪出版股份有限公司上海古籍出版社2013年版，第264页。
⑤ （唐）陈子昂撰，徐鹏校点：《陈子昂集》（修订本），上海世纪出版股份有限公司上海古籍出版社2013年版，第264页。

开耀二年（永淳元年，682），陈子昂第二次参加进士考试成功，并未立即进入仕途，而是返家休息、学习、交游达两年。武则天光宅元年（684），陈子昂上《谏灵驾入京书》，得武后赏识，拜麟台正字（秘书省正字）。垂拱二年（686）春天，陈子昂跟随左补阙乔知之北征同罗、仆固始，沿途经过居延海、张掖、同城等地，同年秋北征结束后回京担任原职。此为陈子昂第一次到边地，较为深入地了解到唐朝边地的情况，也感受到了北地山河的壮美和不同的民风民情。载初元年（689），迁右卫胄曹参军。天授二年（691），以继母丧解官归家。长寿二年（693）守丧期满，返东都洛阳，授右拾遗。延载元年（694），因受牵连被逮入狱，翌年被无罪释放，官复右拾遗。万岁通天元年（696），契丹叛乱，陈子昂以幕侍参谋随建安王武攸宜东征契丹。陈子昂积极为武攸宜出谋划策，未被采纳。因言辞激烈，被武攸宜降为军曹掌书记。万岁通天二年（697）七月，唐军凯旋，陈子昂随军回朝，守右拾遗如故。这是陈子昂第二次到边地。这次随军出征，不仅使陈子昂清醒认识到壮志难酬的现实，也促使他下定决心归隐。虽此次从军没有给陈子昂带来仕途升迁，但对其诗歌创作具有重大影响，著名的《登幽州台歌》《蓟丘览古赠卢居士藏用七首》以及《感遇》中的部分诗篇都写于此时。

陈子昂人生的第三阶段（698—700），即最后阶段，为归家隐居到含冤去世阶段，大约三年时间。

陈子昂为国效忠的愿望既已彻底破灭，早年求仙学道的理想和衰弱的身体等各种因素促使他最终选择辞职返乡。圣历元年（698）秋天，陈子昂以父老归侍为由，辞官返乡。武后优宠，诏带官取给而归。陈子昂"遂于射洪西山构茅宇数十间，种树采药以为养"[1]，隐居山林，再次过上求仙学道生活。圣历二年（699），陈子昂居家侍父期间开始准备写作《后史记》，纪纲初立而其父陈元敬去世。久视元年（700），县令段简罗织诬陷，陈子昂因服丧悲伤过度和陷狱的忧愤难平，冤死狱中，享年四十二岁[2]。

---

[1] （唐）陈子昂撰，徐鹏校点：《陈子昂集》（修订本），上海世纪出版股份有限公司上海古籍出版社2013年版，第266页。

[2] 参考《陈子昂年谱》，见《陈子昂诗注》（四川人民出版社1981年版）、《陈子昂集校注》（时代出版传媒股份有限公司黄山书社2015年版）。

"非但文士之选"，又为"唐之诗祖"

二　陈子昂的思想和人格个性

陈子昂最重要的社会身份，一是诗人，二是政治家。由于陈子昂出生和成长于巴蜀之地，因此，其思想既有着中华文化大传统的共性，又有着独特的巴蜀地域文化特性。巴蜀文化具有鲜明的杂学特色和包容性，自然，在此生活和成长起来的陈子昂不能不受到这种影响。陈子昂思想极其复杂，他的思想中既有作其骨干的中国传统文化主流的儒家思想，又有释、道、阴阳，乃至纵横家等各种思想成分。

"穷则独善其身，达则兼善天下"[①]虽是孟子所提出的士人人生价值，但其实包含了中国三大传统文化的价值取向。前者主要为儒家所倡导，后者则主要为道家（包括道教）、佛教所倡导。所谓"兼善天下"即后世所云"兼济天下"，是孟子所说的"泽加于民"[②]，就是以拯救天下苍生为己任，治国安民，经世济民。具体而言是要士人关心社会、干预现实，敢于揭露社会弊病，提出解决社会危机和矛盾的治理方略。在此方面，陈子昂可以说相当突出，如早年游荡不学对社会的深入观察和了解、未入仕之前向武则天的大胆上书、仕宦期间的一再上疏劝谏等。终其一生，进取精神是陈子昂主导的一面。但即使纯粹的儒者，也还有"独善其身"的一面，何况陈子昂本身是具有鲜明杂学色彩的思想家。无论是求仙学道、服食养生，还是任侠使气、功成而退，乃至好阴阳纵横，喜王霸方略等，都贯穿在陈子昂一生之中。陈子昂少年时期"以豪家子，驰侠使气"[③]，"尚气决，弋博自如"[④]，进士及第之后没有积极寻求入职而是返家求仙访道、结交僧人，为继母守丧和解忧复职后"爱黄老言，尤耽味《易》象，往往精诣。在职默

---

① （宋）朱熹：《四书章句集注》，中华书局2011年版，第329页。
② （宋）朱熹：《四书章句集注》，中华书局2011年版，第329页。
③ （唐）陈子昂撰，徐鹏校点：《陈子昂集》（修订本），上海世纪出版股份有限公司上海古籍出版社2013年版，第264页。
④ （宋）欧阳修、宋祁：《新唐书》，中华书局1975年版，第4067页。

然不乐，私有挂冠之意"①，中年辞官归家后隐居山林，都说明"独善其身"的退隐思想也贯穿陈子昂一生。独善其身，隐居求道而怡然自乐，这也是巴蜀文人的传统，从汉代司马相如、扬雄开始到唐代陈子昂、李白，宋代苏轼，再到明代杨慎，这一人生行为模式可以说屡屡浮现于巴蜀古代作家身上，极为鲜明地显示出巴蜀文人的独特个性。

陈子昂思想包括哲学思想、政治思想、文学思想等各个方面，这里主要对其哲学思想尤其是政治思想进行分析。至于文学思想，后面专门介绍。

就哲学思想而言，陈子昂相信宇宙大化运转，多言及天道自然，如"群物从大化"（《感遇》二十五）、"天道信无言"（《宴胡楚真禁所》）等。陈子昂所谓"道"主要是吸收儒道二家关于"道"的思想，其中最主要的是天人合一。他在《谏政理书》中说：

> 元气者，天地之始、万物之祖、王政之大端也。天地之道莫大乎阴阳，万物之灵莫大乎黔首，王政之贵莫大乎安人。故人安则阴阳和，阴阳和则天地平，天地平则元气正矣。是以古先帝王，见人之通于天也，天之应乎人也。天人相感，阴阳相和，灾害之所以不生，嘉祥之所以迭作。遂则观象于天，察法于地，财成天地之道，辅相天地之宜，以左右人。

陈子昂这段文字涉及以下思想：一是元气论，即承认宇宙万物都是由元气所构成的。具体而言，元气由阴阳组合并发生转换；二是天人关系。天人既相分又相互感应，人除了法天效天之外，还应顺应天意。顺应天意，则天人和谐；违反天意，则天降灾祸。因此，一方面陈子昂认为天是客观独立的存在，另一方面又认为人天之间存在密切关系。从汉代董仲舒开始，天人感应思想已不完全是哲学的问题而是政治学的问题了，对陈子昂也同样如此。

承应天人合一的思想，在历史观上，陈子昂承认事物的变化是自然而然的。陈子昂赞同父亲的看法，认为圣人代兴是历史发展规律。他记叙父亲的教诲说：

---

① （唐）陈子昂撰，徐鹏校点：《陈子昂集》（修订本），上海世纪出版股份有限公司上海古籍出版社2013年版，第264页。

"非但文士之选"，又为"唐之诗祖"

> 吾幽观大运，贤圣生有萌芽，时发乃茂，不可以智力图也。气同，万里而合；不同，造膝而悖。古之合者曰无一焉。呜呼，昔尧与舜合，舜与禹合，天下得之四百余年。汤与伊尹合，天下归之五百年。文王与太公合，天下顺之四百年。幽、厉版荡，天纪乱也。贤圣不相逢，老聃、仲尼沦溺涸世，不能自昌，故有国者享年不永。弥四百年余，战国如縻，至于赤龙。赤龙之兴四百年，天纪复乱，夷胡奔突，贤圣沦亡，至于今四百年矣。天意其将复周乎？于戏，吾老矣！汝其志之。

这虽是"五百年必有王者兴"①、君臣遇合的老话，虽有为武则天代唐建周辩护和预言的成分，但其实是承认圣人代兴乃至改朝换代是自然的事情。因此，他不仅不为武周政权的建立感到难过，还积极建言献策，甚至还写了《上大周受命颂》，歌颂武则天顺应天意建立武周政权。后世封建正统的维护者辱骂贬斥陈子昂这一做法，如清代王士禛说："集中又有《请追上太原王帝号表》②，太原王者，士彟也。此与扬雄《剧秦美新》无异，殆又过之，其下笔时不知世有节义廉耻事矣。子昂真无忌惮之小人哉！诗虽美，吾不欲观之矣。子昂后死贪令段简之手，殆高祖、太宗之灵假手殛之耳。"③ 王士禛咬牙切齿咒骂陈子昂该死，好像陈子昂拥戴武周政权是犯下了滔天罪行。其实，如果从陈子昂的哲学观和历史观来看，陈子昂赞成武周代兴并歌功颂德是必然而且自然的，因为这正是陈子昂一贯的认识。同样"非常之世""非常之功""非常之人"等关于"非常"的话语，自汉朝司马相如以来，常常成为巴蜀文人的习惯用语，司马相如的非常之举——"凤求凰"——成为男女爱情的榜样，震撼了整个中国封建王朝两千年，扬雄为王莽新政的歌功颂德和陈子昂为武周政权的鼓与呼，更是对封建时代坚守君王一姓观念的叛离。巴蜀文人这种异端之举，也是巴蜀文化的特征之一。

陈子昂的政治思想极其丰富。其政治思想的核心是安民的问题。毫无疑

---

① （宋）朱熹：《四书章句集注》，中华书局2011年版，第232页。
② 此处篇名有误，为《荆州大崇福观记》或《为永昌父老劝追尊忠孝王表》或《为百官谢追尊魏国大王表》。
③ （清）王士禛撰，赵伯陶选评：《香祖笔记》，学苑出版社2001年版，第124页。

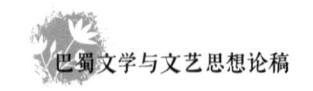

问，陈子昂是封建统治阶级中的一员，尽管其代表的是中下层地主的利益。从先秦时代开始，历代聪明而务实的统治者都信奉一个基本道理，那就是"民为邦本，本固邦宁"①，受儒家思想影响很深的陈子昂自然是知晓儒家这一基本教义的。

具体而言，从安人出发，陈子昂首先强调要让百姓安居乐业，抨击贪官豪强对百姓的侵夺。他在《上军国利害事》中说："臣闻天下有危机，祸福因之而生。机静则有福，机动则有祸，天下百姓是也。夫百姓安则乐其生，不安则轻其死，轻其死则无所不至也。故曰：人不可使穷，穷之则奸宄生；人不可数动，动之则灾变起。奸宄不息，灾变日兴，叛逆乘衅，天下乱矣。"事实上封建时代的百姓要想安居乐业非常不容易。武则天时期是唐代历史上经济发展较好的时期，但据陈子昂所见所闻："今诸州逃走户，有三万余在蓬、渠、果、合、遂等州山林之中，不属州县。土豪大族，阿隐兼容，征敛驱役，皆入国用。其中游手惰业亡命之徒，结为光火大贼，依凭林险，巢穴其中。"（《上蜀川安危事》）这仅是当时四川的情况，全国其他地方也是如此："顷遭荒馑，人被荐饥。自河而西，无非赤地；循陇以北，罕逢青草。莫不父兄转徙，妻子流离，委家丧业，膏原润莽。"（《谏灵驾入京书》）之所以造成百姓流离失所、无家可归，"实缘官人贪暴，不奉国法；典吏游容，因此侵渔。剥夺既深，人不堪命。百姓失业，因即逃亡"（《上蜀川安危事》）。陈子昂不仅指出当时社会存在的这种严重情形，还明确指出产生这一问题的原因。

其次，反对滥施刑罚。刑罚的公正是政治清明与否的重要标志。封建统治阶级往往为了稳固自己的政权而滥施刑罚，这在特殊的武周时期更是如此。武则天取代唐代李氏政权而建立大周，引起了李唐宗室和部分忠于李唐王朝官员的反抗，如光宅元年（684）徐敬业在扬州起兵反抗武则天，不到五十天即被镇压。自此而后，武则天大开告密之风，酷吏随之不断产生，以致人人惊恐，不能自安。陈子昂从安人的思想出发，激烈反对滥施刑罚。他于垂拱四年（688）上《谏用刑书》，首先指出当时滥施刑罚的情况极为严重：

---

① （清）阮元校刻：《十三经注疏·尚书正义》，中华书局1980年影印版，第156页。

> 而执事者不察天心，以为人意，恶其首乱倡祸，法合诛屠，将息奸源，穷其党与，遂使陛下大开诏狱，重设严刑，冀以惩创观于天下。逆党亲属及其交游，有迹涉嫌疑，辞相逮引，莫不穷捕考讯、枝叶蟠挐，大或流血，小御魑魅。至有奸人荧惑，乘险相诬，纠告疑似，冀图爵赏，叫于阙下者，日有数矣。于时朝廷皇皇，莫能自固；海内倾听，以相惊恐。
> ……
> 顷年以来，伏见诸方告密，囚累百千辈，大抵所告，皆以扬州为名。及其穷究，百无一实。陛下仁恕，又屈法容之，傍讦他事，亦为推劾。遂使奸恶之党，快意相雠；睚眦之嫌，即称有密。一人被讼，百人满狱，使者推捕，冠盖如云。或谓陛下爱一人而害百人。天下嚚嚚，莫知宁所。

因此，陈子昂劝谏武则天应该慎刑、恤刑："故至于刑，则非王者所贵矣，况欲光宅天下，追功上皇？专任刑杀以为威断，可谓策之失者也"，"臣不敢以微命蔽塞聪明，亦非敢欲陛下顿息刑罚，望在恤刑尔"。

永昌元年（689）三月，陈子昂上《答制问事》，第一条即为"请措刑科"，请求武则天措刑："臣伏惟当今之政，大体已备矣，但刑狱尚急，法网未宽，恐非当今圣政之要者。臣观圣人用刑，贵适时变，有用有舍，不专任之"，"故圣人贵措刑，不贵烦刑"，"今神皇不以此时崇德务仁，使刑措不用，乃任有司明察，专务威刑，臣窃恐非神皇措刑之道"。同年十月，陈子昂又上《谏刑书》："臣闻自古圣王谓之大圣者，皆云尚德崇礼、贵仁贱刑。刑措不用谓之圣德，不称严刑猛制用狱为理者也"，"夫刑者怒也，不可以承喜气。今又阴雨，臣恐过在狱官。况陛下明堂之理，本以崇德，配天之业，不以务刑。今垂拱法宫，且犹议杀；布政衢室，而未措刑。贱臣顽愚，尚疑未可，况巍巍大圣光宅天下哉"。

安人不仅在于慎用刑罚，还在于国内有和平安定的环境，因此，边防问题成为陈子昂政治思想的一个重要方面。总的来说，陈子昂要求加强边防、抵御外族入侵。陈子昂家靠近西南边陲，又两次随军到西北和东北边地，因此，他不仅熟悉当时的边防情况，也提出了切实可行的一些办法，如垂拱二年（686）《为乔补阙论突厥表》《上西蕃边州安危事》就比较集中谈到突厥和吐蕃的防范问题。但陈子昂坚决反对穷兵黩武,垂拱三年(687)所作《谏雅州讨生羌书》即明确反对无故讨伐羌人和向吐蕃发兵。

安人还涉及用人问题和人才的培养问题。陈子昂对武周政权曾经寄予很大的希望,希望武则天成为英明君主。虽然武则天当政时期也比较重视人才的选用,但是取贤不广、用贤不专的问题也很突出。陈子昂在《答制问事》中有三条涉及用人问题,分别是"重任贤科""明必得贤科""贤不可疑科",明确提出要武则天重贤、用贤、信贤。虽然这些意见早在儒家典籍和前人文章中多有,也为开明而有远见的君主所重视,但在猜疑忌讳成风的武则天时期,还是具有强烈的针对性和现实性。人文化成是儒家重要的观点之一,实施教化首在于兴学。为此,陈子昂也很重视太学、明堂在兴学崇教、作育人才方面的重要作用,《谏政理书》对此进行了详细论说。

陈子昂的人格个性,《新唐书》本传说:"子昂资褊躁,然轻财好施,笃朋友。"①《旧唐书》本传也说"子昂褊躁无威仪"②。新旧《唐书》皆谓子昂"褊躁",那么究竟何为"褊躁"?按,褊为狭窄、狭小之意;躁为急躁。合起来意思是气量狭窄、性格急躁冒进。显然这是批评的意思。无独有偶的是唐代另一位著名诗人杜甫也被史家评为"褊躁"。《旧唐书》杜甫本传云:"(严)武与甫世旧,待遇甚隆。甫性褊躁,无器度,恃恩放恣。尝凭醉登武之床,瞪视武曰:'严挺之乃有此儿!'"③征之史传,多有以"褊躁"评人者。

如果说"褊躁"一词对陈子昂有所贬抑,那么《新唐书》所谓"笃朋友"则是一种肯定。陈子昂好友卢藏用在《陈氏别传》中说:"子昂有天下大名而不以矜人,刚果强毅而未尝忤物,好施轻财而不求报。"所谓"不矜人"是指待人平易;"刚果强毅"则指性格刚强果断;"好施轻财"则所谓豪爽大度、笃于朋友之谊。

如何看待两种不太一致的评价?笔者认为,如果将"褊躁"之"躁"理解为事业上的积极进取,那么,陈子昂作为边远地区而"有愿朝廷"

---

① (宋)欧阳修、宋祁:《新唐书》,中华书局1975年版,第4077页。
② (后晋)刘昫等:《旧唐书》,中华书局1975年版,第5024页。
③ (后晋)刘昫等:《旧唐书》,中华书局1975年版,第5054页。

（《谏政理书》）的青年人，无论是传说中"百万买琴而碎琴"的惊人之举，还是未入仕即上书朝廷，以至三番五次主动向君王上书等行为，的确也可以被人视为是"躁进"的。这不奇怪，历来多有用极端手段引人瞩目而希求上进者，唐朝的"行卷"之风和"终南捷径"并不被时人耻笑和贬斥，道理即在于此。至于"褊躁"之"褊"，即所谓气量狭小，笔者认为这种看法不成立。陈子昂出身豪家，年轻时喜任侠，好施轻财、广交朋友，岂是气量狭小之人所能为？至于其"刚果强毅"，则不仅见之于日常生活，在批逆鳞、触龙须的上书之中屡见，其在诗文革新运动中的表现更为突出，后面再论。

总之，陈子昂积极进取、刚果强毅、好施轻财、笃于朋友等个性，首先来自其家风的影响，其次是巴蜀文化的浸润，自然还与唐朝这个开放、进取、包容的时代具有密切关系。其个性好的方面是敢于为常人所不能为的非常之举，不好的一方面则是极易被人猜忌、误会甚至打击、孤立。事实上，陈子昂的人生悲剧与此不无关系。

三　陈子昂诗文创作和贡献

作为政治家的陈子昂并不成功，他虽为京官，但级别甚低，没有施展政治才干的平台和机会。表面上陈子昂颇受武则天重视，但"每上疏言政事，词旨切直，因而解罢"[1]，"虽数召见问政事，论亦详切，故奏闻辄罢"[2]。作为文学思想家和文学家，陈子昂是成功的。卢藏用赞扬他"崛起江汉，虎视函夏。卓立千古，横制颓波，天下翕然，质文一变"[3]，王适称他为"文宗"[4]，

---

[1] （唐）陈子昂撰，徐鹏校点：《陈子昂集》（修订本），上海世纪出版股份有限公司上海古籍出版社2013年版，第269页。
[2] （宋）欧阳修、宋祁：《新唐书》，中华书局1975年版，第4077页。
[3] （唐）陈子昂撰，徐鹏校点：《陈子昂集》（修订本），上海世纪出版股份有限公司上海古籍出版社2013年版，第5页。
[4] （唐）陈子昂撰，徐鹏校点：《陈子昂集》（修订本），上海世纪出版股份有限公司上海古籍出版社2013年版，第264页。

李白比之为"凤与麟"①,杜甫认为"哲匠不比肩""名与日月悬"②,如此等等,可见陈子昂仕途不幸诗名幸,诗卷长流天地间。

(一) 陈子昂诗歌的创作和成就

陈子昂首先是杰出诗人。现存诗歌128首③,主要代表作品是《感遇》《蓟丘览古赠卢居士藏用七首》《登幽州台歌》。咏怀、边塞、赠别、说理等各种题材均见于诗中。

陈子昂诗歌表达的内容是多方面的。第一,对百姓军民的苦难给予深厚同情而体现的人道主义精神。如《感遇》(三)对战死沙场士兵的无限同情,《感遇》(三十七)对边民苦难的深厚同情;《感遇》(二十九)在反对朝廷穷兵黩武、批评当政者愚蠢的同时对百姓的苦难表示了深切同情。

第二,具有社会批判的强烈现实精神。这包括暴露社会丑恶、讥讽时政、批判统治阶级压抑人才及奢侈荒淫、揭露骨肉相残种种行为等,如《感遇》(十)批判世人贪利信谗的风气;《题祀山烽树赠乔十二侍御》表达对朝廷忽视边防、赏罚不公的不满;《感遇》(十八)感叹对耿介正直之人的难容;《感遇》(十二、三十八)、《题居延古城赠乔十二知之》批评统治者对人才的忽视和压制;《感遇》(十六)讽刺钻营之徒得势;《感遇》(十五)讽刺统治者喜怒无常;《感遇》(十九、二十七)批判统治者的荒淫享受、奢侈浪费;《感遇》(四)揭露统治者骨肉相残。

第三,理想主义精神。一方面,陈子昂对未来充满理想和乐观,另一方面又表达出理想不得实现的苦闷和悲愤。《修竹篇》诗对"修竹"的坚贞之操和岁寒之格进行了歌颂,借物喻人,以诗言志;《感遇》(十六)对燕昭王重用乐毅、鲁仲连蔑弃功名进行肯定和赞扬,希望自己得到最高统治者的赏识,表达出建功立业的理想;《感遇》(三十五)表达了愿意为国捐躯、立功报国的志愿;《答洛阳主人》《送魏大从军》既表达了追求自由的理想,又表

---

① (清)王琦注:《李太白全集》,中华书局1977年版,第542页。
② (唐)杜甫著,(清)仇兆鳌注:《杜诗详注》,中华书局1979年版,第948页。
③ 唐代卢藏用编《陈子昂集》将《国殇文》收入"杂著",《全唐文》卷二一六也收入,实为诗歌。

达出建功立业的志向;《感遇》(二) 表达岁月消逝、功业未成的哀伤和愁怨。自然,任何时代要想实现人生理想都不容易,在封建时代就更是如此,因此,陈子昂诗中还表达出理想不得实现的幽愤之情和退隐之心,如《感遇》(七)"众芳委时晦,鹍鸠鸣悲耳。鸿荒古已颓,谁识巢居子"表达了无人理解的孤独;《喜马参军相遇醉歌》"独幽默以三月兮,深林潜居。时岁忽兮,孤愤遐吟,谁知我心"表达了作者的难以排遣的孤愤;《感遇》(三十六)"念与楚狂子,悠悠白云期。时哉悲不会,涕泣久涟洏"表达了求仙不得、壮志难酬的怅惘。

第四,对祖国河山的热爱和对友情、亲情的赞美。如《入峭峡安居溪伐木溪源幽邃林岭相映有奇致焉》详细描绘了安居溪优美的自然风景,表达出对家乡的热爱;《度峡口山赠乔补阙知之王二无竞》中"崔崒半孤断,逶迤屡回直""逦迤忽而尽,泱漭平不息"等,表达了对祖国北方壮美河山的惊奇和赞叹;《同宋参军之问梦赵六赠卢陈二子之作》"晚霁望嵩岳,白云半岩足。氤氲含翠微,宛如瀛台曲",对嵩山壮美景色的喜爱。笃于朋友、重视友情和亲情也时见于陈子昂诗中,如《送东莱王学士》"宝剑千金买,平生未许人。怀君万里别,持赠结交亲",表达出对挚友王适的深厚之情;《同旻上人伤寿安傅少府》"把臂虽无托,平生固亦亲。援琴一流涕,旧馆几沾巾。杳杳泉中夜,悠悠世上春。幽明长隔此,歌哭为何人",表达了对朋友去世的悲伤和痛苦;《送客》中"相送河洲晚,苍茫别思盈。白蘋已堪把,绿芷复含荣。江南多桂树,归客赠生平",表达了对朋友的依依惜别和祝福。

第五,宣扬佛道等道理。《感遇》(八)"仲尼推太极,老聃贵窅冥。西方金仙子,崇义乃无明"表达了对儒释道三教的认识;《夏日晖上人房别李参军崇嗣》"四十九变化,一十三死生"表达了对生死是非荣辱等的看法;《南山家园林木交映盛夏五月幽然清凉独坐思远率成十韵》"忘机委人代,闭牖察天心""坐观万象化,方见百年侵"等表达静观悟道、逍遥人世的观点;《酬晖上人秋夜独坐山亭有赠》"水月心方寂,云霞思独玄。宁知人世里,疲病苦攀缘"表达了对禅理的理解。

第六,抒发历史兴衰之感。如《感遇》(十四)对世道的变化无常、《感遇》(十七)对历史的兴衰、《感遇》(二十八)对楚王荒淫失国、《白帝城怀古》对白帝古城的历史际遇、《岘山怀古》对历史人物羊祜的遗爱在民等,都借历史人物、历史事件、历史遗迹等表达了对作者对社会、历史兴衰变化的思考、认识和感叹。当然最为集中的是《蓟丘览古赠卢居士藏用七首》,通过对燕昭王、乐毅、郭隗、燕太子丹、田光、邹衍等历史人物和事件的咏歌,感叹君臣相得不易、燕赵之士的悲凉慷慨和杀身成仁等。尤其是《登幽州台歌》不仅是对个人际遇的咏叹,更是对历史的感怀和对宇宙人生的思考,表达出人生有限、壮志难酬的悲怆。

此外,陈子昂还有不少写景抒情的诗歌,如《度荆门望楚》"城分苍野外,树断白云隈"对长江巫峡两岸的描写,《晚次乐乡县》"野戍荒烟断,深山古木平。如何此时恨,嗷嗷夜猿鸣"对深山古道荒凉的渲染,《万州晓发放舟乘涨还寄蜀中亲友》"苍茫林岫转,骆驿涨涛飞。远岸孤云出,遥峰曙日微"对江水宏伟气势和岸边景物转换的生动描写,《送殷大入蜀》"片云生极浦,斜日隐离亭。坐看征骑没,唯见远山青"对蜀地山水的生动刻画,《春夜别友人二首》"明月隐高树,长河没晓天""清泠花露满,滴沥檐宇虚"对夜景的细致刻画;《春日登金华观》"山川乱云日,楼榭入烟霄。鹤舞千年树,虹飞百尺桥"对金华观雄伟气势的描写等。这些诗写景细腻、准确,能够抓住景物特征,情景融合,风格清新。

从诗歌体式看,陈子昂诗包括四言诗、五言诗、歌行、骚体诗,其中五言诗为主体;多为五言古体,近体较少;从表达方式来看,记叙、描写、议论、抒情皆有,尤多议论,此既是陈诗优点,也可以说是缺点。

总体上,陈子昂诗歌皆有为而作,诗歌的内容和形式虽然尚未达到完美结合,但不少诗内容充实、情感饱满,瘦硬简洁的文字下隐藏着深沉激烈的情感,的确具有阮籍《咏怀》"遥深"的特色,整体显示出陈子昂倡导的"建安风骨"所呈现的阳刚雄健之美和"风雅兴寄"的政治寄托。当然,陈子昂诗尚未做到婉转流利、声韵和谐,时有瘦硬、枯燥之感,这也是不用讳言的。

(二)陈子昂文章的写作和成就

陈子昂同时也是著名散文家。相比诗歌,陈子昂的文章影响没有那么大,但是其成就在当时和后代都得到极高评价。陈子昂在世时，文章已经闻名遐迩。卢藏用赞誉他"尤善属文，雅有子云相如之风骨"，又说《谏灵驾入京书》"时洛中传写其书，市肆间巷，吟讽相属，乃至转相货鬻，飞驰远迩"[①]。陈子昂去世后，柳宗元说："唐兴以来，称是选而不作者，梓潼陈拾遗。"[②]柳宗元认为陈子昂诗文兼长，这是很高的评价。《新唐书·陈子昂传》也说，"唐兴，文章承徐、庾余风，天下祖尚，子昂始变雅正"，"子昂所论著，当世以为法"[③]。这些都充分说明陈子昂文章写作的水平很高、成就很大。

陈子昂所写文章，现存109篇，其文体和数量如下：表（38篇）、碑文和墓志（19篇）、书状（16篇）、序（12篇）、祭文（9篇）、书启（9篇）、铭（2篇）、记（2篇）、颂（1篇）、誓词（1篇）。陈子昂写作的文体不算太多，共涉及十余种，其中表、上书、状等上奏朝廷的公文几乎占到一半篇幅（53篇）；碑文、墓志、祭文等主要涉及死者（遗爱碑除外）传状、哀祭的文章接近30篇。

首先是陈子昂向朝廷所上的书表状等，特别是其中的上书，不仅数量多，而且质量和成就也都很高。《谏灵驾入京书》《答制问事》《上军国机要事》《上蜀川安危事》《上西蕃边州安危事》《谏雅州讨生羌书》《申宗人冤狱书》《为乔补阙论突厥表》等是代表。尽管这些文章句式较为整饬，但整体上属于散文。这里所谓"散文"非现代语义中文学体裁之"散文"，而是相对骈文而言。除了在语言体式上的革新外，这些书表内容丰富、思想深刻，较全面表达了陈子昂关于政治、经济、边防、教育等的意见，不仅深中当时弊病，更提出了切实可行的建议，显示出其大胆无畏和积极进取的精神，或许这就是新旧《唐书》所谓"褊躁"的原因。

其次是碑文、墓志，虽然整体上成就不高，但如《梓州射洪县武东山故居士陈君碑》《馆陶郭公姬薛氏墓志铭》《我府君有周居士文林郎陈公墓志文》等也都很有特色。这些文章叙述平实，议论和抒情兼有，语言浅切、简

[①] （唐）陈子昂撰，徐鹏校点：《陈子昂集》（修订本），上海世纪出版股份有限公司上海古籍出版社2013年版，第264页。

[②] （唐）柳宗元：《柳宗元集》，中华书局1979年版，第579页。

[③] （宋）欧阳修、宋祁：《新唐书》，中华书局1975年版，第4078页。

洁、畅达，情感真实饱满。

最后是序，主要是诗序，如《忠州江亭喜重遇吴参军牛司仓序》《薛大夫山亭宴序》《赠别冀侍御崔司议并序》《金门饯东平序》等，主要为骈文，骈四俪六，对仗工整，音韵和谐，婉转流美。除了交代介绍外，这些文章写景细致生动，写景与抒情融为一体。如《忠州江亭喜重遇吴参军牛司仓序》"新交与旧识俱欢，林壑共烟霞对赏。江亭迥瞰，罗新树于阶基；山榭遥临，列群峰与户牖。尔其丹藤绿篠，俯映长筵，翠渚洪澜，交流合座，神融兴洽，望真情高。觉清溪之仙洞不遥，见苍海之神山乍出"，描写忠州江亭远处的林壑、烟霞、树林、台阶、群峰、房屋，近处的丹藤绿篠、翠渚洪澜，动静结合，远近结合，将江亭所见之景写得如画一般。《金门饯东平序》"于时青阳二月，黄鸟群飞，残霞将落日交晖，远树与孤烟共色。江山万里，眇然荆楚之涂；城邑三春，去矣伊瀍之地。既而朱轩不驻，绿盖行遥"，写晚霞之下群鸟归巢的绚丽动态，远处隐约可见的树林之上升起的云烟，动静结合，色彩缤纷，对春日晚景的描写可谓细腻生动，尤其"残霞将落日交晖，远树与孤烟共色"与王勃《滕王阁序》中"落日与孤鹜齐飞，秋水共长天一色"颇堪一比，只是陈子昂写春景，王勃写秋景而已。

陈子昂哀祭类文字也不少，共有 9 篇。既有祭海神、祭军旗等祈祷之文，更多是对亲朋好友的祭奠。《祭韦府君文》对韦府君壮志未酬以及作者未能亲自送丧的遗憾，表达真切；《祭率府孙录事文》对著名书法理论家、书法家孙过庭时运不济、中年早亡表达了深切哀悼，对子女无助表示要尽力救护。

卢藏用评价陈子昂各体写作时说："谏诤之辞，则为政之先也；昭夷之碣，则议论之当也；国殇之文，则大雅之怨也；徐君之议，则刑礼之中也。至于感激顿挫，微显阐幽，庶几见变化之朕，以接乎天人之际者，则《感遇》之篇存焉。"[①] 总的说来，陈子昂文章不务浮华，重在实用；论证博赡，说理周密；质文并重，文风朴素。既充分注意作品的思想内容，又很重视表达方式和技巧，无论是叙述议论、状景抒情还是谋篇布局、遣词造句，都能刻意

---

① （唐）陈子昂撰，徐鹏校点：《陈子昂集》（修订本），上海世纪出版股份有限公司上海古籍出版社 2013 年版，第 5 页。

求精，有强烈的艺术感染力。在韩柳古文运动兴起之前，陈子昂对唐代散文写作和革新都有很大贡献，因此，萧颖士、梁肃、韩愈都对他有较高评价，如梁肃在《左补阙李翰前集序》中说："唐有天下几二百载，而文章三变，初则广汉陈子昂以风雅革浮侈。"① 当然陈子昂的文章也还存在不足：一是反映社会生活的面不够广泛，内容不够丰富；二是文体形式只有十余种，也不如很多文章大家；三是尚未完全摆脱齐梁以来骈体盛行的风气。对此，马端临说："陈拾遗诗语高妙绝出齐梁，诚如先儒之论；至其他文，则不脱偶俪卑弱之体，未见其有以异于王、杨、沈、宋也。"② 这也是事实。一方面，陈子昂毕竟主要在朝为官，虽有两次随军出征边地的经历，却没有更多机会接触广泛的社会和民众的生活，另一方面，陈子昂英年早逝，对其文章写作的进一步提升还是有影响的。正如卢藏用所说："惜乎湮厄当世，道不偶时，委骨巴山，年志俱夭，故其文未极也。"③ 至于王士禛所谓"其表、序、碑、记等作，沿袭颓波，无可观者"④，则完全不顾事实，并非公正之论。

四　陈子昂文学思想

陈子昂关于文学的见解，除了已经失传的《江上文人论》外，还在不少诗序中有涉及，如《金门饯东平序》"请各陈志，以序离襟"、《薛大夫山亭宴序》"诗言志也，可得闻乎"、《饯陈少府从军序》"盍各言志，以叙离歌"、《送吉州杜司户审言序》"赋诗以赠"、《冬夜宴临邛李录事宅序》"我之怀矣，实在于斯"、《晖上人房饯齐少府使入京府序》"斯文未丧，题之此山"、《偶遇巴西姜主薄序》"挥手何赠，诗以永言"、《送曲郎将使默啜序》"金曰赋

---

① （宋）姚铉：《唐文粹》，载任继愈主编《中华传世文选》，吉林人民出版社1998年版，第935页。
② （元）马端临著，华东师大古籍研究所标校：《文献通考·经籍考》，华东师范大学出版社1985年版，第1330—1331页。
③ （唐）陈子昂撰，徐鹏校点：《陈子昂集》（修订本），上海世纪出版股份有限公司上海古籍出版社2013年版，第5页。
④ （清）王士禛撰，赵伯陶选评：《香祖笔记》，学苑出版社2001年版，第123—124页。

诗，绝句以赠"等序，皆提及创作动机和言志等问题。《上薛令文章启》中说，"斐然狂简，虽有劳人之歌；怅尔咏怀，曾无阮籍之思？徒恨迹荒淫丽，名陷俳优，长为童子之群，无望壮夫之列"，"文章小能，何足观者"，表达出对文章价值的轻视，自然这是陈子昂年轻时上给官员表达政治愿望的说辞，并不见得是真实思想。上述关于文学的认识虽然正确，但没有多少价值。最能体现陈子昂思想并且一举改变唐代诗坛旧风气、树立唐代新诗风的是《修竹篇序》。文不长，照录如下：

> 东方公足下：文章道弊，五百年矣。汉魏风骨，晋宋莫传。然而文献有可征者。仆尝暇时观齐梁间诗，彩丽竞繁，而兴寄都绝，每以永叹。思古人，常恐逶迤颓靡，风雅不作，以耿耿也。一昨于解三处见明公《咏孤桐篇》，骨气端翔，音情顿挫，光英朗练，有金石声。遂用洗心饰视，发挥幽郁。不图正始之音，复睹于兹。可使建安作者，相视而笑。解君云，张茂先、何敬祖，东方生与其比肩，仆亦以为知言也。故感叹雅制，作《修竹诗》一首，当有知音以传示之。

陈子昂大概自己都没有料到，这篇寥寥两百字的文章会在历史上产生如此大影响。"文章道弊，五百年矣。"开篇断喝，气势夺人。陈子昂所谓的"五百年"，是鲁迅所说的"文学的自觉时代"[①]，是宗白华先生所说"最富有艺术精神的一个时代"[②]。初唐对魏晋南北朝文学颇为矛盾和纠结：一方面批判南朝文学为亡国之音："其意浅而繁，其文匿而彩，词尚轻险，情多哀思。格以延陵之听，盖亦亡国之音乎！"[③] 另一方面以唐太宗为首又酷好宫体诗。陈子昂对此却一概予以否定，认为"汉魏风骨，晋宋莫传"。陈子昂提出"汉魏风骨"，终于给唐人指了一条明路。"风骨"一词起于汉末，魏晋间流行用来品评人物，主要指人的神气风度，如《宋书·武帝纪》称刘裕"风骨奇

---

① 鲁迅：《鲁迅全集》第三卷，人民文学出版社2005年版，第526页。
② 宗白华：《美学散步》，上海人民出版社1981年版，第177页。
③ （唐）魏徵、令狐德棻：《隋书》，中华书局1973年版，第1730页。

特"①。后来刘勰《文心雕龙》中专列《风骨》予以讨论："怊怅述情，必始乎风；沉吟铺辞，莫先于骨。故辞之待骨，如体之树骸；情之含风，犹形之包气。结言端直，则文骨成焉；意气骏爽，则文风清焉。"② 陈子昂所言汉魏风骨，是以曹氏父子和建安七子为准的，取其慷慨悲凉、刚健遒劲、雄浑有力的阳刚之气。宋濂《答章秀才论诗书》说："唐初承陈、隋之弊，多尊徐、庾，遂致颓靡不振。张子寿、苏廷硕、张道济相继而兴，各以风雅为师；而卢升之、王子安务欲凌跨三谢，刘希夷、王昌龄、沈云卿、宋少连亦欲蹴跨江、薛，固无不可者。奈何溺于久习，终不能改其旧。甚至以律法相高，益有四声八病之嫌矣。唯陈伯玉痛惩弊端，专师汉、魏，而友景纯、渊明，可谓挺然不群之士，复古之功，于是为大。"③ 诚如宋濂所说，唐初文学"溺于久习，终不能改其旧"。他们对齐梁不满却又走不出来是因为未能找到新的方向。"彩丽竞繁""逶迤颓靡"，陈子昂对齐梁文风的诊断与初唐史家的看法是一致的，但不同的是唐初史家仅是批判"亡国之音"，却未能指出什么是"强国之音"。陈子昂以建安风骨为准的，标榜兴寄，提倡风雅，倡导风骨，为唐诗开出新的方向，确实功不可没。

陈子昂《修竹篇序》文艺思想体现在"破"和"立"两方面。就"破"的一面而言，是批判齐梁以来的诗风存在的两个弊端：一是"彩丽竞繁""兴寄都绝"。"彩丽竞繁"是指齐梁时代诗歌一味追求辞采华美，"兴寄都绝"是说齐梁时代的诗歌缺乏《诗经》那种深沉的政治寄托和强烈的讽喻意义，总之，齐梁诗歌空虚浅泛、辞采华美；二是缺少建安风骨。所谓建安风骨，陈子昂说"骨气端翔，音情顿挫，光英朗练，有金石声"，就是内容充实、情感真挚、音韵和谐、风格壮美。就"立"的一面而言，重点就是提倡风雅兴寄和汉魏风骨。风雅兴寄应该包含两层意思：一是有政治寄托和讽谏功能，这主要就内容和功能来讲；一是从创作手法来讲，应该"主文而谲谏"，使言之者无罪，闻之者足以戒，善于使用比兴手法。这些意思启发了后来的白居易。白居易《与元九书》中所谓"六艺"正是指比兴。至于汉魏风骨，则是

---

① （梁）沈约：《宋书》，中华书局1974年版，第1页。
② （梁）刘勰著，范文澜注：《文心雕龙注》，人民文学出版社1958年版，第513页。
③ 蔡景康编选：《明代文论选》，人民文学出版社1993年版，第8页。

针对齐梁以来诗歌缺乏刚健之气而言。优美和壮美两种审美风格本无轩轾，但从振发人的志气来说，刚健之美更能给人以鼓舞。文学和时代是紧密联系的，唐帝国的雄风也只有汉魏风骨方能显示出唐人的豪情和壮志。陈子昂的主张可以说是顺应了时代的呼唤，其后所形成的"盛唐气象"也证明陈子昂的呼吁和倡导变成了现实。

"国朝盛文章，子昂始高蹈。"① 韩愈此言并非虚夸。初唐四杰虽渐开唐风，但并没有意识到何为唐风。陈子昂为盛唐之音树立了明确方向和标准。元好问说："沈宋横驰翰墨场，文章初不废齐梁。论功若准平吴例，合著黄金铸子昂。"② 翁方纲说："唐初群雅竞奏，然尚沿六代余波；独至陈伯玉伟兀英奇，风骨峻上。盖其诣力，毕见于《与东方左史》一书。"③ 闻一多先生说："可以说纵横家给了他飞翔之力，道家给了他飞翔之术，儒家给了他顾尘之累，佛家给了他终归人世而又能妙赏自然之趣。"④ 闻一多先生具有诗人的气质和敏锐的文学见识，此话颇能揭示陈子昂成为文学革新倡导者的原因，但是闻先生没有指出何以这四者可以集于陈子昂一身，笔者以为，原因就是巴蜀文化本身所具有的这种综合性的"杂学"色彩以及巴蜀文化自身所具有的强大包容性。

五 陈子昂文集版本情况

最早的陈子昂诗文全集为子昂生前好友卢藏用所编，卢藏用在《陈氏别传》《陈伯玉文集序》中均有交代。敦煌写本存《陈子昂集》卷八《上西蕃边州安危事》之末和卷九、卷十全部，属卢藏用所编本系统。今天能见到的陈子昂集最早刻本是明代弘治四年杨澄刻本。杨本在明代曾被多次翻刻，如

---

① 屈守元、常思春主编：《韩愈全集校注》，四川大学出版社1996年版，第355页。
② （金）元好问著，狄宝心校注：《元好问诗编年校注》，中华书局2011年版，第52页。
③ （清）翁方纲著，陈迩东校点：《石洲诗话》（与《谈龙录》合刊），人民文学出版社1981年版，第25页。
④ 闻一多：《唐诗杂论》，中华书局2009年版，第255页。

嘉靖四十四年（1565）王廷刻《子昂集》十卷附录一卷、隆庆五年（1571）邵廉刻万历二年（1574）杨沂补刻《陈伯玉文集》十卷附录一卷、万历三十七年（1609）舒其志刻《陈伯玉文集》十卷附录一卷。清编《四库全书》，集部收《陈拾遗集》十卷，注明是内府藏本，所用底本为隆庆五年（1571）邵廉刻本。道光十七年（1837），杨国桢在四川刊刻《陈子昂诗文全集》五卷本，先文后诗，文集三卷，共收文一百九篇；诗集二卷，收诗一百二十八首，末附《杨柳枝》。民国时期张元济编《四部丛刊》，其中《陈伯玉集》系影印弘治本。

陈子昂诗集有：明弘治至正德年间铜活字本《唐五十家诗集》之《陈子昂集》二卷、嘉靖十九年（1540）朱警辑《唐百家诗》之《陈伯玉集》二卷、嘉靖三十一年（1552）江都黄壎东壁图书府刊张逊业辑《唐十二家诗》之《陈伯玉集》二卷、万历十二年（1584）杨一统刊《唐十二名家诗》之《陈子昂集》一卷、万历三十一年（1603）许自昌辑校《前唐十二家诗》之《陈子昂集》二卷等。清代所修《全唐诗》之卷八十三、八十四为《陈子昂集》，收录陈诗128首，较杨澄本多10首，是将《麈尾赋》换为《庆云章》，加上《登幽州台歌》《魏氏园林人赋一物得秋亭萱草》《晦日宴高氏林亭并序》《晦日重宴高氏林亭》《上元夜效小庾体》《三月三日宴王明府山亭》《采树歌》《山水粉图》《春台引》9首（实为6首，后三首杨澄本收在卷七"杂著"中）。

陈子昂文集有：《全唐文》卷二百九至二百十六为《陈子昂集》，共八卷。《全唐文》本比杨澄本多出4篇，分别是《为义兴公陈请终丧第二表》《为义兴公陈请终丧第三表》《谢赐冬衣表》《座右铭》，此四文见于《文苑英华》。《文苑英华》卷八百二十二收《大崇福观记》、卷七百十五收《红崖子鸾鸟诗序》，《全唐文》却未收，说明《全唐文》非杨澄本系统，应另有所本。

今人整理的陈子昂文集，诗文全集方面，前有徐鹏点校《陈子昂集》（中华书局1960年版，上海世纪出版股份有限公司上海古籍出版社2013年修订本），该书以《四部丛刊》本为底本，校以《全唐诗》《全唐文》等，文字较为精善，补辑了诗文遗篇，并附录王运熙《陈子昂和他的作品》、罗庸《陈子昂年谱》；后有彭庆生校注《陈子昂集校注》（时代出版传媒股份有限公司黄山书社2015年版），也以杨澄本为底本，参以所见各种版本详校详注，并有多种附录，是目前最全最好的陈子昂全集本。陈子昂诗集的整理本，最早的是彭庆生注释《陈子昂诗注》（四川人民出版社1981年版），是一部高质量的诗注本；后有曾军编著的《陈子昂诗全集：汇校汇注汇评》（崇文书局2017年版），将陈子昂诗歌全部编年，将题解、注释、汇评合为一体，体例完备。

  此次应巴蜀书社之邀对陈子昂诗文全集进行简明校注，以便为读者提供一个繁简适中的读本。1987年，我跟随四川大学曾枣庄先生学习中国古典文献学，之后并未专事古籍整理和研究，但因对巴蜀文化和巴蜀古代文学略有涉猎，故斗胆接受任务，黾勉从事。校注过程中，多参考借鉴徐鹏先生《陈子昂集》（修订本）、彭庆生先生《陈子昂集校注》，特别感谢两位前辈的辛勤付出。当然，间有我个人的不同理解。不当之处，敬希读者批评指正，以匡不逮。

杜诗的西域文化背景*

摘　要：作为中国古代诗歌集大成者，杜诗既是汉民族文化传统的产物，也是多元文化交流交融的产物；既是历史的产物，更是现实的产物。唐代各民族文化交流融合是形成杜诗丰富全面的重要因素。本文就杜诗受西域文化的影响和杜诗中西域文化的表现、西域文化与盛唐气象的关系、杜诗受西域文化影响的文化背景等进行分析，意在说明时代风气、西域文化对杜诗成就的重要意义。

关键词：杜诗；集大成；西域文化；中华文化；交流融合

杜甫是我国唐代著名的诗人之一，他的诗作既是汉民族文化传统的产物，也是多元文化碰撞、交融的产物；既是历史的产物，更是现实的产物。此前在探讨杜诗辉煌成就时，多着眼于汉民族传统、历史对杜甫的影响，忽略或轻视了时代和异质文化对杜甫的影响。本文就杜诗受西域文化的影响和杜诗中西域文化的表现、西域文化与盛唐气象的关系、杜诗受西域文化影响的文化背景进行分析，意在说明时代风气、西域文化对杜诗成就的重要意义。

一　西域文化对杜诗的影响

西域文化对杜诗的影响主要表现在，一是为杜诗提供了大量新的表现内容、主题；二是给杜甫带来了创造的活力，使杜诗充满刚健之气，风格更趋

---

*　原载《西域研究》1999 年第 1 期。

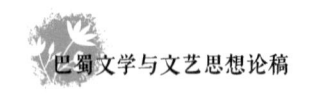

多样化。

根据笔者不精确的统计，杜诗涉及西域文化者约 90 首[1]，占现存杜诗的十六分之一。

杜诗反映的西域文化是多方面的。

首先是西域地名、族名、国名：有泛称者，如西域、流沙、西极、绝漠；有专指者，如青海、昆仑、交河、凉州、渥洼、大宛、阴山、北庭、安西、花门、弱水、阳关；有国名（族名），如大宛、花门（指回纥）、楼兰、月支、勃律、坚昆、大食。涉及的地域不仅包括狭义的西域，即今新疆天山以南、昆仑山以北、帕米尔高原以东、玉门关以西的地区，也包括广义的西域，即除上述地区外，北越天山，西逾葱岭，包括乌孙、大宛及中亚地区。

其次是西域神话、典故：如"惜哉瑶池饮，日晏昆仑丘"[2]，用西王母和周穆王的神话，借指长安宫中的杨贵妃和唐玄宗；"属国归何晚，楼兰斩未还"[3]，用傅介子杀楼兰王事；"闻道寻源使，从天此路回""乘槎断消息，无处觅张骞"[4]，用张骞通西域事；"人怜汉公主，生得渡河归"[5]，用乌孙公主

---

[1] 据钱谦益注《杜甫全集》（高仁标点，上海古籍出版社 1996 年版），杜诗涉及西域文化的篇目主要如下：卷一，《兵车行》《高都护骢马行》《天育骠骑歌》《同诸公登慈恩寺塔》《丽人行》《沙苑行》《骢马行》《自京赴奉先县咏怀五百字》《悲陈陶》《悲青坂》《哀江头》《哀王孙》；卷二，《送长孙九侍御赴武威判官》《送樊二十三侍御赴汉中判官》《送从弟亚赴安西判官》《彭衙行》《北征》《洗兵马》《留花门》《李鄠县丈人胡马行》《潼关吏》；卷三，《前出塞》；卷四，《黄河》《天边行》《大麦行》；卷五，《海棕行》《韦讽录事宅观曹将军画马图》《丹青引》《忆昔》《释闷》；卷六，《近闻》《七月三日戏呈元二十一曹长》；卷七，《观公孙大娘弟子舞剑器行并序》《遣怀》《荆南兵马使太常卿赵公大食刀歌》《王兵使二角鹰》《后苦寒行》；卷八，《魏将军歌》《夜闻觱篥》《别张十三建封》；卷九，《投赠哥舒开府翰二十韵》《房兵曹胡马》、《送蔡希曾都尉还陇右因寄高三十五书记》、《赠田九判官梁丘》、《送书记赴安西》、《陪郑广文游何将军山林》之三、《故武卫将军挽歌》；卷十，《喜闻官军已临贼寇二十韵》、《秦州杂诗》（五、十八、十九）、《东楼》、《寓目》、《即事》、《观兵》、《日暮》、《蕃剑》、《观安西兵过赴关中待命》；卷十二，《送人从军》、《有感五首》（一）、《遣愤》；卷十四，《赠崔十三评事公辅》《树间》《滟滪》；卷十五，《偶题》、《咏怀古迹五首》（三）、《诸将五首》（一）、《秋日夔府咏怀奉寄郑监审李宾客之芳一百韵》、《寄刘峡州伯华使君四十韵》、《解闷十二首》（三、十一）、《复愁十二首》（七）、《喜闻盗贼蕃寇总退口号五首》（一、二、三、四）、《能画》、《提封》、《独坐》；卷十六，《孟仓曹步趾新领酒酱二物满器见遗老夫》；卷十七，《和江陵宋大少府暮春雨后同诸公及舍弟宴书斋》《江南逢李龟年》等。

[2] （唐）杜甫著，（清）仇兆鳌注：《杜诗详注》，中华书局 1979 年版，第 105 页。

[3] （唐）杜甫著，（清）仇兆鳌注：《杜诗详注》，中华书局 1979 年版，第 578 页。

[4] （唐）杜甫著，（清）仇兆鳌注：《杜诗详注》，中华书局 1979 年版，第 579、971 页。

[5] （唐）杜甫著，（清）仇兆鳌注：《杜诗详注》，中华书局 1979 年版，第 604 页。

事。所用神话，主要是西王母、瑶池、昆仑；所用典故以汉朝时人、事为主。

第三是西域人物：如贞观名臣尉迟敬德（《丹青引赠曹将军霸》），当代名将哥舒翰（《投赠哥舒开府翰二十韵》《潼关吏》《送蔡希曾都尉还陇右因寄高三十五书记序》），唐代分裂的罪魁安禄山、史思明①；有无名氏，如"胡僧"（《海棕行》《寄刘峡州伯华使君四十韵》）、"胡商"（《解闷》十二首之二、《滟滪》）、"花门将"（《遣愤》）、"胡儿"（《日暮》《寓目》）、"胡人"（《黄河》二首之一）；等等。

第四是西域物质文化：有西域物产，如骆驼（《丽人行》《寓目》《哀王孙》《自京赴奉先县咏怀五百字》）、马（涉及篇目太多，此不赘）、黄羊（《送从弟亚赴河西判官》）、苜蓿（《寓目》《赠田九判官梁丘》）、葡萄（《洗兵马》、《寓目》、《解闷》十二首之一）、戎王子（《陪郑广文游何将军山林》十首之三）；有乐器，如胡笳（《独坐》、《秦州杂诗》二十首之六等）、琵琶（《咏怀古迹》五首之三）、觱篥（《夜闻觱篥》）、角（《送韦十六评事充同谷防御判官》）、羌笛（《秦州杂诗》二十首之八）；有兵器，如花门小箭（《复愁》十二首之七、《悲陈陶》）、大食宝刀（《荆南兵马使太常卿赵公大食刀歌》）、蕃剑（《蕃剑》）；有器具，如胡床（《树间》《孟仓曹步趾领新酒酱二物满器见遗老夫》）。

西域音乐、舞蹈、饮食：音乐有胡笳、琵琶、觱篥、角等乐器演奏的乐曲，有胡歌（《悲陈陶》），有法曲（《秋日夔府咏怀奉寄郑监审李宾客之芳一百韵》）；舞蹈有白题（蹄）斜（《秦州杂诗》二十首之三、《剑器》、《浑脱》、《观公孙大娘弟子舞剑器并序》）；饮食有驼蹄羹（《自京赴奉先县咏怀五百字》《丽人行》）、芦酒（《送从弟亚赴河西判官》）。

西域胡人的性格、习俗：善歌（《悲陈陶》《日暮》）、善驰突（《北征》）、善射（《悲青坂》《七月三日亭午……呈元二十一曹长》）、麨面（《哀王孙》）等。

以上就杜诗反映的西域文化作了归纳举例。从中可以看出，杜诗反映的西域文化是丰富的、全面的。但是如果我们仅把西域文化对杜诗的影响停留

---

① 据《新唐书》《旧唐书》，安禄山和史思明出生在营州，但安禄山父为胡族、母为突厥族，史思明为突厥种，故本文仍视为西域文化的内容。

111

在这一表象上，尚不足以把握杜诗和西域文化的真正关系。笔者认为，西域文化对杜甫更重要的影响是，它激发了杜甫的创造活力，使杜诗更多地带上刚健之气，使杜诗风格更趋多样化。

众所周知，杜甫是中国诗歌史上的"集大成"者（苏轼、秦观语）。杜甫不仅善于继承本民族优秀的文学遗产并加以革新创造，而且善于吸取异域文化，以之作为创造的新动力。这正是杜诗"光掩前人，而后来无继也"[①]的根本原因。

汉唐两朝是胡（游牧文化）汉（农耕文化）碰撞、融合最盛的时期，也是中国文化史上最具风采的时期。杜甫生活的玄宗朝正是中国封建史上最辉煌的时期。整个盛唐时期，中华民族创造力旺盛，杜甫就是一个最具创造力的诗歌天才。这种创造力的产生是与西域文化的大量输入分不开的。杜甫创造力的旺盛表现于多方面，其中诗歌风格的多样化就是之一。秦观说："杜子美之诗，实积众家之长，适当其时而已。昔苏武李陵之诗长于高妙，曹植刘桢之诗长于豪迈，陶潜阮籍之诗长于冲澹，谢灵运鲍照之诗长于峻洁，徐陵庾信之诗长于藻丽。于是子美穷高妙之格，极豪迈之气，包冲澹之趣，兼峻洁之态，备藻丽之态，而诸家之作所不及焉。然不集诸子之长，子美亦不能独至于斯也。"[②] 王安石也认为："至于甫，则悲欢穷泰、发敛抑扬、疾徐纵横、无施不可，故其诗有平淡简易者，有绮丽精确者，有严重威武若三军之帅者，有奋迅驰骤若泛驾之马者，有澹泊简静若山谷隐士者，有风流蕴藉若贵介公子者。"[③] 值得注意的是，秦观和王安石在谈到杜诗风格的多样性时，都不约而同地提到杜诗豪迈刚健的一面。虽然我们不能说杜诗刚健豪迈的风格只与西域文化在盛唐时期的流行有关，但至少可以说，西域文化的输入与杜诗刚健豪迈风格的形成是有联系的。

说到这里，我们有必要进一步就杜诗与盛唐气象、盛唐气象与当时成为

[①]（宋）胡仔纂集，廖德明校点：《苕溪渔隐丛话》（前集），人民文学出版社1962年版，第37页。

[②]（宋）蔡梦弼：《杜工部草堂诗话》，载丁福保辑《历代诗话续编》，中华书局1983年版，第194页。

[③]（宋）胡仔纂集，廖德明校点：《苕溪渔隐丛话》（前集），人民文学出版社1962年版，第37页。

时尚的西域风气的关系再作说明。盛唐气象是一个为人所乐道的词语。其内容，林庚先生的概括具有代表性。他说，"蓬勃的朝气、青春的旋律，这就是盛唐气象与盛唐之音的本质"，又说，"盛唐气象最突出的特点就是朝气蓬勃，如旦晚才脱笔砚的新鲜，这也就是盛唐时代的性格"。① 钱锺书也说："一生之中，少年才气发扬，遂为唐体。"② 青春、少年、朝气，就是活力、创造，就是无所顾忌。盛唐诗歌不是不言愁、不言忧伤，但正如李泽厚先生所说："即使享乐、颓丧、忧郁、悲伤，也仍然闪烁着青春、自由和欢乐。"③ 一般人喜把李白的浪漫诗歌，高适、岑参的边塞诗，王维、孟浩然的山水田园诗与盛唐气象相联系。这个看法不无道理，但杜诗仍然是盛唐气象的代表之一。只不过杜诗所表现的盛唐气象与李白诸人的表现不同而已。

那么，盛唐气象与"西域风之好尚"（向达语）又有何联系呢？其实这正是盛唐气象成因的问题。盛唐气象的形成也与此大有关系。可以说，西域风气所产生的"胡化"时尚既是盛唐气象形成的重要原因，也是盛唐气象的重要表现。

杜诗与盛唐气象的关系主要是从时代着眼的，杜诗与西域风气主要是从西域文化着眼的。这也就是前面我们提到的：杜诗成就的取得与时代社会风气有着直接的联系。

二 杜诗文化背景分析

杜诗与西域文化与盛唐气象的关系已如上述，下面我们主要探讨杜诗受西域文化影响的文化背景，即为什么杜诗会反映西域文化，为什么西域文化与杜诗有那么密切的联系。

李泽厚先生在谈到盛唐之音的形成时，曾说过下面一段话："一方面，南

---

① 林庚：《唐诗综论》，商务印书馆2011年版，第38、47页。
② 钱锺书：《谈艺录》（补订本），中华书局1984年版，第4页。
③ 李泽厚：《美的历程》，文物出版社1981年版，第127页。

北文化交流融合，使汉魏旧学（北朝）与齐梁新声（南朝）相互取长补短，推陈出新；另一方面，中外贸易交通发达，'丝绸之路'引进来的不只是'胡商'会集，而且也带来了异国的礼俗、服装、音乐、美术以至各种宗教。'胡酒'、'胡姬'、'胡帽'、'胡乐'……是盛极一时的长安风尚。这是空前的古今中外的大交流大融合。无所畏惧无所顾忌地引进和吸取，无所束缚无所留恋地创造和革新，打破框框、突破传统，这就是'盛唐之音'的社会氛围和思想基础。"① 李泽厚先生所说的"盛唐之音"形成的"社会氛围和思想基础"，正是杜诗受西域文化影响的文化背景。这一背景的形成与唐朝，尤其是唐太宗、唐玄宗有着直接的、密切的联系。唐朝的各种制度、措施大多是在唐太宗朝确立起来的。唐在文化上采取的兼容并包、开放多元的文化政策也是如此。有论者从李唐王室的血缘来推论唐王朝"大有胡气"、兼胡汉文化所长的原因，虽有道理，但却不是最根本的原因。唐太宗是在兵火中登上政治舞台的。他深知民众的力量。只有民众的安定富庶，才是国家的长治之策。民水君舟、能载能覆之喻，是太宗的亲身体验的结晶。对待国内汉族如是，对待国内其他民族及异域民族也如是。因此，太宗在对待国内其他民族和异域之国时，总是视为一家。他说："自古皆贵中华，贱夷狄，朕独爱之如一。故其种落皆依朕如父母，"② 又说，"夷狄亦人耳，其情与中夏不殊"③，"人主患德泽不加，不必猜忌异类"④。太宗这种华夷平等、华夷一家的观念，使他在对待少数民族和异域之邦时，主要采取怀柔羁縻政策。629 年，太宗派兵大破东突厥，俘颉利可汗，四方诸侯纷纷来降。次年，四方君长到长安，恳请太宗称"天可汗"。太宗成为中华和周边之邦共同的君主。借助丝绸之路，唐朝的势力达到漠北广大区域，如中亚的昭武九姓国，拔汗那和吐火罗、谢（漕矩咤）、帆延（梵衍那）。这种局面基本上维持到天宝之乱以前。

---

① 李泽厚：《美的历程》，文物出版社 1981 年版，第 127 页。
② （宋）司马光等：《资治通鉴》卷一九八，《景印文渊阁四库全书》（第 308 册），台湾商务印书馆 1986 年版，第 417 页。
③ （宋）司马光等：《资治通鉴》卷一九七，《景印文渊阁四库全书》（第 308 册），台湾商务印书馆 1986 年版，第 398 页。
④ （宋）司马光等：《资治通鉴》卷一九七，《景印文渊阁四库全书》（第 308 册），台湾商务印书馆 1986 年版，第 398 页。

同时，历经四百年南北分裂的局面在隋唐结束。汉文化与西域文化的碰撞、融合，南北文化的交流、对话在唐朝得到真正实现。太宗除了有意识兼收胡汉文化之外，还大力倡导融合南北文化。太宗追慕南朝诗文。他对陆机的诗歌、王羲之的书法都表现出极大的兴趣。正缘于此，魏徵在《隋书·文学传序》中才提出："然彼此（南北）好尚，互有异同。江左宫商发越，贵于清绮；河朔词义贞刚，重乎气质。气质则理胜其词，清绮则文过其意。理深者便于时用，文华者宜于咏歌。此其南北词人得失之大较也。若能掇彼清音，简兹累句，各去所短，合其两长，则文质彬彬，尽善尽美矣。"① 魏徵的这一主张直至盛唐李白、杜甫、高岑、王孟，才得到真正实现。

南北文化的合流、汉文化与西域文化的交融使大唐产生出了最辉煌灿烂的文化。文化史家曾不惜笔墨，大加赞扬。美国学者爱德华·麦克诺尔·伯恩斯、菲利普·李·拉尔夫在其《世界文明史》中将唐时的中国誉为泰山压顶的巨龙。英国的赫·乔·韦尔斯在其《世界史纲》中也写道："在唐初诸帝时代，中国的温文有礼、文化腾达和威力远被，同西方世界的腐败、混乱和分裂对照得那样地鲜明，以致在文明史上立刻引起一些最有意思的问题。"② 大唐盛世和文化的顶峰在唐玄宗的开元朝。这与玄宗很好地继承了太宗的制度、政策有密切关系，也与玄宗的多才多艺、爱好广泛有关系。史载玄宗"性英武，善骑射、通音律、历象之学"③。玄宗本人对促进汉文化与西域文化的交融尤为有力。检诸载籍，开元、天宝时西域之风尚大盛的文字比比皆是。

《旧唐书·舆服志》云："开元来……太常乐尚胡曲，贵人御馔，尽供胡食，士女皆竞衣胡服。"④

《新唐书·礼乐志》云："玄宗既知音律，又酷爱法曲，选坐部伎子弟三百教于梨园，声有误者，帝必觉而正之，号'皇帝梨园弟子'。宫女数百，亦为梨园弟子，属宜春北院。"⑤

---

① （唐）魏徵、令狐德棻：《隋书》卷七六，中华书局1973年版，第1730页。
② [英]赫·乔·韦尔斯：《世界史纲 生物和人类的简明史》，吴文藻等译，人民出版社1982年版，第629页。
③ （宋）欧阳修、宋祁：《新唐书》，中华书局1975年版，第121页。
④ （后晋）刘昫等：《旧唐书·舆服志》卷四十五，中华书局1975年版，第1958页。
⑤ （宋）欧阳修、宋祁：《新唐书》，中华书局1975年版，第476页。

姚汝能云："天宝初，贵游士庶好衣胡服为豹幅，妇人则簪步摇。衣服之制度，襟袖窄小，识者窃怪之，知其戎矣。"①

《资治通鉴》云："（开元二年）旧制，雅俗之乐，皆隶太常。上精晓音律，以太常礼乐之司，不应典倡优杂伎；乃更置左右教坊以教俗乐，命右骁卫将军范及为之使。又选乐工数百人，自教法曲于梨园，谓之'皇帝梨园弟子'。又教宫中使习之。又选伎女，置宜春院，给赐其家。"②又云："上素友爱，近世帝王莫能及；初即位，为长枕大被，与兄弟同寝。诸王每旦朝于侧门，退则相从宴饮，斗鸡，击球，或猎于近郊，游赏别墅，中使存问相望于道。上听朝罢……或讲论赋诗，间以饮酒、博弈、游猎，或自执丝竹；成器善笛，范善琵琶，与上更奏之。"③

上有所好，下必甚焉。开元、天宝之时，长安胡化达到顶点。胡风、胡俗、胡装、胡曲、胡食、胡舞、胡姬、胡商、胡僧遍及社会。不管是建筑、雕塑，还是服饰、饮食、歌舞，整个社会都处于这种风气氤氲之中。其详细情况，向达先生在《唐代长安与西域文明》一书中作了详细叙述。

杜甫生活的时期，大半在开元、天宝二朝。自天宝四载至十四载，杜甫有将近十年的时间生活在胡化最盛的长安。他出入于达官之家，周游于文人之中。与善羯鼓、善琵琶的岐王李范、当时的著名歌手李龟年有过交往。晚年流落潭州时，杜甫曾忧伤地追忆："岐王宅里寻常见，崔九堂前几度闻。正是江南好风景，落花时节又逢君。"④

翻检杜诗，其反映长安时期生活的作品直接写到西域文化的并不太多。这是为什么呢？因为长安时期的杜甫的主要任务是干诸侯、求荐举，加之经济困窘，过的是"朝扣富儿门，暮随肥马尘。残杯与冷炙，到处潜悲辛"⑤的生活，他不能像李白那样入酒肆、观胡姬，生活快乐如意。因此，在杜甫现存的长安

---

① 转引自向达《唐代长安与西域文明》，生活·读书·新知三联书店1987年版，第44页。
② （宋）司马光等：《资治通鉴》卷二一一，《景印文渊阁四库全书》（第308册），台湾商务印书馆1986年版，第672页。
③ （宋）司马光等：《资治通鉴》卷二一一，《景印文渊阁四库全书》（第308册），台湾商务印书馆1986年版，第676页。
④ （唐）杜甫著，（清）仇兆鳌注：《杜诗详注》卷二三，中华书局1979年版，第2060页。
⑤ （唐）杜甫著，（清）仇兆鳌注：《杜诗详注》卷一，中华书局1979年版，第75页。

诗作中涉及西域文化的不太多，也就容易理解了。倒是在安史之乱以后，随着民族矛盾的尖锐，胡族问题的突出，使杜甫对西域文化给予了更多的关注。在晚期杜诗中，大量涉及叛军、回纥。不过，杜甫对西域文化的心态很矛盾，他对西域文化的态度不仅仅是一个文化的问题，而且是把它视为政治问题。肯定也好，指斥也罢，杜诗无疑是与西域文化有相当联系的。而这一切，都与整个唐代文化政策、文化背景，特别是与玄宗时期的"胡风"大盛分不开的。

要言之，杜诗与西域文化关系甚深。西域文化不仅影响到杜诗的题材、主题，而且激发了杜甫的创造活力和创造热情，给杜诗带来了刚健豪迈之气，给杜诗增添了多样化的风格。南北文化的合流、胡汉文化的交融、长安胡风大盛的社会氛围，是杜诗产生的文化背景，也是盛唐气象形成的原因和表现。

杜甫与成都关系琐谈[*]

摘　要：杜甫一生历经多地，而与巴蜀大地具有密切关系，且在成都生活数年之久。要全面认识杜甫其人其诗，就必须充分把握巴蜀，包括成都在内对杜诗形成的重要影响。本文主要分析成都给予杜甫杜诗的影响和杜诗对成都的影响和传播。杜甫和成都的关系构成了文学地理学中人地关系互动、影响的极佳案例。

关键词：杜甫；杜诗；成都；人地关系；双向影响

在正式开讲之前，先看一段官司。

鲜琦诉张艺谋著作权纠纷案《民事上诉状》

上诉人（原告）鲜琦，男，汉族，出生于1955年3月28日，住成都市高新区××号××号。

被上诉人（被告）张艺谋，男，汉族，出生于1951年11月14日，住广西壮族自治区桂林市×××号。

诉讼请求：

1. 判令撤销成都市中级人民法院（简称一审法院）（2013）成民初字第1223号《民事判决书》，判令被上诉人立即停止侵权行为，在成都宣传片《成都，一座来了就不想离开的城市》中增加"根据鲜琦散文诗《新桃花源记》改编、摄制"字样，并向上诉人公开赔礼道歉、

---

[*] 本文系2017年12月17日为成都金沙讲坛讲座底稿，《金沙讲坛讲座集萃（2017）》（四川大学出版社2018年版）以"从巴蜀文学谈天府文化——杜甫与成都关系琐谈"为题摘录部分内容，载该书第186—191页。

消除影响；

  2. 判令被上诉人向上诉人承担民事侵权赔偿责任，向上诉人赔偿经济损失 5 元；

  3. 本案的诉讼费用由被上诉人承担。

以下是鲜琦《新桃花源记》原文。

新桃花源记

  20 世纪初，西洋人赴华游览。沿江行，迷途不知晓。登青城山顶，一揽天下幽。红日冉冉，云海滔滔。道教圣地，都江水堰。洋人惊叹之！复环顾，举目远眺。

  山高眼阔，一马平川，沟渠纵横，大地似扇形。出"鱼嘴"，过"瓶口"。复行百余里，豁然开朗。土地肥沃，商贸繁荣，不愧"扬一益二"天府之国。文翁石室，书声琅琅。川菜川酒川茶川剧，司扬李杜无不赞。"既丽且崇"，"喧然名都会"。

  见洋人，主大喜。问从何来。具答之。主遂邀客，摆桌设宴待之。饮酒品茗之余，主客游城，草堂武侯祠望江楼，书画锦绣漆竹金银器，美不胜收，客举机狂摄之。问城之奥秘，答 2400 余年，闲适自乐。客描绘海外世界之大，并图解。主闻后不仅不艳羡，反邀长驻。盛情下，难辞。便函告家人："锦城迷人暂难归。"

  既留，心则安，早出晚归，尽揽美景。其家人闻讯后，不安之。竟携全家男女老少，不远万里赴蓉，遂留，乐不思家。

  美日德法苏，世界各国，闻之，欣然结盟。遂愿，皆欢喜。今投资者如潮。①

  官司结果如何？法院并未受理此案。二人之间有无抄袭，我不评说，但张艺谋宣传片化用了一句老话倒是真实的，这就是"少不入川、老不离蜀"

---

① 《成都作家告张艺谋抄袭案 22 日开庭 否认借张艺谋炒作》，《华西都市报》2013 年 10 月 21 日。

的谚语。原意讲四川是个安乐窝,少年人来到四川容易消磨意志;老年人本来就应该享受生活,当然也不想离开四川。这句话不外乎赞美天府之国的生活舒适安逸,既是对年轻人的告诫,又是对老年人的劝诫。也可以说是对李白《蜀道难》"锦城虽云乐,不如早还家"或者"乐不思蜀"的反用。

说到成都,人们有很多不同的概括,近年关于成都最流行的说法——"成都,一座来了就不想离开的城市",当然还有其他种种说法,如成都是一座特别宜居的城市,成都是美食之都,成都是休闲之都,成都是熊猫城。

这些说法都从某个方面触及成都的特点。归纳起来,都是在说成都的生活、成都的物质和民风民俗。有没有想到从精神的层面去概括成都的特点呢?比如说成都是文化之都,成都是宗教建筑之都(成都的宗教氛围一直很浓厚,道教的青羊宫,佛教的大慈寺、昭觉寺、文殊院、静安寺等),成都是文武之都(文有杜甫草堂,武有武侯祠),甚至说成都是文学之都呢?我今天的讲座题目是"一个人与一座城",一个取得有点哗众取宠的名字。落到实处,就是"杜甫与成都"的关系。

杜甫和成都的关系怎样?著名诗人、学者冯至先生说过:"人们提到杜甫时,尽可以忽略杜甫的生地和死地,却总忘不了成都的草堂。"[1] 草堂作为杜甫在成都的栖身之所,成了杜甫与成都最直接关系的证明。四川师范大学文学院教授吴明贤说:"杜甫遇到成都,是杜甫之幸,也是成都的幸运。"[2] 吴先生这句话包含着杜甫与成都的两层关系。这也是今天我要讲的主要内容:成都给了杜甫什么,杜甫给了成都什么。

首先还是简要介绍一下杜甫的基本情况,尽管这些已经成为常识,但不是所有人都明白这些常识所包含的文化及其意义。

杜甫(712—770),字子美,自号少陵野老。祖籍襄阳,河南巩县(今河南省巩义)人。唐代伟大诗人,与李白合称"李杜"。杜甫在中国古代诗歌史上影响深远,其人被称为"诗圣",其诗被称为"诗史"。后世称其杜拾遗、杜工部,也称他杜少陵、杜草堂。杜甫共有1480首诗被保留了下来,大多集

---

[1] 冯至:《杜甫传》,人民文学出版社1980年版,第99页。
[2] 吴明贤:《杜甫遇到成都 是杜甫之幸,也是成都之幸》,《华西都市报》2017年7月13日。

于《杜工部集》。

随便就其中几个问题请教各位。杜甫为什么叫子美呢？古人取名与取字的关系是怎样呢？杜甫为什么叫"诗圣"呢？为什么杜甫自号少陵野老呢？他在四川待了多少时间？在成都待了多长时间？在四川写的诗歌有多少？在成都写的诗歌又有多少？杜甫的称谓中哪些和成都有关系呢？如此等等。

问题很多，我只回答其中三个问题。第一个问题：杜甫的字与号的关系。古人有名有字，名与字之间有关系，或相同相近，或相反相对。杜甫的名和字是取同义。甫，即美之意，故杜甫名甫字子美。第二个问题：杜甫为什么自号少陵野老？少陵在今陕西省西安市旁南郊，地处陕西省关中平原偏南地区。因杜甫曾居长安城南少陵，故自称少陵野老，世称杜少陵。成都的少陵路不是杜甫取名的来源，而是相反，成都有少陵路，是由于杜甫在成都住过这一原因。第三个问题：杜甫在成都待了多长时间？有三种不同说法：一种说法是四年，一种说法是三年零九个月，一种说法是五年。杜甫在成都到底是住了多久呢？我们看一下杜甫在四川的行踪。

从肃宗上元元年（760）至代宗大历五年（770），也就是杜甫到四川和离开四川直到他去世的最后阶段，一共十一年，其中蜀中八年，荆湘三年。杜甫是759年冬天到成都的，760年春到762年七月（48—50岁）在草堂。上元元年（760）春，他在成都城西浣花溪畔建了草堂，结束了四年流离转徙的生活。上元二年（761）末，严武担任成都尹兼御史中丞，给杜甫不少帮助。代宗宝应元年（762）七月，严武应召入朝，成都少尹兼御史徐知道在成都叛变，杜甫流亡到梓州、阆州，直到764年三月返回成都。从764年三月到765年五月（52—53岁），杜甫在草堂居住。杜甫为啥又回到成都呢？因为严武在广德二年（764）春又被任命为成都尹兼剑南节度使，杜甫的救星再次到了成都。这次，严武举荐杜甫为节度参谋、检校工部员外郎。杜甫在成都节度使幕府中住了几个月，因不习惯幕府生活，一再要求回到草堂，最后严武答应了他的请求。永泰元年（765）四月，严武突然死去，杜甫失去依靠，不得不在五月里率领家人离开草堂，乘舟东下。"五载客蜀郡，一年居梓州"（《去蜀》），结束了杜甫"漂泊西南"的前半个阶段。注意，"五载客蜀郡"是指在今四川，包括了梓州、阆州避乱的时间，因此，较为准确的说法

121

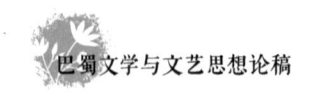

是杜甫在成都待了三年零九个月,说整数可以说是四年。

今天的主题是杜甫与成都。先说第一个方面:成都给了杜甫什么。

我认为,成都给予杜甫的首先是一个相对稳定的家。

大家知道杜甫为什么要到成都来吗?杜甫哪里人?河南巩义市人。安史之乱以前,他在哪里?来成都之前,他又在哪里?这些看起来多余,实际上却与杜甫到四川有着密切的关系。刚才说到了杜甫在到四川后的经历,那么在此之前呢?

杜甫一生大体可以分为四个阶段。

第一阶段是杜甫读书、壮游(35岁以前)。

第二阶段是长安求职十年(35—44岁)。

第三阶段为陷贼、流亡与为官时期(44—48岁):天宝十四载(755)十月,44岁的杜甫才被任命为河西尉,后改右卫率府胄曹参军;755年十一月发生安史之乱,次年六月长安陷落,杜甫流亡,被叛军俘获;又次年四月,逃归凤翔肃宗行在,被任命为左拾遗;不久就因上疏营救房琯而被贬为华州司功参军。759年七月,杜甫弃官,先往秦州(甘肃天水),十二月又往成都。

第四阶段是漂泊四川及荆湘(48—59岁逝世):48—50岁在成都草堂,因徐知道叛乱到梓州和阆州等地避乱,53岁又回草堂,严武保举他为检校工部员外郎,次年严武突然去世,他到夔州住了近两年。57岁乘船出峡,想回家乡。59岁冬天,死在由潭州到岳阳的船上。

杜甫在到达四川之前,首先是经历了长达四年的逃难生涯。这四年中,杜甫的主要经历是逃难,其次是做官,包括44岁和45岁中各有两三个月的为官生涯,前后加起来半年时间,先后担任右卫率府胄曹参军、左拾遗、华州司功参军等职务。

至于他为什么选择到四川避难,曾枣庄先生说:"安史之乱和个人仕途失意,弄得杜甫走投无路,迫使他不得不入蜀谋生。"[①] 曾先生的话很正确。杜甫到达四川,最大的背景是安史之乱。如果没有安史之乱,杜甫即使到四川,

---

① 曾枣庄:《杜甫在四川的诗歌》,《四川师范大学学报》(社会科学版)1978年第3期。

也不会以这种方式,更不会待上这么长时间。个人仕途失意,如前所说,杜甫在长安十年的苦苦等待和期盼,始终无果。安史之乱之后因为特殊事情和特殊的表现获得两次任职的机会,不仅时间极其短暂,而且官位也极低,所以,仕途失意也是杜甫要到四川的重要原因。除了曾枣庄先生谈到的原因,我们认为还有两个重要因素促使杜甫携家带口到四川。一是成都作为大后方的稳定和富庶,二是他有很多亲戚朋友在成都。连唐玄宗都想逃到四川来躲避安史之乱,何况杜甫?事实上,自安史之乱发生、长安陷落之后,关中大批人逃亡四川。有了上述种种原因,杜甫选择到四川到成都也是自然而然的事情。

成都给予了杜甫一个战乱中相对稳定的家园。这是成都给予杜甫最大的物质支持。这里就有一个问题,是不是所有地方的人对待外来者都热情好客、友善相助。恐怕不尽然。那么,四川,包括成都,何以能够做到这点?这就要说到巴蜀文化的一个特质,这就是巴蜀文化的包容性。这种包容性,首先也是由移民文化带给巴蜀文化的特质。袁庭栋先生在《巴蜀文化志》中总结说:"巴蜀文化最重要的特点是主要由移民文化而表现出来的兼容性。"[1]

笔者认为,要完整理解巴蜀文化的特征,首先要确定的是由哪些因素和方面可以构成巴蜀文化的特征。所谓巴蜀文化的特征或特点,指的是不同于其他区域文化之处,是巴蜀文化特有而其他区域文化所没有的。根据这样的理解,我们认为,巴蜀文化的特征应该从巴蜀文化独特的生成环境、文化载体、精神个性三方面来理解。本此,我们认为巴蜀文化的基本特征是:

第一,文化生态特征:神奇、多样、向心、交汇的地理环境,造成巴蜀文化的整体性和开放性;

第二,文化载体特征:易学、道学、宗教、史学、文学发达;雕塑、绘画、音乐成就突出;

第三,精神个性方面:善变(创新)与守旧混合;进取与闲适混合;聪敏与固执混合;重虚与务实混合。

巴蜀文化具有强烈包容性这一特点,与袁庭栋先生所说的移民文化有很

---

[1] 袁庭栋:《巴蜀文化志》(修订本),四川出版集团巴蜀书社2009年版,第18页。

大关系，也与巴蜀文化赖以产生的地理条件，以及由此带来的物质生活的丰裕、人格个性、民风民俗有关系。可以说，包容性为巴蜀文化的不断创新、丰富、发展建立了极有活力的生成机制。这里不展开讨论。

成都给予杜甫一个家，这不仅是指其在成都有一个栖身之所，还包括他一家老小生活的来源。杜甫764年六月到765年正月担任检校工部员外郎，也就是说，除了这几个月靠俸禄生活外，其余时间杜甫一家老小的生活得另想办法。那么其他时间的生活资源从何而来呢？据杜甫诗中的表达看，主要有两个方面，一是朋友的接济，包括打秋风所得；二是自己的劳动。

接济杜甫的朋友主要以地方官员为主，其中三位成都地方长官——裴冕、高适、严武对他的帮助和资助最多。四川大学周啸天教授说：

> 杜甫从赴秦州开始，就有一个草堂之梦。最后，在成都圆了他的这个梦。杜甫初到成都，写过一首《成都府》，那首诗充满去国怀乡的忧思，只有"喧然名都会，吹箫间笙簧"两句写观感，是一种生疏的感觉。但随着草堂的落成，他找到了真正的感觉。譬如"锦城丝管日纷纷"（《赠花卿》），就比"喧然名都会"感觉好很多，虽然有人说它讽刺，但读起来更像是赞美。如果杜甫并不认识这几位成都地方长官，如果杜甫不曾受到这几位成都地方长官不同程度的关心，杜甫与成都的关系是否会像今天这样的密切，答案是不言而喻的。①

除了三位地方长官外，杜甫的亲戚、其他官员，都对杜甫有所帮助。比如草堂的修建、绿化，乃至家中用具，多有其亲戚朋友的帮忙。杜甫有个表弟王司马，第一个送来了建房款："忧我营茅栋，携钱过野桥。他乡唯表弟，还往莫辞遥"②；绿化的树苗是从朋友处求得的，如求桃树，"奉乞桃栽一百根，春前为送浣花村。河阳县里虽无数，濯锦江边未满园"③；求竹子，"华轩蔼蔼

---

① 周啸天：《杜甫与成都三任地方长官》，《古典文学知识》2010年第5期。
② （唐）杜甫著，（清）仇兆鳌注：《杜诗详注》，中华书局1979年版，第730—731页。
③ （唐）杜甫著，（清）仇兆鳌注：《杜诗详注》，中华书局1979年版，第731页。

他年到，绵竹亭亭出县高。江上舍前无此物，幸分苍翠拂波涛"①；求桤木，"草堂堑西无树林，非子谁复见幽心。饱闻桤木三年大，与致溪边十亩阴"②，求松树子，"落落出群非櫸柳，青青不朽岂杨梅。欲存老盖千年意，为觅霜根数寸栽"③；求果苗，"草堂少花今欲栽，不问绿李与黄梅。石笋街中却归去，果园坊里为求来"④；求瓷碗，"大邑烧瓷轻且坚，扣如哀玉锦城传。君家白碗胜霜雪，急送茅斋也可怜"⑤。当然，只靠别人的救济，杜甫很难维持一家人的生活，他自己还是要劳动的，至少在草堂附近开垦一点土地来种植蔬菜瓜果之类的。《为农》一诗中说："锦里烟尘外，江村八九家。圆荷浮小叶，细麦落轻花。卜宅从兹老，为农去国赊。远惭句漏令，不得问丹砂。"⑥ "草有害于人，曾何生阻修。其毒甚蜂虿，其多弥道周。清晨步前林，江色未散忧。芒刺在我眼，焉能待高秋。霜露一沾凝，蕙叶亦难留。荷锄先童稚，日入仍讨求。转致水中央，岂无双钓舟。顽根易滋蔓，敢使依旧丘。自兹藩篱旷，更觉松竹幽。芟夷不可阙，疾恶信如仇。"⑦

虽然杜甫未必真的像农民一样劳作，但为了生计，至少自己也种点东西却是事实。

成都带给杜甫的第二个重要影响是淳朴热情的民风温暖了杜甫的心灵，也是他诗情的重要来源。

《遭田父泥饮美严中丞》一诗作了详细描述。

> 布穀随春风，村村自花柳。田翁逼社日，邀我尝春酒。酒酣夸新尹，畜眼未见有。回头指大男，渠是弓弩手。名在飞骑籍，长番岁时久。前日放营农，辛苦救衰朽。差科死则已，誓不举家走。今年大作社，拾遗能住否。叫妇开大瓶，盆中为吾取。感此气扬扬，须知风化首。语多虽

---

① （唐）杜甫著，（清）仇兆鳌注：《杜诗详注》，中华书局1979年版，第732页。
② （唐）杜甫著，（清）仇兆鳌注：《杜诗详注》，中华书局1979年版，第732—733页。
③ （唐）杜甫著，（清）仇兆鳌注：《杜诗详注》，中华书局1979年版，第733页。
④ （唐）杜甫著，（清）仇兆鳌注：《杜诗详注》，中华书局1979年版，第734页。
⑤ （唐）杜甫著，（清）仇兆鳌注：《杜诗详注》，中华书局1979年版，第734页。
⑥ （唐）杜甫著，（清）仇兆鳌注：《杜诗详注》，中华书局1979年版，第739—740页。
⑦ （唐）杜甫著，（清）仇兆鳌注：《杜诗详注》，中华书局1979年版，第1203—1204页。

杂乱，说尹终在口。朝来偶然出，自卯将及酉。久客惜人情，如何拒邻叟。高声索果栗，欲起时被肘。指挥过无礼，未觉村野丑。月出遮我留，仍嗔问升斗。①

此诗开头"步屣随春风，村村自花柳"，是说穿着草鞋信步去玩赏春景，即下文所谓"偶然出"。万方多难，百忧交集，然而花柳无情，并不随人事为转移，自红自绿，故花柳上用一"自"字。与"天下兵虽满，春光日自浓"的"自"，含义正同。接着写田父请杜甫喝酒。"酒酣夸新尹。""酒酣"，有几分酒意的时候。"新尹"，严武是上一年十二月做的成都尹，新上任，所以说新尹。"畜眼未见有"是田父夸严武之辞，说长了眼睛从未见过这样的好官。先极口赞美一句，下说明事实。然后他指着大儿子对杜甫说，大儿子曾被征去当兵，是个弓箭手，而且得长期当兵，没有轮番更换。现在却能放回家从事生产，他非常感激。"辛苦救衰朽"，这句是倒装句法，顺说即"救衰朽辛苦"。"差科死则已，誓不举家走"二句说田翁表示感激，欲以死报。并且要在社日大大地热闹一番，问杜甫能否留下："拾遗能住否。"杜甫曾做左拾遗，所以田父便这样称他一声。接着的"叫"字写得很生动，叫是粗声大气地叫喊，如果说"唤妇"，便不能写出田父的粗豪神气。浦起龙注："叫妇二字一读，如闻其声。"② "感此气扬扬，须知风化首。"这两句是杜甫的评断，也是写此诗的主旨所在。田父的意气洋洋，不避差科，就是因为他的儿子被放回营农。因为感激，所以口口声声总离不了成都尹。所谓"美"，即赞美、赞颂。"久客惜人情，如何拒邻叟。"久居在外，故人情尤可珍惜。这两句说明打扰田父一天还不走，并非为了贪杯，实由盛情难却。"指挥过无礼"中的"指挥"二字，很形象，也很幽默。"未觉村野丑"：杜甫爱的是真诚，恶的是"机巧"（"所历厌机巧"），故不觉其为丑。"月出遮我留，仍嗔问升斗。"田父意在尽醉，所以当杜甫最后问到今天喝了多少酒时，他还生气。意思是说："酒有的是，你不用问。"极写田父的质朴慷慨。关于这句，浦起龙

---

① （唐）杜甫著，（清）仇兆鳌注：《杜诗详注》，中华书局1979年版，第890—892页。
② （清）浦起龙：《读杜心解》，中华书局1961年版，第96页。

有不同的解释，他说："问升斗，旧云：问酒数，吾谓是问生产也。见有此好官，不须挂口料，不怕没饭吃。吾辈今日，只管开怀痛饮耳。"①

严武是杜甫的朋友严挺之的儿子。从这首诗可以清楚地看出杜甫对劳动人民的热爱以及劳动人民那种豪爽正直的品质。杜甫的这首诗虽然历代都有人称赏，但这些称赞并没有充分估量出它的分量和价值。它实是一首富有浓郁政治色彩和艺术独创的优秀诗篇。这首诗的主题思想很明确，因为这首诗明白晓畅，内容一望便知，而且诗题还概括了它的基本内容。它具体叙述了杜甫被一位农民盛情相邀饮酒的情境，通过农夫之口赞颂了严武政绩卓著以及在百姓中的口碑。诗中对老农的热情淳朴、豪迈正直写得十分生动。

还有很多杜诗记录了成都人民给予他的热情和帮助。

野人送朱樱

西蜀樱桃也自红，野人相赠满筠笼。数回细写愁仍破，万颗匀圆讶许同。忆昨赐沾门下省，退朝擎出大明宫。金盘玉箸无消息，此日尝新任转蓬。②

草堂

昔我去草堂，蛮夷塞成都。今我归草堂，成都适无虞。
请陈初乱时，反复乃须臾。大将赴朝廷，群小起异图。
中宵斩白马，盟歃气已粗。西取邛南兵，北断剑阁隅。
布衣数十人，亦拥专城居。其势不两大，始闻蕃汉殊。
西卒却倒戈，贼臣互相诛。焉知肘腋祸，自及枭獍徒。
义士皆痛愤，纪纲乱相逾。一国实三公，万人欲为鱼。
唱和作威福，孰肯辨无辜。眼前列杻械，背后吹笙竽。
谈笑行杀戮，溅血满长衢。到今用钺地，风雨闻号呼。
鬼妾与鬼马，色悲充尔娱。国家法令在，此又足惊吁。
贱子且奔走，三年望东吴。弧矢暗江海，难为游五湖。

---

① （清）浦起龙：《读杜心解》，中华书局1961年版，第96页。
② （唐）杜甫著，（清）仇兆鳌注：《杜诗详注》，中华书局1979年版，第902页。

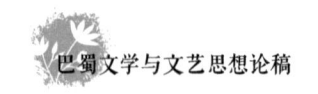

> 不忍竟舍此，复来剃榛芜。入门四松在，步履万竹疏。
> 旧犬喜我归，低徊入衣裾。邻舍喜我归，沽酒携胡芦。
> 大官喜我来，遣骑问所须。城郭喜我来，宾客隘村墟。
> 天下尚未宁，健儿胜腐儒。飘摇风尘际，何地置老夫。
> 于时见疣赘，骨髓幸未枯。饮啄愧残生，食薇不敢余。①

这里的田父、野人，都是指普通老百姓。前者缠着请杜甫喝酒的喜剧一幕，将成都农民的热情甚至有点粗野的待客方式渲染得淋漓尽致。虽然诗歌的主旨是赞美严武，但留给我们深刻印象的是成都农家的真率、热情。后者写野人赠送翠鲜欲滴的樱桃给杜甫，引发了他对皇上赏赐樱桃情境的回忆，伤感之中有满满的感动。左邻右舍欢迎杜甫重回草堂的动人情境使杜甫得到无限的安慰。

当然，草堂附近一定还有许许多多热情的人给予杜甫的帮助，只是在杜甫现存诗篇中没有见到更多的表达。

成都给予杜甫影响的第三个方面，也是我认为最大的地方是巴蜀文化、成都山水给诗人带来的灵感和诗情。"江山之助"是南朝刘勰总结的文学创作规律，也是中国较早涉及文学与地理关系的主要理论。我在分析巴蜀文化、巴蜀文学产生的环境时曾说：

> 巴蜀独特的地理环境，形成了巴蜀人审美对象和艺术创造对象的多样性，丰富的审美对象带给人们特别而多元的审美感知，也特别适宜于文学艺术的创造。一望无尽的大草原和大沙漠，固然可以带给人雄壮之感，但又不免单调；小桥流水和茵茵绿草，固然可以带给人优美之感，但也过于秀美。巴蜀地区的地理环境则使四川境内大部分地区终年长绿。青山绿水在四川地区而言乃是常事，但是在北方的冬天则难以见到。人们常说四川的名山：峨眉秀、青城幽、夔门雄，剑门险。这些概括多少涉及了四川山的多样性。至于水的多样性也随处可见，长江是流经省内

---

① （唐）杜甫著，（清）仇兆鳌注：《杜诗详注》，中华书局1979年版，第1112—1116页。

的最大河流,上游称金沙江,金沙江流至宜宾纳岷江后称长江。省境内主要大支流有雅砻江、岷江(包括大渡河、青衣江)、沱江、嘉陵江(包括涪江、渠江)、赤水河等。每条河流都有她的个性和特点,都有她不同风采、风俗、人情,因此,也就造就了巴蜀境内的自然景观和人文景观具有多样性,由此带来了在此区域内生活之人的审美的丰富性和审美的创造冲动。①

这是对巴蜀之人创造文学艺术的概括,同样也适用于外来之杜甫。也许外来者的眼中更容易感受到这一切。比如,杜甫刚刚到成都时写下的《成都府》一诗,即可见出成都之景物、人情风俗、富庶等以及与北方的巨大差异。

成都府

翳翳桑榆日,照我征衣裳。我行山川异,忽在天一方。
但逢新人民,未卜见故乡。大江东流去,游子去日长。
曾城填华屋,季冬树木苍。喧然名都会,吹箫间笙簧。
信美无与适,侧身望川梁。鸟雀夜各归,中原杳茫茫。
初月出不高,众星尚争光。自古有羁旅,我何苦哀伤。②

杜甫之所以在成都写下两百多首诗歌,这与成都带给他丰富的审美感受和审美发现具有非常直接的关系。这是诗人与普通人区别最大的地方。如我辈到一个地方,看到美景,说得最多的就是"好漂亮啊""哇塞""how beatiful"等。能够将感受表达出来的语言是极其贫乏的。但杜甫不一样,他不仅有如泉涌一般的情志,更有丰富优美的语言。限于时间,我们不能把巴蜀文化中的哪些方面、成都的哪些风情景物如何刺激影响杜甫的诗情一一呈现,只能举例说明。比如成都市内著名的石犀、石笋、石镜等石头崇拜的遗迹,如《石犀行》《石笋行》《石镜》,司马相如和卓文君的琴台(《琴台》),三

---

① 李凯:《巴蜀文艺思想史论:一种区域文化视阈下的考察》,商务印书馆2016年版,第38页。
② (唐)杜甫著,(清)仇兆鳌注:《杜诗详注》,中华书局1979年版,第724—726页。

国文化的重要遗存武侯祠（《蜀相》），万里桥、百花潭、浣花溪、草堂，成都的雨、水、花、鸟、树、竹等。下面试以众所周知的两首诗来分析成都人事景物所触发的杜甫的诗意。

江畔独步寻花七绝句之六

黄四娘家花满蹊，千朵万朵压枝低。留连戏蝶时时舞，自在娇莺恰恰啼。①

第六首写寻花到了黄四娘家。这首诗记叙在黄四娘家赏花时的场面和感触，描写草堂周围烂漫的春光，表达了对美好事物的热爱之情和适意之怀。春花之美、人与自然的亲切和谐，都跃然纸上。首句点明寻花的地点，是在"黄四娘家"的小路上。此句以人名入诗，生活情趣较浓，颇有民歌味。次句"千朵万朵"，是上句"满"字的具体化。"压枝低"，描绘繁花沉甸甸地把枝条都压弯了，景色宛如历历在目。"压""低"二字用得十分准确、生动。第三句写花枝上彩蝶蹁跹，因恋花而"留连"不去，暗示出花的芬芳鲜妍。花可爱，蝶的舞姿亦可爱，不免使漫步的人也"留连"起来。但他也许并未停步，而是继续前行，因为风光无限，美景尚多。"时时"，则不是偶尔一见，有这二字，就把春意闹的情趣渲染出来。正在赏心悦目之际，恰巧传来一串黄莺动听的歌声，将沉醉花丛的诗人唤醒。这就是末句的意境。"娇"字写出莺声轻软的特点。"自在"不仅是娇莺姿态的客观写照，也传出它给作者心理上的愉快轻松的感觉。诗在莺歌"恰恰"声中结束，饶有余韵。此诗写的是赏景，这类题材在盛唐绝句中屡见不鲜。但像此诗这样刻画十分细微、色彩异常秾丽者则不多见。如"故人家在桃花岸，直到门前溪水流"（常建《三日寻李九庄》），"昨夜风开露井桃，未央前殿月轮高"（王昌龄《春宫曲》），这些景都显得"清丽"；而杜甫在"花满蹊"后，再加"千朵万朵"，更添蝶舞莺歌，景色就秾丽了。这种写法，可谓前无古人。盛唐人很讲究诗句声调的和谐。他们的绝句往往能被诸管弦，因而很讲协律。杜甫的绝句不为歌唱

---

① （唐）杜甫著，（清）仇兆鳌注：《杜诗详注》，中华书局1979年版，第818页。

而作，纯属诵诗，因而常常出现拗句。如此诗"千朵万朵压枝低"句，按律第二字当平而用仄。但这种"拗"绝不是对音律的任意破坏，"千朵万朵"的复叠，便具有一种口语美。而"千朵"的"朵"与上句相同位置的"四"字，虽同属仄声，但彼此有上、去声之别，声调上仍具有变化。诗人也并非不重视诗歌的音乐美。这表现在三、四两句双声词、象声词与叠字的运用。"留连""自在"均为双声词，如贯珠相联，"音调宛转"。"时时""恰恰"为叠字，即使上下两句形成对仗，使语意更强，更生动，更能表达诗人迷恋在花、蝶之中，忽又被莺声唤醒的刹那间的快意。这两句除却"舞""莺"二字，均为舌齿音，这一连串舌齿音的运用造成一种喁喁自语的语感，惟妙惟肖地状出看花人为美景陶醉、惊喜不已的感受。声音的效用极有助于心情的表达。在句法上，盛唐诗句多天然浑成，杜甫则与之异趣。比如"对结"（后联骈偶）乃初唐绝句格调，盛唐绝句已少见，因为这种结尾很难做到神完气足。杜甫却因难见巧，如此诗后联既对仗工稳，又饶有余韵，用得恰到好处：在赏心悦目之际，听到莺歌"恰恰"，增添不少感染力。此外，这两句按习惯文法应作：戏蝶留连时时舞，娇莺自在恰恰啼。把"留连""自在"提到句首，既是出于音韵上的需要，同时又在语意上强调了它们，使含义更易体味出来，句法也显得新颖多变。

绝句四首其三

两个黄鹂鸣翠柳，一行白鹭上青天。窗含西岭千秋雪，门泊东吴万里船。①

广德二年（764）春，杜甫因严武再次镇蜀而重返成都草堂，其时，安史之乱已平定，杜甫得知这位故人的消息，也跟着回到成都草堂。这时诗人的心情特别好，面对这生机勃勃的景象，情不自禁，写下了这一组即景小诗。兴到笔随，事先既未拟题，诗成后也不打算拟题，干脆以"绝句"为题。这四首诗就是杜甫初归草堂时所写的一些绝句诗，包括其中的《绝

---

① （唐）杜甫著，（清）仇兆鳌注：《杜诗详注》，中华书局1979年版，第1143页。

句四首》。明末王嗣奭《杜臆》说"是自适语","盖作于卜居草堂之后,拟客居此以终老,而自叙情事如此"。① 这组诗一开始写草堂的春色,情绪是陶然的;而随着视线的游移、景物的转换、江船的出现,触动了他的乡情,四句景语完整表现了诗人这种复杂细致的内心思想活动。此诗两两对仗,写法非常精致考究,读起来却一点儿也不觉得雕琢,十分自然流畅。把读者由眼前景观引向广远的空间和悠长的时间之中,引入对历史和人生的哲思理趣之中。

"两个黄鹂鸣翠柳,一行白鹭上青天。窗含西岭千秋雪,门泊东吴万里船。"黄鹂、翠柳显出活泼的气氛,白鹭、青天给人以平静、安适的感觉。"鸣"字表现了鸟儿的怡然自得。"上"字表现出白鹭的悠然飘逸。黄、翠、白、青,色泽交错,展示了春天的明媚景色,也传达出诗人欢快自在的心情。诗句有声有色,意境优美,对仗工整。一个"含"字,表明诗人是凭窗远眺,此景仿佛是嵌在窗框中的一幅图画。这两句表现出诗人心情的舒畅和喜悦。"西岭",即成都西南的岷山,其雪常年不化,故云"千秋雪"。"东吴",三国时孙权在今江苏南京定都建国,国号为吴,也称东吴。这里借指长江下游的江南地区。"千秋雪"言时间之久,"万里船"言空间之广。诗人身在草堂,思接千载,视通万里,胸襟何等开阔!这两句也是全诗的点睛之笔,境界开阔,情志高远。在空间和时间两个方面拓宽了广度,使得全诗的立意一下子卓尔不群,既有杜诗一贯的深沉厚重,又舒畅开阔,实为千古名句。

苏轼说"少陵翰墨无形画",此诗就像一幅绚丽生动的山水条幅——黄鹂、翠柳、白鹭、青天、江水、雪山,色调淡雅和谐,图象有动有静。画的中心是几棵翠绿的垂柳,黄莺儿在枝头婉转歌唱;画的上半部是青湛湛的天,一行白鹭映于碧空;远处高山明灭可睹,遥望峰巅犹是经年不化的积雪;近处露出半边茅屋,门前一条大河,水面停泊着远方来的船只。从颜色和线条看,作者把两笔鹅黄点染在一片翠绿之中,在青淡的空间斜勾出一条白线。点线面有机结合,色彩鲜明而又和谐。诗人身在草堂,思接千载,视通万里,胸次开阔,出语雄健。全诗对仗精工,着色鲜丽,动静结合,声形兼具,每句诗都是一幅画,又宛然组成一幅咫尺万里的壮阔山水画卷。

---

① (明)王嗣奭:《杜臆》,上海古籍出版社1983年版,第147页。

蜀相

丞相祠堂何处寻，锦官城外柏森森。映阶碧草自春色，隔叶黄鹂空好音。三顾频烦天下计，两朝开济老臣心。出师未捷身先死，长使英雄泪满襟。①

狂夫

万里桥西一草堂，百花潭水即沧浪。风含翠篠娟娟净，雨裛红蕖冉冉香。厚禄故人书断绝，恒饥稚子色凄凉。欲填沟壑唯疏放，自笑狂夫老更狂。②

江村

清江一曲抱村流，长夏江村事事幽。自去自来堂上燕，相亲相近水中鸥。老妻画纸为棋局，稚子敲针作钓钩。多病所须唯药物，微躯此外更何求。③

春夜喜雨

好雨知时节，当春乃发生。随风潜入夜，润物细无声。
野径云俱黑，江船火独明。晓看红湿处，花重锦官城。④

水槛遣心二首

去郭轩楹敞，无村眺望赊。澄江平少岸，幽树晚多花。
细雨鱼儿出，微风燕子斜。城中十万户，此地两三家。⑤
蜀天常夜雨，江槛已朝晴。叶润林塘密，衣干枕席清。
不堪祗老病，何得尚浮名。浅把涓涓酒，深凭送此生。⑥

---

① （唐）杜甫著，（清）仇兆鳌注：《杜诗详注》，中华书局1979年版，第736页。
② （唐）杜甫著，（清）仇兆鳌注：《杜诗详注》，中华书局1979年版，第743页。
③ （唐）杜甫著，（清）仇兆鳌注：《杜诗详注》，中华书局1979年版，第746页。
④ （唐）杜甫著，（清）仇兆鳌注：《杜诗详注》，中华书局1979年版，第798—799页。
⑤ （唐）杜甫著，（清）仇兆鳌注：《杜诗详注》，中华书局1979年版，第812页。
⑥ （唐）杜甫著，（清）仇兆鳌注：《杜诗详注》，中华书局1979年版，第812页。

以上是第一个部分,成都给予了杜甫什么。下面我讲第二个部分:杜甫给予了成都什么。

杜甫究竟给成都带来了什么?也许有人会说,不就是个草堂嘛!如果这样想,就是大错。我认为杜甫带给成都的至少有以下三个方面。

首先,也是最大的地方,是杜甫使成都成为一座有文化、有诗情画意、有人性温度的城市,这就是杜甫最大的功劳。正如我在标题中所提示的那样:一个人与一座城。我想说的是,杜甫这个人造就了成都作为诗歌之城的传统,造就了成都爱诗重文的传统,大大增强了成都的文化内涵和人文价值。大家知道,我们今天所谓的景观或者说旅游景点,不外两大类,一是自然风景,一是人文风景。而人文风景中,文学艺术尤其具有极大作用。说到安徽的滁州,大家马上知道是欧阳修《醉翁亭记》的功劳;说到西湖,大家马上想到白居易、苏东坡的系列诗篇;说到潮州,一定提到韩愈;说到海南,一定要说到苏东坡;说到云南,一定要说到杨升庵。诸如此类。至于说到成都,一要说到扬雄和左思的《蜀都赋》,二要说到《出师表》,三要说到杜甫诗歌,四要说到花间词。至于现代成都,一要说到李劼人,二要说到巴金。

当代作家肖复兴在《诗与成都》的第一段和最后一段说:

> 我一直以为,和其他一些城市相比,成都一个特别之处,便是它和诗的关系格外特别,说它是一座诗城,也不无不可。
>
> ……………
>
> 成都,便不仅是一座茶城,一座花城,一座美食城,还是一座诗城。①

肖复兴是河北沧州人,曾在北大荒当知青多年,后来住在北京。作为外来者,肖复兴眼中的成都就是"一座诗城"。成都之所以被视为"诗城",成都所具有的浓厚的浪漫气质,可以说,在相当程度上是杜诗所赋予的。当然赋予成都诗城、文学之都的不仅是杜甫,汉代的司马相如、扬雄,唐代的李

---

① 肖复新:《诗与成都》,《蓉城十八拍》,贵州人民出版社2013年版,第189—195页。

白，五代的花蕊夫人、花间词人等都有很大的功劳。

其次，杜甫诗歌极为全面地展示了成都之美，让成都这座天府之城显示出无穷的魅力。

美女——黄四娘。

美人（心灵之美）——田父（《遭田父泥饮美严中丞》、《寒食》"田父要皆去，邻家闹不违"）、野人、邻居（"邻舍喜我归，沽酒携葫芦……城郭喜我来，宾客隘村墟"《草堂》）、南邻、北邻以及未曾写出的许许多多的人。

美酒——"蜀酒禁愁得，无钱何处赊？"（《草堂纪事》）"盘飧市远无兼味，樽酒家贫只旧醅。"（《客至》）"田翁逼社日，邀我尝春酒"，"叫妇开大瓶，盆中为吾取"，"月出遮我留，仍嗔问升斗"（《遭田父泥饮美严中丞》）。"宽心应是酒，遣兴莫过诗。此意陶潜解，吾生后汝期。"（《可惜》）"白日放歌须纵酒，青春作伴好还乡。"（《闻官军收河南河北》）"酒肆人间世，琴台日暮云。"（《琴台》）"山瓶乳酒下青云，气味浓香幸见分。"（《谢严中丞送青城山道士乳酒一瓶》）

美景——前面已经谈得很多，这是杜甫成都诗歌中最大的部分。

限于时间，不再一一陈列。

第三，就小者而言，杜甫为成都贡献了两张文化名片，这就是武侯祠和杜甫草堂。这不仅仅是因为草堂和武侯祠邻近，更是因为杜甫《蜀相》一诗，使"诸葛大名垂宇宙"（《咏怀古迹五首之五》），武侯祠成为三国文化在成都最重要的遗迹。

最后，总结两句。一座城市的历史不仅是物质生活发展的历史，更是精神生活发展的历史，艺术包括文学带给一座城市的不是短暂和偶然的财富，而是无穷无尽的宝藏，我们应该尊重这一传统，爱护这一传统，发扬这一传统。因此，要热爱成都，就应该致敬所有为成都发展而贡献力量的人们，尤其是贡献了永恒价值的人。

让我们向杜甫致敬！

苏辙论杜[*]

摘 要：宋代是学习杜诗、研究杜诗的兴盛时代。本文就苏辙评论杜甫及其诗歌的意见进行评述，具体内容有三：对杜甫多难的人生表示深切同情，指出杜诗成就的取得与其多难人生密切相关；高度评价杜诗成就，表现出扬杜抑李的态度；特别推崇杜诗的叙事技巧，提出了诗歌叙事的典型化问题。苏辙论杜，既表现出苏辙的个性，也代表了宋人论杜的一般意见。

关键词：苏辙；杜诗；成就；扬杜抑李；叙事

伟大作家留给后人的影响总是深远而巨大的。刘勰评价屈原时说："其衣被词人，非一代也。"[①]《新唐书·杜甫传》也说杜甫"残膏剩馥，沾丐后人多矣"[②]。

杜甫生前寂寞，死后盛享大名，以至被人推尊为"诗圣"。这正应了杜甫"千秋万岁名，寂寞身后事"[③]的预言。对杜甫的推崇、评价，自中唐元稹、白居易、韩愈等人之后，延至宋朝，形成杜诗研究的兴盛时代，甚至出现"怕老杜诗"的轶事。[④] 宋代对杜诗的推崇、爱好、研究，也经历了一个发展阶段。蔡启说：

> 国初沿袭五代之余，士大夫皆宗白乐天诗，故王黄州主盟一时。祥符天禧间，杨文公刘中山钱思公专喜李义山，故昆体之作，翕然一变，

---

[*] 原载《内江师范学院学报》（社会科学版）1996年第3期。
[①] （梁）刘勰著，范文澜注：《文心雕龙注》，人民文学出版社1958年版，第47页。
[②] （宋）欧阳修、宋祁：《新唐书》，中华书局1975年版，第5738页。
[③] （唐）杜甫著，（清）仇兆鳌注：《杜诗详注》，中华书局1979年版，第558页。
[④] （宋）叶梦得撰，田松青、徐时议校点：《石林燕语 避暑录话》，上海世纪出版股份有限公司、上海古籍出版社2012年版，第152页。

而文公尤酷嗜唐彦谦诗，至亲书以自随。景祐庆历后，天下知尚古文，于是李太白韦苏州诸人，始杂见于世。杜子美最为晚出，三十年来学诗者，非子美不道，虽武夫女子皆知尊异之。李太白而下殆莫与抗……老杜诗既为世所重，宿学旧儒，犹不肯深与之。①

如上所述，杜诗在宋代真正受到重视，引起人们研究和推崇，是在宋仁宗之时及其后。苏辙（1039—1112）生活的时代正是"学诗者，非子美不道"的时期。可以想见，在这种学杜崇杜的浓烈气氛下，作为诗人的苏辙不能不受其影响。事实正是如此，苏辙也发表了不少评杜论杜的意见。本文就苏辙论杜的意见进行了评析，并就宋代评杜的一般风气作一管窥。

与其兄苏轼相比，苏辙论杜的意见不算太丰富。但苏辙论杜，既涉及对杜甫人生经历的评述，也涉及杜诗思想内容、艺术成就、李杜优劣的看法。

一 对杜甫多难的人生表示深切同情，指出杜诗成就的取得与其多难生活密切相关

在与苏轼同题的《和张安道读杜集》中，苏辙比较集中地叙述了杜甫艰难曲折的一生，高度评价了杜诗成就。原诗如下。

> 杜叟诗篇在，唐人气力豪。近时无沈宋，前辈蔑刘曹。天骥精神稳，层台结构牢。龙腾非有迹，鲸转自生涛。浩荡来何极，雍容去若遨。坛高真命将，聚乱始知氂。白也空无敌，微之岂少褒？论文开锦绣，赋命委蓬蒿。初试中书日，旋闻郎署逃。妻孥隔豺虎，关辅暗旌旄。入蜀营三径，浮江寄一艘。投人惭下舍，爱酒类东皋。漂泊终浮梗，迂疏独钓鳌。误身空有赋，掩胫惜无袍。卷轴今何益，零丁惜未遭。②

---

① 郭绍虞辑：《宋诗话辑佚》，中华书局1980年版，第398—399页。
② （宋）苏辙著，曾枣庄、马德富校点：《栾城集》，上海古籍出版社1987年版，第68页。

"杜叟诗篇在"至"论文开锦绣",具体评价了杜诗的成就,下面再作分析。这里就诗的后半部略作说明。

"赋命委蓬蒿"句,总括了杜甫多灾多难、曲折而丰富的一生。"初试中书日"四句,叙述了杜甫长安时期最辉煌的时刻和随后的逃亡生活。746年,三十五岁的杜甫来到长安,一直寻求机会进入仕途,以实现他"致君尧舜上,再使风俗淳"①的政治抱负。但严峻的政治局势,并没有使他获得任何机会。747年,他参加了由阴谋家李林甫主持的一次考试,结果却因李林甫的诡计,他和诗人元结等所有考试的人没有一人中选。政治的打击和经济的困窘,使他在长安过着"朝扣富儿门,暮随肥马尘。残杯与冷炙,到处潜悲辛"②的生活。为了摆脱这种困境,在天宝十载(751)玄宗举行三大礼之时,他写成《三大礼赋》,连同《进三大礼赋表》投入延恩匦,以期求得一官半职。此赋正切合了玄宗的心意。玄宗读后,大为赞赏,让他待制集贤院,命宰相考试他的文章,结果又因为李林甫捣鬼,杜甫并未获得实际官职。"初试中书日"叙述的就是这一时期杜甫在长安最辉煌的时刻。在他对长安的梦还没有完全醒的时候,755年,安禄山起兵范阳,756年5月,杜甫带着一家老小从奉先到白水,开始了流亡生活,这就是"旋闻廊时逃"的内容。"妻孥隔豺虎,关辅暗旌旄"叙述了杜甫陷入贼手、逃出长安及其后的北投肃宗为官时期。"入蜀营三径,浮江寄一艘"叙述了杜甫入蜀及流亡湖湘的生活。"投人惭下舍,爱酒类东皋"叙述了杜甫自尊高洁,不愿屈己干人的品格和爱好饮酒的生活习惯。"漂泊终浮梗,迂疏独钓鳌"叙述了杜甫终身漂泊而抱负宏大、志在报国之心。"误身空有赋"四句叙写了杜甫空有文名而生活艰难、不受重视的遭遇。

在短短的篇幅中,苏辙概括了杜甫一生的经历,勾勒了杜甫高洁自尊的品格和爱酒的习惯。对他艰难曲折的一生表示了深切同情,对他忠君爱民、志在报国之心表示了极大敬意,对他壮志未酬、备受冷落表示深深的慨叹。

把诗前面对杜甫的高度评价同后面杜甫经历的叙述联系起来,可以看到,苏辙在这里实际上指出,杜诗的高度成就正是来自杜甫多难的人生。换言之,

---

① (唐)杜甫著,(清)仇兆鳌注:《杜诗详注》,中华书局1979年版,第74页。
② (唐)杜甫著,(清)仇兆鳌注:《杜诗详注》,中华书局1979年版,第75页。

是多难动荡的时代，是杜甫丰富坎坷的人生经历造就了杜诗的辉煌。这同苏轼说杜甫"诗人例穷苦，天意遣奔逃"①的看法是一致的，也就是欧阳修常说的"诗穷而后工"的道理。

二 高度评价杜诗的成就，表现出扬杜抑李的态度

在上引诗的前半部，苏辙对杜诗的成就作了高度评价。"杜叟"二句，总结了杜诗所显示的唐诗特色和精神。所谓"唐人气力豪"指的是相对开放、相对外倾、色调热烈的唐型文化在诗歌上显示的最大特色：朝气蓬勃的活力，昂扬奋发的进取精神；格调上的阳刚壮美。它与相对封闭、相对内倾、色调淡雅的宋型文化，恰成一种鲜明对比。杜甫无疑是唐诗的杰出代表。"近时"二句系化用元稹对杜甫的评论："至于子美，盖所谓上薄风、骚，下该沈、宋，古傍苏、李，气夺曹、刘，掩颜、谢之孤高，杂徐、庾之流丽，尽得古今之体势，而兼昔人之所独专矣。"②苏辙实际上是肯定了杜诗的集大成地位。"天骥"二句肯定杜诗在构思立意、谋篇布局、声律对偶上的特点。"龙腾"四句写出了杜诗的气势宏大（即元稹所谓"词气豪迈"）和风格的变化多端。"坛高"四句肯定了李白与杜甫的崇高地位。"论文开锦绣"指杜甫《戏为六绝句》开创了"以诗论诗"的先例。

苏辙对杜诗的高度评价是多方面的：指出了杜诗所代表的唐诗精神，肯定了杜诗的集大成地位，分析了杜诗的构思、结构、风格上的特点，赞扬杜诗开创"以诗论诗"先例。一方面，苏辙基本上肯定和接受了元稹对杜甫的评价；另一方面又有所补充，如对杜甫论诗绝句的称赞。

和多数宋人一样，苏辙在高度评价杜甫的同时，又表现扬杜抑李的倾向。这具体见于其《诗病五事》第一条。文说：

---

① （宋）苏轼著，（清）冯应榴辑注，黄任轲、朱怀春校点：《苏轼诗集合注》，上海古籍出版社2001年版，第240页。

② （唐）元稹著，周相录校注：《元稹集校注》，上海世纪出版股份有限公司上海古籍出版社2011年版，第1361页。

李白诗类其为人,骏发豪放,华而不实,好事喜名,不知义理之所在也。语用兵,则先登陷阵,不以为难;语游侠,则白昼杀人,不以为非。此岂其诚能也哉?白始以诗酒奉事明皇,遇谗而去,所至不改其旧。永王将窃据江淮,白起而从之不疑,遂以放死。今观其诗固然。唐诗人李杜称首,今其诗皆在,杜甫有好义之心,白所不及也。汉高帝归丰沛,作歌曰:"大风起兮云飞扬,威加海内兮归故乡,安得猛士兮守四方?"高帝岂以文字高世者哉?帝王之度固然,发于其中而不自知也。白诗反之曰:"但歌大风云飞扬,安用猛士守四方?"其不识理如此!老杜赠白诗,有"细论文"之句,谓此类也哉?[①]

苏辙扬杜抑李的理由,先是李杜诗风不同。李白是一个天才的浪漫主义诗人,他的诗歌表现了豪放飘逸的风格,苏辙用"骏发豪放"来评价是准确的,但下面批评李白"华而不实,好事喜名"却站不住脚。浪漫主义尚虚,语多夸张;现实主义征实,语多朴素。两种创作方法本自不同,由两种不同的创作方法显示出的创作风格也各有千秋,应并行不悖。苏辙本人并不是不知道这一点,他在《王维吴道子画》一诗中,还提出了"勇怯不必同,要以各善尔"的命题,肯定了"壮马脱衔放平陆,步骤风雨百夫靡"的壮美与"美人婉娩守闲独""女能嫣然笑倾国"的柔美是"优柔自好勇自强,各自胜绝无彼此"[②]。苏辙之所以批评李白的诗风,一方面源于他自己的性格"沉静简洁"[③],故他更喜爱现实主义的诗歌,另一方面也源于他自己的文学主张"以西汉文词为宗师",崇尚质朴之文。

苏辙扬杜抑李的理由,更主要是在思想内容方面。他认为,杜甫"有好义之心",而李白"不知义理之所在","不识理"。具体事例有三:一是李白以诗酒奉事明皇,二是从永王,三是讥刺刘邦。在这里,首先要弄清楚苏辙所说的"义理""理"是什么意思。根据所述三例来看,苏辙所说的"义理"或"理"的核心是对君主的态度问题。对待君主,首先是忠。忠的含义是多

---

① (宋)苏辙著,曾枣庄、马德富校点:《栾城集》,上海古籍出版社1987年版,第1552—1553页。
② (宋)苏辙著,曾枣庄、马德富校点:《栾城集》,上海古籍出版社1987年版,第30页。
③ (元)脱脱等:《宋史·苏辙传》,中华书局1977年版,第10835页。

方面的：匡弼君主、治国平天下是忠，不叛君主是忠。以此为出发点，苏辙认为李白以诗酒奉事明皇，是把自己降到弄臣的地位，而不是尽心竭力，匡弼君主，使君主大有作为，因此，在苏辙看来，这就是"不知义理"。对李白从永王李璘，苏辙认为李白是有意而主动地追随永王。永王在明皇尚在、太子已立的情况下仍立国称帝，这是永王叛君。李白追随叛君的永王，当然是"不知义理"。苏辙的这一看法，与其兄苏轼不同。苏轼说："士以气为主，方高力士用事，公卿大夫争事之。而太白使脱靴殿上，固已气盖天下矣。使之得志，必不肯附权幸以取容，其肯从君于昏乎？（略）太白之从永王，当由胁迫。"[①] 李白从永王的真实原因具体是什么，二苏的看法都只是一家之言。苏辙批评李白讥刺刘邦"但歌大风云飞扬，安用猛士守四方"是不识君王器度，不知刘邦渴于求贤治国的志向，因此也是"不知义理"。从上可知，苏辙扬杜抑李的核心是是否忠君。所谓杜甫有"好义"之心，一方面是指杜甫博爱的心肠、民胞物与的情怀；另一方面则是忠君。在这一点，苏轼、苏辙的看法又是一致的。苏轼说："古今诗人众矣，而杜子美为首，岂非以其流落饥寒、终身不用，而一饭未尝忘君也欤？"[②] 奇怪的是苏轼的说法颇得后人赞同，苏辙的说法却遭到后人的猛烈抨击。近代钱名山即说苏辙"狂悖庸妄"，"不知诗"。[③] 其实苏辙的看法与苏轼的看法又何尝有两样呢？当然，无论是苏轼，还是苏辙，他们用忠君来褒扬杜甫，在我们今天看来，与其说是抬高，毋宁说是降低杜甫的地位。

与唐人不同的是，唐人扬杜抑李，或从诗律（元稹所谓"排比""铺陈"），或从思想内容角度着手（如白居易）；宋人则更多的是从思想角度着手，个中缘由，当与宋代理学兴起有关。

值得注意的是，苏辙的扬杜抑李主要是从思想内容而不是艺术成就方面着眼，而且也不是时时处处都持扬杜抑李的态度。《题韩驹秀才诗卷》说"唐

---

① （明）茅维编，孔凡礼点校：《苏轼文集》，中华书局1986年版，第348—349页。
② （明）茅维编，孔凡礼点校：《苏轼文集》，中华书局1986年版，第318页。
③ 钱名山：《滴星说诗》，载张寅彭主编，李剑冰等校点《民国诗话丛编》，世纪出版集团上海书店出版社2002年版，第581页。

朝文士例能诗，李杜高深独到希。我读君诗笑无语，恍然重见储光羲"①，此诗就表现出苏辙对李杜并重的态度。

三 特别推崇杜诗的叙事技巧，提出了诗歌叙事的典型化问题

杜诗被称为"诗史"，尽管各家对"诗史"的内涵理解不一，但有两点是可以肯定的：一是杜诗真实地反映了安史之乱前后的唐朝历史；一是杜诗表现"诗史"特点的诗主要集中在叙事诗上。因此，要理解杜甫"诗史"的意义，则必须进一步分析他的叙事诗是如何成为"诗史"的，在叙事技巧上有哪些特点。苏辙《诗病五事》（其二）就此作了分析。在引用分析了《大雅·绵》九章之后，他总结说："事不接，文不属，如连山断岭，虽相去绝远，而气象联络，观者知其脉理之为一也。盖附离不以凿枘，此最为文高致耳。"②所谓"事不接，文不属"指的是叙述结构上的跳跃性，而"气象联络""脉理之为一"指的是气流贯注、线索同一、主题集中。这里指出的叙事标准，实际上是如何在叙事诗中达到高度精练、典型化的问题。为了进一步说明这个道理，苏辙引述了杜甫的《哀江头》，并就杜诗与白居易同题材写作的《长恨歌》进行了比较，说："予爱其（指杜甫《哀江头》）词气如百金战马，注坡蓦涧，如履平地，得诗人之遗法。如白乐天诗，词甚工，然拙于纪事，寸步不遗，犹恐失之。此所以望老杜之藩垣而不及也。"③苏辙批评白居易"拙于纪事，寸步不遗"就是未能做到"事不接，文不属"，未能选取最有代表性的材料来叙述。苏辙的看法未必客观公正。潘耒《杜诗博议》引申说："《哀江头》即《长恨歌》也。《长恨歌》费百言而后成，杜言太真被宠，只'昭阳殿里第一人'足矣。言从幸，只'白马嚼啮黄金勒'足矣。言马嵬

---

① （宋）苏辙著，曾枣庄、马德富校点：《栾城集》，上海古籍出版社1987年版，第1187页。
② （宋）苏辙著，曾枣庄、马德富校点：《栾城集》，上海古籍出版社1987年版，第1153页。
③ （宋）苏辙著，曾枣庄、马德富校点：《栾城集》，上海古籍出版社1987年版，第1153页。

之死，只'血污游魂归不得'足矣。"① 潘耒从叙述字数的多少来论杜白优劣，可以说并未真正把握苏辙的观点。黄生《杜诗说》的理解则更为接近和深入。黄生说："善述事者，但举一事，而众端可以包括，使人自得于言外，若纤悉备记，文愈繁而味愈短矣。《长恨歌》今古脍炙，而《哀江头》无称焉，雅音之不谐里耳如此。"② 黄生的感叹不无道理，所谓"十首以前，少陵较难入"③。理解杜诗，确实需要较高的艺术修养。但黄生前面的几句话更值得重视，所谓"但举一事，而众端可以包括"就是要求诗歌在叙事时能够以典型的事例、情节来达到"以少总多，情貌无遗"④ 的艺术效果。

综上所述，苏辙论杜，对杜诗的艺术成就和叙事技巧分析颇有见地，但在评价杜诗的思想内容上，却显示了正统和保守的观点，而这正代表了宋人论杜的一般意见，也可说这是苏辙论杜的不足之处。

---

① （唐）杜甫著，（清）仇兆鳌注：《杜诗详注》，中华书局1979年版，第332页。
② （唐）杜甫著，（清）仇兆鳌注：《杜诗详注》，中华书局1979年版，第332—333页。
③ （明）王世贞著，陈洁栋、周明初批注：《艺苑卮言》，凤凰出版传媒集团凤凰出版社2009年版，第55页。
④ （梁）刘勰著，范文澜注：《文心雕龙注》，人民文学出版社1958年版，第694页。

二苏论杜比较[*]

摘 要：苏轼苏辙兄弟在杜甫杜诗评价上发表了不少意见，二人评杜有同有异。相同的方面包括高度评价杜诗，肯定杜诗的集大成地位；都表现出扬杜抑李的倾向。不同方面包括：苏轼论杜偏重杜诗艺术，苏辙偏重杜甫为人及其思想；苏轼论杜具有辨证观，而苏辙较少。通过二苏论杜，他们还发表了不少文艺见解。

关键词：苏轼；苏辙；杜甫杜诗；评价；异同；文艺思想

杜诗的影响史，源头可溯及唐中期。元稹、白居易、韩愈等人对杜诗的推尊不可谓不至，但对杜诗的爱好、研究、学习的兴盛时代是在宋代。宋代学杜、崇杜、研杜也经历了一个发展阶段。蔡启说："国初沿袭五代之余，士大夫皆宗白乐天诗，故王黄州主盟一时。祥符天禧间，杨文公刘中山钱思公专喜李义山，故昆体之作，翕然一变，而文公尤酷嗜唐彦谦诗，至亲书以自随。景祐庆历后，天下知尚古文，于是李太白韦苏州诸人，始杂见于世。杜子美最为晚出。三十年来学诗者，非子美不道，虽武夫女子皆知尊异之。李太白而下殆莫与抗……老杜诗既为世所重，宿学旧儒，犹不肯深与之。"[①] 这段话非常简明地概括了北宋初期至中期诗歌的流变走向。仁宗庆历时期正是诗风转变的关键期，杜诗的备受推崇也是从此时开始的。

二苏（轼、辙）生活的时代，正是"学诗者，非子美不道"的时期。面

---

[*] 原载《成都大学学报》（社会科学版）1997年第2期。
[①] （宋）蔡启：《蔡宽夫诗话》，转引自郭绍虞辑《宋诗话辑佚》，中华书局1980年版，第398—399页。

对庆历以来的学杜风尚,苏轼曾说:"天下几人学杜甫,谁得其皮与其骨?"①那么苏轼和苏辙是否就得到了杜甫之"骨"呢?作为著名的诗人和宋诗特色的奠定者,他们二人是如何看待杜甫的呢?

一 二苏论杜,表现出很多共同点

(一) 高度评价杜诗成就,肯定杜诗的"集大成"地位

在对杜诗"集大成"地位的肯定上,苏轼的意见颇为典型,《书吴道子画后》说:"智者创物,能者述焉,非一人而成也。君子之于学,百工之于技,自三代历汉至唐而备矣。故诗至于杜子美,文至于韩退之,书至于颜鲁公,画至于吴道子,而古今之变。天下之能事毕矣。"② 此文虽未标出杜诗"集大成"之名,但已有杜诗"集大成"之实。苏轼此说影响颇大,苏门六君子之一的陈师道即一再称引:"子美之诗,退之之文,鲁公之书,皆集大成者也。"③"杜诗、韩文、颜书、左史,皆集大成者也。"④ 应该说,苏轼关于杜诗"集大成"之说,并非空穴来风。中唐元稹、北宋初期宋祁皆已有之。那么,苏轼此论的意义何在呢?我们认为有二。首先,苏轼是把杜诗放到中国文化史的进程中来评价的,是在总体把握唐文化精神及唐诗地位上作出的,而元稹仅从诗歌发展史的角度来看。造成这种差异的原因是元稹作为中唐人,还来不及对唐文化及唐诗作总体把握。苏轼在北宋中期宋学已基本形成的格局下反观唐诗,自能高屋建瓴,切中肯綮;从个人的文化素养和胸襟来讲,元稹也不及苏轼。其次,苏轼关于杜诗"集大成"之说,更显豁,更简明。后人论杜,"集大成"一词成为定评和常语,原因就在于它比元稹的概括更简明精要。

同苏轼一样,苏辙也高度评价杜诗成就,肯定杜诗的"集大成"地位。

---

① (宋)苏轼著,(清)冯应榴辑注,黄任轲、朱怀春校点:《苏轼诗集合注》,上海古籍出版社2001年版,第1106页。
② (明)茅维编,孔凡礼点校:《苏轼文集》,中华书局1986年版,第2210页。
③ (宋)陈师道:《后山诗话》,载(清)何文焕辑《历代诗话》,中华书局1981年版,第304页。
④ (宋)陈师道:《后山诗话》,载(清)何文焕辑《历代诗话》,中华书局1981年版,第309页。

"杜叟诗篇在,唐人气力豪。近时无沈宋,前辈蔑刘曹。天骥精神稳,层台结构牢。龙腾非有迹,鲸转自生涛。浩荡来何极,雍容去若遨。坛高真命将,甍乱始知髦。白也空无敌,微之岂少褒?……"① 这是从杜诗所代表的唐人精神、杜诗的"集大成"("近时"二句系化用元稹语),以及杜诗的构思、结构、风格角度谈的;"唐朝文士例能诗,李杜高深独到希。"② 这是从杜诗的总体成就和地位来谈的;"唐人诗当推韩、杜。韩诗豪,杜诗雄。然杜之雄亦可以兼韩之豪也。"③ 这是从杜诗的风格来谈的;"老杜陷贼时有诗曰(略)。予爱其词气如百金战马,注坡蓦涧,如履平地,得诗人之遗法。如白乐天诗,词甚工,然拙于纪事,寸步不遗,犹恐失之,此所以望老杜之藩垣而不及也。"④ 这是从杜诗的叙事艺术来谈的。

(二)在高度评价杜诗的同时,二苏都表现出扬杜抑李的倾向

如果说二苏肯定杜诗的"集大成"地位主要是从艺术角度着眼,那么扬杜抑李则更多从思想内容、人格方面着眼。

苏轼推尊杜甫的另一著名观点是,杜甫"一饭未尝忘君"。此语出自其《王定国诗集叙》。文说:"古今诗人众矣,而杜子美为首,岂非以其流落饥寒,终身不用,而一饭未尝忘君也欤?"⑤ 在同期写给王定国(巩)的信中也说:"杜子美在困穷之中,一饮一食,未尝忘君,诗人以来,一人而已。"⑥ 在这里,苏轼推尊杜甫的根本原因是杜甫的忠君。至于苏轼缘何如此推重杜甫的忠君,时贤从二文写作的背景作了说明,此不赘。然而除了上述二文的写作背景之外,笔者认为它还与苏轼一生积极入世、治国济民的政治抱负和"以西汉文词为宗师"的文学主张分不开。

苏轼关于杜甫"一饭未尝忘君"的说法与杜诗"集大成"一样,影响深远。陈俊卿说:"夫诗之作,岂徒以青白相媲,骈俪相靡而已哉!要中存风

---

① (宋)苏辙著,曾枣庄、马德富校点:《栾城集》,上海古籍出版社1987年版,第68页。
② (宋)苏辙著,曾枣庄、马德富校点:《栾城集》,上海古籍出版社1987年版,第1187页。
③ (宋)张戒:《岁寒堂诗话》,载丁福保辑《历代诗话续编》,中华书局1983年版,第458页。
④ (宋)苏辙著,曾枣庄、马德富校点:《栾城集》,上海古籍出版社1987年版,第1153页。
⑤ (明)茅维编,孔凡礼点校:《苏轼文集》,中华书局1986年版,第318页。
⑥ (明)茅维编,孔凡礼点校:《苏轼文集》,中华书局1986年版,第1517页。

雅，外严律度，有补于时，有辅于名教，然后为得。杜子美，诗人冠冕，后世莫及，以其句法森严，而流落困踬之中，未尝一日忘朝廷也。"① 张戒也说，"诗文字画，大抵从胸臆中出，子美笃于忠义，深于经术，故其诗雄而正。"② 陈俊卿、张戒二人对杜甫的评价，很明显是受到苏轼影响。而诗人杜甫被尊为"诗圣"，也与苏轼此论大有关系。

在主要从思想和人格上推尊杜甫的同时，苏轼还从诗歌的成就方面表现出扬杜抑李的倾向。《书李白集》说："今太白集中，有《归来乎》、《笑矣乎》和《赠怀素草书》数诗，决非太白作。盖唐宋五代间贯休、齐己辈诗也。余旧在富阳，见国清院太白诗，绝凡。近过彭泽唐兴院，又见太白诗，亦非是。良由太白豪俊，语不甚择，集中往往有临时率然之句，故使妄庸辈敢尔。若杜子美，世岂复有伪撰者耶？"③《书学太白诗》说："李白诗飘逸绝尘，而伤于易。"④ 这二则从伪作李白诗的角度，肯定杜甫的创作谨严和格律森严。

苏辙表现出的扬杜抑李倾向，既有李杜诗风不同的原因，但更主要的是从杜甫为人及思想着眼的。《诗病五事》（其一）比较集中地体现了苏辙扬杜抑李的倾向。

一方面，苏辙批评"李白诗类其为人，骏发豪放，华而不实，好事喜名"⑤。这是就李白诗风而言的。苏辙用"骏发豪放"来概括李诗是准确的，但批评李白"华而不实、好事喜名"却站不住脚。苏辙不是不知道，任何一个伟大的诗人，都会有其独特风格，而且每种风格都有其独特的价值，应该并行不悖。而他早年的诗风，也明显表现出浪漫主义风格。为何独于李白诗风不能容忍呢？我们认为，至少有三个原因：一是苏辙自己性格"沉静简洁"⑥，故他更喜欢平静朴实之诗风；二是源于他晚年诗风的改变⑦；三是源于苏洵父

---

① （宋）黄彻：《䂬溪诗话序》，载丁福保辑《历代诗话续编》，中华书局1983年版，第344页。
② （宋）张戒：《岁寒堂诗话》，载丁福保辑《历代诗话续编》，中华书局1983年版，第459页。
③ （明）茅维编，孔凡礼点校：《苏轼文集》，中华书局1986年版，第2096页。
④ （明）茅维编，孔凡礼点校：《苏轼文集》，中华书局1986年版，第2098页。
⑤ （宋）苏辙著，曾枣庄、马德富校点：《栾城集》，上海古籍出版社1987年版，第30页。
⑥ （元）脱脱等：《宋史·苏辙传》，中华书局1977年版，第10835页。
⑦ 郭绍虞先生《宋诗话考》认为苏辙《诗病五事》，"此五则撰写之时，未必定在晚年。要之非其早年之作则可断言也"。郭先生之语颇模糊，笔者认为，根据苏辙的思想变化，此五则当为晚年之作。

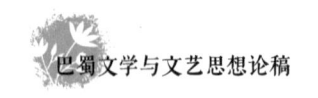

子"以西汉文词为宗师",崇尚质朴之文。

另一方面,苏辙扬杜抑李的更主要理由是杜甫有"好义之心",李白"不知义理之所在""不识理"。苏辙具体举了三个例子:一是李白以诗酒奉事明皇,二是从永王璘,三是讥刺刘邦"但歌大风云飞扬,安用猛士守四方"。那么,苏辙所谓的"义""理"是什么呢?我们认为,结合他所举三例,"义""理"的核心是对君主的态度。对待君主,最起码、最关键的是"忠"。"忠"有多方面的含义:不叛君,这是"忠"的核心;竭尽才智、匡弼君主是"忠";识君主器度是"忠";对君主恭顺、无过激言词是"忠"。以此为出发点,苏辙认为,李白以诗酒奉事明皇,把自己降到弄臣倡优的地位,而不是辅弼君主、治国平天下,这就是不"忠""不知义理";永王璘在明皇尚在、太子已立的情况下仍立国称帝,这是永王叛君,李白追随叛君的永王,当然是不"忠""不知义理";李白不识君主器度,不知刘邦渴于求贤、治国兴邦的志向,这也是"不知义理"。

奇怪的是,二苏扬杜抑李的着眼点基本相同,而前人对苏轼的"一饭未尝忘君"之说倍加赞赏,却对苏辙说杜甫有"好义之心"大加挞伐。近人钱名山即说苏辙"狂悖庸妄""不知诗"[①]。这就令人十分困惑了。其实他们两兄弟又有何区别呢?

二 二苏论杜,差异也复不少

择其大端,有二。

(一)苏轼论杜更偏重杜诗艺术,苏辙论杜更偏重杜甫为人及思想

诚然,苏轼论杜,也有杜甫"一饭未尝忘君"之说,但苏轼论杜更多从艺术着眼,前述杜诗"集大成"即是。杜诗如画。苏轼深通书画,也是宋代

---

① 钱名山:《谪星说诗》,载张寅彭主编,李剑冰等校点《民国诗话丛编》,世纪出版集团上海书店出版社2002年版,第581页。

文人画的代表之一。苏轼说："少陵翰墨无形画，韩干丹青不语诗。此画此时真已矣，人间骀骥谩争驰。"① 这是将杜诗与韩干画马比较，肯定杜诗如画。这一观点可以说是论杜中相当精辟和新颖之论。对于杜甫的律诗成就，苏轼说："七言之伟丽者。杜子美云：旌旗日暖龙蛇动，宫殿风微燕雀高；五更晓角声悲壮，三峡星河影动摇。尔后寂寞无闻焉。"② 所谓"伟丽"，一是指杜诗的气势宏大，二是指语言的华美。我们知道杜甫一生"为人性僻耽佳句，语不惊人死不休"③、"晚节渐于诗律细"④。其创作态度的谨严与句法的森严，是李白所不及的。李白是天才，是天马行空，是"精骛八极，心游万仞"⑤，杜甫更重视精雕细琢的功夫。杜诗有章句格律可仿，故宋人学杜之风所及，遂衍为江西诗派。总之，东坡对杜甫律诗成就，不仅心慕，而且手追。此不详论。

（二）苏轼论杜显示了更多的思辨色彩，而苏辙却较少

在高度评价杜诗艺术成就之时，苏轼还指出子美有"陋句"。此说较之杜诗"集大成"更是惊世骇俗，给人以启迪。文说："'减米散同舟，路难思共济。向来云涛盘，众力亦不细。呀帆忽遇眠，飞橹本无蒂。得失瞬息间，致远疑恐泥。百虑视安危，分明曩贤计。兹理庶可广，拳拳期勿替。'杜甫诗固无敌，然自'致远'以下句，真村陋也。此取其瑕疵，世人雷同，不复讥评，过矣！然亦不能掩其善也。"⑥ 重要的不是苏轼对此诗的具体评价，而是苏轼所显示的批评态度和方法。苏轼以"不以一眚掩大德"的态度，在充分肯定杜诗的前提下指出杜诗的不足，这是非常难能可贵的。

鲜明体现苏轼辩证文艺观的还有《书黄子思诗集后》。文说："予尝论书，以谓钟、王之迹，萧散简远，妙在笔画之外。至唐颜、柳，始集古今笔法而

---

① （宋）苏轼著，（清）冯应榴辑注，黄任轲、朱怀春校点：《苏轼诗集合注》，上海古籍出版社 2001 年版，第 2461 页。
② （明）茅维编，孔凡礼点校：《苏轼文集》，中华书局 1986 年版，第 2143 页。
③ （唐）杜甫著，（清）仇兆鳌注：《杜诗详注》，中华书局 1979 年版，第 810 页。
④ （唐）杜甫著，（清）仇兆鳌注：《杜诗详注》，中华书局 1979 年版，第 1602 页。
⑤ （晋）陆机：《文赋》，载郭绍虞主编，王文生副主编《中国历代文论选》第一册，上海古籍出版社 1979 年版，第 170 页。
⑥ （明）茅维编，孔凡礼点校：《苏轼文集》，中华书局 1986 年版，第 2104 页。

尽发之，极书之变，天下翕然以为宗师，而钟、王之法益微。至于诗亦然。苏、李之天成，曹、刘之自得，陶、谢之超然，盖亦至矣。而李太白、杜子美以英玮绝世之姿，凌跨百代，古今诗人尽废，然魏晋以来高风绝尘，亦少衰矣。"① 苏轼非常精辟地指出了"集大成"之下的危机，一是前此被借鉴来创造"集大成"者，因之而失去光辉；一是后于"集大成"者，将无法再超越。这就是"苏、李之天成，曹、刘之自得，陶、谢之超然"不再完全光照后代的原因，也是宋代无论怎样学杜，最终无法超过杜诗的原因，盖所谓"屋下架屋"，愈见其小。

苏轼此论颇得曾季狸的赞同。曾季狸说："东坡《黄子思诗序》（作者按，应为《书黄子思诗集后》）论诗至李、杜，字画至颜、柳，无遗巧矣。然钟、王萧散简远之意，至颜、柳而尽；诗人高风远韵，至李、杜亦少衰。此说最妙。大抵一盛则一衰，后世以为盛，则古意必已衰，物物皆然，不独诗字画然也。"② 显然，苏轼论杜所显示的辩证文艺观和思辨色彩，是与苏轼融合佛道儒三教思想的哲学观分不开的。老庄的辩证法、佛教的观物于外，对他都有深刻的影响。

三 在论杜的过程中，二苏也显示出他们的一些文艺观点

兹就要点略作归纳。

第一，在文艺与社会生活的关系上，二苏论杜都提到杜诗伟大成就的取得与杜甫多灾多难、经历曲折丰富的一生密切相关。在同题的《和张安道读杜集》中，苏轼说："诗人例穷苦，天意遣奔逃。"③ 苏辙则更详细地叙述了杜甫多难的一生："初试中书日，旋闻鄜畤逃。妻孥隔豺虎，关辅暗旌旄。入

---

① （明）茅维编，孔凡礼点校：《苏轼文集》，中华书局1986年版，第2124页。
② （宋）曾季狸：《艇斋诗话》，载丁福保辑《历代诗话续编》，中华书局1983年版，第292页。
③ （宋）苏轼著，（清）冯应榴辑注，黄任轲、朱怀春校点：《苏轼诗集合注》，上海古籍出版社2001年版，第240页。

蜀营三径，浮江寄一艘。"① 虽然这只就"诗穷而后工"的道理进行引申，但结合二人的其他论述，可以清楚地看到：二苏是深信社会生活是艺术的唯一源泉的道理的，尽管他们没有用这样的话明确表达。

第二，在创作上，一是强调创作态度应严谨，反对草率。苏轼评李白诗"伤于易"即是。二是反对诗歌的空发议论。苏轼批评杜甫《解忧》"自'致远'以下句，真村陋"即是。三是提出诗歌叙事的典型化问题。苏辙《诗病五事》（其二）对杜甫《哀江头》的分析即是。

第三，在欣赏方面，苏轼提出应如何欣赏及达到共鸣的条件。《书黄四娘诗》说："子美诗云，'黄四娘家花满蹊，千朵万朵压枝低。留连戏蝶时时舞，自在娇莺恰恰啼。'东坡云：此诗虽不甚佳，可以见子美清狂野逸之态。故仆喜书之。"② 苏轼从此诗中能看出杜甫的"清狂野逸之态"，这是读懂和把握了此诗的。

诗文中所写内容与作者经历、处境、心情一致，那就越容易引起欣赏者的共鸣。杜甫的《屏迹》之所以打动苏轼，并想"据为己有"，原因就在于杜诗内容及情感与苏轼被贬黄州后的生活和情感太相似，是"字字皆居士实录"③。

第四，在批评方面，一是强调全面分析。苏轼《评子美诗》说，"子美自比稷与契，人未必许也。然其诗云，舜举十六相，身尊道亦高。秦时用商鞅、法令如牛毛。此自是契、稷辈人口中语也。"④ 在评价杜甫自比契、稷之时，苏轼综合了杜诗《自京赴奉先县咏怀五百字》、《奉赠韦左丞丈二十二韵》，以及上引《述古三首》之三。这种综合作者全部诗歌全面分析的方法，至今仍是文学批评应该坚持的。二是采用比较的方法。苏轼评杜，多与李白相比。苏辙评杜，多与李白、韩愈、白居易相比。这种比较的批评方法仍不失为一种好的方法。

总之，二苏论杜，既显示出较多的共同点，也有不少差异。他们的意见颇能代表宋人论杜的一般意见。杜诗的"集大成"、杜甫的忠君、扬杜抑李的倾向及理由都给后人以深远影响。

---

① （宋）苏辙著，曾枣庄、马德富校点：《栾城集》，上海古籍出版社1987年版，第68页。
② （明）茅维编，孔凡礼点校：《苏轼文集》，中华书局1986年版，第2103页。
③ （明）茅维编，孔凡礼点校：《苏轼文集》，中华书局1986年版，第2103—2104页。
④ （明）茅维编，孔凡礼点校：《苏轼文集》，中华书局1986年版，第2105页。

江西诗风盛行下的杜甫观[*]

——《韵语阳秋》论杜述评

摘　要：两宋为杜诗学研究的兴盛时代，崇杜、研杜、学杜蔚成风气。江西诗派对杜诗的学习、推崇使杜诗在宋朝的传播达到高潮。作为宋乃至宋之后中国古典批评大观的诗话，包含着丰富的杜诗学资料。通过分析宋人诗话，可以看到宋人对杜诗的真实态度、杜诗对宋人的深远影响。本文通过《韵语阳秋》中的杜甫杜诗评价，分析葛立方的杜甫观，并对葛立方论杜的得失进行评价，借以探求江西诗风盛行下的杜甫观。

关键词：葛立方；《韵语阳秋》；杜甫杜诗；江西诗风

有宋为杜诗学研究的兴盛时代，崇杜、研杜、学杜蔚成风气。其中，江西诗派对杜诗的学习、推崇尤为高潮。作为宋及至宋之后中国古典批评大观的诗话，包含了丰富的杜诗学资料。透过这些诗话，我们可以看到宋人对杜诗的真实态度、杜诗对宋人的深远影响。本文拟通过宋代较为著名的诗话——《韵语阳秋》——分析葛立方之杜甫观，借以探求江西诗风盛行下的杜甫观，并对葛立方论杜的得失进行评价。

《韵语阳秋》著者葛立方（？—1164），字常之，丹阳人，后徙吴兴。与父胜仲被称为能文之士。官至吏部侍郎。除《韵语阳秋》外，葛立方尚著有《西畴笔耕》、《方舆别志》（此两种已佚）和《归愚集》、《归愚词》。《韵语阳秋》又称《葛立方诗话》、《葛常之诗话》。

葛立方能诗，会词，家学渊源深厚。所著《韵语阳秋》二十卷，堪称

---

[*] 原载《杜甫研究学刊》1997 年第 1 期。

宋诗话中之巨帙。除汇总性质之《诗话总龟》《苕溪渔隐丛话》《诗人玉屑》《诗林广记》等之外，《韵语阳秋》当为宋诗话专著之最大篇幅者。此书不仅篇帙宏富，内容广博，而且对杜甫、杜诗关注有加。全书421条[①]，涉及杜甫、杜诗者88条，占全书条目五分之一强；引用杜诗150余首，涉及现存杜诗十分之一强。不仅如此，葛立方生活的时期，正是江西诗派盛行的时代。江西诗派为宋代规模最大、影响最深的诗派，前后长达200余年，"但是，江西派诗人真正主宰文坛、凝定诗风只在徽、钦、高三朝六十余年的这一阶段"[②]。葛立方生年虽不确知，但其中进士在绍兴八年（1138），以30岁中进士推算，生年在1100年前后。其卒于隆兴二年（1164），即孝宗时期。可以说，葛立方生活的时代，正是徽宗、钦宗、高宗时期江西诗风盛行之时。因此，《韵语阳秋》一书不能不受到江西诗风的影响，不能不体现出江西派诗话的一些特点。蔡镇楚先生正是把《韵语阳秋》放在江西派诗话中作评论的。[③]

下面，我们就《韵语阳秋》论杜进行具体评述。

一　诗史之证明：由诗及人，杜甫的真实面貌

《韵语阳秋》未明标类例，大致尚可看出是书编纂之例：卷一、卷二论诗法诗格，为是书之总纲和精华，卷三、卷四论诗之本事，卷五、卷六重在考证，卷七、卷八多涉用事，卷九、卷十多评史之作，卷十一论仕宦升沉之况，卷十二述生死达观之理，多言宗教，卷十三重在地理，卷十四多论书画，卷十五述歌舞音乐，卷十六述花鸟虫鱼，卷十七述医卜杂技，卷十八论人识鉴、科举，卷十九述节日、风俗、妇女，卷二十杂论，多涉诗文，尤以陶（渊

[①]　上海古籍出版社1984年影印《韵语阳秋》前言谓此书422条，实只有421条，第3卷"郭子稍学作诗"，第18卷重出。《历代诗话》本卷十八此条唯"郭子稍"作"郭子稱"，余皆同。
[②]　许总：《宋诗史》，重庆出版社1992年版，第536页。
[③]　蔡镇楚：《中国诗话史》，湖南文艺出版社2001年版，第86—87页。

明）、杜（甫）为重。①

之所以缕述此书分类，盖在于说明，是书编纂体例仍未摆脱诗话"以资闲谈"②的老路，仍处在诗话由论事向论辞转化的过程中，故是书多诗本事及考证。即以论杜而言，仍多以杜诗为证据，尚未能完全就杜论杜。不过，在大量以杜诗为据中，我们却借此看到了杜甫全人的各个方面。

杜甫贫穷艰辛、终身漂泊的生活遭遇。卷二十说：

> 杜子美身遭乱离，复迫衣食，足迹几半天下。自少时游苏及越，以至作谏官奔走州县，既皆载《壮游》诗矣。其后《赠韦左丞》诗云"今欲东入海，即将西去秦"，则自长安之齐鲁也。《赠李白》云"亦有梁宋游，方期拾瑶草"，则自东都之梁宋也。《发同谷县》云"贤有不黔突，圣有不暖席。始来此山中，休驾喜地僻。奈何物迫累（按，通行作"迫物累"），一岁四行役"，则自陇右之剑南也。《留别章使君》云"终作适荆蛮，安排用庄叟。随云拜东皇，挂席上南斗"，则自蜀之荆楚也。③

此则较为详细地叙述了杜甫终身漂泊的遭遇。如果说少时游苏、越、梁、宋，尚是"裘马轻狂"之日，那么，安史乱后的发同谷、之剑南、走荆楚，则纯为衣食所迫。卷二十比较了李白、杜甫一生做客，然后说："则白之长做客，乃好游尔。非若杜子美为衣食所迫者也。"④同卷又说："杜子美《水上遣怀》云'驱驰四海内，童稚日糊口'，而继之以'但遇新少年，少逢旧知友'，则求而无所得者也。"⑤贫而至乞食，乞食而又不得，这对不愿屈己干人的杜甫来讲，实在是无可奈何之事！至于平日向友朋故旧伸手求援，则是杜甫常事。同卷又说：

---

① 参考郭绍虞《宋诗话考·韵语阳秋》，中华书局1979年版。
② （宋）欧阳修：《六一诗话·序》，载（清）何文焕辑《历代诗话》，中华书局1981年版，第264页。
③ （宋）葛立方：《韵语阳秋》，上海古籍出版社1984年版，第275—276页。
④ （宋）葛立方：《韵语阳秋》，上海古籍出版社1984年版，第265页。
⑤ （宋）葛立方：《韵语阳秋》，上海古籍出版社1984年版，第275页。

老杜避乱秦、蜀，衣食不足，不免求给于人，如《赠高彭州》云："百年已过半，秋至转饥寒。为问彭州牧，何时救急难。"《客夜》诗云："计拙无衣食，途穷仗友生。老妻书数纸，应悉未归情。"《狂夫》诗云："厚禄故人书断绝，常（通行作"恒"）饥稚子色凄凉。"《答裴道州》诗云："虚名但蒙寒温问，泛爱不救沟壑辱。"《简韦十》诗云："因知贫病人须弃，能使韦郎迹也疏。"观此五诗，可见其艰窘而有望于朋友故旧也。然当时能赒之者几何人哉！[①]

杜甫的这些诗歌，真实地表达了他对世态炎凉的感慨和一个正直知识分子的艰难和辛酸。

虽然，杜甫在安史乱后的大部分时间衣食无着，求告无门，长期处在动荡之中，但也有过短暂安宁的生活。在"当时能赒之者几何人哉"中，也还有对杜甫帮助很大的人，如严武。而且，正因为严武的帮助，杜甫在成都营建草堂，得以暂时享受生活的安宁。卷六就成都草堂的地理位置、营建过程、所住时间及杜甫对草堂的眷恋作了详细叙述。最后葛立方说："然自唐至今，已数百载，而草堂之名与其山川草木，皆因公诗以为不朽之传。盖公之不幸，而其山川草木之幸也！"[②] 的确，后来成都杜甫草堂成为中国文人的一块圣地。

杜甫多情博爱。老杜被后世尊为诗圣，固以其诗歌"光掩前人，后来无继"[③]，更以其"一饭未尝忘君"[④] 的忠君思想为封建士大夫所尊崇。我们认为，杜甫被千百年来各阶层的广大读者所喜爱，还有一个重要的原因，那就是杜诗传达出的民胞物与情怀，亦即多情博爱。此点，《韵语阳秋》多次提及。卷十说：

老杜《北征》诗云："经年至茅屋，妻子衣百结。恸哭松声回，悲泉

[①] （宋）葛立方：《韵语阳秋》，上海古籍出版社1984年版，第274页。
[②] （宋）葛立方：《韵语阳秋》，上海古籍出版社1984年版，第89页。
[③] （宋）魏庆之编，王仲闻校勘：《诗人玉屑》，古典文学出版社1958年版，第297页。
[④] （明）茅维编，孔凡礼点校：《苏轼文集》，中华书局1986年版，第318页。

共幽咽。平生所娇儿，颜色白胜雪。见爷背面啼，垢腻脚不袜。"方是时，杜方脱身于万死一生之地，得见妻儿，其情如是。洎至秦中，则有"晒药能无妇，应门亦有儿"之句。至成都，则有"老妻忧坐痹，幼女问头风"之句。观其情悰，已非《北征》时比也。及观《进艇》诗，则曰："昼引老妻乘小艇，晴看稚子浴清江。"《江村》诗则曰："老妻画纸为棋局，稚子敲针作钓钩。"其优游愉悦之情见于嬉戏之间，则又异于秦、益时矣。①

此段叙述了杜甫的夫妻情、父子情。不管是在动乱中抑或是在安宁中，杜甫对妻子儿女都充满了爱怜、关心的亲情。而当在战乱、音信不通之时，对于天各一方的老妻，杜甫更是挂念不已。卷十又说：

月轮当空，天下之所共视，故谢庄有"隔千里兮共明月"之句，盖言人虽异处，而月则同瞻也。老杜当兵戈骚屑之际，与其妻各居一方，自人情观之，岂能免闺门之念？而它诗未尝一及之。至于明月之夕，则遐想长思，屡形诗什。《月夜》诗云："今夜鄜州月，闺中只独看。"继之曰："香雾云鬟湿，清辉玉臂寒。"《一百五日夜对月》云："无家对寒食，有泪如金波。"继之曰："仳离放红蕊，想象颦青蛾。"《江月》诗云："江月光于水，高楼思杀人。"继之曰："谁家挑锦字，烛灭翠眉颦。"其数致意于闺门如此，其亦谢庄之意乎！②

月亮与诗人结下了不解之缘，非独杜甫如是。但杜甫身处乱离之中，其观月思亲之情的真诚浓烈又非一般人可比。

对儿子，杜甫充满了爱怜，更寄予了厚望。卷十说：

陶渊明《命子篇》……则渊明之子未必贤也。故杜子美论之曰："有

---

① （宋）葛立方：《韵语阳秋》，上海古籍出版社1984年版，第126页。
② （宋）葛立方：《韵语阳秋》，上海古籍出版社1984年版，第131页。

江西诗风盛行下的杜甫观

子贤与愚,何必挂怀抱。"然子美于诸子,亦未为忘情者。子美《遣兴》诗云:"骥子好男儿,前年学语时。世乱怜渠小,家贫仰母慈。"又《忆幼子》诗云:"别离惊节换,聪慧与谁论?忆渠愁只睡,炙(按,"炙"当作"灸")背俯晴轩。"《得家书》云:"熊儿幸无恙,骥子最怜渠。"《元日示宗武》:"汝啼吾手战。"观此数诗,于诸子钟情尤甚于渊明矣。①

对朋友,杜甫充满了真挚的关怀与同情。李杜友谊被后人传为佳话,视为楷模。对多才多艺的郑虔的遭遇,杜甫寄予了深厚的同情。卷二十说:

> 郑虔受安禄山伪命,洎贼平,与张通、王维并囚宣阳里。因善画,祈于崔圆,遂得免死。老杜所谓"今如置中兔""子云识字终投阁"是也。及虔贬台州,有诗云:"可念此公怀直道,也沾新国用轻刑。"如虔者,可谓之"怀直道"乎?当是爱忘之言耳。《八哀》诗亦云:"反覆归圣朝,点染无涤荡。老蒙台州擢,泛泛浙江桨。"盖伤之也。②

杜甫对郑虔的同情、对郑虔被肃宗贬谪的微言,在具有正统思想的葛立方看来,都是不宜的,而这正好看到杜甫人格高尚的一面,他没有因朋友的落难而落井下石,相反却是关怀、同情。

对仆人,杜甫也充满了怜惜之情。卷二十说:"老杜《课伯夷幸秀伐木》则曰:'报之以寒微,共给酒一斛。'《遣信远修水筒》则以浮瓜裂饼以答其恭谨。"③

对田翁,杜甫能平等相待,毕欢而散。卷二十对此作了叙述。封建时代,一位侍奉过皇帝的士大夫,能够做到这一步,确亦难能可贵。

老杜的民胞情怀,是书叙述尚有:爱君欲谏之心切(卷八)、敦于宗族之义(卷二十)。至于其物与情怀,杜诗中随处可见,是书叙述有:不忘旧居(卷十二)、对草堂的眷恋(卷六)等。

---

① (宋)葛立方:《韵语阳秋》,上海古籍出版社1984年版,第127页。
② (宋)葛立方:《韵语阳秋》,上海古籍出版社1984年版,第269—270页。
③ (宋)葛立方:《韵语阳秋》,上海古籍出版社1984年版,第271页。

民胞物与是儒家"亲亲而仁民,仁民而爱物"的引申和精练概括。"仁"是儒学的核心,最基本的含义即"爱人",不仅爱"人",更要推己及"物"。它是由农耕文明产生的"天人合一"、与自然和谐一致思想的具体体现。杜甫的民胞物与情怀,表现于诗歌中,即是其博爱、多情。前人又称杜甫为情圣,其根源即在于其民胞物与情怀。

对杜甫全人的记述,是书还有:老杜高自称许,有乃祖之风(卷八);老杜的儒家思想(卷八述杜甫与王安石对商鞅的不同态度,卷十九述老杜曲文玄宗杀贵妃之事)等。

二 杜诗评价,扬杜抑李

杜甫评价,自中唐元稹、韩愈、白居易,北宋宋祁、王安石、苏轼、苏辙、黄庭坚之后,殆成定论,后人难以再超越。葛立方基本上接受了此前的看法。

先说对杜诗的总评。

卷一说:

> 杜子美《曹将军丹青引》(按,应为《丹青引赠曹将军霸》)云:"将军魏武之子孙,于今为庶为清门。"元微之《去杭州》诗亦云:"房杜王魏之子孙,虽及百代为清门。"则知老杜于当时,已为诗人所钦伏如此。残膏剩馥,沾丐后代,宜哉!微之云:"诗人以来,未有如子美者。"[①]

这是直接承袭元稹、宋祁的评论,肯定杜甫今古第一人的地位。

卷四又说:

---

① (宋)葛立方:《韵语阳秋》,上海古籍出版社1984年版,第7页。

> 唐朝人士以诗名者甚众……杜子美云"为人性僻耽佳句,语不惊人死不休",则是凡子美胸中流出者,无非惊人之语矣。读其集者,当知此言不妄,殆非前数公之可比伦也。①

这是称赞杜甫全集皆佳。在高度评价杜甫的同时,葛立方又表现出扬杜抑李的倾向。卷一说:

> 杜甫、李白以诗齐名,韩退之云:"李杜文章在,光焰万丈长",似未易以优劣也。然杜诗思苦而语奇,李诗思疾而语豪。杜集中言李白诗处甚多,如"李白一斗诗百篇",如"清新庾开府,俊起(按,"起"通行作"逸")鲍参军","何时一尊酒,重与细论文"之句,似讥其太俊快。李白论杜甫,则曰:"饭颗山头逢杜甫,头戴笠子日卓午。为问因何太瘦生,只为从来作诗苦。"似讥其太愁肝肾也。杜牧云:"杜诗韩笔愁来读,似倩麻姑痒处抓(按,当为"搔")。天外凤凰谁得髓,何人解合续弦胶。"则杜甫诗,唐朝以来一人而已,岂白所能望耶?②

李杜优劣、李杜关系,可以说是李杜研究中一大公案。《韵语阳秋》持杜优李劣论。

先说李杜关系。以赠诗多少论李杜关系,是宋人的老话题。《容斋四笔》卷三"李杜往来诗"作了详细引述,兹不赘。葛立方的两个"似"字,也为推测之词,并无确据。李杜赠诗引发的争论,陈贻焮先生《杜甫评传》(上)已有详细论断③,结论可信。

次说李杜优劣。这也是宋人的老话题。王安石编《四家诗选》,置杜甫第一、李白第四,东坡论杜诗不容伪作,苏辙论李白"不知义理之所在",皆持扬杜抑李之论。上引《韵语阳秋》从构思迟速论李杜优劣,并不是真正的原因。葛立方贬李的理由同苏辙一样,是李白"不知义理之所在"。卷十详细叙

---

① (宋)葛立方:《韵语阳秋》,上海古籍出版社1984年版,第57—58页。
② (宋)葛立方:《韵语阳秋》,上海古籍出版社1984年版,第9—10页。
③ 陈贻焮:《杜甫评传》(上),北京大学出版社2003年版,第123—125页。

述了李白"于三纲五常之道数致意"处,肯定李白笃于朋友、父子、兄弟之义,而批评他失君臣、夫妇之义。最后总结说:"惜乎!二失(指失君臣、夫妇之义)既彰,三美(笃于朋友、父子、兄弟之义)莫赎,此所以不能为醇儒也。"① 显然,葛立方贬李的真正理由是李白不是"醇儒"。明乎此,则知葛氏在《韵语阳秋》一书中对杜甫笃于妻子、儿女、夫妇、友朋之义,爱君欲谏之心多加叙述肯定了。相反,对李白失君臣之义(卷九述李白从永王璘)却大感惋惜。

如果顾及葛立方生活的时代正是理学基本形成的时代,知道他家三代科举出身、奉儒守官,知道他是二苏(轼、辙)的崇拜者,深受二苏论杜影响,了解他作《韵语阳秋》的目的是"凡诗人句义当否若论人物行事高下是非,辄私断臆处而归之正。若背理伤道者,皆为说以示劝戒"②,是"有益名教"③,那么,葛立方扬杜抑李的理由也就不难理解了。

三 杜诗艺术探微

前已述及,葛立方生活的时代正是江西诗风鼎盛之时,故《韵语阳秋》也体现了江西派诗话的共同特点。据蔡镇楚先生分析,江西派诗话表现出以下四个特点:第一是尊杜宗黄,第二是提倡"点铁成金""夺胎换骨",第三是重在造语炼字,第四是强调悟入。④ 虽然,葛立方并非江西派中人,但《韵语阳秋》却鲜明体现了江西派诗话的共同特点。卷二说:"诗家有换骨法,谓用古人意而点化之,使加工也。"⑤ 即是对"夺胎换骨"的阐释。同卷又说:"自古工诗者,未尝无兴也。睹物有感焉,则有兴。今之作诗者以兴近乎讪

---

① (宋)葛立方:《韵语阳秋》,上海古籍出版社1984年版,第122页。
② (宋)葛立方:《〈韵语阳秋〉自序》,《韵语阳秋》,上海古籍出版社1984年版,"附录"。
③ (宋)沈洵:《〈韵语阳秋〉序》,载(宋)葛立方《韵语阳秋》,上海古籍出版社1984年版,"附录"。
④ 蔡镇楚:《中国诗话史》,湖南文艺出版社2001年版,第79页。
⑤ (宋)葛立方:《韵语阳秋》,上海古籍出版社1984年版,第23页。

也，故不敢作，而诗之一义废矣。"① 后引杜诗《荔苣》与高适《题处士莱（按，"莱"当作"菜"）园》比较，说"作诗者苟知兴之与讪异，始可以言诗矣"。此与黄庭坚"诗者，人之情性也，非强谏争于庭，怨忿诟于道，怒邻骂座之为也"②及"东坡文章妙天下，其短处在好骂"③同出一机杼。

卷一"水田飞白鹭"一条，叙述了山谷点化白乐天之诗，卷二"陈后山其要在点化杜甫语耳"一条，皆是对山谷理论的具体分析和肯定。

在尊杜宗黄之时，葛立方多论杜诗句法、字法。卷一说："老杜诗以后二句续前二句处甚多，如《喜弟观到》诗云：'待尔嗔乌鹊，抛书示鹡鸰。枝间喜不去，原上急曾经。'《晴》诗云：'啼乌争引子，鸣鹤不归林。下食遭泥去，高飞恨久阴。'《江阁卧病》诗云：'滑忆雕胡饭，香闻锦带羹。溜匙兼暖腹，谁欲致杯罍。'《寄张山人》诗云：'曹植休前辈，张芝更后身。数篇吟可老，一字买堪贫。'如此类甚多。"④ 这里所说杜诗句法，实即是修辞中"并提分承"扩大到句子间。同卷又说："梅圣俞五字律诗，于对联中十字作一意处甚多……老杜亦时有此格。《放船》诗云：'直愁骑马滑，故作泛舟回。'《对雨》云：'不愁巴道路，恐湿汉旌旗。'《江月》云：'天边长做客，老去一沾巾。'"⑤ 此则所言实即对偶中之流水对。

除句法外，葛立方多言杜诗炼字。卷四说：

> 作诗在于炼字，如老杜"飞星过水白，落月动沙虚"，是炼中间一字；"地坼江帆隐，天清木叶闻"，是炼末后一字；《酬李都督早春》诗云"红入桃花嫩，春归柳叶新"，若非"入"与"归"二字，则与儿童之诗何异？⑥

此则所述，大要在如何化静为动，故尤重动词的使用。

---

① （宋）葛立方：《韵语阳秋》，上海古籍出版社1984年版，第26页。
② （宋）黄庭坚著，郑永晓整理：《黄庭坚全集辑校编年》，江西人民出版社2008年版，第838页。
③ （宋）黄庭坚著，郑永晓整理：《黄庭坚全集辑校编年》，江西人民出版社2008年版，第733页。
④ （宋）葛立方：《韵语阳秋》，上海古籍出版社1984年版，第7页。
⑤ （宋）葛立方：《韵语阳秋》，上海古籍出版社1984年版，第8页。
⑥ （宋）葛立方：《韵语阳秋》，上海古籍出版社1984年版，第54页。

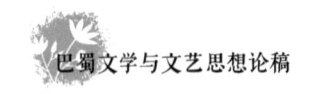

卷一又说：

> 老杜寄身于兵戈骚屑之中，感时对物，则悲伤系之，如"感时花溅泪"是也，故作诗多用一"自"字。《田父泥饮》诗云："步屧随春风，村村自花柳。"《遣怀》诗云："愁眼看霜露，寒城菊自花。"《忆弟》诗云："故园花自发，春日鸟还飞。"《日暮》诗云："风月自清夜，江山非故园。"《滕王阁子》云："古墙犹竹色，虚阁自松声。"①

这里列举了杜诗用"自"的例子，虽然还不完全，但从中可以看出杜诗用字的特点。从表面看，上举数诗所涉及的景物，似与作者情感无涉，实际上正饱含了作者身处国乱之时的复杂情感。所谓悲伤之极无泪，即是此意。中国古典诗歌强调意境的邃远，而意境之基本元素是"情"与"景"。"情"与"景"应是"妙合无垠"，司空图谓"不著一字，尽得风流"。实即意境既要求情景交融，又要求不着色相，这就是含蓄。同卷又说："杜甫《客夜》诗云：'客睡何曾着，秋天不肯明。'《陪王使君泛江》诗云：'山豁何时断，江平不肯流。''不肯'二字，含蓄甚佳，故杜两言之。"②"不肯"二字的好处，葛立方认为是含蓄，那么在上两诗中，"不肯"含蓄在何处呢？

"客睡何曾着，秋天不肯明"写出了诗人长夜不眠，亟盼天明，而老天好像故意与诗人为难，其中所显示的诗人的忧思即自在其中了。"山豁何时断，江平不肯流"二句写出江中行船在险滩和平地的不同感受，当船从峡谷险滩进入江面开阔的地段时，船好像和主人一样，到了应该歇一口气的时候，故有"江平不肯流"的感觉，写出船似有灵意、知人之心。《杜诗镜铨》卷十一此诗下引李子德云：江平不肯流，与秋天不肯明，两用不肯字，皆有妙理。即转述葛立方之言。

炼字之外，复有炼意。卷三说："诗人赞美同志诗篇之善，多比珠玑、璧玉、锦绣、花草之类。至杜子美，则岂肯作此陈腐语耶？……"③ 不作陈

---

① （宋）葛立方：《韵语阳秋》，上海古籍出版社1984年版，第6页。
② （宋）葛立方：《韵语阳秋》，上海古籍出版社1984年版，第9页。
③ （宋）葛立方：《韵语阳秋》，上海古籍出版社1984年版，第35页。

腐语，当先求构思新奇。卷四说："竹未尝香也，杜子美诗云：'雨洗娟娟静，风吹细细香。'雪未尝香也，而李太白诗云：'瑶台雪花数千点，片片吹落春风香。'"① 此二诗，就修辞言，为使用了通感；就构思言，则是构想奇特。

葛立方论杜，虽重视炼字、择句、炼意，但又非不能诗者比，他是深通艺术辩证法的。卷一说：

"谢朝华之已披，启夕秀于未振"，学诗者犹当领此。陈腐之语，固不必涉笔，然求去其陈腐之语不可得，而翻为怪怪奇奇不可致诘之语以欺人；不独欺人，而且自欺，诚学者之大病也。②

葛立方置此条于全书第一，是有深意的。自中唐韩愈倡复古革新，在散文方面确也建立了"文从字顺""陈言务去"的好作风，但在诗歌方面，韩愈"以文为诗"，走向怪怪奇奇一路。及至宋朝，苏、黄在奠定宋诗风的同时，黄庭坚以"点铁成金""夺胎换骨"和宗杜为旗帜，其跟随者遂演成江西诗派，严羽所谓"法席盛行"者是也。葛立方身处其时，故能深知江西诗风之弊。此则既求去陈腐语，又反对怪怪奇奇，当为江西诗风而发。卷一第二条即极力推崇梅圣俞"作诗无古今，惟造平淡难"、东坡"大抵欲造平淡，当从组丽中来，落去华芬，然后可以造平淡之境"、李白"清水出芙蓉，天然去雕饰"。因此，葛立方论杜虽多谈字法、句法、出处考证、渊源探寻，但大要以平淡、自然、含蓄为宗。

葛立方还用此种辩证眼光看待创作。卷三说："作诗贵雕琢，又畏有斧凿痕；贵破的，又畏粘皮骨，此所以为难也。"③ 卷一说："近时论诗者，谓对偶不切，则失之粗；太切，则失之俗。如江西诗社所作，虑失之俗也，则往往不甚对，是亦一偏之见尔。"④

---

① （宋）葛立方：《韵语阳秋》，上海古籍出版社1984年版，第59页。
② （宋）葛立方：《韵语阳秋》，上海古籍出版社1984年版，第5页。
③ （宋）葛立方：《韵语阳秋》，上海古籍出版社1984年版，第37页。
④ （宋）葛立方：《韵语阳秋》，上海古籍出版社1984年版，第10页。

四 《韵语阳秋》论杜之评价

从论杜数量讲，《韵语阳秋》在宋诗话中相当突出，但综观其全部论杜内容，其不足之处也很明显。

其一是浓厚的儒家正统色彩，这集中表现在李杜优劣上。

其二是缺乏系统。前面已谈到，此书仍处于诗话由论事向论辞转化的过程中，故其书述多而论少。所引杜诗，相当部分仅作论据之用，而不是就杜诗论杜诗。当然，这不只是《韵语阳秋》一书的不足，而是整个诗话的不足。诚如朱光潜先生所言："诗话大半是偶感随笔，信手拈来，片言中肯，简练亲切，是其所长；但是它的短处在零乱琐碎，不成系统，有时偏重主观，有时过信传统，缺乏科学的精神和方法。"[1]

其三是论杜新意不多，诸如杜诗总评、李杜优劣、炼字择句等，前人多有论及。

虽有上述不足，但《韵语阳秋》论杜仍有值得肯定之处。

首先，从各个方面，包括生平、经历、性格等方面，为后世研究杜甫提供了丰富的材料。

其次，对杜诗渊源、影响、具体作品的考证分析，有助于杜诗的理解。如卷六考证《柏中丞除官制》诗中柏中丞应为柏正节；卷五证明《上三大礼赋》为韦见素所赏而非陈希烈；卷三对杜诗渊源的探讨，谓杜之源在骚，杜子美善用《文选》语；等等。

再次，《韵语阳秋》把杜诗放到江西诗风盛行下进行观照，既看到了杜诗的长处，又看到了学杜过程中出现的偏向，这为后人如何正确继承与创新提供了借鉴。

最后，在论杜过程中提出了一些颇有见地的文艺、美学观点。如卷一

---

[1] 朱光潜：《诗论·抗战版序》，中华书局2012年版，第3页。

江西诗风盛行下的杜甫观

"老杜寄身于兵戈骚屑之中……言人情对境,自有悲喜,而初不能累无情之物也"[1];卷十六"人之悲喜,虽本于心,然亦生于境。心无所系累,则境不变,悲喜何从而入乎!……盖心有中外枯菀之不同,则对境之际,悲喜随之尔"[2]。两处提到了美感的产生的问题。这里指出了审美主体对审美客体的感受,往往是随着审美主体的心理变化而变化的,比较正确地认识到美感的来源,这对评论和鉴赏诗歌,具有一定的指导作用。

---

[1] (宋)葛立方:《韵语阳秋》,上海古籍出版社1984年版,第6页。
[2] (宋)葛立方:《韵语阳秋》,上海古籍出版社1984年版,第219页。

苏洵文艺思想散论[*]

摘　要：苏洵为宋代著名散文家，唐宋八大家之一，有着丰富的文艺思想。本文探讨了苏洵文艺思想的形成与蜀学传统的关系、苏洵文艺思想的主要内容及其对苏轼兄弟的影响。

关键词：苏洵；文艺思想；蜀学传统；主要内容；对二苏影响

一　苏洵文艺思想与蜀学传统

丹纳在《〈英国文学史〉序》中，将影响一个民族文学发展的要素归纳为种族、时代、环境。其实，不单是一个民族文学发展如此，任何一个作家的出现和成长也是如此。作家，既是特定环境和特定时代的产物，也是既定文化传统的产物。苏洵的出现及其文艺思想的形成，即与苏洵生活的地区和蜀学传统有着密切的关系。

苏洵生活的眉州眉山，属今四川。从区域文化讲，四川属古代巴蜀文化。巴蜀文化由巴文化和蜀文化组成。与眉山东北角接邻的川西平原，即蜀文化的中心地区。蜀文化生成的环境是四川盆地，这里四周高山环绕，多平原和丘陵，雨水充足，水系发达，土地肥沃，由此形成了以发达农业为基础的农耕文化。作为独具特色的区域文化，巴蜀文化早在春秋战国即已形成。与当时较为先进的中原文化相比，巴蜀文化还显得较落后。就典籍遗存和著名文

---

[*] 原载《内江师范学院学报》（社会科学版）1996年第1期。

化人的出现来看，西汉以前，巴蜀文化几乎没有什么典籍和著名文人出现。西汉以后，特别是汉景帝时文翁任蜀太守后，这种局面得到了改变。文翁在担任蜀太守时，派出大量优秀青年到长安求学，待他们学成归来，又派到各地大力兴学。文翁兴学，不仅开创了地方办学的先例，而且由此形成了蜀学传统。我们知道，两汉学术是建立在训解儒家经义基础上的经学。经学中的古文经学以质朴淳正为特征。所谓蜀学，即指发端于训解经义，注重朴质淳正文风的一种学术传统。巴蜀文化由于地理环境的相对闭塞，与外界交流较少，故能自成体系，世代相传。又由于蜀学的特征在于朴质淳正，故能在每次以复古为革新的文学思潮中独领风骚。这就是初唐陈子昂、盛唐李白、宋代三苏出现的原因，也是六朝骈文兴盛时四川作家寂无声息的原因。

晚唐五代，政治黑暗，战火频仍，四川地方政权更替不断。这时期虽出现了以温、韦为代表的花间作家群，但多数皆非四川本籍人士。四川本籍人在政治上受着排挤，不愿屈己干人的四川士人，大多退隐山泽，固守着蜀学的传统。这种局面一直延续到北宋仁宗天圣年间（1023—1032）。苏洵说："自唐之衰，其贤人皆隐于山泽之间，以避五代之乱。"① 宋朝建立以后，"然其子孙犹不忍去其父祖之故，以出仕于天下。是以虽有美才而莫显于世"②。苏轼也说："始朝廷以声律取士，而天圣以前，学者犹袭五代文弊。独吾州之士，通经学古，以西汉文词为宗师。方是时，四方指以为迂阔。"③ 所谓"迂阔"，即指不合时代潮流。那么，宋初文坛的潮流又是怎样的呢？宋初文坛仍袭五代文弊。虽有柳开等人的大力反对，但以其创作成就不高，故反响并不大。其后，与五代文弊对抗而起的是两股潮流，一是以白居易为宗的王禹偁，形成浅白质朴的"白体"；一是以晚唐李商隐为宗的昆体。后者把持诗坛近五十年之久。在散文领域，有"尚为险怪奇涩之文"④ 的"太学体"。宋初的文坛既如是，而苏洵"以西汉文词为宗师"，"通经学古"，又加上"少不喜学"——而学的是"属对声律"，所以苏洵的屡举不中就在情理之中了。

---

① （宋）苏洵著，邱少华点校，母庚才、马建农主编：《苏洵集》，中国书店2000年版，第136页。
② （宋）苏洵著，邱少华点校，母庚才、马建农主编：《苏洵集》，中国书店2000年版，第136页。
③ （明）茅维编，孔凡礼点校：《苏轼文集》，中华书局1986年版，第352页。
④ （元）脱脱等：《宋史·欧阳修传》，中华书局1977年版，第10378页。

因为苏洵固守着蜀学的传统，崇尚朴质淳正，故他极力反对时文，主张向先秦两汉的古文学习，特别推崇孟子、贾谊等人；由于他以孟子、贾谊为榜样，故积极关心时势，"以古今成败得失为议论之要"[①]，"言必中当世之过"[②]；由于他处在相对闭塞的四川地区，受外界影响较少，故能以文论文，较少道学气；由于他早年漫游天下，屡举不中而后发愤读书、得为文之要的经历，故能言为之道多切实之谈和肯綮之论。

要之，苏洵创作成就的取得和文艺思想的重要内容的形成，与蜀学传统有着密切的关系。

二　苏洵文艺思想的主要内容

苏洵较少文艺理论方面的专文，但综合他的所有作品，我们也不难看出他的文艺思想。这些论述涉及文学理论的本质论、创作论、文体论、风格论，内容丰富全面。兹就苏洵文艺思想的主要内容评述如下。

（一）强调文学的社会作用

文学作为认识社会和体验人生的一种审美方式，它不是与社会现实和人生毫无关联的东西。任何作家在进行创作时，他都必然要考虑到他写作的目的。苏洵对文艺的社会作用有明确的认识，这就是文学要"尚用"。

他说："君子之为书，犹工人之作器也，见其形可以知其用。"[③] 从强调文章（这里是广义，当然也包含文学）的"用"出发，苏洵认为史应该起到惩劝小人的作用（见《史论上》），诗文应该"言必中当世之过。凿凿乎如五谷必可以疗饥，断断乎如药石必可以伐病"[④]。他批评诸儒将《洪范》这本可以付诸实践的"天地之大法"变成空谈；批评孙武只是"言兵之雄"而非用

---

① （宋）苏辙著，曾枣庄、马德富校点：《栾城集》，上海古籍出版社1987年版，第1212页。
② （明）茅维编，孔凡礼点校：《苏轼文集》，中华书局1986年版，第313页。
③ （宋）苏洵著，邱少华点校，母庚才、马建农主编：《苏洵集》，中国书店2000年版，第63页。
④ （明）茅维编，孔凡礼点校：《苏轼文集》，中华书局1986年版，第313页。

兵之雄。他评价自己的创作说："洵著书无他长,及言兵事,论古今形势,至自比贾谊。所献《权书》,虽古人已往成败之迹,苟深晓其义,施之于今,无所不可。"①

苏洵既强调文章尚用,于是他十分推崇那些"言必中当世之过"的作家。他称赞陆贽"遣言措意,切近的当"②。对贾谊,他推崇备至,说:"董生(仲舒)得圣人之经,其失也流而为迂;晁错得圣人之权,其失也流而为诈;有二子之才而不流者,其惟贾生乎!"③ 苏洵以贾谊自比,并非狂妄自大。同时代推荐他的雅州太守雷简夫说苏洵有"王佐才",可为"帝王师"。④ 欧阳修称赞苏洵文"不为空言而期于有用","博于古而宜于今,实有用之言"。⑤

为文尚用的思想,当然不仅仅是苏洵一人的看法,而是中国古代大多数文论家共同重视的问题。但苏洵的尚用思想,既不同于政治家王安石的看法,王说"文者,礼教执政云尔"⑥,直接将文章等同于政治教化;也不同于理学家的"作文害道",从根本上否定文学的社会作用;甚至与一般古文学所讲的"文以载道"也不同。苏洵较少言道,即使言道,也并非专指儒家之道。苏洵认为文学之用是"中当世之过","施之于今",应对社会现实、国家、民众有作用。苏洵的这种思想贯穿到了他的创作之中。他的作品多关心社会现实之作,即使论古,也是为了"讽今"。他的《几策》《衡论》《权书》,多为统治者所开药方。他要求于当时执政者的,也正是能够奋发有为。他指责当时的元老重臣富弼,使得"富郑公当司,亦不乐之"。这对于当时正在寻求富弼帮助的苏洵来说,他显然知道自己的话是不合时宜的。而他这样做,正表明了他对社会、国家的责任感。

---

① (宋)苏洵著,邱少华点校,母庚才、马建农主编:《苏洵集》,中国书店2000年版,第100页。
② (宋)苏洵著,邱少华点校,母庚才、马建农主编:《苏洵集》,中国书店2000年版,第111页。
③ (宋)苏洵著,邱少华点校,母庚才、马建农主编:《苏洵集》,中国书店2000年版,第107页。
④ (宋)邵伯温、邵博撰,王根林校点:《邵氏闻见录 邵氏闻见后录》,上海世纪出版股份有限公司上海古籍出版社2012年版,第196—197页。
⑤ (宋)欧阳修:《荐表》,载(宋)苏洵著,邱少华点校,母庚才、马建农主编:《苏洵集》,中国书店2000年版,第190页。
⑥ (宋)王安石:《上人书》,载郭绍虞主编,王文生副主编《中国历代文论选》第二册,上海古籍出版社1979年版,第293页。

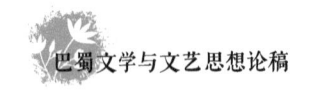

(二) 反对因袭模仿，强调文章内容的真实性和独创性

与重视文艺社会作用紧密相连的是，苏洵也很强调文学的真实性和独创性，因为只有真实性和独创性，才能更好地发挥作用。

苏洵重视修史的"实录"，反对篡改历史。他在编纂《太常因革礼》时，有人认为"祖宗所行，不能无过差不经之事，欲尽芟去，无使存录"，苏洵却说："遇事而记之，不择善恶，详其曲折，而使后世得知而善恶自著者，是史书之体也。"① 说明史书自有史书之体，这就是"实录"。因此，在《史论》中，苏洵指责班固《汉书》修史失实，颠倒善恶："董宣以忠义概之酷史，郑众、吕强以廉明直谅概之宦者。"认为陈寿《三国志》把鼎立三国当作君臣关系，"纪魏而传吴、蜀"，这就是违背历史真实。他对正史的写作持如是态度，对于私人传记也是如此。当一位名叫杨节推的人托苏洵为他父亲写墓志铭时，苏洵因为杨所提供的事状"皆虚浮不实之事"② 而拒绝了。

如果说苏洵对史传文章的要求是历史的真实，那么他对其他文章的要求则是"得乎吾心"。他在《太玄论上》中说："言无有善恶也，苟得乎吾心而言也，则其词不索而获。"③ 所谓"得乎吾心"，就是要有自己的真情实感。他认为孔子的《易·系辞》是"思焉而得之"，"故其言深"；《春秋》是"感焉而得"，"故其言切"；《论语》是"触焉而得"，"故其言易"。这就是说《易》《春秋》《论语》的深切平易，是因为作者的思考、感受、接触社会实际而来的。他接着说："方其为书也，犹其为言也；方其为言也，犹其为心也。"④ 这是说书上写的，就是口中讲的，口中讲的，就是心里想的。如果"书有以加乎其言，言有以加乎其心"，那么"圣人以为自欺"。他指责扬雄的《法言》"辩乎其不足问也，问乎其不足疑也"，《太玄》是"自附于夫子而无得于心者也"，是"大为之名，以侥幸于圣人而已"。⑤ 不管苏洵的指责

---

① （宋）苏洵著，邱少华点校，母庚才、马建农主编：《苏洵集》，中国书店2000年版，第152页。
② （宋）苏洵著，邱少华点校，母庚才、马建农主编：《苏洵集》，中国书店2000年版，第124—125页。
③ （宋）苏洵著，邱少华点校，母庚才、马建农主编：《苏洵集》，中国书店2000年版，第61页。
④ （宋）苏洵著，邱少华点校，母庚才、马建农主编：《苏洵集》，中国书店2000年版，第61页。
⑤ （宋）苏洵著，邱少华点校，母庚才、马建农主编：《苏洵集》，中国书店2000年版，第62页。

是否公允，但他强调文章必须从真情实感中来，这无疑是正确的。

强调文章的真实性，就要求作者必须自打新见。因此，苏洵反对模仿，主张文贵独创。他之"少不喜学"，因为是学的声律属对，这是用来进行科举考试的敲门砖，并不能真正说出自己想要说的东西。但当他真正学有所得，"胸中之言日益多"时，则下笔"不能自制"，文思如涌，下笔有神了。

（三）重视作家的生活积累和艺术修养，强调为文的兴到神来

文学创作作为精神生产，实际上是一种复杂的心理活动、思维活动。就文艺创作的思维方式讲，形象思维是主要的，但抽象思维和灵感思维也积极参与其中。灵感思维对创作尤有不可忽视的重要作用。苏洵首先是一个文学家，他有着丰富的创作实践，因此，对于创作中的甘苦疾徐和文艺的特点颇为熟知。在《上欧阳内翰第一书》中，苏洵自述了学习写作的经过和心得：

> 洵少年不学，生二十五年，始知读书，从士君子游。年既已晚，而又不遂刻意厉行，以古人自期。而视与己同列者皆不胜己，则遂以为可矣。其后困益甚，然后取古人之文而读之，始觉其出言用意，与己大别。时复内顾，自思其才则又似夫不遂止于是而已者。由是尽烧曩时所为文数百篇，取《论语》、孟子、韩子及其他圣人贤人之文，而兀然端坐，终日以读之者七八年矣。方其始也，入其中而惶然，博观于其外而骇然以惊。及其久也，读之益精，而胸中豁然以明，若人之言固当然者。然犹未敢自出其言也。时既久，胸中之言日益多，不能自制，试出而书之，已而再三读之，浑浑乎觉其来之易矣。①

这里，"胸中之言日益多，不能自制""浑浑乎觉其来之易矣"，正是创作中灵感所至的表现。所谓灵感，即作家在生活积累和情感积累的基础上进行艺术构思、艺术表达时豁然贯通、文思泉涌的精神状态。灵感虽表面看来倏忽不定、来去无踪，但它是建立在作家对生活的深刻把握和构思、创作中精神

---

① （宋）苏洵著，邱少华点校，母庚才、马建农主编：《苏洵集》，中国书店2000年版，第112页。

高度集中之上的。灵感具有突发性、亢奋性和创造性。灵感的到来，作者既无法预知，也不能人为控制。这就是苏洵在《权书引》中说的"不得已而言"。

在《仲兄字文甫说》中，苏洵用风水相遭而成文的比喻进一步阐述了这个道理。他说：

> 然此二物者，岂有求乎文哉？无意乎相求，不期而相遭，而文生焉。是其为文也，非水之文也，非风之文也，二物者非能为文，而不能不为文也，物之相使而文出于其间也，故曰此天下之至文也。今夫玉非不温然美矣，而不得以为文；刻镂组绣，非不文矣，而不可与论乎自然。故夫天下之无营而文生之者，唯水与风而已。①

此文中的"水"，比喻创作的源泉和艺术修养；"风"，比喻创作冲动不能已于言的一种状态。风与水的关系是，"是水也，而风实起之"，"是风也，而水实形之"。水——作家生活的积累和艺术修养须有风——创作的灵感兴会才得以表现。而"风"为无形之物，它又必须借助有形的水来表现。两相凑泊，才能成为天下至文。

历来的文章家在谈到创作过程时，大致有两类看法：一是谈甘苦疾徐的体会，极人巧以通于天工，如陆机《文赋》的大部分内容、刘勰《文心雕龙》中不少专篇，都能示人以可遵循的规矩；另一是偏重兴会，所谓"文章本天成，妙手偶得之"②，《文赋》的后段以及宋代苏氏父子的文论可为代表。苏洵此文，比起前代的陆机、刘勰、韩愈和同时的田况的看法，都要全面和正确，也比中晚唐皎然、司空图单纯强调"天机""神韵"要合乎常情而切于实用。

宋人论文重"悟"，以禅说诗即其表现。苏洵重视为文的兴到神会，但并不轻视生活的积累和创作素养。如前所引，苏洵是在早年游历和其后发愤苦读的基础上言创作的灵感的。吕祖谦说："作文必要悟入处，悟入处必自功夫中来，

---

① （宋）苏洵著，邱少华点校，母庚才、马建农主编：《苏洵集》，中国书店2000年版，第145页。
② （宋）陆游著，钱仲联校注：《剑南诗稿校注》，上海世纪出版股份有限公司上海古籍出版社2005年版，第4469页。

非侥幸之可得也。如老苏之于文，鲁直（黄庭坚）之于诗，盖尽此理也。"①

（四）重视作家风格的独立性和多样性

从文贵独创出发，苏洵又特别强调作家风格的独立性和多样性。

苏洵在《史论》中称赞"（司马）迁之辞，淳健简直，足成一家"②。在《上欧阳内翰第一书》中，苏洵首先概括了孟子、韩愈文的风格，然后说："执事之文，纡余委备，往复百折，而条达疏畅，无所间断。气尽语极，急言竭论，而容与闲易，无艰难劳苦之态。"肯定"此三者（指孟子、韩愈、欧阳修）皆断然一家之文也"，并进一步分析了李翱、陆贽与欧阳修的不同之处，总结说："盖执事之文，非孟子、韩子之文，而欧阳子之文也。"③ 在这里，苏洵用简洁的语句准确概括了孟子、韩愈、李翱、陆贽、欧阳修文的风格，肯定了风格的独立性和多样性。前人说苏洵喜《战国策》《孟子》，其文有战国纵横家习气。如果说此话是指苏洵受到《孟子》《战国策》的影响，那是对的。但苏洵本人"好为策谋，务一出己见，不肯蹑故迹"④，因此，苏洵的文章就是苏洵的文章，自有其独特的风格，这正如曾巩评价的那样："盖少或百字，多或千言，其指事析理，引物托喻，侈能尽之约，远能见之近，大能使之微，小能使之著，烦能不乱，肆能不流。其雄壮俊伟，若决江河而下也；其辉光明白，若引星辰而上也。"⑤

（五）强调各种文体的不同特点和共同要求

曹丕说："夫文本同而末异。"⑥ 就"本"——文学创作的一般规律来讲是共同的，但在"末"——各种文体的具体写作上又是不同的。苏洵比较明

---

① （宋）吕本中撰，韩酉山辑校：《吕本中全集》，中华书局2019年版，第1033页。
② （宋）苏洵著，邱少华点校，母庚才、马建农主编：《苏洵集》，中国书店2000年版，第78—79页。
③ （宋）苏洵著，邱少华点校，母庚才、马建农主编：《苏洵集》，中国书店2000年版，第111页。
④ （宋）苏洵著，邱少华点校，母庚才、马建农主编：《苏洵集》，中国书店2000年版，第184页。
⑤ （宋）曾巩：《老苏先生哀词并引》，载（宋）苏洵著，邱少华点校，母庚才、马建农主编：《苏洵集》，中国书店2000年版，第183页。
⑥ （梁）萧统编，（唐）李善注：《文选》，上海古籍出版社1986年版，第189页。

确地认识到了这一点。《史论上》说:"大凡文之用四:事以实之,词以章之,道以通之,法以检之。此经、史所兼而有之者也。"① 这几句话的意思是,大凡文章有四个要求,即用事实来充实它,用文词来表现它,用道理来贯穿它,用法则来检验它,这是经和史所共有的。

但是不同的文体自有不同的写作要求:"经以道、法胜,史以事、词胜。经不得史,无以证其褒贬;史不得经,无以酌其轻重。经非一代之实录,史非万世之常法。"② 经是阐道说理的,"以道法胜",其要求是"至于事则举其略,词则务于简";史属实录,"以事词胜",故要求"事既曲详,词亦夸耀",方能显褒贬,寓惩劝。

史书虽是"实录",但又非所在必录,而应该有选择、有剪裁、有爱憎。苏洵将司马迁、班固的写史经验归纳为"隐而章""直而宽""简而明""微而切"四个方面。

苏洵的主要创作集中在政论和史论上,他对文体的见解也主要集中在经和史上面,但也不完全是这样。苏洵也有不少严格意义上的散文,写过约五十首诗歌。这些诗"精深有味,语不徒发"③,因此他对诗歌的特点也很了解。《诗论》是他专论《诗经》的文章,强调《诗经》"好色而不至于淫","怨而不至于叛",肯定《国风》"婉娈柔媚而卒守以正",《小雅》"悲伤诟蹜而君臣之情卒不忍去"。④ 虽还没有完全摆脱"温柔敦厚"的诗教传统,但他肯定了人情的合理性,肯定了诗歌抒发情感的特征。这比起理学家的"作文害道""存天理、灭人欲"来说,不知要高明多少。

三 苏洵文艺思想对苏轼兄弟的影响

自庆历七年(1047)举制策不中返家之后,苏洵遂"绝意于功名",把

---

① (宋)苏洵著,邱少华点校,母庚才、马建农主编:《苏洵集》,中国书店2000年版,第76页。
② (宋)苏洵著,邱少华点校,母庚才、马建农主编:《苏洵集》,中国书店2000年版,第76页。
③ (宋)叶梦得:《石林诗话》,载(清)何文焕辑《历代诗话》,中华书局1981年版,第430页。
④ (宋)苏洵著,邱少华点校,母庚才、马建农主编:《苏洵集》,中国书店2000年版,第49页。

希望寄托在苏轼兄弟身上,对他们进行精心的培养教育。因此,苏轼兄弟在文艺思想上深受其父的影响,并由此构成了苏氏家学在文艺上的共同看法。苏洵对苏轼兄弟文艺思想的影响,主要表现在以下几个方面。

(一) 以西汉文词为宗师,学习古文,反对时文

中国古代文学史上多次诗文革新运动,皆以复古为旗帜。宋代的诗文革新也是如此。不过,欧阳修等人皆以复唐韩柳为号召。而苏氏父子虽重视唐代,却更重视"以西汉文词为宗师",这一方面源于蜀学传统,另一方面也得自苏洵的独特体会和爱好。苏洵这一爱好,影响到苏轼兄弟。苏轼说:"轼长于草野,不学时文,词语甚朴,无所藻饰。"[1] 苏辙《送家安国赴成都教授》说"文律还应似两京"[2],在《题东坡遗墨卷后》也说:"废兴自有时,诗书付西京。"[3] 苏轼父子都不学时文,而以两汉古文为师法对象。故在欧阳修借科举来打击时文之时,苏轼兄弟得以高中。这就是苏轼在《上梅龙图书》中说的"意者执事(欧阳修)欲抑浮剽之风,故宁取此,以矫其弊"[4]。

苏洵父子虽没有欧阳修那样突出的政治地位来担当宋代诗文革新运动的旗手,但他们以其突出的创作实践为宋代诗文革新运动的胜利和最终完成做出了巨大贡献。

(二) 重视文学的现实性

苏洵不仅自己强调文学的社会作用,而且以此来教育苏轼兄弟。苏辙在《历代论引》中说:

> 予少而力学。先君,予师也。亡兄子瞻,予师友也。父兄之学,皆以古今成败得失为议论之要。以为士生于世,治气养心,无恶于身。推是以

---

[1] (明) 茅维编,孔凡礼点校:《苏轼文集》,中华书局1986年版,第1425页。
[2] (宋) 苏辙著,曾枣庄、马德富校点:《栾城集》,上海古籍出版社1987年版,第368页。
[3] (宋) 苏辙著,曾枣庄、马德富校点:《栾城集》,上海古籍出版社1987年版,第1491页。
[4] (明) 茅维编,孔凡礼点校:《苏轼文集》,中华书局1986年版,第1425页。

施之人，不为苟生也；不幸不用，犹当以其所知著之翰墨，使人有闻焉。①

苏轼在《凫绎先生诗集叙》中说：

> 昔吾先君适京师，与卿士大夫游，归以语轼曰："自今以往，文章其日功，而道将散矣。士慕远而忽近，贵华而贱实，吾已见其兆矣。"以鲁人凫绎先生之诗文十余篇示轼曰："小子识之，后数十年，天下无复为诗文者也。"先生之诗文，皆有为而作，精悍确苦，言必中当世之过，凿凿乎如五谷必可以疗饥，断断乎如药石必可以伐病。②

由于重视文章的社会作用，苏洵特别推崇贾谊和陆贽。苏洵"自比贾谊"，苏轼兄弟则以贾谊、陆贽为榜样。苏轼曾有《乞校正陆贽奏议上进札子》一文，希望朝廷以陆贽的奏议为"治乱之龟鉴"③。苏辙说："昔先君博观古今议论，而以陆贽为贤。吾幼而读其书，其贤比汉贾谊，而简练过之。"④又说苏轼"少与辙皆师先君，初好贾谊、陆贽书，论古今治乱，不为空言"⑤。

苏洵父子以贾谊、陆贽为榜样，强调文章对社会现实的作用。他们这样说，也这样做。苏洵位卑而好言时论，苏轼兄弟虽为文字而吃尽苦头，仍终生不改其锋芒，这就是他们对文学作用深刻认识的表现。

（三）强调"不得已而为文"，重视为文的兴到神会

前已述及苏洵对"不得已而为文"的看法，兹补充苏轼的看法。苏轼在《南行集》叙中说："夫昔之为文者，非能为之工，乃不能不为之为工也。山川之有云雾，草木之有华实，充满勃郁，而见于外，夫虽欲无有，其可得耶！自少闻家君之论文，以为古之圣人有所不能自已而作者。故轼与弟辙为

---

① （宋）苏辙著，曾枣庄、马德富校点：《栾城集》，上海古籍出版社1987年版，第1212页。
② （明）茅维编，孔凡礼点校：《苏轼文集》，中华书局1986年版，第313页。
③ （明）茅维编，孔凡礼点校：《苏轼文集》，中华书局1986年版，第1013页。
④ （宋）苏辙著，曾枣庄、马德富校点：《栾城集》，上海古籍出版社1987年版，第1270页。
⑤ （宋）苏辙著，曾枣庄、马德富校点：《栾城集》，上海古籍出版社1987年版，第1421页。

文至多，而未尝敢有作文之意。"①

苏洵父子所强调的不敢有作义之意，实际上是强调文贵自然，强调为情而造文，而不是模拟雕砌，为文而造情。它的前提是首先应对生活真实观察和真诚感受，但同时又须得为文时的兴到神会。苏轼在《文与可画筼筜谷偃竹记》中说："画竹必先得成竹于胸中，执笔熟视，乃见其所欲画者。"② 这是强调艺术家在创作前对生活的细致观察和精心构思，使欲表达的形象在头脑中丰满、成熟。苏洵说创作的兴会是"不能自制"，苏轼进一步阐述了"不能自制"的表现。在《书蒲永升画后》中，他记述了孙知微作画的故事，把灵感兴会到来时的具体特征作了形象描绘："始（孙）知微欲于大慈寺寿宁院壁，作湖滩水石四堵，营度经岁，终不肯下笔。一日仓皇入寺，索纸墨甚急，奋袂如风，须臾而成，作输泻跳蹙之势，汹汹欲奔屋也。"③ 灵感的到来既需长期的酝酿构思——即文中说"营度经岁"，也需精神高度集中，达到物我两忘、神与物游的境界。苏辙在《墨竹赋》中叙文与可自述画竹体会说："始也余见而悦之，今也悦之而不自知也。忽乎忘笔之在手与纸之在前，勃然而兴而修竹森然。"④ 苏轼也说："与可画竹时，见竹不见人。岂独不见人，嗒然遗其身。其身与竹化，无穷出清新。庄周世无有，谁知此凝神。"⑤ 灵感有突发性和亢奋性，一旦爆发，即不能自我控制，有一种不吐不快的感觉。苏轼谈到自己画竹时的情况说："空肠得酒芒角出，肝肺槎牙生竹石。森然欲作不可回，吐向君家雪色碧。"⑥ 他谈到文与可画竹时也说，当文与可"成竹在胸"时，"急起从之，挥笔直遂，如兔起鹘落"。作诗也是如此，苏轼说："作诗火急追亡逋，清景一后失难摹。"⑦

---

① （明）茅维编，孔凡礼点校：《苏轼文集》，中华书局1986年版，第323页。
② （明）茅维编，孔凡礼点校：《苏轼文集》，中华书局1986年版，第365页。
③ 曾枣庄选注：《三苏文艺理论作品选注》，巴蜀书社2018年版，第214页。
④ （宋）苏辙著，曾枣庄、马德富校点：《栾城集》，上海古籍出版社1987年版，第417页。
⑤ （宋）苏轼著，（清）冯应榴辑注，黄任轲、朱怀春校点：《苏轼诗集合注》，上海古籍出版社2001年版，第1433页。
⑥ （宋）苏轼著，（清）冯应榴辑注，黄任轲、朱怀春校点：《苏轼诗集合注》，上海古籍出版社2001年版，第1180页。
⑦ （宋）苏轼著，（清）冯应榴辑注，黄任轲、朱怀春校点：《苏轼诗集合注》，上海古籍出版社2001年版，第289页。

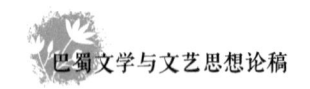

（四）重视风格的独创和多样化

苏洵很重视文章风格的独创和多样化，我们前面也已述及。这一点，苏洵对苏轼兄弟的影响也是明显的。

苏轼在《书唐氏六家书后》中分别评价了永禅师、欧阳询、褚遂良、张旭、颜真卿、柳公权书法的不同风格。对杜甫主张"书贵瘦硬方通神"[1] 表示异议，说"杜陵评书贵瘦硬，此论未公吾不凭。短长肥瘦各有态，玉环飞燕谁敢憎"[2]。苏轼评韩柳诗："所贵乎枯澹者，谓其外枯而中膏，似澹而实美，渊明、子厚之流是也。"[3] 苏轼论风格之语尚多，这里不一一叙述。

苏辙也很重视风格的独创性和多样性。他说"文章自一家"[4]、"凛然自一家"[5]。在《王维吴道子画》中说"勇怯不必同，要以各善尔"，说"壮马脱衔放平陆，步骤风雨百夫靡"与"美人婉娩守闲独""女能嫣然笑倾国"，"优柔自好勇自强，各自胜绝无彼此"[6]。

---

[1]（唐）杜甫著，（清）仇兆鳌注：《杜诗详注》，中华书局1979年版，第1550页。

[2]（宋）苏轼著，（清）冯应榴辑注，黄任轲、朱怀春校点：《苏轼诗集合注》，上海古籍出版社2001年版，第348页。

[3]（明）茅维编，孔凡礼点校：《苏轼文集》，中华书局1986年版，第2109—2110页。

[4]（宋）苏辙著，曾枣庄、马德富校点：《栾城集》，上海古籍出版社1987年版，第1185页。

[5]（宋）苏辙著，曾枣庄、马德富校点：《栾城集》，上海古籍出版社1987年版，第1491页。

[6]（宋）苏辙著，曾枣庄、马德富校点：《栾城集》，上海古籍出版社1987年版，第30页。

苏辙的文艺观*

摘　要：苏辙为唐宋八大家之一，本文对其文艺观作了全面的评价，认为其文艺思想主要表现在：富有特色的"文气"说，重视神似与形似的结合，重视文学创作的社会作用，"凛然自一家"的风格理论。同时就苏辙文艺观的表现形式和不足之处进行了评析。

关键词：苏辙；文艺观；评析

苏辙（1039—1112），字子由，一字同叔，晚号颍滨遗老，眉州眉山（今四川眉山）人。与父洵、兄轼合称"三苏"，为唐宋八大家之一。著有《栾城前集》50卷、《后集》24卷、《三集》10卷、《应诏集》12卷，另有《诗集传》《春秋传》《老子解》《古史》。

苏辙一生，不仅创作丰富，而且有独特的文艺思想。可惜这样一位生前享有盛名，身后影响甚巨的文学家，在近一个世纪受到了冷落。笔者不揣浅陋，爰作此文，以求教于方家。

一　富有特色的"文气"说

嘉祐二年（1057），苏辙19岁，与兄轼同举进士。是年，为求得韩琦的举荐，苏辙写下了《上枢密韩太尉书》。文中说：

---

* 原载《内江师范学院学报》（社会科学版）1995年第3期。

辙……以为文者气之所形。然文不可学而能，气可以养而致。孟子曰："我善养吾浩然之气。"今观其文章宽厚宏博，充乎天地之间，称其气之小大。太史公行天下，周览四海名山大川，与燕赵间豪俊交游，故其文疏荡，颇有奇气。此二子者岂尝执笔学为如此之文哉？其气充乎其中而溢乎其貌，动乎其言而见乎其文，而不自知也。①

苏辙此文提出了迥异于前人的"文气"说。其价值在于：

第一，对"文气"说作了更为深刻全面的论述。

文气说源于孟子，《公孙丑上》说："我知言，我善养吾浩然之气。"② 孟子所说的"气"本指"配义与道""集义而生"的东西，与文艺无关。其后，曹丕把"文"与"气"联系起来，提出"文以气为主，气之清浊有体，不可力强而致"③。曹丕所言"气"，指的是作家的气质、个性以及由此而形成的作家风格。刘勰在《文心雕龙·体性》中说："然才有庸俊，气有刚柔……风趣刚柔，宁或改其气。"④ 主旨大略与曹丕同。到唐，韩愈以为："气，水也；言，浮物也；水大而物之浮者大小毕浮。气之与言犹是也，气盛则言之短长与声之高下者皆宜。"⑤ 此处所说"气"近于文章的气势，与曹、刘有所不同。

苏辙的"文气"说有别于前人的论述：曹丕所言"气"，更多的是指作家先天的禀赋，苏辙所说"气"则更多的是指后天的修养；曹丕言"气""不可力强而致"，而苏辙言"气""可以养而致"。值得重视的是，苏辙不仅言"气可以养而致"，而且把"气"归结为后天的修养、社会实践和生活阅历。这就在文学与作家、文学与社会生活的关系的看法上大大前进了一步。我们知道，任何文学作品都是社会生活在作家头脑中能动的审美的反映。创作需要两个不可缺少的前提：创作的客体——社会生活，创作的主体——作

---

① （宋）苏辙著，曾枣庄、马德富校点：《栾城集》，上海古籍出版社1987年版，第477页。
② （宋）朱熹：《四书章句集注》，中华书局2011年版，第215页。
③ （梁）萧统编，（唐）李善注：《文选》，上海古籍出版社1986年版，第189页。
④ （梁）刘勰著，范文澜注：《文心雕龙注》，人民文学出版社1958年版，第505页。
⑤ （唐）韩愈：《答李翊书》，载郭绍虞主编，王文生副主编《中国历代文论选》第二册，上海古籍出版社1979年版，第116页。

家。创作的客体即社会生活无处不在,无时不有,而作家要反映社会生活,就必须具备相应的条件。首先,作家必须是一个充满浩然正气,有正义感,能"为生民立命"的人。这就要求作家必须重视主体道德的修养、人格的完善。其次,要求作家必须有丰富的生活阅历,有外物的感触激发,是"不得已而言之"的。苏辙的这一阐述既全面客观,又深刻正确。它对作家要想创作出无愧于时代,无愧于社会、人民的作品应该怎样做,直到今天仍不无启迪和昭示。

第二,就如何"养气"作了说明。

苏辙认为,孟子之文"宽厚宏博",是因为"充乎天地之间,称其气之小大",司马迁之文"疏荡,颇有奇气",是因为"行天下,周览四海名山大川,与燕赵间豪俊交游"。二人之所以取得如此高的文学成就,并非闭门造车者所能的,而是因为"善养浩然之气"和"行天下,周览四海"。两者相较,苏辙更为重视后者,即生活阅历对为文的重要性。苏辙这一阐述可以说是源于刘勰《文心雕龙·物色》"然屈平所以能洞监风骚之情者,抑亦江山之助乎"[1],并进一步发挥。苏辙将"养气"归结为"治心"、游历,这不能不说是他的一个重要发现。对此,郭绍虞先生说:"苏氏兄弟都用力于文字,而同时又都不敢有作文之意,其用力于文字即老泉所谓'兀然端坐,终日以读之者七八年'之意;其不敢有作文之意,又即老泉所谓'不求有言,不得已而言者'之意。……子由上不能如子瞻之入化境,而下又不敢有作文之意,不欲求工于语言句读以为奇,此所以为'文不可以学而能'。但神化妙境虽不可学,言语句读虽不屑学,而'生好为文',癖性所嗜,未能忘情,于是不得不求之于气。盖理直则气壮,气壮则言宜,气是理与言中间的关键,于是想由养气以进乎言宜之域。这样,所以说文是气之所形,而养气则文自工。"[2]

强调生活阅历、外物对创作的重要作用,这是贯穿苏辙始终的看法。《墨竹赋》在记述文与可画竹时说:"始予隐乎崇山之阳,庐乎修竹之林。视听漠然,无慨乎予心。朝与竹乎为游,莫(暮)与竹乎为朋,饮食乎竹间,偃息

---

[1] (梁)刘勰著,范文澜注:《文心雕龙注》,人民文学出版社1958年版,第695页。
[2] 郭绍虞:《中国文学批评史》,上海古籍出版社1979年版,第198—199页。

乎竹阴。观竹之变也多矣。"① 文与可因为有了与竹朝夕相处的丰富阅历，对竹有烂熟于心的感触，所以才达到了画竹艺术的至境。《石苍舒醉墨堂》也说："石君得书法，弄笔岁月久。经营妙在心，舒卷功随手。"② 石苍舒能"得书法"，原因是"弄笔岁月久"，有了丰富的生活阅历和艺术实践。在《子瞻和陶渊明诗集引》评述苏轼诗时说："自其斥居东坡，其学日进，沛然如川之方至。"③ 这也强调了生活对创作的影响。

要之，以《上枢密韩太尉书》为主提出的"文气"说，不单是涉及作家个人主观修养的问题，而且充分证明了苏辙对文艺与现实的密切关系有着深刻而正确的认识。

二 "画马不独画马皮，画出三马腹中事"

文学是社会生活的真实反映。所谓"真实"，包含两方面的含义：一是从生活真实中来，二是反映生活本质的真实。做到前者，可谓之"形似"，做到后者则谓之"神似"。文学所要求的是"神似"。

苏辙主张文学应有"形似"，更强调必须有"神似"。苏轼评唐代韩干画马说"干惟画肉不画骨，而况失实空留皮"④，认为韩干只画出马之肉，仅做到形似，而未画出马之骨，即神似。苏辙却说"画马不独画马皮，画出三马腹中事"⑤，认为韩干画马已达到神似的境界。苏辙两兄弟虽就韩干画马的具体评价不同，但强调艺术应达到"神似"，却是共同的。

要使文艺作品达到"神似"，就不能照搬生活，而应该对生活进行去粗取精，由表及里地选择、提炼、加工。对此，苏辙有其独特的见解，《诗病五

---

① （宋）苏辙著，曾枣庄、马德富校点：《栾城集》，上海古籍出版社1987年版，第416—417页。
② （宋）苏辙著，曾枣庄、马德富校点：《栾城集》，上海古籍出版社1987年版，第59页。
③ （宋）苏辙著，曾枣庄、马德富校点：《栾城集》，上海古籍出版社1987年版，第1401页。
④ （宋）苏轼著，（清）冯应榴辑注，黄任轲、朱怀春校：《苏轼诗集合注》，上海古籍出版社2001年版，第1423页。
⑤ （宋）苏辙著，曾枣庄、马德富校点：《栾城集》，上海古籍出版社1987年版，第364页。

事》就此作了专门探讨。一方面，苏辙盛赞《诗经》歌颂"征伐之盛"善用比兴，进行侧面烘托；一方面却批评韩愈在《元和圣德诗》中对刘辟及其徒被处死的场面描写——"宛宛弱子，赤立伛偻。牵头曳足，先断腰膂。次及其徒，体骸撑拄。未乃取辟，骇汗如泻。挥刀绘纭，争切脍脯"，说"此李斯颂秦所不忍言，而退之自谓无愧于《雅》《颂》，何其陋也！"① 韩愈的描写不可谓不真实、不具体、不形象，但以其是自然主义的描写，未对生活进行加工提炼，所以苏辙对此十分不满，并尖锐地批评韩愈。

早在近千年前，苏辙能提出此看法，实在是惊人的成就。回想一下文学发展的历史，在19世纪的欧洲，自然主义成为一大创作流派，而今天仍有不少作家、艺术家将自然主义的创作方法奉为"不二法门"。相形之下，我们就不能不更加佩服苏辙的远见卓识。与此相关，苏辙盛赞《诗经》写周太王迁豳"事不接，文不属，如连山断岭，虽相去绝远，而气象联络，观者知其脉理之为一也"②，对杜甫《哀江头》"爱其词气如百金战马，注坡蓦涧如履平地，得诗人之遗法"，相反，却批评白居易"拙于纪事，寸步不遗，犹恐失之"③。

与形似和神似相应的是，苏辙还强调"法"和"不法"的辩证关系。《汝州龙兴寺修吴画殿记》中说："予昔游成都，唐人遗迹遍于老佛之居。先蜀之老有能评之者曰：画格有四，曰能、妙、神、逸。盖能不及妙，妙不及神，神不及逸……范、赵之工，方圆不以规矩，雄杰伟丽，见者皆知爱之。而孙氏纵横放肆，出于法度之外，循法者不逮其精，有从心不逾矩之妙。"④ 苏辙援引前人评画的标准，并就范、赵、孙三人的成就及取得成就的不同进行了阐述。这既可以看作苏辙对画（包括一切艺术）的评价标准，还可以看到苏辙对"法"与"不法"的关系的见解。文中对"神""逸"的分析即是。这里所说的"神"指"方圆不以规矩"，实际仍是有法可循的，只不过艺术家不是时时处处都受"法"的限制。"逸"指放逸，是"纵横放肆，出于法

---

① （宋）苏辙著，曾枣庄、马德富校点：《栾城集》，上海古籍出版社1987年版，第1554页。
② （宋）苏辙著，曾枣庄、马德富校点：《栾城集》，上海古籍出版社1987年版，第1553页。
③ （宋）苏辙著，曾枣庄、马德富校点：《栾城集》，上海古籍出版社1987年版，第1553页。
④ （宋）苏辙著，曾枣庄、马德富校点：《栾城集》，上海古籍出版社1987年版，第1396页。

度之外"而又"有从心不逾矩之妙"。在这里，艺术家由于对生活的本质把握深刻，艺术技巧的出神入化，使作品看起来是天然生成的。表面上看是"无法"，而实际上正是对"法"已经掌握得烂熟于心，正如庖丁解牛"以神遇而不以目视，官知止而神欲行"。要达到这种"进乎技"的状态，首先要有"技"，而且必须反复实践，如庖丁"所解已数千牛"才能达到。关于此，苏辙对文与可画竹有过记述："始也余见而悦之，今也悦之而不自知也。忽乎忘笔之在手与纸之在前，勃然远兴，而修竹森然。虽天造之无朕，亦何以异于兹焉。"①

苏辙兄弟受庄子影响甚深。苏辙记述苏轼说："既而读《庄子》，喟然叹息曰：吾昔有见于中，口不能言，今见《庄子》，得吾心矣。"② 苏辙《和子瞻读道藏》说："道书世多有，吾读《老》与《庄》。"③ 苏辙对艺术创作"法"与"不法"的辩证关系的论述，即显然受庄子影响。

三　"以古今成败得失为议论之要"

北宋的诗文革新运动，在欧阳修的领导下，在曾巩、王安石、三苏父子等人的努力下，终于取得了全面的成功。与此同时，在欧阳修门人之中，形成了三种不同方向的文论：曾巩重道而轻文，开道学论文之先；王安石重事功而轻文辞，纯为政治家之文论；三苏重功用，也重辞章，但有些轻道。④ 同为重功用，王安石与三苏又有所不同，王安石所言功用指"礼教治政"⑤，而三苏所言功用指现实、国家、社会、人生，范围显比王安石所说更广。

苏辙重视文艺的社会功用的思想，受其父兄影响甚深。苏洵在《上韩枢

---

① （宋）苏辙著，曾枣庄、马德富校点：《栾城集》，上海古籍出版社1987年版，第417页。
② （宋）苏辙著，曾枣庄、马德富校点：《栾城集》，上海古籍出版社1987年版，第1421页。
③ （宋）苏辙著，曾枣庄、马德富校点：《栾城集》，上海古籍出版社1987年版，第44页。
④ 曾枣庄选注：《三苏文艺理论作品选注》，巴蜀书社2018年版，第6页。
⑤ （宋）王安石：《上人书》，载郭绍虞主编，王文生副主编《中国历代文论选》第二册，上海古籍出版社1979年版，第293页。

密书》中说:"洵著书无他长,及言兵事,论古今形势,至自比贾谊。所献《权书》,虽古人已往成败之迹,苟深晓其义,施之于今,无所不可。"① 欧阳修也称赞苏洵"不为空言而期于有用","博于古而宜于今,实有用之言"②。苏洵不仅自己这样做,而且以此教育其二子。苏轼说:

> 昔吾先君适京师,与卿士大夫游,归……以鲁人皂绎先生之诗文十余篇示轼曰:"小子识之,后数十年,天下无复为斯文者也。"先生之诗文皆有为而作,精悍确苦,言必中当世之过。凿凿乎如五谷必可以疗饥,断断乎如药石必可以伐病。其游谈以为高,枝词以为美者,先生无一言焉。③

苏辙回忆说:

> 予少而力学。先君,予师也;亡兄子瞻,予师友也。父兄之学,皆以古今成败得失为议论之要。以为士生于世,治气养心,无恶于身。推是以施之人,不为苟生,不幸不用,犹当以其所知著之翰墨,使人有闻焉。(《历代论·引》)④

苏辙在《上曾参政书》中说自己"言语文章无以过人,而其所论说乃有矫拂切直之过"⑤;在《自齐州回论时事书》中说:"臣自少读书,好言治乱。"⑥《初发彭城有感子瞻》中讲,"闭门书史丛,开口治乱根"⑦。

"言必中当世之过""好言治乱""以古今成败得失为议论之要",鲜明地表现了三苏文论重视事功的倾向。三苏这样说,也这样做。苏洵的屡考不中,

---

① (宋)苏洵著,邱少华点校,母庚才、马建农主编:《苏洵集》,中国书店2000年版,第100页。
② (宋)欧阳修:《荐表》,载(宋)苏洵著,邱少华点校《苏洵集》,中国书店2000年版,第190页。
③ (明)茅维编,孔凡礼点校:《苏轼文集》,中华书局1986年版,第313页。
④ (宋)苏辙著,曾枣庄、马德富校点:《栾城集》,上海古籍出版社1987年版,第1212页。
⑤ (宋)苏辙著,曾枣庄、马德富校点:《栾城集》,上海古籍出版社1987年版,第482页。
⑥ (宋)苏辙著,曾枣庄、马德富校点:《栾城集》,上海古籍出版社1987年版,第770页。
⑦ (宋)苏辙著,曾枣庄、马德富校点:《栾城集》,上海古籍出版社1987年版,第160页。

除了因为不符合考官口味之外，恐怕还在于"言必中当世之过"。苏辙兄弟一生坎坷，屡遭打击，也在于敢说真话，好讥弹时事。

正因为此，三苏都非常推崇贾谊和陆贽。苏辙说："昔先君博观古今议论，而以陆贽为贤。吾幼而读其书，其贤比汉贾谊，而详练过之。"① 又说："（轼）少与辙皆师先君，初好贾谊、陆贽书，论古今治乱，不为空言。"②

中国历来的文论家、政治家、道德家都非常重视文学的社会作用。孔子说《诗》"可以兴、可以观，可以群，可以怨，迩之事父，远之事君，多识于鸟兽草木之名"③。曹丕说："夫文章，经国之大业，不朽之盛事。"④ 三苏重视文学的社会作用，既不同于政治家的"经夫妇，成孝敬，厚人伦，美教化"⑤，也不同于道德家的教化作用。他们所强调的是对国家、社会、民众、人生的作用。

同时，我们还应看到，苏辙重视文章功用是与"治气养心"的"文气"说一脉相连的。"治气养心"的目的，是"无恶于身"，进而"施之于人"，也就是"治气养心"的目的在于"为天地立志，为生民立道，为去圣继绝学，为万世开太平"⑥。

四 "凛然自一家"

风格是一个艺术家创作成熟的标志。文学创作应该提倡风格的多样性。只有这样，文学大花园才会百花盛开，各展其妍，带给人们不同的审美享受。

对文学风格的认识，我国很早就有了阐述。孔子说："《关雎》乐而不淫，

---

① （宋）苏辙著，曾枣庄、马德富校点：《栾城集》，上海古籍出版社1987年版，第1421页。
② （宋）苏辙著，曾枣庄、马德富校点：《栾城集》，上海古籍出版社1987年版，第1421页。
③ （宋）朱熹：《四书章句集注》，中华书局2011年版，第166页。
④ （梁）萧统编，（唐）李善注：《文选》，上海古籍出版社1986年版，第189页。
⑤ 《毛诗大序》，载郭绍虞主编，王文生副主编《中国历代文论选》第一册，上海古籍出版社1979年版，第63页。
⑥ （宋）张载：《张载集》，中华书局1978年版，第320页。此与流行本文字不同。

哀而不伤。"① 司马迁说："《国风》好色而不淫，《小雅》怨诽而不怒。若《离骚》者，可谓兼之矣。"② 曹丕则进一步认识到作家个性与风格的关系。刘勰从"才""气""学""习"四个方面分析了作家风格形成的原因，并把作家风格分为八体。唐末司空图论诗有二十四品。

有着丰富创作实践的苏辙，是深知风格对于作家地位的决定作用的。在《题东坡遗墨卷后》中评价说："凛然自一家，岂与余人争。"③ 在《开窗》中说，"文章自一家"④。苏辙不仅认为作家应有其各自的风格，而且进一步认为，各种风格皆有其存在的价值，应该并行不悖。在《王维吴道子画》中说"勇怯不必同，要以各善耳"，认为"壮马脱衔放平陆，步骤风雨百夫靡"的雄刚壮美与"美人婉娩守闲独，不出庭户修容止"的婉约柔美"各自胜绝无彼此"，甚至反驳乃兄说"谁言王摩诘，乃过吴道子"，劝其兄"丁宁勿相违，幸使二子齿"。⑤

苏辙不仅这样认为，其创作本身也显示出他对独立风格的追求。同是散文，苏辙的"汪洋澹泊"⑥ 就不同于乃父"指事析理，引物托喻，侈能尽之约，远能见之近，大能使之微，小能使之著，烦能不乱，肆能不流。其雄壮俊伟，若绝江河而下也，其辉光明白，若引星辰而上也"⑦，也不同于其兄"文理自然，姿态横生"⑧。

苏辙认识到：风格是不容易形成的，特别是要达到优秀作家的程度就更不容易。《题韩驹秀才诗卷》说："唐朝文士例能诗，李杜高深独到希，我读君诗笑无语，恍然重见储光羲。"⑨ 尽管苏辙对韩驹诗的评价不甚恰当。正如

---

① （宋）朱熹：《四书章句集注》，中华书局2011年版，第66页。
② （汉）司马迁：《史记》，中华书局1959年版，第2482页。
③ （宋）苏辙著，曾枣庄、马德富校点：《栾城集》，上海古籍出版社1987年版，第1491页。
④ （宋）苏辙著，曾枣庄、马德富校点：《栾城集》，上海古籍出版社1987年版，第1185页。
⑤ （宋）苏辙著，曾枣庄、马德富校点：《栾城集》，上海古籍出版社1987年版，第30页。
⑥ （元）脱脱等：《宋史·苏辙传》，中华书局1977年版，第10835页。
⑦ （宋）苏洵著，邱少华点校，母庚才、马建农主编：《苏洵集》，中国书店2000年版，第183页。
⑧ （明）茅维编，孔凡礼点校：《苏轼文集》，中华书局1986年版，第1418页。
⑨ （宋）苏辙著，曾枣庄、马德富校点：《栾城集》，上海古籍出版社1987年版，第1187页。

钱锺书先生所说,"并非量了韩驹的脑瓜的尺寸定做的""一顶照例的高帽子"①,但其重视作家的风格却是完全正确的。

社会生活不仅决定着作家创作的内容,也制约着、影响着作家的风格。在《子瞻和陶渊明诗集引》中,苏辙转述了其兄对陶渊明诗风的评价——"其诗质而实绮,癯而实腴",并就东坡诗风的变化作了概括,认为"自其斥居东坡,其学日进,沛然如川之亦至"为一变,而暮年"谪居儋耳,置家罗浮之下……精深华妙,不见老人衰惫之气"②为再变和极至。

余 论

苏辙为其父兄盛名所掩,他的创作及其文艺思想较少受人重视。其实,苏辙的情况,其父苏洵评价说:"洵二子轼、辙……而独于文字中有可观者。"③而其兄苏轼也说:"子由之文实胜仆,而世俗不知,乃以为不如。其为人深不愿人知之,其文如其为人,故汪洋澹泊,有一唱三叹之声,而其秀杰之气终不可没。"④秦观也说:"中书(笔者注:苏轼)之道如日月星辰,经纬天地,有生之类,皆知仰其高明;补阙(笔者注:苏辙)则不然,其道如元气行于混沦之中,万物由之而不知也。故中书尝自谓'吾不及子由',仆窃以为知言。"⑤苏辙自己也说:"子瞻之文奇,余文但稳耳。"⑥

平心而论,苏辙的成就确有不及其父兄之处,既不如老苏之深刻,也不如乃兄之全面。就大体而言,苏辙的文艺思想与父兄相同处甚多,但有两点

---

① 钱锺书选注:《宋诗选注》,人民文学出版社1958年版,第113页。
② (宋)苏辙著,曾枣庄、马德富校点:《栾城集》,上海古籍出版社1987年版,第1401—1402页。
③ (宋)苏洵著,邱少华点校,母庚才、马建农主编:《苏洵集》,中国书店2000年版,第117页。
④ (明)茅维编,孔凡礼点校:《苏轼文集》,中华书局1986年版,第1427页。
⑤ 孔凡礼:《苏轼年谱》,中华书局1998年版,第738页。
⑥ (宋)苏籀:《栾城先生遗言》,载(宋)苏辙著,曾枣庄、马德富校点《栾城集》,上海古籍出版社1987年版,第1840页。

是其父兄所不曾有的。这就是前已述及的"文气"说和《诗病五事》。兹再就《诗病五事》略作分析。

《诗病五事》是苏辙类似诗话的评论专文，其内容有很多独特之处，形式上也颇见特色。自欧公《诗话》一出，作者继轨，遂演为文艺评论之大国，但大多数的诗话都偏重记载轶闻轶事，而苏辙此文却更重于理论分析；宋人诗话多偏重艺术技巧的分析和诗作的鉴赏，苏辙此文却偏重诗歌的思想内容，同时也重视艺术技巧。可惜的是，这一好的做法并未被后来的人更好地、更多地继承。

苏辙在文艺观上，也不无可议之处。其论文偏重"道"，颇有道学家论文之气，其学生张耒即受到其影响。同时苏辙融合佛、道、儒三教思想，也影响到他的文艺思想。后来大倡以禅论诗的韩驹就受到苏辙的赏识。由于整个思想的多元状态，以至被朱熹称为"杂学"。这都影响到苏辙文艺思想的进一步深化。

总之，苏辙的文艺观丰富全面，既涉及诗歌、散文，也涉及绘画、音乐等艺术门类。在文学与现实的关系、形似与神似、文学的社会作用、创作的风格乃至其文论形式，都有其特色，是值得我们很好地吸收和加以总结的一份宝贵遗产。

苏辙文论的价值及地位[*]
——兼论古代"文气"说

摘 要：苏辙为宋代著名散文家、诗人，同时也是宋代重要文论家。以"养气"说为核心，苏辙的文艺思想涉及了文学与生活、文学的社会作用、文学的真实性、创作过程、文学风格、文学批评等。此前对苏辙文艺思想的研究，多限于"养气"说，而且评价也失公允。苏辙整个文艺思想的价值和地位，仍有待于作进一步评价。本文就苏辙的"养气"说及其他文艺思想、苏辙文论的价值和地位进行详细分析，同时简要分析中国古代文论中的"养气"说。

关键词：苏辙；文艺思想；地位；价值；养气说

苏辙为宋代著名文学家、唐宋八大家之一。他的文艺思想虽不如其兄苏轼那样丰富全面，但散见于苏辙文集中的文艺思想仍是很丰富和富有特色的。以"养气"说为核心，苏辙的文艺思想涉及了文学与生活、文学的社会作用、文学的真实性、创作过程、文学风格、文学批评等。对于苏辙的文艺思想，几种流行的中国文学批评史皆有所论述，但多限于"养气"说。[①] 即使对苏辙的"养气"说，评价也不甚公允。对苏辙整个文艺思想的价值和地位，则仍有待于作进一步的评价。本文拟就苏辙的"养气"说及其他文艺思想、苏辙文论的价值和地位作一论述。

---

[*] 原载《社会科学研究》1997年第1期。
[①] 如郭绍虞、罗根泽、朱东润、敏泽诸先生相关著述及复旦大学中文系古典文学教研组所著《中国文学批评史》。

苏辙文论的价值及地位

一

敏泽先生在《中国文学理论批评史》中说："苏辙关于文学的不多的见解中，值得一提的，是他在《上枢密韩太尉（琦）书》中对于养气问题的论述和阐发。"[1] 敏泽先生认为苏辙最有特色的文艺思想是"养气"说，这是正确的，但认为苏辙关于文学的见解不多，则不尽合事实，此点后再论。

苏辙的"养气"说，见于嘉祐二年（1057）苏辙进士及第后写的《上枢密韩太尉书》，文中说："辙生好为文，思之至深，以为文者气之所形。然文不可学而能，气可以养而致。孟子曰：'我善养吾浩然之气。'今观其文章宽厚宏博，充乎天地之间，称其气之小大。太史公行天下，周览四海名山大川，与燕赵间豪俊交游。故其文疏荡，颇有奇气。此二子者岂尝执笔学为如此之文哉？其气充乎其中而溢乎其貌，动乎其言而见乎其文，而不自知也。"[2]

苏辙"养气"说的要点在于：

第一，提出"文者气之所形"。这也就是说文章是气的表现，文章是气所形成的。

在这里，关键是对"气"的理解，"气"又如何形成文章。

"气"最初是一个哲学概念。正如大多数文艺范畴和哲学范畴同源一样，文艺理论中的"气"也来自哲学中的"气"。最早把"气"与"言"联系起来的是孟子。在《公孙丑上》中，孟子说："我知言，我善养吾浩然之气。"[3] 孟子所说的"气"是"配义与道""集义而生"的，是指主观道德修养而言的。孟子所谓养"浩然之气"，是指培养一种理想人格。就"知言"与"养气"的关系而言，"养气"是"知言"的前提，"知言"是"养气"的结果，

---

[1] 敏泽：《中国文学理论批评史》，人民文学出版社1981年版，第513页。
[2] （宋）苏辙著，曾枣庄、马德富校点：《栾城集》，上海古籍出版社1987年版，第477页。
[3] （宋）朱熹：《四书章句集注》，中华书局2011年版，第215页。

要"知言",必先"养气"。孟子对"言"与"气"的论述启示了后来的曹丕。在魏晋这个"文学的自觉时代"(鲁迅语),曹丕提出"文以气为主"的命题。曹丕所言"气",指作家先天的禀赋、才气以及形之于文的气势、风格。不过,他又说:"气之清浊有体,不可力强而致。譬诸音乐,曲度虽均,节奏同检,至于引气不齐,巧拙有素,虽在父兄,不能以移子弟。"① 过分强调作家的先天禀赋,忽视社会实践的作用,这是曹丕论"气"的不足之处。梁朝刘勰在曹丕的基础上,进一步提出了在创作、构思中保养精气。《风骨》云:"是以缀虑裁篇,务盈守气。刚健既实,光辉乃新。其为文用,譬征鸟之使翼也。"② 这里,刘勰强调在艺术构思中务必要涵养"文气",只有"文气"饱满,文章才能清新刚健而有文采。《养气》又说:"是以吐纳文艺,务在节宣,清和其心,调畅其气,烦而即舍,勿而壅滞。"③ 这段话强调艺术构思中必须保持舒畅的心境,而要得到这舒畅心境,就必须"清和其心,调畅其气"。这样,才能思路畅通。《神思》说:"神居胸臆,而志气统其关键;物沿耳目,而辞令管其枢机。枢机方通,则物无隐貌;关键将塞,则神有遁心。"④ 这里,刘勰把"志气"(也作"气志")作为统率构思的关键。至唐,韩愈提出"气盛言宜"之说。《答李翊书》说:"气,水也;言,浮物也;水大而物之浮者大小毕浮。气之与言犹是也,气盛则言之短长与声之高下者皆宜。"⑤ 韩愈之言"气",一方面指行文的气势,一方面也指作家的修养。这从他所说养气的途径可知,他说:"行之乎仁义之途,游之乎《诗》《书》之源,无迷其途,无绝其源。"⑥

至此,我们可以来谈苏辙讲的"气"究竟指什么。苏辙所言气大致包含了两方面的意思。一是指作家的思想、修养。就此而言,苏辙是远绍孟轲、

---

① (梁)萧统编,(唐)李善注:《文选》,上海古籍出版社1986年版,第189页。
② (梁)刘勰著,范文澜注:《文心雕龙注》,人民文学出版社1958年版,第513页。
③ (梁)刘勰著,范文澜注:《文心雕龙注》,人民文学出版社1958年版,第547页。
④ (梁)刘勰著,范文澜注:《文心雕龙注》,人民文学出版社1958年版,第493页。
⑤ (唐)韩愈:《答李翊书》,载郭绍虞主编,王文生副主编《中国历代文论选》第二册,上海古籍出版社1979年版,第116页。
⑥ (唐)韩愈:《答李翊书》,载郭绍虞主编,王文生副主编《中国历代文论选》第二册,上海古籍出版社1979年版,第115—116页。

近取韩愈的。苏辙对气的理解，详见于他在《孟子解》中对"浩然之气"的阐述。苏辙说，"气者心之发而已"，"气者心之使也"，"养志以致气，盛气以充体，体充而物莫敢逆，然后其气塞于天地"。① 苏辙认为，"气"是心的表现，"气"是由心主宰的。心和志又紧密相联。心和志的意义大致相同，指意志、思想。养气的前提是"养心""养志"。"志"与"气"虽有所区别，但苏辙多处将"志气"连称，如"百氏之书虽无所不读，然皆古人之陈迹，不足以激发其志气"②，"习其耳目，和其志气"③，"志气文章在，功名岁月长"④，"辩论不衰，志气益振"⑤，"谪宦江湖，岁月已久；置身台省，志气未安"⑥，"某自少读书，喜作文字，志气方锐，以多为贤"⑦，"志气虽同，以不逮惭"⑧，等等。既然"气"是指主观的思想、修养，当然可以通过养气而得到，因此，苏辙说"气可以养而致"。

二是指作品的气势、风格。如评司马迁"其文疏荡，颇有奇气"。"奇气"指作品有奇特的精神风貌、奇特的风格。苏辙论"气"的这方面例子还有："杜叟诗篇在，唐人气力豪"⑨、"老病心情愁见敌，少年词气动干云"⑩、"温然吐词气，已觉清且修"⑪、"唐之韩愈，词气磊落，终于京兆尹"⑫等等。

苏辙所说的"气"的两层意思是紧密相连的。作品的气势、风格来自作者的思想、修养，作者内在的思想、修养表现于语言文字即形成文学作品，作者的独特个性气质显现于文学作品，即成为作品的风格。因此"文者气之所形"可理解为：气形成文，表现为文的风格、气势。

---

① （宋）苏辙著，曾枣庄、马德富校点：《栾城集》，上海古籍出版社1987年版，第477页、第1201—1202页。
② （宋）苏辙著，曾枣庄、马德富校点：《栾城集》，上海古籍出版社1987年版，第477页。
③ （宋）苏辙著，曾枣庄、马德富校点：《栾城集》，上海古籍出版社1987年版，第498页。
④ （宋）苏辙著，曾枣庄、马德富校点：《栾城集》，上海古籍出版社1987年版，第352页。
⑤ （宋）苏辙著，曾枣庄、马德富校点：《栾城集》，上海古籍出版社1987年版，第538页。
⑥ （宋）苏辙著，曾枣庄、马德富校点：《栾城集》，上海古籍出版社1987年版，第1088页。
⑦ （宋）苏辙著，曾枣庄、马德富校点：《栾城集》，上海古籍出版社1987年版，第1090页。
⑧ （宋）苏辙著，曾枣庄、马德富校点：《栾城集》，上海古籍出版社1987年版，第1386页。
⑨ （宋）苏辙著，曾枣庄、马德富校点：《栾城集》，上海古籍出版社1987年版，第68页。
⑩ （宋）苏辙著，曾枣庄、马德富校点：《栾城集》，上海古籍出版社1987年版，第91页。
⑪ （宋）苏辙著，曾枣庄、马德富校点：《栾城集》，上海古籍出版社1987年版，第119—120页。
⑫ （宋）苏辙著，曾枣庄、马德富校点：《栾城集》，上海古籍出版社1987年版，第1076页。

第二，苏辙就养气的途径作了说明。苏辙认为，养气的途径有两条，一是加强内心修养，一是增长阅历。

加强内心修养的目的是培养"浩然之气"。苏辙没有说明怎样加强内心修养，但他并不排除读书，苏辙"少而力学"，"仕宦之余，未尝废书"①。苏辙所读的书，却不仅仅限于儒家典籍，还包括佛、道、百氏之书，这与韩愈以儒家道统自任、排斥异端是不同的。针对世之言者"学者不可以读天下之杂说"的看法，苏辙进行了驳斥，指为"此乃所谓腐儒者也"②。

苏辙不废读书，但他又说"百氏之书虽无所不读，然皆古人之陈迹，不足以激发其志气"，他更重视的是社会阅历，是游览名山大川、多交豪杰贤俊。如果说重视山川景物以激发为文之兴是受到刘勰"屈平所以能洞监《风》《骚》之情者，抑亦江山之助乎"③影响的话，那么，强调多与人物结交，多与社会接触，则是苏辙自己的见解。苏辙这一见解，与正统的儒家不合，元代的郝经批评道："故欲学（司马）迁之游，而求助于外者，曷亦内游乎？身不离于衽席之上，而游于六合之外，生乎千古之下，而游于千古之上，岂区区于遗迹之余、观览之末者所能也？持心御气，明正精一，游于内而不滞于内，应于外而不逐于外"，"彼隋山乔岳，高则高矣，于吾道何有？长江大河，盛则盛矣，于吾气何有？"④这位理学家对苏辙的反驳，恰好从反面证明了苏辙这一见解的正确和进步。

与"养气"说强调作者生活阅历相一致，苏辙在《墨竹赋》中叙述了文与可的一段话："始予隐乎崇山之阳，庐乎修竹之林。视听漠然，无概乎予心。朝与竹乎为游，莫（暮）与竹乎为朋，饮食乎竹间，偃息乎竹阴。观竹之变多矣。"⑤文与可画竹技艺的高超，首先来自他对竹的烂熟于胸的观察。

在《子瞻和陶渊明诗集引》中，苏辙评述了苏轼诗风的两次变化：一是"自其斥居东坡，其学日进，沛然如川之方至"，一是"谪居儋耳，置家罗浮

---

① （宋）苏辙著，曾枣庄、马德富校点：《栾城集》，上海古籍出版社1987年版，第1212页。
② （宋）苏辙著，曾枣庄、马德富校点：《栾城集》，上海古籍出版社1987年版，第486页。
③ （梁）刘勰著，范文澜注：《文心雕龙注》，人民文学出版社1958年版，第695页。
④ （元）郝经：《内游》，载郭绍虞主编，王文生副主编《中国历代文论选》第二册，上海古籍出版社1979年版，第313—314页。
⑤ （宋）苏辙著，曾枣庄、马德富校点：《栾城集》，上海古籍出版社1987年版，第416—417页。

之下，独与幼子过负担过海，葺茅竹而居之，日啖茶芋，而华屋玉食之念不存于胸中。平生无所嗜好，以图史为园囿，文章为鼓吹，至此亦皆罢去。独喜为诗，精深华妙，不见老人衰惫之气"。① 苏轼两次诗风的变化与苏轼生活经历的变化是分不开的。

对于苏辙的"养气"说，郭绍虞先生评价说："苏轼之弟苏辙，拈出一个'气'字，也是说明不敢有作文之意。……由理言，则不是语言文字都是理；由文言，则如万斛泉源不择地而出，随物赋形而不可知。这种境界，是子由所不能到的。子由上不能如子瞻之入化境，而下又不敢有作文之意，不欲求工于语言句读以为奇，此所以为'文不可以学而能'。但神化妙境虽不可学，言语句读虽不屑学，而'生好为文'，癖性所嗜，未能忘情，于是不得不求之于气。盖理直则气壮，气盛则言宜，气是理与言中间的关键，于是想由养气以进乎言宜之域。这样，所以说文是气之所形，而养气则文自工……原来他的所谓养气功夫，是有待于外方之激发者，所以必须高山大野才可登览以自广。所以必须求天下之奇闻壮观才足以激发其志气。"② 郭绍虞先生以为苏辙的养气是为了不敢有意为文之意，这是正确的，但以苏轼、苏辙创作上的差距来评价苏辙的"养气"说，就显然不是十分公允。一则苏辙的"养气"说，并非只限于《上枢密韩太尉书》，他提出"养气"说也不是不得已，而是有意识地、明确地提出的；二则苏辙所言阅历也不仅限于山川游览，更重要的是人事，是与人接交，这从《上枢密韩太尉书》最后的目的"故愿得观贤人之光耀，闻一言以自壮"可以得知。

二

苏辙的文艺思想，除了富有特色的"养气"说之外，还有很多好的见解。关于文学的真实性：文学是生活的反映，文学的真实性表现为客观真实

---

① （宋）苏辙著，曾枣庄、马德富校点：《栾城集》，上海古籍出版社1987年版，第1401—1402页。
② 郭绍虞：《中国文学批评史》，上海古籍出版社1979年版，第198—200页。

性和主观真诚性,即事真、情真。真实有两层含义,一是表面的真实,一是本质的真实,这就是古代文论中所说的"形似"与"神似"。苏辙认为,文学的真实性首先应具有"形似",但又不能只达到"形似",还应该具有"神似"。《韩干三马》说"画马不独画马皮,画出三马腹中事"①,而苏轼却说"干惟画肉不画骨,而况失实空留皮"②。尽管二苏对韩干画马是否已达到"神似"有争议,但强调应具有"神似"却是共同的。

要达到"神似",就不能照搬生活,不加选择地描摹对象,而必须经过作家的选择、提炼、加工。在《诗病五事》(其三)中,苏辙一方面盛赞《诗经》歌颂"征伐之盛"善用比兴,进行侧面烘托,另一方面批评韩愈歌颂残杀、具体描写刘辟及其徒被处死的场面描写,说:"此李斯颂秦所不忍言,而退之自谓无愧于《雅》《颂》,何其陋也!"③韩愈的描写不可谓不具体、不真实,但以其是自然主义的描写,因此遭到苏辙的激烈批评。

《诗病五事》(其二)也表达了与上相同的意见,那就是在叙事当中如何来达到神似。苏辙评价《大雅·绵》九章"事不接,文不属,如连山断岭,虽相去绝远,而气象联络,观者知其脉理之为一也"④。又评价杜甫《哀江头》说,"予爱其词气如百金战马,注坡蓦涧,如履平地,得诗人之遗法",说白居易诗"词甚工,然拙于纪事,寸步不遗,犹恐失之。此所以望老杜之藩垣而不及也"⑤。苏辙所强调的是在叙事当中既应该有轻重、选择,又应该"气象联络",形成一个富有生机的整体。

关于创作技巧:和"形似"与"神似"相应,苏辙强调"法"与"无法"的辩证关系。在《汝州龙兴寺修吴画殿记》中,苏辙说:"予昔游成都,唐人遗迹遍于老佛之居。先蜀之老有能评之者,曰画格有四,曰能、妙、神、逸。盖能不及妙,妙不及神,神不及逸……范、赵之工,方圆不以规矩,雄杰伟丽,见者皆知爱之。而孙氏纵横放肆,出于法度之外,循法者不逮其精,

---

① (宋)苏辙著,曾枣庄、马德富校点:《栾城集》,上海古籍出版社1987年版,第364页。
② (宋)苏轼著,(清)冯应榴辑注,黄任轲、朱怀春校点:《苏轼诗集合注》,上海古籍出版社2001年版,第1422—1423页。
③ (宋)苏辙著,曾枣庄、马德富校点:《栾城集》,上海古籍出版社1987年版,第1554页。
④ (宋)苏辙著,曾枣庄、马德富校点:《栾城集》,上海古籍出版社1987年版,第1553页。
⑤ (宋)苏辙著,曾枣庄、马德富校点:《栾城集》,上海古籍出版社1987年版,第1553页。

有从心不逾矩之妙。"① 这里的"神"指的是"方圆不以规矩",实际仍是有法(规矩)可循的,只不过艺术家并不时时受规矩的限制。"逸"即放逸,它"纵横放肆,出于法度之外"而又"有从心不逾矩之妙"。由于艺术家对生活的本质把握深刻,艺术技巧出神入化,使得作品看起来是天然生成的。表面上似无"法",其实是对"法"的超越,正如庖丁解牛以"神遇,而不以目视,官知止而神欲行",到达"进乎技"的状态。而要"进乎技",则必须先有"技",这"技"又必须经反复实践,如庖丁"所解已数千牛"才能达到。《石苍舒醉墨堂》也表达了这个观点,诗说"石君得书法,弄笔岁月久。经营妙在心,舒卷功随手"②。石苍舒之所以能掌握书法的技巧,关键是他的"弄笔岁月久"。

关于文学的社会作用:"尚用"是中华民族的重要性格特征,强调文艺的社会功能是中国古代文论长盛不衰的话题,但对"用"的理解却各不相同。三苏(包括苏辙)对文章的社会作用,既不同于理学家的"文以载道"(周敦颐语)、"作文害道"(程颐语),也不同于政治家王安石的"礼教治政",甚至与韩愈、欧阳修的理解也不一样。三苏所强调的"用",是"以古今成败得失为议论之要"③、"言必中当世之过"④、"有矫拂切直之过"⑤。这种"用"是匡时救弊,是有补于国。这虽与《诗经》以来的"美刺"传统有关,但其重点是在"刺"上。因此三苏重视的是有补于世的文章,推崇的是能够起到实际作用的文人,如贾谊、陆贽。苏辙说:"昔先君博观古今议论,而以陆贽为贤。吾幼而读其书,其贤比汉贾谊,而详练过之。"⑥ 又说,"(轼)少与辙皆师先君,初好贾谊、陆贽书,论古今治乱,不为空言"⑦。

重视文章的社会作用,是贯穿苏辙一生的思想,无论是早年制科试策、入朝之后的大量奏议,还是晚年隐居时作品,都体现了苏辙关心民生、关心

---

① (宋)苏辙著,曾枣庄、马德富校点:《栾城集》,上海古籍出版社1987年版,第1396页。
② (宋)苏辙著,曾枣庄、马德富校点:《栾城集》,上海古籍出版社1987年版,第59页。
③ (宋)苏辙著,曾枣庄、马德富校点:《栾城集》,上海古籍出版社1987年版,第1212页。
④ (明)茅维编,孔凡礼点校:《苏轼文集》,中华书局1986年版,第313页。
⑤ (宋)苏辙著,曾枣庄、马德富校点:《栾城集》,上海古籍出版社1987年版,第482页。
⑥ (宋)苏辙著,曾枣庄、马德富校点:《栾城集》,上海古籍出版社1987年版,第1421页。
⑦ (宋)苏辙著,曾枣庄、马德富校点:《栾城集》,上海古籍出版社1987年版,第1421页。

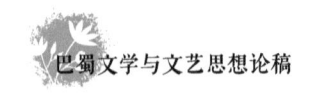

时事、有志于社会的精神。

同时，我们还应注意，苏辙重视文章功用是与"养气"说一脉相连的。"治气养心"的目的是"无恶于身"，进而"施之于人"，即使不能做到"施之于人"，也要"著之翰墨，使人闻焉"。

关于文学的风格：风格是一个艺术家成熟的标志，它决定着作家的地位。文学创作提倡风格的多样性、多样化，只有这样，文学这个大花园才会百花盛开，各展其妍，更好地满足人们多样化的审美需求。有着丰富创作实践的苏辙是深知这一点的。《题东坡遗墨卷后》评价苏轼"凛然自一家，岂与余人争"①，《开窗》中说"文章自一家"②，即强调风格的独立性和重要性。

苏辙不仅强调作家应有各自的风格，而且认为各种风格都有其独立的价值，应该并行不悖。《王维吴道子画》中说："勇怯不必同，要以各善耳。"苏辙认为"壮马脱衔放平陆，步骤风雨百夫靡"的雄刚壮美与"美人婉娩守闲独，不出庭户修容止"的婉约柔美，是"各自胜绝无彼此"，甚至反驳乃兄"谁言王摩诘，乃过吴道子"，劝其兄"幸使二子齿"。③

在散文风格上，苏辙的"汪洋澹泊"就与乃父的雄奇古劲，其兄的"文理自然，姿态横生"④ 不同。

风格不是凝固不变的。苏辙在《子瞻和陶渊明诗集引》中评述了苏轼两次诗风的变化，一是斥居东坡（今湖北），二是贬官儋耳（今海南）。风格的变化首先源于作家生活、思想的变化，在同文中，苏辙作了说明。

风格不易形成，优秀作家的风格更难以企及。苏辙评价韩驹的诗作说："唐朝文士例能诗，李杜高深独到希。我读君诗笑无语，恍然重见储光羲。"⑤ 苏辙对韩驹诗的评价尽管不尽恰当，如钱锺书先生说"并非量了韩驹的脑瓜的尺寸定做的""一顶照例的高帽子"⑥，但其重视作家的风格、认为风格不

---

① （宋）苏辙著，曾枣庄、马德富校点：《栾城集》，上海古籍出版社1987年版，第1491页。
② （宋）苏辙著，曾枣庄、马德富校点：《栾城集》，上海古籍出版社1987年版，第1185页。
③ （宋）苏辙著，曾枣庄、马德富校点：《栾城集》，上海古籍出版社1987年版，第30页。
④ （明）茅维编，孔凡礼点校：《苏轼文集》，中华书局1986年版，第1418页。
⑤ （宋）苏辙著，曾枣庄、马德富校点：《栾城集》，上海古籍出版社1987年版，第1187页。
⑥ 钱锺书选注：《宋诗选注》，人民文学出版社1958年版，第113页。

易形成却是正确的。

关于文学批评：重视人的气节、人格，重视文学的内容，这是苏辙文学批评的特点。苏辙喜用"气"字评价人，如"崇高历遍皆知妄，风俗频迁气独存"①，"雄文元命世，直气早成风"②，"淡然养浩气，脱屣遗齐卿"③，"身安气定色如玉，脱遗世俗心浩然"④，"隐君白发养浩气，高论惊世门无宾"⑤，"平生使气坐生风，徐扣方知学有功"⑥，"直气如云未应尽，一双嗣子亦骐"⑦，等等。

论人如此，论文亦如此。苏辙分析了苏轼推崇陶渊明并拟陶诗的原因："渊明不肯为五斗米一束带见乡里小儿，而子瞻出仕三十余年，为狱吏所折困，终不能俊，以陷于大难。"⑧正因为陶渊明有"富贵不能淫、贫贱不能移、威武不能屈"⑨的浩然之气，所以苏轼推崇陶渊明。而苏辙评价苏轼"其诗比杜子美、李太白有余，遂与渊明比"⑩，可以说正是基于这一点。

《诗病五事》（其四）评价孟郊诗，也同样显示了苏辙重视气节的批评。文中说："郊耿介之士，虽天地之大，无以安其身，起居饮食，有戚戚之忧，是以卒穷以死。"⑪不满意的是孟郊悲穷叹苦，不能超然于物外，不能做到"贫贱不能移"，并把孟郊同颜回作对比，赞赏颜回箪食瓢饮，不改其乐。

苏辙重视作者气节、重视作品内容，但并不鄙视艺术技巧，如前所引苏辙对《诗经》、杜甫诗歌的评价。

苏辙重视对作者气节、人格的评价，这与他的"养气"说强调内心修养

---

① （宋）苏辙著，曾枣庄、马德富校点：《栾城集》，上海古籍出版社1987年版，第66页。
② （宋）苏辙著，曾枣庄、马德富校点：《栾城集》，上海古籍出版社1987年版，第86页。
③ （宋）苏辙著，曾枣庄、马德富校点：《栾城集》，上海古籍出版社1987年版，第161页。
④ （宋）苏辙著，曾枣庄、马德富校点：《栾城集》，上海古籍出版社1987年版，第163页。
⑤ （宋）苏辙著，曾枣庄、马德富校点：《栾城集》，上海古籍出版社1987年版，第171页。
⑥ （宋）苏辙著，曾枣庄、马德富校点：《栾城集》，上海古籍出版社1987年版，第335页。
⑦ （宋）苏辙著，曾枣庄、马德富校点：《栾城集》，上海古籍出版社1987年版，第346页。
⑧ （宋）苏辙著，曾枣庄、马德富校点：《栾城集》，上海古籍出版社1987年版，第1402页。
⑨ （宋）朱熹：《四书章句集注》，中华书局2011年版，第248页。
⑩ （宋）苏辙著，曾枣庄、马德富校点：《栾城集》，上海古籍出版社1987年版，第1402页。
⑪ （宋）苏辙著，曾枣庄、马德富校点：《栾城集》，上海古籍出版社1987年版，第1554页。

是一致的。由于苏辙推崇作家的"浩然之气",故对作家的思想、气节、人格特别重视。

在批评方法上,苏辙重视"顾及全人"的批评方法。《李简夫少卿诗集引》一文即是范例。他对李简夫诗作的评价,不是就诗论诗,而是观其"居处被服","听其言","问其所与游","求其平生之志","退而质其里人"。① 这种重视作者全人的批评方法,至今尚具有积极的意义。

三

以上我们论述了苏辙的"养气"说以及他其他文艺思想,下面就苏辙文论的价值、地位及缺点略作分析。

苏辙文论的价值,首先表现在他和父兄的文艺思想构成一个有机整体,构成了苏氏家学的文艺思想。

构成苏氏家学文艺思想的源头的是苏洵的文艺思想,苏轼、苏辙即深受其父影响。他们的共同之处表现在强调不得已而为文,重视文学的社会作用,轻道,以西汉文词为宗师,重视文学艺术的特征,提倡风格的多样性,等等。可以说,在北宋文坛上,三苏文论代表了非正统古文家的文论。正如朱东润先生说:"自古论文者多矣,然其论皆有所为而发,而为文言文者绝少。古文家论文多爱言道,虽所称之道不必相同,而其言道则一,韩柳欧曾,罔不外此。王安石论文,归于礼教政治,然亦有为而作。至于苏氏父子,始摆脱羁勒,为文言文,此不可多得者也。"② 的确,三苏文论的重文轻道,为文言文是一大特点。正因为此,三苏文论多新颖精辟之见,更接近文艺本身的规律。三苏不仅以其杰出的创作为北宋诗文革新运动的胜利和最终完成作出了巨大贡献,还以其精彩深刻的文论影响了南宋至明清的一些作家。

其次,苏辙以他的"养气"说丰富了古代文论的"文气"说。

---

① (宋)苏辙著,曾枣庄、马德富校点:《栾城集》,上海古籍出版社1987年版,第1399页。
② 朱东润:《中国文学批评史大纲》,上海古籍出版社1983年版,第112页。

文气是中国古代文论中内涵丰富、影响深远的一个范畴。在"文气"说的发展过程中，先后出现了曹丕、韩愈、苏辙、刘大櫆等著名人物。"文气"说涉及文学的本质、文学的创作、文学的风格、文学欣赏等各个方面。苏辙"养气"说在"文气"说中的地位是他对"养气"途径的说明。苏辙强调山川游览、社会阅历对为文的作用，尽管还不能说他已经清楚地认识到了社会生活是文学的源泉，但在古代文论中仍是不可多得的好见解。联系宋初文坛所流行的脱离生活、专事模拟的西昆诗风，以及北宋后期黄庭坚的"夺胎换骨""点铁成金"的理论及其指导下的江西诗派，我们不能不说苏辙"养气"说的价值是很高的，具有针砭和预防的作用。苏辙将自己的"养气"理论贯彻到自己的作品中，写下了不少关心民间疾苦、感时忧世的作品。值得注意的是，人们评价苏辙的作品也多用"气"字。《宋史·苏辙传》说："辙性沉静简洁，为文汪洋澹泊，似其为人，不愿人知之，而秀杰之气终不可掩。"[①] 这一说法源于苏轼："子由之文实胜仆，而世俗不知，乃以为不知。其为人深不愿人知之，其文如其为人，故汪洋澹泊，有一唱三叹之声，而其秀杰之气终不可没。"[②] 秦观说："中书（笔者注：苏轼）之道如日月星辰，经纬天地，有生之类，皆知仰其高明；补阙（笔者注：苏辙）则不然，其道如元气行于混沦之中，万物由之而不知也。"[③] 苏轼也说："子由之文，词理精确有不及吾，而体气高妙，吾所未及。"[④] 这些评论都较能把握苏辙创作的特点。

苏辙的文论，也不无可议之处。与苏轼相比，苏辙更有道学气，如《诗病五事》。其学生张耒即受其影响。同时苏辙融合儒释道思想，也影响到他的文艺思想，后来大倡以禅说诗的韩驹就受到苏辙的赏识。由于整个思想的多元状态，以至被朱熹称为"杂学"，这些都影响到苏辙文艺思想的进一步深化。

---

① （元）脱脱等：《宋史·苏辙传》，中华书局1977年版，第10835页。
② （明）茅维编，孔凡礼点校：《苏轼文集》，中华书局1986年版，第1427页。
③ 孔凡礼：《苏轼年谱》，中华书局1998年版，第738页。
④ （明）茅维编，孔凡礼点校：《苏轼文集》，中华书局1986年版，第2059页。

苏氏蜀学文艺思想的巴蜀文化特征*

摘　要：苏氏蜀学为宋学的重要学派，也是巴蜀文化中极具特色的一支。蜀学之成派，始于三苏父子。就苏氏蜀学中的文艺思想与巴蜀文化的密切关系进行分析，可以看出，苏氏文艺思想的形成与巴蜀文化中的两汉先贤意识、杂学色彩、切人事重抒情、尚操守重气节、富异端色彩和反叛精神等关系至密，苏氏蜀学既孕育于巴蜀文化之中，又为巴蜀文化增添了无数光彩。

关键词：苏氏；蜀学；文艺思想；巴蜀文化

"蜀学"一词出自《汉书》卷八九《文翁传》。传述汉景帝时文翁治蜀，派遣蜀中学子入长安习经学，在成都立石室，由此蜀风大变。"蜀地学于京师者比齐鲁焉。"文翁治蜀、兴学，使巴蜀文化得到极大发展。对此，常璩《华阳国志》作了记载和肯定。一于《蜀志》云："学徒鳞萃，蜀学比于齐鲁。巴、汉亦立文学"，一于《先贤士女总赞》云："蜀承秦后，质文刻野，太守文翁遣宽诣博士东受七经，还以教授，于是蜀学比于齐鲁，巴、汉亦化之。"①

"蜀学"成为学派，始于北宋中期，由苏洵创始，苏轼、苏辙总其成。苏氏蜀学指学术派别（思想流派），主要包含三苏的哲学思想。但三苏被世人所知的首先是其文学创作，因此文艺思想实应属于苏氏蜀学的重要内容。

苏氏蜀学作为一个整体，不仅在其哲学思想上表现出很多共同点，在其文艺观上亦复如是。苏氏文艺思想的核心是苏洵的文艺思想，影响最大、成就最高的是苏轼的文艺思想。苏辙在父兄之外，也有不少独到之处。

---

* 原载《四川师范大学学报》（社会科学版）2001年第5期，中国人民大学复印报刊资料《中国古代文学》2002年第1期全文转载。

① （晋）常璩撰，刘琳校注：《华阳国志校注》，巴蜀书社1984年版，第711—712页。

苏氏文艺思想是特定时间、空间的产物。三苏父子出生、成长于四川，巴蜀地域文化对他们的浸润、影响是很自然的事情。文化（包括地域文化）是生于斯、长于斯的人们无意识的积淀。文化母体的原型影响、复现于个体身上，也是为当今事实所证明了的。因此，从古代巴蜀文化的特征这一角度来探讨、分析苏氏文艺思想的来源、形成就不应是空中楼阁、臆想之测了。

一 "以西汉文词为宗师"与两汉先贤意识

三苏崛起文坛、学界，适当北宋诗文革新处于关键时期。细缕事实，不难看出北宋诗文革新出现的必然性。宋自太祖建国至仁宗庆历以前，文坛充满晚唐五代卑弱之气。诗歌方面，西昆派以李商隐为宗，专事用典、讲求辞藻，用以显示诗者自己的博学和雍容悠闲，点缀朝廷的歌舞升平。散文方面，晚唐以来流行的骈俪之文充斥朝野。在欧、苏（舜钦）之前，有柳（开）、穆（修）、石（介）、宋祁等人群起反对西昆体。王禹偁则以白居易为宗，倡浅近平易的白体。上述诸人虽在北宋诗文革新中着先鞭，但因其创作成就、社会地位等方面的限制，未能做到登高一呼，响者云集。宋代诗文革新取得突破和胜利是在嘉祐三苏加盟之后。

宋代诗文革新，实为诗文复古运动。复谁的古，以什么为对象，可以说三苏与欧、曾、王是不同的。欧、曾要恢复的是唐韩、柳所倡的古文及儒家的道统，而三苏却主张"以西汉文词为宗师"。所谓"以西汉文词为宗师"，就是向《史记》《汉书》以及贾谊、晁错、董仲舒、司马相如、扬雄等两汉作家的作品学习。这首先是苏洵自二十七岁发愤苦读之后的体会。苏洵以此教育二子，遂形成三苏父子的共同观点。苏轼说："始朝廷以声律取士，而天圣以前，学者犹袭五代之弊。独吾州之士，通经学古，以西汉文词为宗师。方是时，四方指以为迂阔。"[①] 又说："轼长于草野，不学时文，词语甚朴，

---

① （明）茅维编，孔凡礼点校：《苏轼文集》，中华书局1986年版，第352页。

无所藻饰。"① 苏辙也说，"文律还应议两京"②，"废兴自有时，诗书付西京"③。"西汉""西京""两京"所指不完全相同。从大者言，三苏以两汉文词为师；就主要而言，三苏"以西汉文词为宗师"。这二者不同的用法都在三苏的创作中得到体现。

缘何三苏"以西汉文词为宗师"而迥异于欧、曾诸人，原因当然不止一个。但我们认为，这与三苏出生、成长于巴蜀文化之中大有关系，具体说就是巴蜀文化中所具有的两汉先贤意识。论者或以为，何处无先贤意识，为何独巴蜀有两汉先贤意识呢？欲明此点，不得不追述一下个中缘由。巴蜀文化为长江流域三大地域文化之一，约在春秋战国已初步形成。欲推其上源，则广汉三星堆遗址已表现出迥异于中原文化的特色。兹不赘。两汉之前，巴蜀文化载籍罕见，其以"蜀"为名在中华大地大放异彩是在汉代之时。《汉书·地理志》云：

　　景、武间，文翁为蜀守，教民读书法令。未能笃信道德，反以好文刺讥，贵慕权势。及司马相如游宦京师诸侯，以文辞显于世，乡党慕循其迹。后有王褒、严遵、扬雄之徒，文章冠天下。繇文翁倡其教，相如为之师。④

汉代巴蜀文化，尤其是文学创作以"集团军"的形式显耀两汉文坛，成为巴蜀人为之自豪的历史。"乡党慕循其迹"，是很自然的。两汉先贤的功绩不仅是生于此邦者的骄傲，也是他邦者的企羡和赞叹对象。左思《三都赋》写道：

　　近则江汉炳灵，世载其英。蔚若相如，皭若君平。王褒晔晔而秀发，扬雄含章而挺生。幽思绚道德，摛藻掞天庭。考四海而为俊，当中叶而擅名。是故游谈者以为誉，造作者以为程也。⑤

---

① （明）茅维编，孔凡礼点校：《苏轼文集》，中华书局1986年版，第1425页。
② （宋）苏辙著，曾枣庄、马德富校点：《栾城集》，上海古籍出版社1987年版，第368页。
③ （宋）苏辙著，曾枣庄、马德富校点：《栾城集》，上海古籍出版社1987年版，第1491页。
④ （汉）班固撰，（唐）颜师古注：《汉书》，中华书局1962年版，第1645页。
⑤ （梁）萧统编，（唐）李善注：《文选》，上海古籍出版社1986年版，第189页。

苏氏蜀学文艺思想的巴蜀文化特征

正如一个家族出现一个耀眼的大人物而后代引以为榜样一样,两汉时期巴蜀先贤所创立的宏绩,就成为巴蜀人永远师法的对象。这就是为什么巴蜀人"两汉先贤"意识强烈的原因,这也是三苏"以西汉文词为宗师"的重要原因。同时,由于巴蜀文化在两汉时形成第一个高峰,而两汉学术以经学为主张,所以,包括眉州在内的整个四川地区"通经学古""词语甚朴"就成为巴蜀的学风、传统。此传统被欧阳修所赏识,就在于此时的欧阳修正以黜时文之浮华为己任,三苏"词语甚朴""通经学古"正好切合了此时的需要。

二 重文轻道与异端色彩

三苏重文轻道,也是其共同点。熟悉中国文学理论发展史的人不难记得,文道关系是中国古代文学理论中一个重要的内容。历代有影响的作家和文论家都无法绕开这一问题,自魏晋而下尤其这样。在文道关系的论述中,文以载道、文以贯道是一贯的主张。尽管对"道"的理解各有不同,但自刘勰之后,道为儒学却是主要的看法。在宋代,随着新儒学——理学的兴起,文道关系再次成为讨论的热点问题,理学家尤其是二程——三苏与二程同时——提出了"作文言道"的说法,径直要取消"文"的地位。明确这一点,就不难理解三苏的"重文轻道"论的意义了。诚如朱东润先生所言:

> 自古论文者多矣,然其论皆有所为而发,而为文言文者绝少。古文家论文多爱言道,虽所称之道不必相同,而其言道则一,韩柳欧曾,罔不外此。王安石论文,归于礼教政治,然亦有为而作。至于苏氏父子,始摆脱羁勒,为文言文,此不可多得者也。[①]

"为文言文""重文轻道"确实是三苏文论有别于同时诸人之处。那么,三苏为何能在道学(理学)兴起的时代坦言"重文轻道",其卓异言论来自

[①] 朱东润:《中国文学批评史大纲》,上海古籍出版社1983年版,第112页。

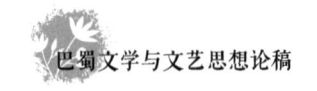

何方？笔者认为，这也与巴蜀文化的异端色彩、杂学学风有密切联系。

儒学是中国社会流行最久、影响最大的思想，汉武帝"罢黜百家""独尊儒术"之后，更长时期成为中国封建社会的官方意识形态，其经典性和神圣性是不容置疑的。先秦原始儒学发生之时，孔子及孔门即以排异端为己任。孔子欲小子"攻乎异端"；孟子"好辩"，批墨责许（行）；荀子"非十二子"，皆以维护儒学的正统和纯净为己任。自兹而后，凡倡儒学者，无不以排异端、灭邪说为职责。以近三苏之前的人而论，韩愈之力排释教，石介、柳开等鼓吹道统，都是显例。这种情形主要发生在中原，尤以京城所在为盛。而四川地处偏僻，自然环境相对隔绝，其学术主流与学风向与中原不侔。即以两汉而论，司马相如生活的时代，正是董仲舒提出"罢黜百家""独尊儒术"之时，司马相如虽受其影响，但非纯儒。相如好读书击剑、博学多才，与章句之儒相比，显然不是同路人。扬雄当东汉末年经学炽盛、谶纬弥漫之时，"不为章句，训诂通而已，博览无所不见"①。扬雄在巴蜀学者之中已是儒学气味最浓的人，但从正统儒家看来，仍不免有异端之嫌。扬雄不仅通儒学，而且精老、庄之学。由此可见，博学百家、富异端色彩是巴蜀士人的特异传统。唐代的陈子昂少任侠使气，求仙学道，儒学之外，兼采老学。李白喜老庄，好纵横术，炼丹学道之志甚笃，时人谓其有"仙风道骨"。三苏也是如此，援佛、老入儒，鲜明地体现了三教融合的特色。苏氏父子合作的《易传》（今题《东坡易传》《毗陵易传》，归名于苏轼，实三苏父子合作之成果）、苏辙的《老子解》、苏洵的《六经论》，都有此特点。尽管援佛、道入儒，是整个理学的致思方式和学术路径，但三苏，尤其是苏轼，体现出来的特色却是迥异的。因此，苏氏蜀学被王安石目为战国纵横之学，被朱熹斥为"杂学"，朱熹特作《杂学辨》，指斥三苏淆乱圣道。影响所及，清人全祖望补《宋元学案》，犹称苏氏蜀学为"学略"，不称"学案"，以别于纯正的理学。

以上所言，主要就三苏轻"道"，这是就儒道而言。就"重文"一方面言，三苏也是继承了巴蜀文化的特征与传统的。"通经学古"自是三苏生活时

---

① （汉）班固撰，（唐）颜师古注：《汉书》，中华书局1962年版，第3514页。

巴蜀士人的特点，但巴蜀文化在两汉大盛就因为文学创作，重文章是巴蜀文化中的重要传统。汉唐弗论，略早于三苏的苏舜钦、田锡即是例了。三苏之得大名，也是缘于文学创作。因此，重文轻道成为三苏文艺思想的一部分就是顺理成章的了。

三 "言必中当世之过"与"作赋以讽"

三苏论文不重"道"，并不是不重文之用。苏氏父子非常重视文学的社会功用。这一点又受到汉代司马相如、扬雄开创的"作赋以讽"传统的影响。苏洵是此观点的首倡者。他说："君子之为书，犹工人之作器也，见其形可以知其用。"① 苏洵将文章之用视同器物之用，这一看法是偏狭而有害的，但其强调文章之用的苦心是可见的。由此出发，苏洵认为历史应起到惩劝小人的作用（《史论·上》），诗文应"言必中当世之过"②。他批评诸儒将《洪范》这本可付诸实践的"天地之大法"变成空谈；批评孙武只是"言兵之雄"而非"用兵之雄"。他评价自己的文章说："洵著书无他长，及言兵事，论古今形势，至自比贾谊。所献《权书》，虽古人已往成败之迹，苟深晓其义，施之于今，无所不可。"③ 这虽有高自称许之嫌，但其为文的动机可鉴。对"言必中当世之过"的前辈，苏洵赞扬备至，如说陆贽"遣言措意，切近的当"④，又说"董生（仲舒）得圣人之经，其失也流而为迂；晁错得圣人之权，其失也流而为诈；有二子之才而不流者，其惟贾生乎"⑤。

苏轼兄弟幼禀父学，表现出相同的价值取向。苏辙说："予少而力学。先君，予师也。亡兄子瞻，予师友也。父兄之学，皆以古今成败得失为议论之

---

① （宋）苏洵著，邱少华点校，母庚才、马建农主编：《苏洵集》，中国书店2000年版，第63页。
② （明）茅维编，孔凡礼点校：《苏轼文集》，中华书局1986年版，第313页。
③ （宋）苏洵著，邱少华点校，母庚才、马建农主编：《苏洵集》，中国书店2000年版，第100页。
④ （宋）苏洵著，邱少华点校，母庚才、马建农主编：《苏洵集》，中国书店2000年版，第111页。
⑤ （宋）苏洵著，邱少华点校，母庚才、马建农主编：《苏洵集》，中国书店2000年版，第107页。

要。以为士生于世,治气养心,无恶于身。推是以施之人,不为苟生也;不幸不用,犹当以其所知著之翰墨,使人有闻焉。"① 苏轼也说:"昔吾先君适京师,与卿士大夫游,归以语轼曰:'自今以往,文章其日功,而道将散矣。士慕远而忽近,贵华而贱实,吾已见其兆矣。'以鲁人凫绎先生之诗文十余篇示轼曰:'小子识之,后数十年,天下无复为斯文者也。'先生之诗文,皆有为而作,精悍确苦,言必中当世之过,凿凿乎如五谷必可以疗饥,断断乎如药石必可以伐病。"② 苏洵"自比贾谊",苏轼兄弟则以贾谊、陆贽为榜样。苏轼曾乞朝廷校正陆贽奏议,以为"治乱之龟鉴"③。苏辙说:"昔先君博观古今议论,而以陆贽为贤。吾幼而读其书,其贤比汉贾谊,而简炼过之。"④ 又说苏轼"少与辙皆师先君,初好贾谊、陆贽书,论古今治乱,不为空言"⑤。

三苏父子以"言必中当世之过"为创作指针,期于实用,时人及史传也如此评价他们。如说苏洵有"王佐才",可为"帝王师"⑥,其文"不为空言而期于有用","博于古而宜于今,实有用之言"⑦。《宋史》本传评:"器识之闳伟、议论之卓荦、文章之雄隽、政事之精明,四者皆能以特立之志为之主,而以豪迈之气辅之,故意之所向,言足以达其有猷,行足以遂其皆为。"⑧ 评苏辙说:"论事精确,修辞简严。"⑨ 这些评价说明,为文尚用,在三苏不只是一种观念,更是他们付诸实践的行为。苏洵的《权书》《几策》《衡论》《上皇帝书》等,具体分析北宋王朝面临的种种危机,积极为治国者出谋划策。苏轼兄弟终身为文字而吃尽苦头,特别是苏轼,几因文字祸而丧命。但他们终身不改其锋芒,这正是因为他们对文学的功用抱有明确而坚定的认识。

---

① (宋)苏辙著,曾枣庄、马德富校点:《栾城集》,上海古籍出版社1987年版,第187页。
② (明)茅维编,孔凡礼校点:《苏轼文集》,中华书局1986年版,第313页。
③ (明)茅维编,孔凡礼校点:《苏轼文集》,中华书局1986年版,第1013页。
④ (宋)苏辙著,曾枣庄、马德富校点:《栾城集》,上海古籍出版社1987年版,第1270页。
⑤ (宋)苏辙著,曾枣庄、马德富校点:《栾城集》,上海古籍出版社1987年版,第1421页。
⑥ (宋)邵伯温、邵博撰,王根林校点:《邵氏闻见录 邵博闻见后录》,上海世纪出版股份有限公司上海古籍出版社2012年版,第119页。
⑦ (宋)欧阳修:《荐表》,载(宋)苏洵著,邱少华点校,母庚才、马建农主编:《苏洵集》,中国书店2000年版,第190页。
⑧ (元)脱脱等:《宋史》,中华书局1977年版,第10818页。
⑨ (元)脱脱等:《宋史》,中华书局1977年版,第10837页。

苏氏为文尚用的文艺思想与巴蜀先辈"作赋以讽"的传统分不开。司马相如写《子虚赋》《上林赋》,"其卒章归之于节俭,因以风谏"。武帝好神仙,相如作《大人赋》以讽,武帝读后,反"飘飘有凌云之气"。这虽与相如创作的动机相反,却可看出相如的用心所在。扬雄提倡明道、宗经、征圣,上承荀子,下启刘勰,对儒家文学观的系统化,厥功甚伟。扬雄本为辞赋大家,晚年认为作赋乃"童子雕虫篆刻""壮夫不为",分赋为"诗人之赋"和"辞人之赋",肯定了前者的"丽以则",贬斥后者为"丽以淫"。表面上看,扬雄是在自我否定,其实是对赋"讽一而劝百"的失望。唐陈子昂、李白倡建安风骨,反齐梁绮艳,正为其不能承载经国治世的重任。略与苏洵同辈的苏舜钦及同属眉州的前辈田锡,在三苏之前已明显有革新文风的举动。巴蜀先贤及前辈对文学功用的重视的影响,三苏务求有补于世的入世志向,加之三苏本身所受儒家影响(儒家文艺观中,讽谏是一大传统),数者合力,构成了三苏为文"必中当世之过"的观念。

四 "不得已而言"与任情适性

前面所引《汉书·地理志》谓巴蜀人"未能笃信道德,反以好文刺讥,贵慕权势"[1],这在班固笔下是贬词,但确实道出了巴蜀民风的特点。正因为不能笃信道德,故巴蜀人多任情而作。可以说,强调任情适性既是巴蜀之民风,也是巴蜀文人的特点。任情适性,就是强调情感的自由表达和身心的自然愉悦,就是强调为文的真情、率直、流畅。证之古代巴蜀文学史,不难见出此特点。司马相如、扬雄、陈子昂、李白等都是显例。司马相如本为汉景帝武骑常侍,景帝不好辞赋,相如常郁郁。时梁孝王来朝,其属下邹阳、枚乘、严忌皆善辞赋,相如见而悦之,遂称病免官,游梁,为梁孝王门下客。放着皇帝的近侍不做,去当诸侯王的门客,旁人看来,此盖有悖仕宦之道。但相如为悦己者容,投奔梁孝王,只为一适情而已。至于

---

[1] (汉)班固撰,(唐)颜师古注:《汉书》,中华书局1962年版,第1645页。

琴挑文君、贪夜私奔,更是只能在"未能笃信道德"的蜀地才会有的壮举。嵇康,这位魏晋名士,越名教而任自然的领袖,其《高士赞》对相如表达了敬佩和赞美。文云:"长卿慢世,越礼自放。犊鼻居市,不耻其状。托疾辞官,蔑此卿相。乃赋《大人》,超然莫尚。"① 其实无须再举例,只此一家已能说明问题。

　　三苏在此点上可谓认同了先贤。他们对为文"不得已而言"的论述颇多,兹举数例明之。苏洵《权书引》云:"我以此书为不得已而言之之书。"② 对史书,苏洵认为应"遇事而记之,不择善恶,详其曲折,而使后世得知而善恶之自著者,是史书之体也"。这里的"不得已而言"是主张"实录"。对其他文章而言,"不得已而言"是"得乎吾心",也就是要表达出内心的真情实感。在《太玄论上》中,苏洵说:"言无有善恶也,苟得乎吾心而言也,则其词不索而获。"③ "不索而获"就是汩汩滔滔,自然成文。在苏洵看来,《易·系辞》《春秋》《论语》这些著作皆为作者"思焉""感焉""触焉"而得,更何况抒情达意的文章呢?苏洵又说:"方其为书也,犹其为言也;方其为言也,犹其为心也。"这显然来自扬雄的"心声""心画"的影响。

　　苏轼继承乃父观点并发扬光大。他说:"夫昔之为文者,非能为之为工,乃不能不为之为工也。山川之有云雾,草木之有华实,充满勃郁,而见于外,夫虽欲无有,其可得耶!自少闻家君之论文,以为古之圣人有所不能自已而作者。故轼与弟辙为文至多,而未尝敢有作文之意。"④ 苏轼此说直接来自其父,其实是远绍刘勰。《文心雕龙·原道》云:"傍及万品,动植皆文:龙凤以藻绘呈瑞,虎豹以炳蔚凝姿;云霞雕色,有逾画工之妙,草木贲华,无待锦匠之奇。夫岂外饰,盖自然耳。"⑤ 强调自然为文,就是要情动于中而后形于言。苏轼说自己的散文"常行于所当行,常止于所不可不止,文理自然,

---

① (清) 严可均辑:《全上古三代秦汉三国六朝文·二》,上海古籍出版社2009年版,第627页。
② (宋) 苏洵著,邱少华点校,母庚才、马建农主编:《苏洵集》,中国书店2000年版,第152页。
③ (宋) 苏洵著,邱少华点校,母庚才、马建农主编:《苏洵集》,中国书店2000年版,第61页。
④ (明) 茅维编,孔凡礼点校:《苏轼文集》,中华书局1986年版,第323页。
⑤ (梁) 刘勰著,范文澜注:《文心雕龙注》,人民文学出版社1958年版,第1页。

姿态横生"①，其实就是对自然为文，"不得已而言"的最佳诠释。

任情适性一方面是要求表达真情，另一方面是要求顺从、满足人的正常欲求。反之则是矫情戕性。苏轼说："孔子不取微生高，孟子不取於陵仲子，恶其不情也。陶渊明欲仕则仕，不以求之为嫌；欲隐则隐，不以去之为高；饥则扣门而乞食，饱则鸡黍以延客，古今贤之，贵其真也。"② 以此，陶渊明成为苏轼最心仪的诗人，以至遍和陶诗，追其心迹。以人情论文，本非高明之论，但放在宋代理学兴起、文网渐密之时，却是需要胆量和勇气的。

总之，强调为人的任情适性、强调为文的抒写真情，这是巴蜀文学的鲜明特征，也是三苏文艺思想的突出内容。

五 "成一家之言"与巴蜀士人特异个性

有鲜明独特的人格个性，方有自标一格的文风。三苏虽为父子兄弟，但其文风各异、面目鲜明。以散文而论，老苏的"指事析理、引物托喻，侈能尽之约，远能见之近，大能使之微，小能使之著，烦能不乱，肆能不流。其雄壮俊伟，若决江河而下也；其辉光明白，若引星辰而上也"③，不同于苏轼的"文理自然，姿态横生"④，嬉笑怒骂、皆成文章，辩才无碍、涉笔成趣，也不同于苏辙的"汪洋澹泊，有一唱三叹之声"⑤。

三苏文风各异，是他们自觉追求的结果。他们一直提倡风格的独立性和多样性，以此作文，也以此衡文。苏洵评司马迁之文"淳健简直，足成一家"；《上欧阳内翰第一书》评孟子、韩愈、欧阳修、李翱、陆贽之文，认为欧阳修之文"纡余委备，往复百折，而条达疏畅，无所间断；气尽语极，急言竭论，而容与闲易，无艰难劳苦之态"，这是"欧阳子之文"，而"非孟

---

① （明）茅维编，孔凡礼点校：《苏轼文集》，中华书局1986年版，第1418页。
② （明）茅维编，孔凡礼点校：《苏轼文集》，中华书局1986年版，2148页。
③ （宋）苏洵著，邱少华点校，母庚才、马建农主编：《苏洵集》，中国书店2000年版，第183页。
④ （明）茅维编，孔凡礼点校：《苏轼文集》，中华书局1986年版，第1427页。
⑤ （明）茅维编，孔凡礼点校：《苏轼文集》，中华书局1986年版，第1427页。

子、韩子之文",肯定了欧阳修的戛戛独造,成为欧文千古的评。至于苏轼对风格的重视和强调更是随处可见,兹从略。苏辙也十分重视风格的独立性和丰富性,如"文章自一家"①、"凛然自一家"②、"优柔自好勇自强,各自胜绝无彼此"③ 等皆是。

同时,三苏文风各异也与巴蜀士人的奇异特行有关。自汉迄宋,巴蜀多一流作家,这些作家无一不以鲜明风格引起文坛注目。"务一出己见,不肯蹑故迹"④,不只是苏洵一人的个性而是整个巴蜀士人的群体特性。盖巴蜀本为西南夷,夷风的存留,山多水多、相对隔绝的地理环境,远离王权中心的疏离状态,都适宜培养个性的张扬。"女娲补天""蜀犬吠日",两个成语,一褒一贬,但都鲜明地折射出巴蜀人的个性。"未能笃信道德"、狂傲自放、好奇逐异,成为蜀风的标志。检诸载籍,此类文字处处可见。司马相如无论也,扬雄之淡泊自守,陈子昂之碎百万之琴,李白之使高力士殿上脱靴,薛涛之歌伎身份,苏涣之拦截商旅、劝人造反,苏舜钦之以伎乐娱神,张俞之数征不就,等等。

自然,人格个性不等同于文学风格个性,但文学风格却可折射出人格个性。巴蜀士人的奇特异行与巴蜀文学的奇风异彩是有内在联系的。

总之,人总是生活在特定时空之中的。特定时空所铸造的地域文化,既源自该地域诸环境的制约和影响,又同时成为后之者的文化原型、文化范型,使生活于此中的人们,自觉或不自觉地受其浸润、制约、影响。以此,巴蜀文化中的两汉先贤意识,杂学特色,异端色彩,切人事、重抒情的个性,尚节气、重操守、务出己见的蜀人士风,与三苏文学创作及文艺思想的形成有密切的关系。

---

① (宋)苏辙著,曾枣庄、马德富校点:《栾城集》,上海古籍出版社1987年版,第1185页。
② (宋)苏辙著,曾枣庄、马德富校点:《栾城集》,上海古籍出版社1987年版,第1491页。
③ (宋)苏辙著,曾枣庄、马德富校点:《栾城集》,上海古籍出版社1987年版,第30页。
④ (宋)苏洵著,邱少华点校,母庚才、马建农主编:《苏洵集》,中国书店2000年版,第184页。

文同文艺思想及其艺术成就[*]

摘　要：巴蜀文化是中国长江上游富有特色的地域文化，唐宋又是巴蜀文化大放异彩的时期，文学艺术尤其如此。在众多闪耀的艺术之星中，宋代文同就是其中的一个。对于文同的研究，就目前掌握的文献看，仍然显得十分单薄。本文集中分析三方面内容：一是文同的生活、仕宦经历以及为人；二是文同的艺术思想；三是文同的艺术成就，侧重分析其诗歌、绘画。

关键词：文同；经历；艺术观；诗歌；绘画；成就

巴蜀文化包含内容极其广泛，从学术而言，最能代表四川古代学术的，一般称为"蜀学"。宋代正是"蜀学"鼎盛时期，不仅出现和形成了具有学派性质的"蜀学"（以三苏为代表），而且在多方面展示出巴蜀文化的异彩。作为一个发展中的概念，"蜀学"有不同的含义，既可指古代四川的儒学，也可泛指整个四川地区的文化学术。一般谈及"蜀学"时，多从宽泛意义上使用该词。现代享命不永而著述甚丰的四川学者刘咸炘说："统观蜀学，大在文史。"[①] 这种说法，有一定道理。文同正是在宋代巴蜀文化中作出重要贡献的著名书法家、画家、文学家。长期以来，人们对于文同的认识多停留在其绘画成就及其与苏轼兄弟的亲密关系上，对其全人全文缺乏较为全面的介绍和研究。本文尝试从三个方面谈谈文同：一、仕宦经历和人品；二、文艺思想；三、艺术成就。

---

[*] 本文原载李诚主编《巴蜀文化研究》第 1 期，四川出版集团巴蜀书社 2004 年版。
[①] 刘咸炘：《蜀学论》，《〈推十书〉（增补全本）·戊辑》，上海科学技术文献出版社 2009 年版，第 495 页。

一

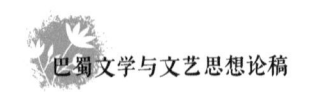

文同（1018—1079），字与可，自号笑笑先生、锦江道人，人称石室先生。画史多称"文湖州"，梓州永泰（今四川盐亭）人。

文同在当时和后世都享有盛名，其基本情况，史籍记载比较清楚。不过，作为流传最广的《宋史》对文同的记载却不足取信，不仅未能准确传达出文同的风貌，甚至有错误。我们先看原文。

> 文同，字与可，梓州梓潼人，汉文翁之后，蜀人犹以"石室"名其家。同方口秀眉，以学名世，操韵高洁，自号笑笑先生。善诗、文、篆、隶、行、草、飞白。文彦博守成都，奇之，致书同曰："与可襟韵洒落，如晴云秋月，尘埃不到。"司马光、苏轼尤重之。轼，同之从表弟也。同又善画竹，初不自贵重。四方之人持缣素请者，足相蹑于门。同厌之，投缣于地，骂曰："吾将以为袜。"好事者传之以为口实。初举进士，稍迁太常博士、集贤校理，知陵州，又知洋州。元丰初，知湖州，明年，至陈州宛丘驿，忽留不行，沐浴衣冠，正坐而卒。
>
> 崔公度尝与同同为馆职，见同京南，殊无言，及将别，但云："明日复来乎？与子话。"公度意以"话"为"画"，明日再往，同曰："与公话。"则左右顾，恐有听者。公度方知同将有言，非画也。同曰："吾闻人不妄语者，舌可过鼻。"即吐其舌，三迭之如饼状，引之至眉间，公度大惊。及京中传同死，公度乃悟所见非生者。有《丹渊集》四十卷行于世。①

先说其错误。这里将司马光给文同之信误为文彦博。此说影响甚大，今人承袭其误者仍有，如何增鸾、刘泰焰编选之《文同诗选》在"前言"中说

---

① （元）脱脱等：《宋史·文同传》，中华书局1977年版，第13101—13102页。

司马光、文彦博皆称他"襟韵洒落如晴云秋月，尘埃所不能到"，又于《文同年谱表》中说："文彦博曾致书同曰：'与可襟韵洒落，如晴云秋月，尘埃不到。'"①次说其不足：一是对文同的仕宦经历叙述不够完整，如文同任邛州军事判官兼摄蒲江、大邑，知普州，判登闻鼓院等皆未叙述；二是引入小说家言，歪曲文同的为人。其实，《宋史》文同传系录自王称《东都事略·文同传》。因此，欲了解文同，不能以《宋史》为依据。范百禄的《文公墓志铭》、苏轼文集、苏辙文集、家诚之《石室先生年谱》、文同《丹渊集》，这些才是比较可靠的材料。下面即以上述材料为据，就文同的成长、仕宦、人品作一叙述。

文同的先祖是汉代著名循吏文翁。文翁对四川的经济和文化建设贡献巨大，在川人心目中享有崇高地位，故人称文同为"石室先生"，正是对其先祖的追念。文同先世三代皆为处士，因此，其父把重振家声的希望寄托在文同身上。《文公墓志铭》中记载文同父亲教诲他说："吾世为德，汝其起家乎？将高吾门于吾庐之东偏以待，汝宜勉之。"②时年13岁的文同即立下志向，奋发学习，希望重振家风。

文同的经历相对比较简单，可以明显分为两期。前期为家居和求学时期。这一时期包括从他出生到32岁中进士以前。文同幼时即知向学，志向远大，学习刻苦，举凡经史子集，无不钻研。未及20岁，已能属文。庆历中，文彦博守成都，文同以文为贽，文彦博大加赞赏。其后文彦博一直看重文同，极力为之延誉。③后期为仕宦时期，包括32岁中进士后到62岁去世。皇祐元年（1049），文同以第五名的好成绩中进士，此后即进入仕途。第一次任职为邛州军事判官，其间曾兼摄蒲江、大邑，前后共四年。至和元年（1054），邛州代还，调靖难军节度判官，在职二年。嘉祐元年至四年（1056—1059），在邠州。同年，召试官职，判尚书职方兼编校史官书籍。在京一年余。旋即再次任职邛州。不到一年时间，因丁父忧还家。治平二年（1065），通判汉州，又摄守邛州一年余，又知普州（今四川安岳县）二年，

---

① 何增鸾、刘泰焰选注：《文同诗选》，四川文艺出版社1985年版，第2、216页。
② （宋）文同著，胡问涛、罗琴校注：《文同全集编年校注》，巴蜀书社1999年版，第1093页。
③ （宋）文同著，胡问涛、罗琴校注：《文同全集编年校注》，巴蜀书社1999年版，第1093页。

以丁母忧去职归家。熙宁三年（1070），知太常礼院。次年归乡，赴陵州。同年冬，改知兴元府，凡二年。熙宁九年（1076），改知洋州，凡二年。元丰元年（1078），入京，判登闻鼓院。数月，乞郡东南，除知湖州。在去任职的途中病卒于陈州之宾馆。

从 32 岁中进士进入仕途至其去世，除去丁父母忧之外，文同仕宦的时间有 25 年。文同仕途不通达，也无明显的仕途挫折（只有因为议宗室袭封事，执据典礼坐非是，夺一官）。但在京任职的时间只有两年，其余时间都在四川和陕西的偏僻地区任职。以当时众多大员的看重和推荐而言，文同的仕途当不如此。为什么会是这样？世人又是怎样来看待和评价文同的呢？

先看时人对文同的评价。司马光在给文同的信中说："与可襟韵萧洒，如晴云秋月，尘埃不到，光心服者非特辞翰而已。"[1] 这是对其人格的高度赞誉。所谓"心服"指司马光发自内心的尊重。赵抃则表示"叹服"，他在给文同的信中说："向以羌旨况闻，承未鄙消，过有称肯。副之佳颂为况，读复数四，益用感慰。其理明语快，到古作者，第叹服而已。"[2] 范镇赠诗与文同："史君老手笔，文字窥化工。"[3] 王安石赠诗："文翁出治蜀，蜀士始文章。司马唱成都，嗣音得王扬。莘莘汉守孙，千秋起相望。操笔赋《上林》，脱巾选为郎。拥书天禄阁，奇字校偏旁。忽乘驷马车，牛酒过故乡。时平无谕檄，不访碧鸡祥。问君行何为，关陇正繁霜。中和助宣布，循吏缀前芳。岂特为亲荣，区区夸一乡。"[4] 苏轼把文同视为圣人之徒，在《与可字说》中，苏轼认为文同是孔子著名学生子张那样的人。《祭与可文》中说："孰能惇德秉义如与可之和而正乎？孰能养民厚俗如与可之宽而明乎？孰能为诗与楚词如与可之婉而清乎？孰能齐宠辱忘得丧如与可之安而轻乎？"[5] 又说文同"忠信而文"[6]。苏辙则说："忠信笃实，廉而不刿，柔而不屈。发为文章，实似其德。

---

[1] （宋）文同著，胡问涛、罗琴校注：《文同全集编年校注》，巴蜀书社 1999 年版，第 1095 页。
[2] （宋）文同著，胡问涛、罗琴校注：《文同全集编年校注》，巴蜀书社 1999 年版，第 1157 页。
[3] （宋）文同著，胡问涛、罗琴校注：《文同全集编年校注》，巴蜀书社 1999 年版，第 1158 页。
[4] （宋）文同著，胡问涛、罗琴校注：《文同全集编年校注》，巴蜀书社 1999 年版，第 1156—1157 页。
[5] （明）茅维编，孔凡礼点校：《苏轼文集》，中华书局 1986 年版，第 1942 页。
[6] （明）茅维编，孔凡礼点校：《苏轼文集》，中华书局 1986 年版，第 1942 页。

风雅之深,追配古人。翰墨之工,世无拟伦。"① 至于对其艺术方面才能和成就论述甚多,下面再细论。

正如家诚之在《丹渊集拾遗卷跋》中说:"湖州之文一出,东坡兄弟皆敬而爱之。前辈大老如文潞公,亦为之延誉。司马温公则至于心服,赵清献公则至于叹服,荆公、蜀公又皆形之歌咏,湖州之为人可知矣。"② 的确如此,一个能够赢得当代巨公的"叹服"与"心服",甚至成为苏轼的"知音",并不是一件轻易的事情。固然,对文同的认识,首先来自其艺术才能和成就,但同时与其个人的人格魅力是分不开的。这一点司马光在给文同的信中即说得非常明白。苏轼之所以在文同去世后一再撰文纪念和怀念文同,原因就在于不仅是对文同全能的艺术才能的钦佩和敬重,更由于其与文同的真挚情感和知音难得的慨叹。

文同出生于一个耕读之家,就其接受的主导思想而言,毫无疑问,最主要的仍然是儒家思想。这方面,文同没有留下比较系统的论述。不过,从其仕宦中的作为还是可以感知到的。比如在初次担任为邛州军事判官时,"绳治豪放,或辨折欺伪,然后敦学政";知陵州时,"访民疾苦";知兴元府时"先治庠序"③;等等。这都显示了文同积极入世和关心民众的特点。由于自己的出身,文同有一种浓厚的平民情结,因此在处理政务时,他很自然地站在下层民众的角度来进行思考,比如在知洋州时,奏请盐茶榷法之不当。同苏轼一样,文同思想也复杂多样。在仕途不顺的地方官宦生涯中,文同隐退的思想意识比较浓郁,诗歌有较多的表露。道家和佛教对他的影响也是明显的,从其为佛寺撰写文字以及与僧人的交往可以见出。

由于长期担任陕西和四川的地方官吏,文同"达则兼善天下"的愿望难以得伸,因此将多方面的艺术才能寄寓在艺术活动中,其在后世的影响主要来自其巨大的艺术成就。

---

① (宋)苏辙著,曾枣庄、马德富校点:《栾城集》,上海古籍出版社1987年版,第539页。
② (宋)文同著,胡问涛、罗琴校注:《文同全集编年校注》,巴蜀书社1999年版,第1215页。
③ (宋)文同著,胡问涛、罗琴校注:《文同全集编年校注》,巴蜀书社1999年版,第1093—1094页。

二

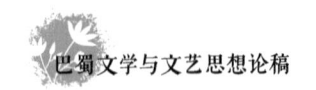

文同巨大艺术成就的取得首先与其有鲜明的艺术思想分不开。与苏轼等著名艺术家不同的是，文同没有比较完整的艺论、文论，我们只能通过他人的记述和文同本人的零星表述及其艺术实践进行分析。

文同的艺术创作集中在文学、书法、绘画三方面，而其艺术理论又集中在绘画和书法方面。综而言之，文同的艺术观有以下三个方面。

第一，充分肯定艺术源自生活这一基本观念，认为生活本身和学习是取得艺术成功的根本原因。苏辙在《墨竹赋》中转述文同的话说：

> 夫予之所好者，道也，放乎竹矣。始予隐乎崇山之阳，庐乎修竹之林。视听漠然，无概乎予心。朝与竹乎为游，莫与竹乎为朋。饮食乎竹间，偃息乎竹荫。观竹之变也多矣。若夫风止雨霁，山空日出。猗猗其长，森乎满谷。叶如翠羽，筠如苍玉。淡乎自持，凄兮欲滴。蝉鸣鸟噪，人响寂历。忽依风而长啸，眇掩冉以终日。笋含箨而将坠，根得土而横逸。绝涧谷而蔓延，散子孙乎千亿。至若丛薄之余，斤斧所施。山石荦确，荆棘生之。蹇将抽而莫达，纷既折而犹持。气虽伤而益壮，身已病而增奇。凄风号怒于隙穴，飞雪凝冱乎陂池。悲众木之无赖，虽百围而莫支。犹乎苍然于既寒之后，凛乎无可怜之姿。追松柏以自偶，窃仁人之所为。此则竹之所以为竹也。始也余见而悦之，今也悦之而不自知也。忽乎忘笔之在手与纸之在前，勃然而兴而修竹森然。虽天造之无朕，亦何以异于兹乎？[①]

众所周知，文同的画竹在历史上取得了极大的声名，在绘画史上开创了

[①] （宋）苏辙著，曾枣庄、马德富校点：《栾城集》，上海古籍出版社1987年版，第416—417页。引文标点有变动。

写意墨竹画的"湖州派"。之所以有此成就，显然与他对竹的热爱、细致观察和烂熟于心分不开。在现存文同诗歌中，仅咏竹的就有三十多首。出生于四川乡下的文同，小时就非常熟悉竹——这种四川平原和丘陵地区随处可见的植物。没有在四川乡下生活过的人是很难理解竹在四川农村生活中的重要地位的。竹可以修房造屋、提供柴火、编制用具。文同不仅在其早年的生活中非常熟悉和喜爱竹，而且在其为官的时间，特别在知洋州时，更开辟了竹院，筼筜谷即最著名者。当然有了生活，并不是就一定成为艺术家；但没有生活，却绝难成为艺术家。因此，文同的诗歌和绘画成就的取得首先与其生活的地理环境和生活经历是分不开的。文同诗歌中大量景物诗，是他长期生活于四川和陕西这两个风景优美地区的结果。

第二，"胸有成竹"的创作论。"胸有成竹"是"得成竹于胸中"的简称，它已成为一个成语，可见其影响之深远。此理论首见于苏轼《文与可画筼筜谷偃竹记》：

> 竹之始生，一寸之萌耳，而节叶具焉。自蜩腹蛇蚹以至于剑拔十寻者，生而有之也。今画者乃节节而为之，叶叶而累之，岂复有竹乎！故画竹必先得成竹于胸中，执笔熟视，乃见其所欲画者，急起从之，振笔直遂，以追其所见，如兔起鹘落，少纵则逝矣。与可之教予如此。予不能然也，而心识其所以然。①

长期以来，人们都把此理论归之于苏轼。其实，这只不过因为苏轼的声名太大的缘故。苏轼也说得很清楚，这是文同告诉他的。文同所提出的"胸有成竹"的理论实质上是对创作过程的分析。对于创作的分析，中国古代艺术家进行了不少的探讨，但最主要还是集中在构思过程，特别是艺术思维上，比如陆机和刘勰。文同的理论，则对创作全部过程进行了深入的分析。这一过程包括从生活积累——对生活尤其是对创作对象的深入细致的观察、体验和研究到创作构思——在内心经过长期咀嚼和组合，形成清晰完整的审美意

---

① （明）茅维编，孔凡礼点校：《苏轼文集》，中华书局1986年版，第365页。

象，最后在审美意象完全形成的情况下，以最快速、最简洁的符号将其形式化，成为可以为人感知的作品。创作最关键的地方就在于审美意象的形成。审美意象的形成需要前提，这就是生活和经验的积累和体验，尤其是体验，因为体验使生活材料通过情感的孕育，使物象与情感交相融合，使景中含情，情中含景。因此，艺术创造有三难：一难在于生活，没有生活的积累和体验，难以形成创作动机；二难在于构思过程中审美意象的形成；三难在于心手相应的传达。而最难在于第二个环节，即构思。构思的过程是体验的过程，体验的过程也是思维激发、灵感触发的过程，所以，文同提到"灵感"和"悟"的问题。文中所谓"少纵则逝矣"即是。这一点，苏轼也有相同的感受，他说："作诗火急追亡逋，清景一失后难摹。"[1]"灵感"和"悟"，是为了促使审美意象的形成。但是审美意象仅仅停留于胸中，尚不能成为艺术，还有一个艺术传达的问题，所以苏轼后来发挥说："夫言止于达意，即疑若不文，是大不然。求物之妙，如系风捕影，能使是物了然于心者，盖千万人不一遇也；而况能使了然于口与手者乎？是之谓辞达。辞至于能达，则文不可胜用矣。"[2]正如英国美学家克莱夫·贝尔 1913 年在《艺术》所说："艺术是有意味的形式。"[3]而如何赋予构思中的审美意象以最好的形式，正是艺术家区别于常人之所在。将艺术形式化还有一个重要的心理现象——"悟"。文同曾说："余学书凡十年，终未得古人用笔相传之法。后因见道上斗蛇，遂得其妙。乃知颠、素之为，各有所悟，然后至于如此耳。"[4]苏轼跋云："留意于物，往往成趣。昔人有好草书，夜梦则见蛟龙纠结。后数年，或昼日见之，草书则工矣，而所见亦可患。与可之所见，岂真蛇耶？抑草书之精也。予平生好与与可剧谈大噱。此语恨不令与可闻之，令其一捧腹绝倒也。"[5]入宋以来，以禅论诗成为时尚，文同也受此影响。当然更直接的是来自亲身的体验。唐代著名书法家怀素由挑夫争道"悟"草书之理，张旭观公孙大娘舞剑器而

---

[1] （清）王文诰辑注，孔凡礼点校：《苏轼诗集》，中华书局 1982 年版，第 318—319 页。
[2] （明）茅维编，孔凡礼点校：《苏轼文集》，中华书局 1986 年版，第 1418 页。
[3] [英] 克莱夫·贝尔：《艺术》，薛华译，江苏教育出版社 2005 年版，第 14 页。
[4] （明）茅维编，孔凡礼点校：《苏轼文集》，中华书局 1986 年版，第 2191 页。
[5] （明）茅维编，孔凡礼点校：《苏轼文集》，中华书局 1986 年版，第 2191 页。

"悟"草书之理，与文同此说完全是相同的。

第三，在艺术风格方面，文同也有自己的理解和主张。文同偏爱"清幽""清绝"的风格。他大量的写景诗即体现出这一特点。他十分喜爱晋朝大诗人陶渊明的诗歌，其《读渊明集》说："吏人已散门阑静，公事才休耳目清。窗下好风无俗客，案头遗集有先生。文章简要惟华衮，滋味醇醲是太羹。也待将身学归去，圣时争奈正升平。"① 在这首诗中，文同表现了他愿意学习陶渊明的归隐，同时认为文章（包括诗歌），一要简要，二要滋味醇醲。尤其是醇醲诗味，更是他终身的追求。文同的诗歌主要是写景诗，诗风趋于平淡清新。对于同时代诗人梅圣俞，文同表达了仰慕之情。《问景逊借梅圣俞诗卷》中说："前日读子诗，快我烦病躯。若坐大暑中，琼杯饮琳腴。辞严意清绝，敢谓人所无。子乃不自高，尚尔尊圣俞。为我诵佳句。实也郊岛徒。遂云有家藏，两轴如椽粗。我方嗜此学，常恨失所趋。愿子少假之，使之识夷途。"② 诗中称赞朋友张景逊的诗作"辞严意清绝"。所谓"辞严"，就是用语的简要、精确。"清绝"，则是他对诗味的追求。在文同看来，真正的诗味是"醇秾"。那么，"醇秾"和"清绝"看起来不是矛盾的吗？当然不是的。正如苏轼所言，真正的"平淡"应该是"凡文字，少小时须令气象峥嵘，彩色绚烂。渐老渐熟，乃造平淡。其实不是平淡，绚烂之极也。汝只见爷伯而今平淡，一向只是此样。何不取旧时应举时文字看，高下抑扬，如龙蛇捉不住，当且学此。"③ 宋代真正开创平淡诗风的是梅尧臣，他在《依韵和晏相公》一诗中说"因吟适情性，稍欲到平淡"④，又在《读邵不疑学士诗卷……》说："作诗无古今，惟造平淡难。"⑤ 钱锺书先生说文同："诗歌也还是苏舜钦、梅尧臣时期那种朴质而带生硬的风格，没有王安石、苏轼以后讲究辞藻和铺排典

---

① （宋）文同著，胡问涛、罗琴校注：《文同全集编年校注》，巴蜀书社1999年版，第340页。
② （宋）文同著，胡问涛、罗琴校注：《文同全集编年校注》，巴蜀书社1999年版，第563页。
③ （宋）赵德麟：《侯鲭录》，转引自曾枣庄选注《三苏文艺理论作品选注》，巴蜀书社2018年版，第166页。
④ （宋）梅尧臣著，朱东润编年校注：《梅尧臣集编年校注》，上海古籍出版社1980年版，第368页。
⑤ （宋）梅尧臣著，朱东润编年校注：《梅尧臣集编年校注》，上海古籍出版社1980年版，第845页。

故的习气。"① 确实，读文同的诗歌，时有不很顺畅的感觉，这就是钱锺书先生所谈到的"朴质而生硬"。但是不管怎么说，文同对"清绝"诗风的追求正好代表了宋诗的新追求。他对宋诗风格的定型是有很大贡献的。

三

对于文同在艺术上的成就，他的从表弟苏轼有极高的评价。苏轼说：

> 亡友文与可有四绝，诗一，楚词二，草书三，画四。与可尝云：世无知我者，惟子瞻一见，识吾妙处。既没七年，睹其遗迹，而作是诗。
>
> 笔与子皆逝，诗今谁为新。空遗运斤质，却吊断弦人。②

在给文同的信中，苏轼称赞文同："老兄诗笔，当今少俪。"③ 又说，"与可之文，其德之糟粕。与可之诗，其文之毫末。诗不能尽，溢而为书，变而为画，皆诗之余。其诗与文，好者益寡。有好其德如好其画者乎？悲夫！"④《黄州再祭与可文》说："艺学之多，蔚如秋蒉。脱口成章，粲莫可耘。驰骋百家，错落纷纭。使我羞叹，笔砚为焚。"⑤

在当时文人中，能够受到苏轼如此称赞的人，殆不多见。显然，苏轼对文同艺术才能的肯定并非因为他们是亲戚的缘故，更不是一般的官场应酬文字。文同去世后，苏轼一再跋语文同之书画以寄托其哀思和知音难得之感，读之令人感怆。

文同艺术成就首先表现在绘画上。因其画名太盛，以至掩盖了他多方面的艺术才能和成就，比如前引苏轼感叹世人仅好文同之画，而对文同之人之

---

① 钱锺书选注：《宋诗选注》，人民文学出版社1958年版，第35页。
② （宋）文同，胡问涛、罗琴校注：《文同全集编年校注》，巴蜀书社1999年版，第1116页。
③ （宋）文同，胡问涛、罗琴校注：《文同全集编年校注》，巴蜀书社1999年版，第1129页。
④ （明）茅维编，孔凡礼点校：《苏轼文集》，中华书局1986年版，第614页。
⑤ （明）茅维编，孔凡礼点校：《苏轼文集》，中华书局1986年版，第1942页。

诗，却鲜有如好其画者即是。

文同的绘画题材涉及山水人物，内容丰富。枯木竹石是他常见的绘画题材，尤以画竹享有盛名。他开创了画史上著名的写意墨竹画派——湖州画派。自孔子而后，自然物的欣赏多被赋予人的品性、道德，这就是著名的比德说。竹以其"群居不倚，独立不惧"的品格一向为中国文人所喜爱，成为诗画的重要题材。早在唐代，竹即成为独立的绘画题材。唐代萧悦、唐末程修己、五代郭崇韬夫人李氏、西蜀黄筌、南唐徐熙、后主李煜等都有墨竹之作，文同虽非"始用墨"来写竹的第一人，但却度越前人，创建了名震画坛的"湖州竹派"。正如元代画竹名家李衎所评："文湖州最后出，不异杲日升空，爝火俱息；黄钟一振，瓦釜失声。"①

文同画流传至今者尚有四幅，二幅今藏台北故宫博物院，一幅流至国外。《墨竹图》就是他的传世佳作。下面试以《墨竹图》为例看看他在绘画上的造诣。该图为绢本水墨，纵131.3厘米，横91.5厘米，左方上角钤"静闲□室""文同与可"二印。明代王直所题七言古诗一首，陈循题苏轼等人十句。王直称此图是北宋文同的作品。

该图画面简洁：竹干向左倾斜，似被大风吹得左摇右晃。竹干下部分布着稀疏的枝叶，左右各一枝；竹的末梢枝叶稠密；竹竿劲节，竹叶锋利若剑。作品构图合理，疏密有致，大部分空白在浓墨的映衬下，显得生意无穷。该图充分显示了文同墨竹"富潇洒之姿，逼檀栾之秀，疑风可动，不笋而成者也"的特点。虽然文人画不求形似而重意兴抒发，但文同还是注重对它的自然形态的描绘。一竿竹，数枝茎，都从竹节处顺势而出，沉着劲利。这和文同平时种竹、赏竹、知竹、画竹是分不开的。米芾说画竹"以墨深为面，淡为背，自与可始也"②。万叶丛中，文同用墨色浓淡来表现竹的正反向背，得风势，增动感，看似随意中有细致笔墨。到元代，文人所画竹的浓淡就不再注意叶面的反正，只是为虚实相生的艺术效果、轻重缓急的心绪抒发的需要了。

文同的墨竹画在当时流传甚广，比如仅见于苏轼题跋的墨竹图就有八幅

---

① （元）李衎：《画竹谱》，《景印文渊阁四库全书》（第814册），台湾商务印书馆1986年版，第320页。

② （宋）郭若虚撰，邓白注：《图画见闻志》，四川美术出版社1986年版，第175页。

之多，但今日传者已少。虽然不能见到文同太多的真迹，但通过苏轼和同时代的评价，我们还是可以看出文同墨竹画的特点和成就。苏轼《戒坛院与可画墨竹赞》中说："风梢雨箨，上傲冰雹，霜根雪节，下贯金铁。谁为此君，与可姓文。惟其有之，是以好之。"①《石室先生画竹赞并序》说："与可，文翁之后也。蜀人犹以石室名其家。而与可自谓笑笑先生。盖可谓与道皆逝，不留于物者也。顾尝好画竹。客有赞之者曰：先生闲居，独笑不已。问安所笑，笑我非尔。物之相物，我尔一也。先生又笑，笑所笑者。笑笑之余，以竹发妙。竹亦得风，夭然而笑。"② 苏轼之文，既有对文同之画形象的描绘，也由画及人，说明唯有此人，方有此画。画与人是合二为一的。所谓"墨竹"，指画竹叶时，以深墨为面，淡墨为背，不施勾勒，兼备书法之妙的写意画。写意画充分展示了唐宋文人求神似而遗形似的审美追求。苏轼说："论画以形似，见与儿童邻。赋诗必此诗，定知非诗人。诗画本一律，天工与清新。"③ 事实上，文同也正是将写意竹作为自己心情的寄托。他说："吾乃者学道未至，意有所不适而无所遣之，故一发于墨竹，是病也。"④ 文同不仅首创了写意墨竹，而且带出了苏轼这样的墨竹大家。苏轼在《文与可画筼筜谷偃竹记》回忆说："及与可自洋州还，而余为徐州。与可以书遗余曰：'近语士大夫，吾墨竹一派，近在彭城，可往求之。袜材当萃于子矣。'"⑤ 这里所说的"袜材"，指文同初画墨竹时，一点不珍重自己的成果，于是四方之人持缣素以求，文同不胜其烦，扬言要将作为画材的缣素作为袜子的材料，于是士大夫之间传以为口实。苏轼这里以与文同开玩笑的声容笑貌表达他对文同的怀念。

不仅像苏轼这样的人学习文同的墨竹画法，而且在后世也引起广泛的模仿和学习。元代画坛四大家之一的吴镇收集了宋元时学习墨竹画法的25人，编为《文湖州竹派》。对于文同在绘画史上的地位及其成就的取得，《宣和画谱》中说："文臣文同善画墨竹，知名于时。凡于翰墨之间，托物寓兴，则见

---

① （明）茅维编，孔凡礼点校：《苏轼文集》，中华书局1986年版，第614页。
② （明）茅维编，孔凡礼点校：《苏轼文集》，中华书局1986年版，第1942页。
③ （宋）苏轼著，（清）冯应榴辑注，黄任轲、朱怀春校点：《苏轼诗集合注》，上海古籍出版社2001年版，第1437页。
④ （宋）文同著，胡问涛、罗琴校注：《文同全集编年校注》，巴蜀书社1999年版，第1120页。
⑤ （明）茅维编，孔凡礼点校：《苏轼文集》，中华书局1986年版，第366页。

于水墨之戏。顷守洋州，于筼筜谷构亭其上，为朝夕游处之地。故于画竹愈工。至于月落亭孤，檀乐飘发之姿，疑风可动，不笋而成，盖亦进于妙者也。或喜作古槎老枿，淡墨一扫，虽丹青家极毫楮之妙者，形容所不能及也。盖与可工于墨竹之画，非天资颖异而胸中有渭川千亩、气压十万丈夫，何以至于此哉。"[1]元代李衎《画竹谱》说："文湖州挺天纵之才，比生知之圣，笔如神助，妙合天成。驰骋于法度之中，逍遥于尘垢之外。纵心所欲，不逾准绳。"[2]

一般说来，善画者，其书法也较有成就。文同正是这样的。苏轼说文同：诗一，楚词二，草书三，画四。将草书排在第三，足见其对文同书法评价的肯定。苏轼在《与可飞白赞》中说："呜呼哀哉！与可岂其多好奇也与？抑其不试，故艺也。始，予见其诗与文，又得见其行、草、篆、隶也，以为止此矣。既没一年，而复见其飞白。美哉，多乎！"[3]《跋与可草书》说："李公择初学草书，所不能者，则杂以真、行，刘贡甫谓之'鹦哥娇'。其后稍进，问仆：'吾书比来何如？'仆对曰：'可谓秦吉了矣。'与可闻之大笑。是日，坐人争索与可草书。落笔如风，初不经意。刘意谓鹦鹉之于人言，止能道此数句耳。十月一日。"[4] 以苏轼这样的书家尚且如此肯定文同书法的成就，即使没有看到文同墨宝真迹，也可以感受到文同书法的神采了。

四

文同能诗善文，苏轼称赞文同艺术才能首在诗歌，这并不是虚美。文同现存诗歌882首。单从数量看，文同的作品在宋代诗人中不算多，但是其诗歌极有特色。不仅在当时赢得苏轼的赞叹，同时之著名人物，如王安石、赵

---

[1] （宋）《宣和画谱》，《景印文渊阁四库全书》（第813册），台湾商务印书馆1986年版，第202页。

[2] （元）李衎：《画竹谱》，《景印文渊阁四库全书》（第814册），台湾商务印书馆1986年版，第329页。

[3] （宋）文同著，胡问涛、罗琴校注：《文同全集编年校注》，巴蜀书社1999年版，第1134—1135页。

[4] （明）茅维编，孔凡礼点校：《苏轼文集》，中华书局1986年版，第2183页。

抃、范镇，都充分肯定文同诗歌的才能和成就。吕祖谦奉命编《宋文鉴》，选录文同诗 10 首，这一数量已经不少。清代厉鹗编《宋诗纪事》，录文同诗 6 首；钱锺书先生《宋诗选注》录文同诗 4 首；何增鸾、刘泰焰编选《文同诗选》，录诗 215 首。由此可见文同之诗的成就。

从内容讲，文同诗歌反映和描写现实生活的不多，特别是反映当时生活重大内容的更少。写景诗是文同诗歌的主要内容。归纳起来，文同诗歌主要表现了以下方面的内容。

第一，表现了对下层民众的同情和对贪官污吏的谴责。文同出生在一个三代不仕的家庭，从小生活在四川乡下，生活是相当贫困的。文同年少之时，曾砍柴、卖柴以助家用。据说他 12 岁挑柴到县城卖，恰遇县官出行，因躲避不及，受到侍卫的毒打。这使文同对官吏的横暴给百姓带来的痛苦有切身的体会。由于自己的家庭以及亲身经历，文同在进入仕途之后，总是尽力减轻百姓的负担，他为自己未能给百姓做得更多而深感内疚和惭愧。《织妇怨》中写道：

> 掷梭两手倦，踏籰双足趼。三日不住织，一匹才可剪。织处畏风日，剪时谨刀尺。皆言边幅好，自爱经纬密。昨朝持入库，何事监官怒？大字雕印文，浓和油墨污。父母抱归舍，抛向中门下。相看各无语，泪迸如倾泻。质钱解衣服，买丝添上轴。不敢辄下机，连宵停火烛。当须了租赋，岂暇恤裋裤？前知寒切骨，甘心肩骭露？里胥踞门限，叫骂嗔纳晚。安得织妇心，变作监官眼？①

沉痛、同情、愤怒，多种复杂的心情洋溢于诗中。织妇及家人的辛酸与无赖，里胥的蛮横与无理，无不跃然纸上。尤其是最后两句，我们几乎听到诗人那愤怒的呼喊。这一现象是宋代社会的真实反映。北宋施行布帛和买制，春时预贷库钱于民，至夏秋令输绢于官。始于太宗时，称为便民，"以供军需"，其后官吏勒索，责民以绢价折钱缴官，谓之折帛。重利盘剥，积久，遂为残民之弊政。蜀地乃产绢重地，这首诗就是对这一弊政的控诉。

---

① （宋）文同著，胡问涛、罗琴校注：《文同全集编年校注》，巴蜀书社 1999 年版，第 162 页。

《昝公溉》同样表达了诗人对百姓生计的关心：

> 晚泊昝公溉，船头余落晖。携家上岸行，爱此风满衣。村巷何萧条，四顾烟火稀。问之曰去岁，此地遭凶饥。斯民半逃亡，在者生计微。请看林木下，墙屋皆空围。好田无人耕，惟有荆棘肥。至今深夜中，鬼火流清辉。众雅闻此语，竞走来相依。错莫惊且哭，牵挽求速归。①

在这朴素而辛酸的叙述中，我们仿佛看到了唐代大诗人杜甫在《三吏》《三别》中写到的情形。作者同杜甫的心情是一样的，对流失家园以及艰难熬日的百姓寄予了无限的同情。

前面说到，儒家思想是文同思想的主流，爱民及物是儒家人道精神的显示。对百姓的同情与对官府的指斥，二者是相互联系的。文同在其为官生涯中，总是竭其所能，为百姓争取。为此，文同对于自己无力为百姓做得更多而深感愧疚，自称为"窃禄先生"。《自咏》诗中说："看画亭中默坐，吟诗岸上微行。人谓偷闲太守，自呼窃禄先生。"为了实现自己的政治抱负和解决家人的生存问题，文同不得不去做官，而长期与下层民众的接触，又使他对自己因为无事可做的情形十分愧疚。这种难得的内省意识，使我们看到文同的严格解剖显示出的可敬的一面。《宿东山村舍》小序说："是秋，粟为白虫所食，虫复为群鸦所食。"诗云：

> 八十雪眉翁，灯前屡嘘唏。问之尔何者，不语惟抆泪。良久云老矣，未始逢此事。种粟满川原，幸已皆茂遂。喜闻欲登熟，近复失所冀。有虫大如蚕，日夜啗其穗。群鸦利虫食，剪摘俱在地。驱呵力难及，十止余三四。供家固未足，王税何由备？瘠土耕至骨，所得几何利？又令遭此祸，不晓上天意。在世幸许年，必以饥馑死。闻之不敢诘，但愧有禄位。移灯面空壁，到晓曾不寐。②

---

① （宋）文同著，胡问涛、罗琴校注：《文同全集编年校注》，巴蜀书社1999年版，第212页。
② （宋）文同著，胡问涛、罗琴校注：《文同全集编年校注》，巴蜀书社1999年版，第189页。

自然灾害固非天意，但是作为平民百姓，却只能望天兴叹。尤其老者"在世幸许年，必以饥馑死"两句，可以让任何有良知的人为之辛酸。良知，正是社会良知，使诗人夜不能寐。诗人既无力来帮助老者，于是只有以同情来为自己解脱。这副不敢面对老者哭诉的真实情境，又使我们感到文同极富人情的一面。

儒家所谓"仁"，不仅是"老吾老以及人之老，幼吾幼以及人之幼"，还在于推己及物。《大热见田中病牛》即表达出此点。诗云：

垅上病牛良可悲，皮毛枯槁头角垂。两鼻谽谺只自喘，四蹄岁岁曾不皮。牧童默坐罢牵挽，耕叟拱立徒嗟咨。朝驱暮使气力尽，尔死主人安得知？①

这里借牛而喻，牛被主人无穷无尽地驱使，最终因过度劳累而病倒。尽管主人对牛之病表示同情和无助，而这不正是因为主人无休止地使用而造成的吗？联想及宋朝的冗官、冗兵、冗费给百姓所造成的痛苦以及给农村所带来的凋敝，这不是以物喻人，人牛同类吗？这里既是对牛的同情和悼惜，也是对宋代百姓的同情和悼惜。

总之，由于文同长期生活在下层民众之中，由于与民众的接触较多，这使他的诗笔不能不描绘出当时社会的真实的一面。

第二，文同诗歌十之九是写景，集中体现文同诗风的正是这类诗。这些写景诗一方面表现了他对祖国河山的热爱和赞美，另一方面也寄予了他的退隐之情。应该说，以景物抒愤懑及闲情逸致是文同写景诗最主要的内容。这方面例子很多，兹举二例证之。比如《新晴山月》：

高松漏疏月，落影如画地。徘徊爱其下，夜久不能寐。怯风池荷卷，病雨山果坠。谁伴予苦吟？满林啼络纬。②

---

① （宋）文同著，胡问涛、罗琴校注：《文同全集编年校注》，巴蜀书社1999年版，第195页。
② （宋）文同著，胡问涛、罗琴校注：《文同全集编年校注》，巴蜀书社1999年版，第386页。

在淡淡的哀愁之中,文同不经意地描绘新晴山月的特点:带着丝丝泥土味的山间,月光洒落在稀疏的松树上。地上的余光现出松树挺拔的身躯和散乱的枝叶。闲愁使诗人难以入眠,于是披衣起床,徘徊于山涧树下。微风吹来,池中荷叶翻卷;因为久雨,山果被风一吹,纷纷坠地。在这寂寞的夜晚,有谁来陪伴诗人度过?只有不停啼叫的草虫。又比如《晚至村家》:

高原硗确石径微,篱巷明灭余残晖。旧裙飘风采桑去,白袷卷水秧稻归。深葭绕涧牛散卧,积麦满场鸡乱飞。前溪后谷暝烟起,稚子各出关柴扉。①

诗人对村居生活的满足和喜爱,通过鲜明的画面得以展示。土地坚硬而瘦薄,山间小路盘旋弯曲,残晖斜照在篱巷的小路上,隐隐约约。穿着旧裙的采桑女回家了,为插秧而打湿裤脚的农夫也归家了。山谷茂密的芦苇丛中,牛闲散地卧着,堆满赛场的麦子,引来群鸡的喧闹。山间溪谷,家家户户燃起了炊烟,小孩子各自去关上自家的柴门。该诗颇具陶渊明诗歌的风味,同样的题材,同样的画面情景,村居生活的浓厚气息——展示在读者面前。

文同诗歌有极高的艺术成就,具体体现为三点。

首先,以画入诗。这里包括诗与画三方面的关系:一、指文同多题画诗,二、更主要的是指文同有意识地在诗歌中表达画意、画境,三、将某种画面比喻成为某幅画。

关于第一点,此不多谈,因为从杜甫之后,诗人多有此举。第二、第三两点,我们要稍微详细地进行分析。文同的诗歌,无论是主要写景还是主要抒情,都带上了浓厚的画意。在大量的写景诗中,文同描摹出了一幅幅四川、陕西乡下的风景图。这不奇怪,文同本身就是一个大画家,他将绘画的手法带入诗歌是非常自然的事情。正如罗丹说,世界上缺少的不是美,而是缺少发现美的眼睛。艺术家的慧眼正是从常人难以见出的平凡事物中发现美的韵味。如《早晴至报恩山寺》:

---

① (宋)文同著,胡问涛、罗琴校注:《文同全集编年校注》,巴蜀书社1999年版,第215页。

山石嶤嶤磴道微，拂松穿竹露沾衣。烟开远水双鸥落，日照高林一雉飞。大麦未收治圃晚，小蚕犹卧斫桑稀。暮烟已合牛羊下，信马林间步月归。①

　　这是一幅典型的山村风物图。从远处看，拂晓初亮的时辰，吃力的身躯努力地攀登在狭窄的山路上。此人渐渐走入山林之中，只见他拂松穿竹，身上的衣服已经被露水打湿。攀至山顶，他坐在那里小憩，但见太阳升起，山上山下的烟雾逐渐散去，视线所在的远处，成双成对的鸥鹭贴着水面飞来飞去。太阳升高了，林间的鸟都活跃起来了，鲜红的太阳下，衬托出一只野鸡在林间穿来穿去的身影。这正是农忙的时候，大麦还没有收割，田间需要加强管理，农夫只能抽出晚间一小会儿时间来管理菜园，采桑的农妇也少见到，小蚕还在酣睡中，不需要太多的桑叶。太阳落山了，落日余晖伴着升起的炊烟，被风吹得时相交合，牧童吆喝着将牛羊赶下山去。饱醉美景的诗人这时也信马悠悠回家了。

　　可以说，文同诗歌的此种特点随处可见。画面美的构成主要是色彩、形体这些形式美的因素。色彩鲜明是文同这些诗的突出特点。比如《后溪晚步》：

　　阴阴芳树暗回堤，路入蒙笼转野溪。泽雉应媒高复下，林鸦引子歇还啼。青蒲宛宛全淹水，紫笋斑斑半出泥。倚杖风前感时节，乱烟斜日一蝉嘶。②

　　此诗色彩丰富，有绿色，如阴阴芳树；有锦色，如野鸡；有黑色，如乌鸦；有青色，如菖蒲；有紫色，如紫笋。一诗中有如此丰富的色彩，显然非着意安排是难以见到的。事实正是如此，文同是有意识将绘画的着色运用于诗歌之中。不仅如此，该诗歌还充分利用了声音的效果，如野鸡、乌鸦、

---

① （宋）文同著，胡问涛、罗琴校注：《文同全集编年校注》，巴蜀书社1999年版，第156页。
② （宋）文同著，胡问涛、罗琴校注：《文同全集编年校注》，巴蜀书社1999年版，第149页。

蝉的鸣叫声来渲染山溪晚景的特点。视听感官的双重接受，给读者带来双倍的享受。

文同不仅有意识在诗歌中表达出绘画的意境，进而将某种山水景物比作某名家之画，如"独坐水轩人不到，满林如挂'暝禽图'"（《晚雪湖上寄景孺》）、"君若要识营丘画，请看东头第五重"（《长举驿楼》）、"峰峦李成似，涧谷范宽能"（《长举》）。对文同此特点，钱锺书先生说："文同是位大画家，他在诗里描摹天然风景，常跟绘画结合联结起来，为中国的写景文学添了一种手法……在他以前，像韩偓的《山驿》：'叠石小松张水部，暗山寒雨李将军'，还有林逋的《乘公桥作》：忆得江南曾看着，巨然名画在屏风'，不过偶然一见；在他以后，这就成为中国写景诗文里的惯技，西洋要到十八世纪才有类似的例子。文同这种手法，跟当时画家向杜甫、王维等人的诗句里去找绘画题材和布局的试探，都表示诗和画这两门艺术在北宋前期更密切的结合起来。"①

其次，文同诗歌追求"清幽""清绝"的平淡诗风。我们在前面已经谈到文同的艺术主张。杜甫说过"诗清立意新"的话。文同曾经认真地学习杜诗（关于此点，以后再论）。而宋代普遍的风气又以崇尚和追求平淡为审美思潮，加之文同长期生活于风景秀美的四川和陕西两省，故其诗歌表现出"清"的特征。下面稍加分析，如下列诗句：

　　山影覆秋静，月色澄夜虚。（《墨君堂》）
　　飞尘不可入，竹树围清涟。（《东谷沿小涧树木丛蔚中有圆潭爱之久坐书所见》）
　　平明携策下青苍，松叶纷纷洒新雨。（《采药归晚因宿野人山舍》）
　　园林晓气清，篱巷夕阳明。（《田舍》）
　　轩窗晓吹清，枕簟晴光冷。亭上逍遥人，满身摇水影。（《涵碧亭》）
　　溪云生薄暮，山雨送微凉。（《闲乐》）
　　嘉树正阴合，好禽新语圆。（《东窗》）

---

① 钱锺书选注：《宋诗选注》，人民文学出版社1958年版，第35—36页。

> 开樽荫碧树，移席临清泉。（《玉峰园避暑》）
> 独向中庭待明月，一身清露泻金波。（《暑夕待月庭下夜深方归》）
> 修篁寒滴雨，老柏静吟风。（《吉祥院》）
> 尘滓外不到，衣襟清有余。每来聊自适，幽意满琴书。（《竹阁》）[①]

无须再举例，文同诗歌表现的此种特点，可以说是触目可见。风物景致，在文同笔下是丰富多彩、变化多端的。对于该特点，研究已经较多，我们不再分析。

最后，文同诗歌的成就还体现在用语的简严精确上。文同说，"文章简要惟华衮，滋味醇秾是太羹"[②]、"辞严意清绝"[③]。文同的诗歌追求清绝和清幽，喜欢模仿和学习杜甫的高古、瘦硬的用字特点。文同的赋尤其体现这一特点。如《松赋》：

> 度众木而特起兮，有高松之可观。擢双干以旁达兮，耸千寻而上击。怪难入于图画兮，老莫知其岁历。含古意以茫昧兮，负天材而岑寂。柯磅礴而如抱兮，叶彻掾而若寡。停余雪而暖溜兮，凄宿雨而晴滴。险穴聚乎魑魅兮，阴林藏乎霹雳。蒙烟雾之洒润兮，傲冰霜之惨戚。荣枯系乎所托兮，用舍由乎见觅。敢并名于杞梓兮，甘取诮于樗栎。[④]

虽然没有明确说此松生长于何地，但从描写中，我们可以描写感受到崛立于悬崖之巅的古松，苍劲挺拔、傲霜斗雪、俯临下界的孤高。这完全是诗人不愿与世同流的人格之表现。其用语，殆如老松虬干，诘曲中显示傲气，精练中显示骨节。文同的大量写景诗更是体现出这一特点。如下面这首《北斋雨后》：

[①]（宋）文同著，胡问涛、罗琴校注：《文同全集编年校注》，巴蜀书社1999年版，第51、146、149、153、166、204、227、284、286、314、315页。
[②]（宋）文同著，胡问涛、罗琴校注：《文同全集编年校注》，巴蜀书社1999年版，第340页。
[③]（宋）文同著，胡问涛、罗琴校注：《文同全集编年校注》，巴蜀书社1999年版，第563页。
[④]（宋）文同著，胡问涛、罗琴校注：《文同全集编年校注》，巴蜀书社1999年版，第703页。

小庭幽圃绝清佳，爱此常教放吏衙。雨后双禽来占竹，秋深一蝶下寻花。唤人扫壁开吴画，留客临轩试越茶。野兴渐多公事少，宛如当日在山家。①

此诗抒发了北斋雨后、公事多暇的愉悦之情。颔联两句，尤见作者用语的简严准确，如"占竹"之"占"字，将禽写得极富人性化；"下寻花"，虽然用语平淡，但却十分切合蝴蝶的动作。颈联之六个动词，也用得十分准确。而六个动词的连续使用，极力渲染了作者的殷勤好客。又如《凝云榭晚兴》：

晚策倚危榭，群峰天际横。云阴下斜谷，雨势落褒城。远渡孤烟起，前村夕照明。遥怀寄新月，又见一棱生。②

该诗几个动词和形容词的运用都极为准确生动。具体而言，"倚"表现出诗人年已渐老，精力不及，而游兴甚浓的情致，"横"则表现出群峰高耸入云的宏大气势，"阴"和"落"显示了夏天乌云来临之速，雨势之大。

文同诗歌用词的简严还表现在色彩词选用的准确上，比如，"花间蜂去抱黄粉，苔上燕来衔绿泥"（《春庭》）两句诗中，包含了多种色彩，有黄色（黄色花、黄色蜂黄粉）、黑色（燕子）、绿色（绿泥）、青色（青苔），真正构成了色彩斑斓的五彩画面。

文同在文学上的成就还体现在他的散文创作上。《捕鱼图记》和《筼竹记》是代表，兹分析后者，以见文同散文之特色。该文写于其为陵阳守之时。一天，作者上山采药，看到一垅奇怪的竹，一枝离地不高的竹竿分而为三，一枝为岩石所困无法伸直而成为弯曲之状。两位童奴以之为怪，而作者却看到："观其抱节也刚洁而隆高，其布叶也瘦瘠而修长，是所谓战风日、傲冰霜、凌突四时、磨轹万草之奇植也。"作者进而发挥说，此竹虽然为外物所困，但不屈不挠，显示出旺盛的生命力；虽僻处山间，却不为不被人知而懊

---

① （宋）文同著，胡问涛、罗琴校注：《文同全集编年校注》，巴蜀书社1999年版，第475页。
② （宋）文同著，胡问涛、罗琴校注：《文同全集编年校注》，巴蜀书社1999年版，第479页。

恼。其实,筼筜正是作者自己心境的真实写照。其对筼筜的坚毅和对筼筜不求人知的节操的赞美,正是对自己身怀才艺却无以施展的安慰。苏轼在《跋文与可墨竹》中说:"筼筜生于陵阳守居之北崖,盖歧竹也。其一未脱箨,为蝎所伤,其一困于嵌崖,是以为此状也。吾亡友与可为陵阳守,见而异之,以墨图其形。予得其摹本以遗玉册官祁永,使刻之石,以为好事者动心骇目、诡特之观,且以想见亡友之风节,其屈而不挠者盖如此云。"[①] 苏轼比较准确地揭示了文同此图、此文写作的意图。文章于简洁之中见风致,叙述清晰而描写生动,夹叙夹议中显示出作者的情怀。

总之,作为巴山蜀水孕育出的一位艺术大师,我们对文同全方位艺术才能和成就研究还很不够,本文主要在于引发大家研究文同的兴趣和热情,至于文同与巴蜀文化的联系,以后再作进一步探讨。

[①] (明)茅维编,孔凡礼点校:《苏轼文集》,中华书局1986年版,第2213页。

"作诗当学杜子美"*
——谈唐庚对杜诗的评价和学习

摘　要：本文介绍和评议了北宋末年四川丹棱诗人唐庚对杜甫、杜诗的评价和学习情况，认为唐庚对杜诗的地位、来源、影响、诗艺、李杜优劣等方面皆有较好的看法；在创作中，不仅学习杜诗的精神，而且在句法、风格、创作态度等方面明显受到杜诗影响，真正体现了他"作诗当学杜子美"的主张。

关键词：唐庚；杜诗；评价；学习

近阅《杜甫研究学刊》1995年第1期，拜读杨胜宽先生《宋代蜀人论杜》，启迪良多。惜限于篇幅，杨先生未就所述蜀人论杜全面展开论述。兹不揣浅陋，就唐庚如何评价和学习杜诗作一探讨，祈方家指正。

唐庚（1071—1120），字子西，眉州丹棱（今四川丹棱艳）人。年少好学，十四五岁作文已令"老师匠手见之，无不褫魄落胆"①。绍圣元年（1094）中进士，释褐为利州（今四川广元）治狱掾，继为阆中令、绵州录事参军、凤州教授。大观四年（1110）擢宗子博士，以张商英荐，除提举京畿常平。同年九月，因赋《内前行》被贬谪惠州安置，在岭南凡六年。政和五年（1115）被赦返家，徽宗重和元年（1118）赴京，二年（1119），得提举上清太平宫，归蜀，道卒于凤翔。②

唐庚与东坡同里，都因为文遭贬，且贬地相同，文采风流仿佛，因此，

---

* 原载《内江师专学报》1998年第3期。
① 黄鹏编著：《唐庚集编年校注》，中央编译出版社2013年版，第549页。
② 唐庚生卒年有多种说法，此据马德富《唐庚年谱》（四川大学古籍整理研究所、四川大学宋代文化研究资料中心编《宋代文化研究》第三辑，四川大学出版社1993年版）。

当时就被称为"小东坡"（其实，他比真正的"小东坡"苏过还更有名）。著有《眉山唐先生文集》二十二卷、《三国杂事》二卷、《唐子西文录》一卷，今并存。

唐庚能诗善文，《四库全书题目》云："《书目解题》称其文长于议论，所著名治、存旧、正友、议赏诸论皆精确。刘克庄《后村诗话》曰：'子西诸文皆高，不独诗也。其出稍晚，使及坡门，当不在秦、晁之下。'"[1]那么唐庚是怎样评价和学习杜诗的呢？

一 对杜诗的评价

宋代是学杜、研杜的繁盛时期，至仁宗庆历之后，人人争言杜诗。在这股热潮中，蜀人占有重要地位，其中尤以苏轼影响最巨。唐庚也是其中重要人物之一。唐庚论杜集中在《唐子西文录》中。

《唐子西文录》一卷，凡三十五则，唐庚述，强幼安录。《四库全书题目》疑为伪作，郭绍虞先生曾力辨其非伪，我们赞同郭先生的看法。在全书三十五则中，直接评论杜诗的有七则，间接论杜的有一则，数量几占全书的四分之一，论及的问题也较多，兹分类来谈。

其一是杜诗地位。

第2条说：六经以后，便有司马迁；三百五篇之后，便有杜子美。六经不可学，亦不须学，故作文当学司马迁，作诗当学杜子美。二书亦须常读，所谓"何可一日无此君也"[2]。

杜甫在生前及去世后的相当长一段时间，虽有不少人给予崇高评价，但其影响力在中唐时期才凸显出来。韩愈、白居易、元稹对杜诗推崇有加，使杜诗的地位和影响才巍然确立。晚唐之时，杜诗始有"诗史"之称（见唐孟棨《本事诗》）。及宋仁宗庆历之后，王安石、苏轼、黄庭坚等大力提倡杜诗，

---

[1] （清）纪昀总纂：《四库全书总目提要》，河北人民出版社2000年版，第4021页。
[2] 《唐子西文录》，本文据（清）何文焕辑《历代诗话》（中华书局1981年版），条目为笔者所加。

诸如杜诗集大成、每饭不忘君、无一字无来处、诗史说四大论点相继提出并得到肯定。可以说，到唐庚之时，杜诗的地位和价值已被人们清楚地认识到了。那么，唐庚此论的意义又何在呢？我们认为有二。第一，唐庚把杜诗看作直接上承《诗经》，实已开杜甫为诗圣之先河。六经是圣人述作，杜诗能上承《诗经》，自也是诗中圣人。这种看法不仅显示了唐庚的胆量，而且也表明他看到了杜诗在整个文学史上的地位。我们今天普遍承认杜诗是继《诗经》之后的又一座现实主义创作高峰，或许是受到唐庚的启迪和影响。第二，唐庚不仅把杜诗看作《诗经》之后的又一高峰，而且公开提出"作诗当学杜子美"，把杜诗当作诗歌创作的旗帜，这也是他的贡献。王安石虽提出"愿起公死从之游"，黄庭坚虽教人熟读杜子美夔州诗，"学老杜诗"[1]，但都没有明确、公开提出作诗"当"学杜子美。唐庚可算第一个提出的。当然，唐庚的这一主张并非空穴来风，而是时代使然，也多少受到前辈如黄庭坚的影响。[2]

唐庚"作诗当学杜子美"的主张对后世影响甚大。江西诗派以杜诗为宗的口号，虽非直接得之于唐庚，但唐庚此论可以说是黄庭坚诗论的重要辅翼。宋代徐度《却扫编》即转述此语。直到清代，杨伦在《杜诗镜铨》凡例中还标举唐庚此论。

其二是杜甫的政治才具。

第8条说："子美云：舜举十六相，身尊道何高。秦时用商鞅，法令如牛毛。其于治道深矣。"

唐庚所述杜诗，见《述古》三首之二，全诗如下：

> 市人日中集，于利竞锥刀。置膏烈火上，哀哀自煎熬。农人望岁稔，相率除蓬蒿。所务谷为本，邪赢无乃劳。舜举十六相，身尊道何高。秦时任商鞅，法令如牛毛。[3]

---

[1] （宋）黄庭坚著，郑永晓整理：《黄庭坚全集辑校编年》，江西人民出版社2008年版，第599页。
[2] 唐庚虽无与黄庭坚见面的记载，但其友王观复为黄庭坚学生。黄氏晚年贬蜀，对蜀中文人影响很大。
[3] （唐）杜甫著，（清）仇兆鳌注：《杜诗详注》，中华书局1979年版，第1022页。

此诗为杜甫在广德元年（763）往来梓州阆州间所作。仇兆鳌《杜诗详注》引赵次公说："题曰《述古》，述古事以风（同讽）今也。"① 讽今什么呢？朱鹤龄注释说："是时第五琦、刘晏皆以宰相领度支盐铁使，榷税四出，利悉锥刀。故言为治之道。"②

这首诗表现了杜甫对当政者严刑酷法、搜括百姓的批评，提出了应以农为本的主张，确实是显示了杜甫的政治见解。《新唐书》杜甫本传说他"好论天下大事，高而不切"③。言下之意，杜甫和其他知识分子并无二致，只是说些大话发点议论，实际上对治道并无多深见解。关于杜甫的政治才具，祁和晖先生已有专文④论述，可以参考，这里不再引述。唐庚以此为例，认为杜甫深于治道，当是准确的。苏轼也说此诗后句"自是契、稷辈人口中语"⑤。

对这几句诗，葛立方说：

> 荆公作《商鞅》诗云："今人未可非商鞅，商鞅能令政必行。"余窃疑焉。孔子论为君难，有曰："如其善而莫予违也，不亦善乎？如不善而莫予违也，不几乎一言而丧邦乎？"盖人君操生杀之权，志在使人无违于我，其何所不至哉！商鞅助秦为虐，而乃称其使政必行何耶？后又有《谢安》诗云："谢公才业自超群，误长清谈助世纷。秦晋区区等亡国，可能王衍胜商君。"则知前篇有所激而云。杜子美云："舜举十六相，身尊道何高。秦时用商鞅，法令如牛毛。"则知所去取矣。⑥

葛立方比较了王安石对商鞅的前后态度与杜甫对商鞅的态度，肯定了杜甫的评价。由上所述可知，对杜甫政治器识、政治才具的探讨、关注，是宋

---

① （唐）杜甫著，（清）仇兆鳌注：《杜诗详注》，中华书局1979年版，第1020页。
② （唐）杜甫著，（清）仇兆鳌注：《杜诗详注》，中华书局1979年版，第1022页。
③ （宋）欧阳修、宋祁：《新唐书》，中华书局1975年版，第5738页。
④ 祁和晖、谭继和：《杜甫被埋没了的本质——论少陵珊瑚资质与上乘政治器识》，《草堂》（《杜甫研究学刊》）1987年第1期。
⑤ （明）茅维编，孔凡礼点校：《苏轼文集》，中华书局1986年版，第2105页。
⑥ （宋）葛立方：《韵语阳秋》，上海古籍出版社1984年版，第109页。

人非常重视的。唐庚的看法代表着一般宋人的看法。

其三，李杜优劣。

第31条说："过岳阳楼观杜子美诗，不过四十字尔。气象闳放，含蓄深远，殆与洞庭争雄，所谓富哉言乎者。太白、退之辈率为大篇，极其笔力，终不逮也。杜诗虽小而大，余诗虽大而小。"①

李杜优劣，迄今千余年仍在争论。宋代杜诗学中，李杜优劣是一大聚讼点，论说纷纭，王安石、苏轼、苏辙等人皆有论述。尽管论述的角度和理由不同，但基本上都肯定杜优于李。唐庚是持杜优李劣论的。此处就杜甫《登岳阳楼》一诗的评价推论出杜优李劣，实是以偏概全，很难令人信服。尽管唐庚对杜甫此诗的评价可谓千古定评，但其由此引出的结论却值得商榷。值得注意的是唐庚在此段未引申出的诗应"虽小而大"的观点，它道出了中国古典诗歌应追求的极致——意境的内涵。

其四，杜诗源流和影响。

第14条说：杜子美祖《木兰诗》。

这里没有具体说出杜甫何诗祖《木兰诗》。一般认为指《草堂》这首诗，诗中写杜甫从梓州回到成都草堂时，有这样几句，"旧犬喜我归，低徊入衣裾。邻里喜我归，沽酒携葫芦。大官喜我来，遣骑问所须。城郭喜我来，宾客隘村墟"②，《木兰诗》写木兰辞官不就回家时，有"爷娘闻女来，出郭相扶将。阿姊闻妹来，当户理红妆。小弟闻姊来，磨刀霍霍向猪羊"之语，两句相近。

从句式及渲染的气氛来看，杜诗无疑是学习和借鉴了《木兰诗》的。其实，杜诗渊源既在《骚》，也在《雅》，汉魏乐府和魏晋优秀诗人，都是杜甫师法的对象。杜甫是以"转益多师"的精神来学习古代优秀的文学遗产的，还是元稹的概括更为全面（见《工部员外郎杜君墓系铭》）。当然，唐庚从具体点指出杜诗的渊源也还是有意义的，那就是学杜诗，还应从头上学起，学杜诗所学的地方。

---

① （宋）强幼安记录：《唐子西文录》，载（清）何文焕辑《历代诗话》，中华书局1981年版，第447页。

② （唐）杜甫著，（清）仇兆鳌注：《杜诗详注》，中华书局1979年版，第1115页。

唐庚这句话，后来刘克庄在《后村诗话》中作了引申和补充，对后世也有一定影响。

第18条说："王荆公五字诗，得子美句法，其诗云：地蟠三楚大，天入五湖低。"①

这是谈杜诗的影响。《新唐书》杜甫本传谓："残膏剩馥，沾丐后人多矣。"② 在宋人学杜形成高潮的过程中，王安石可以说是推动这一热潮的重要人物。王安石不仅学习杜甫忧时爱国、民胞物与的精神，而且从诗艺方面积极学习杜诗，特别是晚年，王安石尤注重诗律的追求。唐庚所说王安石得子美句法，当指杜甫五言诗（尤其是五律）第二联对仗工稳，意境阔大，如"吴楚东南坼，乾坤日夜浮"（《登岳阳楼》）、"浮云连海岱，平野入青徐"（《登兖州城楼》）、"风尘三尺剑、社稷一戎衣"（《重经昭陵》）、"星临万户动，月傍九霄多"（《春宿左省》）、"梅花万里外，雪片一冬深"（《寄杨五桂州谭》）、"乾坤万里眼，时序百年心"（《春日江村》五首之一）、"星垂平野阔，月涌大江流"（《旅夜书怀》）等。

其五，杜诗艺术成就及创作经验。

第6条说：杜子美《秦中纪行诗》，如"江间饶奇石"，未为极胜；到"暝色带远客"，则不可及已。

唐庚所说的两句，出《石柜阁》。原诗如下：

> 季冬日已长，山晚半天赤。蜀道多早花，江间饶奇石。石柜曾波上，临虚荡高壁。清晖回群鸥，暝色带远客。羁栖负幽意，感叹向绝迹。信甘孱懦婴，不独冻馁迫，优游谢康乐，放浪陶彭泽。吾衰未自由，谢尔性所适。③

这诗是杜甫自同谷入蜀中的纪行诗。为什么唐庚说"江间饶奇石"未为极胜，而"暝色带远客"则"不可及已"呢？因为，"蜀道多早花，江间饶

---

① 所引王安石诗题为《旅思》，诗作"地大蟠三楚，天低入五湖"。
② （宋）欧阳修、宋祁：《新唐书》，中华书局1975年版，第5738页。
③ （唐）杜甫著，（清）仇兆鳌注：《杜诗详注》，中华书局1979年版，第716页。

奇石"只是客观地描绘了蜀地自然景观,即所谓"蜀道时景";而"清晖回群鸥,暝色带远客",就不只是客观写出"阁道暮景"[1],还把作者的主观情感带入进去了。在作者看来,群鸥尚可暮色归巢,而诗人自己却连鸥还不如,尽管是暮色降临,还得匆匆赶路,不知家于何方。这两句诗体现了作者无限凄凉和忧伤的心情。一个"带"字,既交代出时间及环境,还包含着暮色无心却带远客而行。所以唐庚认为后句为"不可及已"。唐庚在这里再一次指出,诗歌作为抒情的艺术,不仅要能状景物之奇,更要景中含情、情景交融、意味悠长,方算上乘。

第7条说:子美诗云:天欲今朝雨,山归万古春。盖绝唱也。余惠州诗亦云:雨在时时黑,春归处处青。又云:片云明外暗,斜日雨边晴。山转秋光曲,川长暝色横。盖闲中得句也。

这里,唐庚通过自己的创作经验反推出杜甫创作的经验,总结出"闲中得句"的结论,实际上已接触到创作心理的问题。所谓"闲",就是"虚静",这是我国古代作家探讨创作心理的专用语,刘勰说:"是以陶钧文思,贵在虚静,疏瀹五藏,澡雪精神。"[2] 说的是创作之前,作者应抛开一切思虑欲念,使心胸犹如冰壶一般澄澈空明,使精神不受外界干扰,高度集中。这一理论源于老庄哲学。唐庚用自己的创作再一次印证了这一理论。

第35条说:古之作者,初无意可造语,所谓因事以陈词。杜子美《北征》一篇,直纪行役尔,忽云"或红如丹砂,或黑如点漆。雨露之所濡,甘苦齐结实",此类是也。文章只如人作家书乃是。

这则就杜甫《北征》的评论引出创作态度。什么样的作品才最动人,作者怎样才能创作出这样的作品?唐庚的问答是无意造语、因事陈词、如人作家书。说的实际上只是一个道理:作者应该对生活有真实的感受,为情而造文。这不仅是对杜甫诗歌取得伟大成就原因的概述,也是文学史上一条颠扑不破的真理。

总之,唐庚对杜甫及其诗歌的各个方面作了评价,显示了唐庚对杜诗的

---

[1] (唐)杜甫著,(清)仇兆鳌注:《杜诗详注》,中华书局1979年版,第716页。
[2] (梁)刘勰著,范文澜注:《文心雕龙注》,人民文学出版社1958年版,第493页。

熟悉、爱好、肯定，也由杜诗评价引出了不少好的文艺见解。

二 对杜诗的学习

唐庚对杜甫是非常熟悉并景仰的。杜甫入川时经过的利州，在川西往来的阆中、绵州，唐庚曾先后在这些地方做官。唐庚不仅在这些地方追寻杜甫的遗迹，而且写诗纪念。在阆中时，唐庚作有《寄杜蓬州》《蓬州杜使君洪道屡称我于诸公，闻之愧甚，赋诗答谢之》二诗。前诗说：

> 阆中胜事不妨奇，旧来僻左人谁知？祗缘乃祖肠断句，名与江水东南驰。阆人德之不敢忘，遗祠今在南山上。壁间画得太瘦生，想是当年苦吟样。寄将模本博新诗，为我落笔摇珠玑。君家自是个中脚，会道春从沙际归。①

这首诗写杜蓬州的先人杜甫使僻左的阆中成为名邦，阆中人民非常感激他，特在南山上立祠纪念，祠壁画有杜甫的像，把杜甫画得十分清瘦。唐庚借用了李白"饭颗山头逢杜甫，顶戴笠子日卓午。借问别来太瘦生，总为从前作诗苦"② 这首诗。此诗长期被认为是讥讽杜甫的，但在唐庚看来，杜甫的画像恰好应该是清瘦的。因此，唐庚把这像拓印下来寄给杜蓬州，好让他写下美妙的诗句，因为杜蓬州一家本来就擅长写诗。"春从沙际归"系化用杜甫《阆水歌》中"更复春从沙际归"。从此诗中，我们还可以想见，唐庚一定在他的书桌上供奉着杜甫画像，以表达对诗人的崇敬。

崇宁二年（1103），33岁的唐庚到绵州担任录事参军，再次追随杜甫游踪，凭吊了越王楼、东津，作诗纪念，写下了《登越王楼》《将家游治平院》。

元祐七年（1092），唐庚第一次出川，假道荆楚、南行赴京。政和五年

---

① 黄鹏编著：《唐庚集编年校注》，中央编译出版社2013年版，第109页。
② （清）王琦注：《李太白全集》，中华书局1977年版，第1195页。

(1115),唐庚自岭南被赦还家,又再次沿江陵、夔州而行。这条路线是杜甫出川所经过的。沿途的杜甫留踪地,唐庚可能都去拜访过。据文集和《唐子西文录》,唐庚曾到过洞庭岳阳楼,亲眼见到所刻杜诗,其诗中还一再提到湖湘、云安等地。

要言之,唐庚对杜甫是倾心崇拜的,不仅一再追其故迹凭吊留念,而且悲其身世,仰其人格,学习杜诗。

我们认为唐庚对杜诗的学习,主要体现在两个方面。

一是学习杜诗的批判战斗精神。唐庚是有志于报国的诗人,他对国家、社会、民生都极为关注,写下了一系列相关的政论,如《名治论》《存旧论》《辨同论》《祸福论》《辨蜀论》《察言论》《怜俗论》等,《四库全书题目》谓唐庚"文善议论",洵非虚语。唐庚的诗歌创作仍然保持了这一特点。他说他"此生报国无他事,力穑供输莫待催"①。为此,他对自己长期在地方担任下级官吏因无法实现其报国志向而十分苦闷。既无以通过立登要津、跻身青云来实现其报国理想,于是,他就用自己手中的笔,对社会的种种不公、恶习进行了坚决的批判和指斥。在《讯囚》一诗中,唐庚借参军之口,指斥官吏说:"自古官中财,一一民膏血。为吏掌管钥,反窃以自私。"这同杜甫在《自京赴奉先县咏怀五百字》中所说"彤庭所分帛,本自寒女出。鞭挞其夫家,聚敛贡城阙"是一致的。《采藤曲》一诗写道:

> 鲁人洒薄邯郸围,西河渡桥南越悲。岁调红藤百万计,此贡一作无穷时,去年采藤藤已乏,今年采藤藤转竭。入山十日脱身归,新藤出土拳如蕨。淇园取竹况有年,越山采藤输不前。今年输藤指黄犊,明年输藤波及屋。吾皇养民如养儿,凿空为此谋者谁?②

此诗虽云"效王建体",实际上是接受了杜诗"伤时苦军乏,一物官尽取"(《枯棕》)影响,对官吏不顾百姓死活的搜刮做了尖锐的揭露。

---

① 黄鹏编著:《唐庚集编年校注》,中央编译出版社2013年版,第224页。
② 黄鹏编著:《唐庚集编年校注》,中央编译出版社2013年版,第221页。

对官吏残暴的批判和指责,源于唐庚对百姓痛苦的同情。《武兴谣》写道:

> 去年山中无黍稷,只有都根并橡实。都根作面如食蜜,橡实炊饭如剥果。东家有钱食棉实,西家无钱惟食都。今年都尽橡实贵,山中人作寒蝉枯。①

这诗使我们想起诗人杜甫"岁拾橡栗随狙公,天寒日暮山谷里"②的艰辛。封建社会的现实往往是,正直有才的人遭到嫉恨、打击,有功的人不得报赏;相反尸位素餐者、挟恨报复者却很得势。唐庚本人就是党争的牺牲品,他因写《内前行》被贬谪惠州,因此,唐庚在诗文中一再对忠而被谤、直而见遭的先贤表示了极大同情,对统治者忠奸不辨、贤愚不分的昏庸腐朽进行了批判,如《张曲江铁像诗》《闻东坡贬惠州》《哀贤》《舞马行》《将家游治平院》《嘉陵江上作》等皆是。

《读邸报》和《白鹭》二诗矛头指向鲜明。前诗说:

> 当今求多闻,取士到蓬荜。时时得新语,谁谓山泽僻。昨日拜御史,今日除谏官。立朝无负汉恩厚,论事不妨晁氏安。台省诸公登衮衮,闭门熟睡黄绸稳。③

该诗对朝廷走马灯似换官、任官进行了讽刺,指斥天子借征求天下多闻之士之名,而实际登上台省的诸公并非真具才干。

后诗说:

> 说与门前白鹭群,也宜从此断知闻。诸公有意除钩党,甲乙推求恐到君!④

---

① 黄鹏编著:《唐庚集编年校注》,中央编译出版社2013年版,第93页。
② (唐)杜甫著,(清)仇兆鳌注:《杜诗详注》,中华书局1979年版,第693页。
③ 黄鹏编著:《唐庚集编年校注》,中央编译出版社2013年版,第64页。
④ 黄鹏编著:《唐庚集编年校注》,中央编译出版社2013年版,第141页。

"作诗当学杜子美"

　　作者警告白鹭不要三五成群来往，否则当政者将治其罪。到鸡蛋里找骨刺，可见当政者的凶横和专制。在"但觉转喉都是讳"①的当时，唐庚确实是无路可走、无话可说，所以他一再在诗中表示欲借饮酒来麻醉自己，如"老去少陵虽病肺，尚堪持此荐寒醅"②。但事实上唐庚和杜甫都未能借酒达到真正忘怀现实的地步，我们仍能从他们诗文中看到他们的呐喊和不平。

　　二是学习杜诗的句法、风格、对艺术的求真精神。唐庚《自说》云：

> 诗，最难事也。虽于他文不至蹇涩，惟作诗甚苦。悲吟累日，仅能成篇。初读时未见可羞处，姑置之。明日取读，瑕疵百出，辄复悲吟累日，反复改正，比之前时，稍稍有加焉。复数日，取出读之，病复出。凡如此数四，方敢示人。然终不能奇。李贺母责贺曰："是儿必欲呕出心乃已。"非过论也。今之君子动辄千百言，略不经意，其可贵哉！③

　　此自述表现了唐庚对诗歌这门艺术的认识及其求真精神。钱锺书先生把他同苏轼比较说："可是他们两人讲起创作经验来，一个是欢天喜地，一个是愁眉苦脸。苏轼说：'某平生无快意事，惟作文章，意之所到，则笔力曲折无不尽意，自谓世间乐事，无逾此者。'唐庚的话恰好相反……唐庚还有句名言：'诗律伤严似寡恩，'若用宋熹的生动的话来引申，就是：'看文字如酷吏治狱，直是推勘到底，决不恕他，用法深刻，都没人情。'因此，他在当时可能是最简练、最紧凑的诗人。"④

　　杜甫也是一个创作态度非常严肃、力求至善尽美的诗人。他说自己"为人性僻耽佳句，语不惊人死不休"⑤，"思飘云物外，律中鬼神惊"⑥，"诗成觉

---

① 黄鹏编著：《唐庚集编年校注》，中央编译出版社2013年版，第205页。
② 黄鹏编著：《唐庚集编年校注》，中央编译出版社2013年版，第179页。
③ 黄鹏编著：《唐庚集编年校注》，中央编译出版社2013年版，第435页。对原文标点有修改。
④ 钱锺书选注：《宋诗选注》，人民文学出版社1958年版，第91页。
⑤ （唐）杜甫著，（清）仇兆鳌注：《杜诗详注》，中华书局1979年版，第810页。
⑥ （唐）杜甫著，（清）仇兆鳌注：《杜诗详注》，中华书局1979年版，第110页。

有神"①,称赞李白"笔落惊风雨,诗成泣鬼神"②。杜甫这种对艺术求真求精的苦吟精神对唐庚有较大影响。前所述"饭颗山头逢杜甫"一诗,历来被认为是李白讥讽杜甫的,唐庚却不这样看,他认为"太瘦生""苦吟样"才应该是杜甫的真实形象。宋人在评价李杜优劣时,也有从写作速度来评判的,葛立方说:"然杜诗思苦而语奇,李诗思疾而语豪。杜集中言李白诗处甚多,如'李白一斗诗百篇',如'清新庚开府,俊起(按,通行作"逸")鲍参军''何时一樽酒,重与细论文'之句,似讥其太俊快。李白论杜甫,则曰'饭颗山头逢杜甫……'似讥其太愁肝肾也。"③葛立方的看法全为推测之词,并不可信。不过,他倒道出了杜甫"思苦而语奇"的特点,说明了杜甫对诗歌创作的求真态度。

学习杜诗句法是唐庚学习杜诗的又一个方面。唐庚身世经历与杜甫有相似处,都是一生困蹇而身怀壮志,加之他对杜诗的倾心学习,故出言用语多借用、化用杜诗语汇、语句,如《览镜》"太仓五斗米,足食熹尔躯"就借用杜诗《醉时歌》"日籴太仓五升米",《送乡人下第归乡》"闭门读书史,已读万卷破"即化用杜诗《奉赠韦左丞丈二十二韵》"读书破万卷",《古风赠谢与权行》"生逢尧舜君"用杜诗《自京赴奉先县咏怀五百字》原句,《黎城酒》"明朝踏月趁早衙,免使路中缝曲车"反用《饮中八仙歌》"道逢曲车口流涎",《午起行》"未羡纷纷厌梁肉"反用杜诗《醉时歌》"甲第纷纷厌梁肉",《邸报》"台省诸公登衮衮"改用杜诗"诸公衮衮登台省"。

如果说唐庚诗中多用杜诗语汇,还只能说明唐庚对杜诗烂熟于胸,下笔自然流出,那么对杜诗句法的学习,则是有意的、明确的。唐庚有《会饮尉厅效八仙体》是明白仿效杜诗《饮中八仙歌》的,其声调、音节仿佛,只是神气未逼近杜诗。唐庚又有《昼寝》一诗,自云"效鲁直"。黄庭坚(鲁直)是专门学杜的,尤得杜诗拗体真髓。虽云"效鲁直",实是远祖杜甫。全诗如下:

---

① (唐)杜甫著,(清)仇兆鳌注:《杜诗详注》,中华书局1979年版,第384页。
② (唐)杜甫著,(清)仇兆鳌注:《杜诗详注》,中华书局1979年版,第661页。
③ (宋)葛立方:《韵语阳秋》,上海古籍出版社1984年版,第9页。

雨余热喘殊喊呀，坐翻故纸腰足麻。铺陈枕簟搴青纱，倒床不复知横斜。梦魂飞扬远还家，故人见我一笑哗。须臾睡觉衙鼓鼘，墙头暝雀声加加。①

全诗读起来颇有黄、杜诗风味。

句法、风格类似杜诗的还有，如"乾坤心腹友，江海鬓毛斑"（《收景初书并示药物》）是学杜诗工于发端：

"月来吟处白，风及醉时清"（《直舍夜坐》）
"黄披终日卷，青对十年矜"（《直舍书怀》）
"绿尝冬至酒，红拥夜深炉"（《雪意》二首之二）
"手香柑熟后，发脱草枯时"（《杂咏二十首》之五）②

以上是学习杜诗五言律诗（特别是第二联）对仗工稳、喜用鲜明色彩词的特点。至于风味似杜诗的，如上述《唐子西文录》中"片云明外暗，斜日雨边晴，山光转秋曲，川长暝色横"及"芳草绕池绿，天涯人未归。春来更消瘦，浑欲不胜衣"③ 等，都有杜诗清新风味。

当然，唐庚对杜诗的学习并不只是停留在模仿阶段，而是加进了自己的身世之感和创造的。不然，唐庚也就成不了唐庚，就不会在文学史上占据一席之地。这个道理，是不言自明的。

---

① 黄鹏编著：《唐庚集编年校注》，中央编译出版社2013年版，第68页。
② 黄鹏编著：《唐庚集编年校注》，中央编译出版社2013年版，第133、126、124、196页。
③ 黄鹏编著：《唐庚集编年校注》，中央编译出版社2013年版，第533、172页。

参考文献

著 作

巴蜀文化丛书编委会:《巴蜀文化论集》,四川民族出版社1999年版。
(汉)班固撰,(唐)颜师古注:《汉书》,中华书局1962年版。
蔡景康编选:《明代文论选》,人民文学出版社1993年版。
蔡镇楚:《中国诗话史》,湖南文艺出版社2001年版。
(晋)常璩撰,刘琳校注:《华阳国志校注》,巴蜀书社1984年版。
陈鼓应:《老子注译及评介》,中华书局1984年版。
(晋)陈寿撰,陈乃乾校点:《三国志》,中华书局1959年版。
陈炎主编:《中国审美文化简史》,高等教育出版社2007年版。
陈贻焮:《杜甫评传》(上),北京大学出版社2003年版。
(唐)陈子昂撰,徐鹏校点:《陈子昂集》(修订本),上海世纪出版股份有限公司上海古籍出版社2013年版。
邓经武:《大盆地生命的记忆——巴蜀文化与文学》,电子科技大学出版社2005年版。
邓经武:《二十世纪巴蜀文学》,电子科技大学出版社1999年版。
丁福保辑:《历代诗话续编》,中华书局1983年版。
(清)董诰等编:《全唐文》,中华书局1983年版。
(唐)杜甫著,(清)仇兆鳌注:《杜诗详注》,中华书局1979年版。
冯良方:《汉赋与经学》,中国社会科学出版社2004年版。
冯至:《杜甫传》,人民文学出版社1980年版。
傅平骧等:《四川历代文化名人辞典》,四川文艺出版社1992年版。

（宋）葛立方：《韵语阳秋》，上海古籍出版社1984年版。

龚克昌：《中国辞赋研究》，山东大学出版社2003年版。

（宋）郭若虚撰，邓白注：《图画见闻志》，四川美术出版社1985年版。

郭绍虞：《中国文学批评史》，上海古籍出版社1979年版。

郭绍虞辑：《宋诗话辑佚》，中华书局1980年版。

郭绍虞主编，王文生副主编：《中国历代文论选》，上海古籍出版社1979年版。

何崇文等：《巴蜀文苑英华》，四川人民出版社1984年版。

（五代）何光远著，邓星亮、邬宗玲、杨梅校注：《鉴诫录校注》，四川出版集团巴蜀书社2011年版。

（清）何文焕辑：《历代诗话》，中华书局1981年版。

何增鸾、刘泰焰选注：《文同诗选》，四川文艺出版社1985年版。

［英］赫·乔·韦尔斯：《世界史纲》，吴文藻等译，人民出版社1982年版。

（宋）洪兴祖撰，白化文等点校：《楚辞补注》，中华书局1983年版。

（宋）胡仔纂集，廖德明校点：《苕溪渔隐丛话》（前集），人民文学出版社1962年版。

黄鹏编注：《唐庚集编年校注》，中央编译出版社2013年版。

（宋）黄庭坚著，郑永晓整理：《黄庭坚全集辑校编年》，江西人民出版社2008年版。

纪国泰：《〈扬子法言〉今读》，四川出版集团巴蜀书社2010年版。

（清）纪昀总纂：《四库全书总目提要》，河北人民出版社2000年版。

简宗梧：《汉赋源流与价值之商榷》，（台北）文史哲出版社1980年版。

［英］克莱夫·贝尔：《艺术》，薛华译，江苏教育出版社2005年版。

李凯：《巴蜀文艺思想史论——一种区域文化视阈下的考察》，商务印书馆2016年版。

李秋零主编：《康德著作全集》第5卷，中国人民大学出版社2007年版。

李绍先、李殿元：《古代巴蜀妇女的文学生活》，四川出版集团巴蜀书社2009年版。

李孝中校注：《司马相如集校注》，巴蜀书社2000年版。

李泽厚：《美的历程》，文物出版社1981年版。

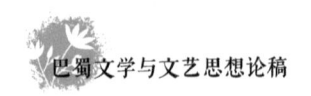

林庚：《唐诗综论》，商务印书馆 2011 年版。

（后晋）刘昫等：《旧唐书》，中华书局 1980 年版。

刘咸炘：《〈推十书〉（增补全本）·戊辑》，上海科学技术文献出版社 2009 年版。

（梁）刘勰著，范文澜注：《文心雕龙注》，人民文学出版社 1958 年版。

（南朝梁）刘勰著，黄叔琳注，李详补注，杨明照校注拾遗：《增订文心雕龙校注》，中华书局 2000 年版。

（唐）柳宗元：《柳宗元集》，中华书局 1979 年版。

（宋）陆游著，钱仲联校注：《剑南诗稿校注》，上海世纪出版股份有限公司上海古籍出版社 2005 年版。

（宋）吕本中撰，韩酉山辑校：《吕本中全集》，中华书局 2019 年版。

梁启雄：《荀子简释》，中华书局 1983 年版。

（元）马端临著，华东师大古籍研究所标校：《文献通考·经籍考》，华东师范大学出版社 1985 年版。

（明）茅维编，孔凡礼点校：《苏轼文集》，中华书局 1986 年版。

（宋）梅尧臣著，朱东润编年校注：《梅尧臣集编年校注》，上海古籍出版社 1980 年版。

敏泽：《中国文学理论批评史》，人民文学出版社 1981 年版。

（宋）欧阳修、宋祁：《新唐书》，中华书局 1975 年版。

彭庆生校注：《陈子昂集校注》，时代出版传媒股份有限公司黄山书社 2015 年版。

彭庆生注释：《陈子昂诗注》，四川人民出版社 1981 年版。

（清）浦起龙：《读杜心解》，中华书局 1961 年版。

钱锺书：《谈艺录》（补订本），中华书局 1984 年版。

钱锺书选注：《宋诗选注》，人民文学出版社 1958 年版。

屈守元、常思春主编：《韩愈全集校注》，四川大学出版社 1996 年版。

屈小强、李殿元、段渝主编：《三星堆文化》，四川人民出版社 1993 年版。

（清）阮元校刻：《十三经注疏》，中华书局 1980 年影印版。

（清）沈德潜、周准编：《明诗别裁集》，上海古籍出版社 1979 年版。

（梁）沈约：《宋书》，中华书局1974年版。

（汉）司马迁：《史记》，中华书局1959年版。

苏宁：《三星堆的审美阐释》，四川出版集团巴蜀书社2007年版。

（宋）苏轼著，（清）冯应榴辑注，黄任轲，朱怀春校点：《苏轼诗集合注》，上海古籍出版社2001年版。

（宋）苏洵著，邱少华点校，母庚才、马建农主编：《苏洵集》，中国书店2000年版。

（宋）苏辙著，曾枣庄、马德富校点：《栾城集》，上海古籍出版社1987年版。

（元）脱脱等：《宋史》，中华书局1977年版。

万光治：《蜀中汉赋三大家》，四川出版集团巴蜀书社2004年版。

汪荣宝撰，陈仲夫点校：《法言义疏》，中华书局1987年版。

（清）王夫之：《读通鉴论》，中华书局1975年版。

（清）王琦注：《李太白全集》，中华书局2011年版。

（清）王士禛撰，赵伯陶选评：《香祖笔记》，学苑出版社2001年版。

（明）王世贞著，陈洁栋、周明初批注：《艺苑卮言》，凤凰出版传媒集团凤凰出版社2009年版。

（明）王嗣奭：《杜臆》，上海古籍出版社1983年版。

王文才辑校：《杨慎词曲集》，四川人民出版社1984年版。

（清）王文诰辑注，孔凡礼点校：《苏轼诗集》，中华书局1982年版。

王运熙、顾易生主编，顾易生、蒋凡著：《中国文学批评通史——先秦两汉卷》，上海古籍出版社1996年版。

（宋）魏庆之编，王仲闻校勘：《诗人玉屑》，古典文学出版社1958年版。

（唐）魏徵、令狐德棻：《隋书》，中华书局1973年版。

（宋）文同著，胡问涛、罗琴校注：《文同全集编年校注》，巴蜀书社1999年版。

闻一多：《唐诗杂论》，中华书局2009年版。

（清）翁方纲著，陈迩冬校点：《石洲诗话》（与《谈龙录》合刊），人民文学出版社1981年版。

向达：《唐代长安与西域文明》，生活·读书·新知三联书店1987年版。

（梁）萧统编，（唐）李善注：《文选》，上海古籍出版社1986年版。

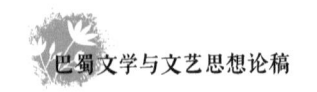

许结：《中国赋学历史与批评》，江苏教育出版社 2001 年版。

许总：《宋诗史》，重庆出版社 1992 年版。

［古希腊］亚里斯多德：《诗学》，罗念生译，世纪出版集团上海人民出版社 2006 年版。

（清）严可均辑：《全上古三代秦汉三国六朝文》，上海古籍出版社 2009 年版。

（汉）扬雄：《二十二子》，上海古籍出版社 1983 年版。

（汉）扬雄著，张震泽笺注：《扬雄集校注》，上海世纪出版股份有限公司上海古籍出版社 1993 年版。

（宋）叶梦得撰，田松青、徐时议校点：《石林燕语 避暑录话》，上海世纪出版股份有限公司上海古籍出版社 2012 年版。

袁珂校注：《山海经校注》（增补修订本），巴蜀书社 1993 年版。

袁庭栋：《巴蜀文化志》（修订本），四川出版集团巴蜀书社 2009 年版。

袁行霈：《中国文学概论》，高等教育出版社 1990 年版。

（唐）元稹著，周相录校注：《元稹集校注》，上海世纪出版股份有限公司、上海古籍出版社 2011 年版。

（金）元好问著，狄宝心校注：《元好问诗编年校注》，中华书局 2011 年版。

曾枣庄选注：《三苏文艺理论作品选注》，巴蜀书社 2018 年版。

张蓬舟笺，张正则、季国平、张雅续笺：《薛涛诗笺》（修订版），人民文学出版社 2012 年版。

（清）张问陶撰，成镜深主编：《船山诗草全注》，巴蜀书社 2010 年版。

张寅彭主编，李剑冰等校点：《民国诗话丛编》，世纪出版集团上海书店出版社 2002 年版。

（宋）张载：《张载集》，中华书局 1978 年版。

钟仕伦：《南北文化与美学思潮》，四川大学出版社 1995 年版。

朱光潜：《诗论》，中华书局 2012 年版。

（宋）朱熹：《四书章句集注》，中华书局 2011 年版。

祝尚书：《宋代巴蜀文学通论》，四川出版集团巴蜀书社 2005 年版。

宗白华：《美学散步》，上海人民出版社 1981 年版。

邹同庆、王宗堂：《苏轼词编年校注》，中华书局 2002 年版。

论文

吕子方：《读〈山海经〉杂记》，《中国科学技术史论文集》（下册），四川人民出版社 1984 年版。

马德富：《唐庚年谱》，四川大学古籍整理研究所、四川大学宋代文化研究资料中心编《宋代文化研究》（第三辑），四川大学出版社 1993 年版。

蒙文通：《巴蜀史的问题》，《四川大学学报》（社会科学版）1959 年第 5 期。

蒙文通：《略论〈山海经〉的写作时代及其产生地域》，载中华书局上海编辑所编辑《中华文史论丛》第一辑，中华书局 1962 年版。

祁和晖、谭继和：《杜甫被埋没了的本质——论少陵瑚琏资质与上乘政治器识》，《杜甫研究学刊》1987 年第 1 期。

卿希泰：《道教在巴蜀初探（上）》，《社会科学研究》2004 年第 5 期。

杨胜宽：《宋代蜀人论杜》，《杜甫研究学刊》1995 年第 1 期。

曾枣庄：《杜甫在四川的诗歌》，《四川师范学院学报》（社会科学版）1978 年第 3 期。

赵昌平：《李白的"相如情结"——李白新探之二》，《文学遗产》1999 年第 5 期。

周啸天：《杜甫与成都三任地方长官》，《古典文学知识》2010 年第 5 期。

附录1 李凯指导研究生关于巴蜀文学和艺术毕业论文题目、摘要

一 博士生

且志宇（文艺学2013级）

易学、史学视域下的清代民国巴蜀诗论研究

摘　要：易学、史学研究虽不以巴蜀地区为最盛，但巴蜀地区自古以来便有浓厚的易学文化与史学文化氛围。巴蜀诗论也明显染上了易学文化与史学文化的色彩。西晋常璩称蜀地"其卦值坤，故多班采文章"便第一次运用了以易学论巴蜀文学的诗学方法，但后世却罕见有研究者从易学、史学的视角来讨论巴蜀文学或巴蜀诗学。本文以巴蜀清代民国诗学著述为研究对象，综合易学与史学的哲学精神和方法论对其进行研究论述，以期能从新的方法论角度，对巴蜀断代诗学作出有益的讨论，从而总结出巴蜀文学与巴蜀诗学的基本特征和核心精神。

全文共分为四章：第一章是对巴蜀诗学发生、发展的地域文化背景，主要是易学与史学文化背景的交代，以及对受易学、史学文化影响的巴蜀诗学所呈现出的基本品格进行探讨。其余三章则从式微、复兴、转型三个巴蜀诗学发展的不同阶段入手，对易学、史学文化影响下的清代前期、清代后期、民国时期的巴蜀阶段诗学理论进行具体论述。因此本论文可视为两大部分：第一章是概览，后三章是具体论述。

第一章内容在于展现巴蜀地区浓郁的易学文化与史学文化传统，并讨论巴蜀诗学在受易学和史学文化影响下呈现出的多种精神品格，而这些品格正

是巴蜀诗学有别于其他地区诗学的特色。同时，通过对巴蜀诗论创作的三大特点进行归纳，并对清代民国巴蜀诗话著作进行梳理，以此全面展现在易学、史学文化影响下巴蜀诗学的繁荣盛况。

第二章是对清代前期巴蜀诗学名家费经虞、费密、费锡璜、李调元的诗论著作、诗学观点所呈现出的易学、史学文化特征进行论述。

第三章是对清代后期巴蜀诗学名家宋育仁、刘光第的诗论著作、诗学观点所呈现出的易学、史学文化特征进行论述。

第四章则是针对民国时期诗歌理论因新诗的出现而分为旧体诗论和新诗论两大板块的客观实际，将巴蜀诗学分为两类进行讨论，并分别以巴蜀新诗理论名家郭沫若和旧体诗论名家刘咸炘为代表，对其诗论著作、诗学观点所呈现出的易学、史学文化特征进行论述。

结语部分除了总结前文内容外，还对受易学文化影响的民国时期吴芳吉诗学和受史学文化影响的清代彭端淑诗学作了简要说明。此外也对新中国成立以来巴蜀的诗学发展作了简单概括，并重点讨论了具有易学文化色彩的"莽汉主义"诗派和具有史学文化色彩的旧体诗论《爱吾庐诗话》。

本文采用文化诗学的研究方法，力求将周易哲学、历史哲学与文学理论的创作和思想相结合，从而探讨巴蜀诗学思想的发生和内涵。本文的创新之处有如下方面。

一、在当前中国文学批评界主要由西方文论话语主宰，在中国文论失语的背景下，本文用中国本土原生的易学、史学文化的概念和范畴来对诗歌理论加阐释研究，这对于中国式文论话语和民族文论的重构建设是一个有益的探索。

二、本文第一次将巴蜀文化的核心概念概括为易文化和史文化，并在此核心文化概念的观照下对巴蜀阶段性诗歌理论进行探讨，从而使巴蜀文学、诗学与其他地域相比时，其地域特征与区分度更为明显。以此来对当前方兴未艾的地域文化、地域文学的研究进行有益的探讨和尝试。

三、对清代民国巴蜀诗歌理论的新材料进行一次集中的发掘与研究。第一次全面对巴蜀清代民国时期的诗话作了搜集，在蒋寅先生《清诗话考》所收巴蜀籍士人创作的诗话基础上增补诗话三十余种。以此可以鸟瞰巴蜀这一时期的诗学理论创作情况以及发展演变情况，进而对此时期巴蜀诗学理论作一个整体的把握。不但为系统研究巴蜀阶段诗歌理论提供了基础性材料，同时对清代民国诗论的多样性也予以了清晰的展示。本文对学界未曾作专题研究的刘光第《诗拟议》《离骚拟议》，宋育仁《三唐诗品》，以及研究相当不充分的刘咸炘《诗系》进行研究。而这些目前研究尚未加以研究的作家和作品，皆是巴蜀地区亟待开发的精神矿源。通过对这些原始文献的勾稽和耙梳出一部分目前尚未引起重视以及未被研究的新文献和新材料。并通过对新材料的发掘与研究，进一步丰富和扩大了巴蜀诗论的内涵。

四、本论文不但从易学、史学的角度来研究巴蜀诗学理论，同时在撰述上也以易学、史学体例和精神来作为方法论。如第二章论巴蜀诗论著作的创作情况，可视为《史记》列《年表》，《汉书》撰《古今人表》之义，而第三章、第四章所列论诗诸家即史书撰《纪》《传》之义。

关键词：巴蜀诗学；易学文化；史学文化；清代民国

二 硕士生

1. 陈晓频（文艺学 2008 级）

魏明伦剧作与巴蜀文化

摘　要：魏明伦是中国戏剧文学"稳妥的改革者"。面对川剧受众大面积流失的局面，他对传统川剧文学进行了革新，使其剧作既具有巴蜀文化特色，又在一定程度上超越了传统川剧，开辟了传统川剧走向现代化的"中介地带"。本文从地域文化的角度，对魏明伦剧作进行考察，揭示其取得成功的原因。

第一章考察魏明伦剧作产生的地理人文环境。物产丰富、地形特殊、移民众多等因素，造成了巴蜀人具有强烈的乡土文化认同意识、离经叛道的异端色彩以及兼容并包的开放心态。这是魏明伦及其剧作产生的文化温床。

第二章考察巴蜀文化对魏明伦个性形成的影响。魏明伦具有强烈的本土文化认同意识、离经叛道的异端色彩和兼容并包的开放心态。强烈的本土文化认同意识，使魏明伦的剧作具有地域特色。叛逆的个性，是魏明伦革新川剧的内在原因。兼容并包的心态使魏明伦剧作吸收了西方文化的营养，其剧作从而超越了传统川剧。

第三章考察魏明伦剧作对巴蜀文化的继承。这部分对魏明伦剧作的题材、人物形象、民俗、方言等方面进行考察，展示魏明伦剧作的巴蜀文化特色，揭示魏明伦剧作是魏明伦扎根巴蜀文化所创造的艺术奇葩。

第四章考察魏明伦对传统川剧文学的革新。这部分对魏明伦剧作的人文精神、艺术形式和表现手法等方面进行考察，揭示出超越巴蜀传统文化的局限是魏明伦剧作轰动全国并走出国门的重要原因。

由此得出本文的结论：巴蜀文化哺育了魏明伦，魏明伦将自己的人格个性转化为创作个性，创作出既具有巴蜀文化特色又超越了传统川剧的作品，为川剧开辟了从传统通向现代化的"中介地带"（余秋雨），对传统艺术的现代化实践具有一定的启示意义。

关键词：魏明伦剧作；巴蜀文化；赓续；超越

2. 且志宇（文艺学2009级）

李调元诗学思想研究

摘　要：李调元是清代乾隆、嘉庆时期四川著名的学者、诗人、文艺批评家。他有着强烈的文学评论意识，在诗、词、曲、赋方面皆有理论专著。以《雨村诗话》（二卷本）、《雨村诗话》（十六卷）、《雨村诗话补遗》（四卷）为基础，与《赋话》《词话》《曲话》《剧话》以及他诗文中对诗歌的评论共同构成了李调元的诗学思想体系。

李调元诗论的源头活水是他生活的时代环境、他成长的环境氛围和他受教育的文化背景。李调元热衷于诗学探讨，虽然这种探讨没有提出独辟蹊径的诗学主张，但却是对旧有诗学主张的一次总结和反思。李调元接受了传统的诗学思想，认为诗的本质在于"道性情"。同时他又与当时的学术背景相结合，认为诗还要有现实的社会功用。作为蜀人，李调元主动接受了巴蜀文学范式，其诗学思想较好地体现了巴蜀文化的传统和特色。作为一个学者型的诗人和诗歌评论家，李调元不论在诗歌创作还是诗歌鉴赏上都特别重视诗歌的外在形式。创作诗以"搞章琢句"、鉴赏诗以"响、爽、朗"为标准等。

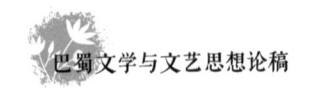

本文试图以李调元诗学思想形成的背景，李调元诗学思想的具体内容，李调元诗学思想的评价为思路，从历时性和共时性的角度，从巴蜀、江浙地域文化角度，来对李调元诗学思想进行研究和探讨。

关键词：李调元；诗学思想；诗道性情；摘章琢句；响、爽、朗

3. 张清青（文艺学 2009 级）

彭端淑文学创作活动及文艺思想研究

摘　要：彭端淑是清代巴蜀著名的诗人、文学家。不仅对巴蜀文学，而且对清代文学也有很大的贡献。对其研究，不仅是对其文学价值的肯定，也是对巴蜀文化的再一次挖掘。近年来虽然也有学者对彭端淑进行研究，但还不是很充分，本文想通过对彭端淑文学创作活动及文艺思想的研究，更加全面地了解这位清代巴蜀文人，使我们进一步了解巴蜀文化。

本文采用文艺学美学的研究方法及社会历史研究法对彭端淑的文学创作活动及文艺思想进行探讨。除绪论外，共分三章讨论。第一章对彭端淑的生平、所处的社会文化环境及同时代对其有影响的文人进行了梳理和分析，对彭端淑进行文学创作和提出文学理论进行了背景分析。第二章通过对彭端淑诗、文创作特点的分析，总结出其文学创作活动的艺术特点及不足。第三章结合其几部诗话，谈彭端淑的文艺思想及其主张在他文学创作活动中的体现和运用。

关键词：彭端淑；文学创作；文学理论

4. 梁涛（文艺学 2010 级）

田锡文学活动及文艺思想研究

摘　要：宋初文坛因袭唐五代平弱浮艳文风，以享乐颓废为主题。鉴于此，田锡出入群贤，博采众长。远承刘勰的"通变"思想，师学韩柳的古文运动精神，兼容并包，提出不同于同时代文人一概否定唐五代文风的观点——"艳歌不害于正理""诗乃文之变"等独特的文学思想。在创作实践中推陈出新，既有李白的豪迈，也有吕温的雅丽。

田锡文学活动及文艺思想的源头与他的家庭背景、教育背景以及生活阅

历息息相关。本文首先立足于田锡的生平概况与时代背景，找出田锡文学活动的现实基础，之后通过对其作品集《咸平集》的细读，挖掘其文学理论主张。总体来说，田锡认为文学创作应该"任运用而自然"，对于五代文风的矫正也是采取的折中态度，体现了他辩证的文学思想，以及他作为宋初颇有影响的过渡型作家，对后世文风的深远影响。同时他作为巴蜀作家，自觉主动地接受了巴蜀文学范式，在其文学活动和文艺思想中体现出了巴蜀文化的传统和特色。本文将借助泰纳的"三元素"说理论找出田锡与当时的社会环境和巴蜀这一地域环境之间的关系，探讨田锡文学活动与文艺思想的巴蜀特色。

关键词：田锡；文学活动；文艺思想；巴蜀文学

5. 邹小华（文艺学 2010 级）

张咏文学创作和文学思想研究

摘　要：张咏（946—1015），宋初名臣，历经宋太宗和宋真宗，以政绩尤其以"治蜀"而称颂于世。忙碌于冗繁的政务中的张咏却不失才情，创作了数量不多但内容丰富、风格独特的诗文，由其弟张洗辑为《乖崖文集》十卷传世，是宋初文坛新一代文人代表。

张咏在进行诗文创作的同时，也提出了自己的文学思想。他认为诗、文都应"行以践言，文以见志，千状万态，不失乎忠信，助治之大端，岂止垂诸空言而已"。诗歌在"随事刺美""踩躏时事"的同时要"直而婉，微而显""放言既奇，意在言外"。他在文学功用、内容、形式，以及作家的修养、古今文学的关系上都提出了自己的看法，为当时扭转晚唐五代的柔靡文风起到积极的作用。张咏两次镇蜀，在蜀地大兴文教，奖掖人才，举荐贤士，改变了巴蜀的世风和文风，为包括蜀学在内的巴蜀文化的繁荣和发展作出了重要贡献。

本文采用社会历史研究的方法深入剖析张咏的文学创作以及文学思想，共分为四章：

第一章从张咏生活的历史背景入手，概述他的生平，勾勒他的思想性格，为分析他文学创作中的思想内容作铺垫。

第二章主要是结合张咏创作的诗文作品思想内容的分析，探讨其诗文创作的艺术特点。

第三章主要是分析张咏以"助治"为核心的文学思想。

第四章探讨张咏为巴蜀文化的繁荣和发展而作出的杰出贡献。

关键词：张咏；文学创作；文学思想；巴蜀文化

6. 芦思宏（文艺学2012级）

苏轼小品文研究——基于文体学与文艺美学的考察

摘　要：北宋时期中国封建社会文化臻于成熟，良好的社会氛围和卓越的个人才能造就了中国文学史上一颗璀璨的明珠——苏轼。苏轼的小品文创作以抒发情志为目的，题材广泛，体现了苏轼自由创作的文学理念，彰显了"文理自然、姿态横生"的文学风格，是苏轼旷达人生态度的真实写照，因此需要进行更为深刻的理论分析。

本文对苏轼传世四千文中的"短小而隽永"的小品文进行全面清理，分析苏轼得以创立小品文写作规范的主客观因素，以文体学的理论为指导，对苏轼小品文进行形式、内容、体性等方面的分析，同时对苏轼小品文提出和体现的文艺美学思想进行系统论述，并通过苏轼小品文与晚明小品文的纵向研究比较，分析苏轼对于晚明小品文创作的深远影响。苏轼的小品文作品表达方式多样，语言运用灵活，风格清新自然，加强了小品文的审美属性，确立了小品文创作的典范，标志着中国小品文创作的成熟，并对后世的小品文创作提供了重要的借鉴作用。

关键词：苏轼；小品文；文体学；特征；影响

7. 钟明俐（艺术学理论2014级）

徐棻剧作艺术研究

摘　要：徐棻作为当代著名剧作家之一，创作了很多优秀剧作，为我国当代戏剧创作，尤其是川剧创作提供了大量剧作艺术范本。徐棻剧作在四川戏剧创作史上有着不可替代的价值，在当代戏剧艺术的探索与创新上有着重要的意义。

从徐棻及其剧作的相关研究来看，对她的剧作艺术进行整体观照的分析并不多，缺少对创作思想结合剧作内容与特征进行整体性的分析，多偏向对单个剧目的具体分析。本文通过梳理剧作、观阅剧目，从以下几个方面集中而系统地论述了徐棻的剧作艺术：

绪论部分主要介绍了徐棻剧作的研究现状、其剧作的可研究空间、研究方法以及创新点，并对徐棻的相关研究成果加以整理归纳。

第一章首先介绍了徐棻的生平，即个人经历以及创作背景，并对其所处时代下的戏剧创作现状进行梳理，侧重其经历对她创作的影响；其次分析不同时期徐棻在剧本创作上的突破与变化，通过探析其所处的时代背景进而为之后的徐棻剧作以及创作思想、剧作的艺术形式与内容的研究作铺垫。

第二章主要对徐棻的创作思想加以研究。本章先对"徐棻意识"的概念进行阐述分析，并与新时期的川剧改革放到一起讨论，而后对徐棻剧作中所体现出的人文思想以及对现代审美意识的接受做进一步探讨。因徐棻剧作的高质量以及成功的戏曲形态创新，她在戏剧创作上取得了很高的成就，而且为川剧改革与现代戏剧创作提供了很多戏剧创作的成功经验。

第三章主要对徐棻剧作艺术的内容特色进行研究。本章主要对徐棻剧作的题材、主题、人物塑造以及剧作内容所体现的巴蜀特征四个方面加以论述，而后对其剧作内容作具体案例分析，并结合徐棻的个人经历以及所受思潮影响来对形成这一特色的原因进行阐述。

第四章主要对徐棻剧作的艺术特征进行研究。集中笔墨于情节和曲白设计以及舞台呈现三个方面，鲜明地呈现出徐棻剧作的形式特征。

最后对徐棻剧作艺术进行总结与思考，归纳徐棻剧作艺术的创作阶段、思想和主要艺术形式与内容，以及对今天戏剧戏曲发展、振兴的启示和意义。

关键词：徐棻剧作；创作思想；艺术内容；艺术特征；传承与发展

8. 雷宇（文艺学 2015 级）

宋代巴蜀赋学研究

摘　要：赋作为中国一种古老的文体，是中国传统文学的重要组成部分。然而，20 世纪 50 年代至 80 年代，这种古老的文体与诗、词、曲相比，其研究被学界所忽视，远远落后于诗、词、曲。对赋进行研究有助于更加深刻、全面地了解中国传统文学,从而继承和发扬中国传统文化。纵观中国辞赋发展史,巴蜀辞赋在各个时期都占据着重要的位置。宋代作为巴蜀赋学的一个繁盛和转型时期,呈现出全面繁荣的景象,这不仅体现在辞赋文体上的众体兼备,还表现在辞赋思想上的成熟,对巴蜀辞赋的发展甚至整个中国辞赋的发展都产生了深远的影响。故而对宋代巴蜀赋学的研究有着重要的意义。

一地区文体特征的形成与此地的地理环境、文化因素、社会状况等有着密切的关系。宋代巴蜀赋学的形成与巴蜀文学的范式以及巴蜀特殊的地理位置、文化的繁荣以及经济的发达有着密切的关系。20世纪80年代以来,文学地理学在中国兴起,学者们开始从地理学的视角对文学进行探讨。同样,对西方地理学的研究视角也备受重视。通过对文献资料的整理发现,从地理学的角度整体上研究宋代巴蜀赋学的文章还比较稀少,有待进一步深入研究。基于此种状况,本研究试图在该领域做一些深入性的探讨。

本研究共分三个部分探究宋代巴蜀赋学。

首先,绪论部分主要阐述了选题的缘由、宋代巴蜀赋学的研究现状、选题的价值以及研究所使用的方法等相关说明。

其次,正文部分探讨了巴蜀赋学的主要内容,此部分有三个章节。

第一章:探讨宋代巴蜀赋学形成的背景。此部分主要是从地理环境与位置、文化状况、社会经济状况以及巴蜀文学的范式等方面,同时结合相关的理论知识,阐述宋代巴蜀赋学形成的背景。

第二章:从辞赋理论以及辞赋作品中所表现出来的思想两方面研究宋代巴蜀赋学的主要内容,主要探讨宋代巴蜀辞赋的价值观、创作观、审美思想等。此部分共分为三节。第一节主要探讨了巴蜀辞赋"尚用"和"尚情"的辩证思想,这种辩证思想与巴蜀长期以来农耕文明的发达以及由汉代以来巴蜀文学形成的范式等因素有着很大的关系;第二节主要探讨的是宋代巴蜀赋尚自然的创作思想,不管是在创作上,还是在形式风格上,宋代巴蜀赋学都体现了赋尚自然的思想,这是宋代巴蜀赋学的典型特点;第三节主要探讨了宋代巴蜀辞赋在不同风格之下的"重文""尚丽"思想。"重文""尚丽"是巴蜀文学一直以来的传统,这样的传统影响了宋代的巴蜀辞赋创作。

第三章:主要探讨宋代巴蜀赋学的地位与影响。此部分主要是从纵向与横向两个方面讨论宋代巴蜀赋学。从纵向上看，宋代巴蜀赋学力求改变唐末五代以来浮华、意浅的弊端，充当着辞赋新变奠基者的角色。从横向上看，在与其他地区赋学思想的比较中可以发现，宋代巴蜀赋学力求矫正当时过分强调为赋"尚用"的治世思想，追求赋的自身价值，充当了矫正者的角色。

最后是结语部分，此部分主要对宋代巴蜀赋学的形成背景以及特征做了简单的总结。

关键词：宋代；巴蜀赋学；巴蜀文化；文学地理学特性

9. 王芳（艺术学理论专业2015级）

南宋巴蜀禅僧画研究

摘　要：禅僧画是禅宗绘画的重要类别之一，主要指禅门中人的绘画创作。禅僧画既包括禅僧所作的绘画作品，也涵盖禅僧题赞的绘画作品。南宋时期处于禅画发展的兴盛期与成熟期，也是禅宗绘画美学思想的自觉时期。这一时期的巴蜀禅僧绘画具有独立的研究价值。

在禅宗思想的影响下，南宋巴蜀禅僧的绘画观念与整个禅宗思想的发展相契合。这在禅僧画的画赞中得以充分体现。据文献统计，南宋巴蜀禅僧多属临济宗门下，无论是对绘画题材的选取，还是图式特征的表现，禅僧往往将临济宗的禅学思想融入其中。这也构成了南宋巴蜀禅僧在绘画思想及形式表现方面的一大理论特色。此外，南宋巴蜀禅僧画在绘画题材、风格上与院画、文人画有着紧密的关联：既有交互渗透之处，也有本质上的差异。对三者的比较分析，使南宋巴蜀禅僧画的艺术价值更为明晰。同时，对禅僧画与院画、文人画关联性的探讨，在思想本质上实则是对禅宗与新儒家的关系探讨，亦是对佛教文化与儒家思想的关系探讨。从宗教社会学和艺术宗教学的角度切入，为南宋巴蜀禅僧画在艺术史层面的研究注入新的理论意义。

之于禅僧画的相关研究，国内外学界主要侧重于，禅宗绘画史的脉络性研究或断代研究；禅宗绘画的个案研究；中日文化交流下的禅宗绘画研究。当前研究中存在的空白如下。其一，对禅僧画的历史分期和地域专项研究较为缺乏。其二，对禅僧画的理论层面研究不够充分。艺术学学科对禅画的相关研究，往往集中于美术史层面的梳理，缺少理论层面的探究。其三，对禅僧画的研究仅仅立足于禅宗文化背景。中日学者在研究禅宗绘画的过程中，都常围绕宋元时期，但往往仅限于宗教范围内的探讨，而忽视了禅宗与理学、心学的关系，或者说佛教文化和儒家思想的关系。

  本文主要侧重文献学、图像学、宗教社会学、艺术宗教学相结合的研究方法，分四个部分对南宋巴蜀禅僧画进行论述。绪论简要说明选题意义、国内外研究现状、论文的创新与不足。第一章对禅僧画及巴蜀禅僧的概念进行界定，进而阐述南宋巴蜀禅僧画产生的历史人文背景。一方面，南宋巴蜀政治、经济、文化的发展，促成其绘画艺术的全面兴盛，南宋巴蜀禅僧画之于前代多有突破。该时期巴蜀理学的发展，构成了其禅僧画与文人画、院画交互渗透的思想背景。另一方面，在南宋巴蜀禅宗及佛教艺术的大兴之下，禅僧画与佛教石刻造像之间多相互借鉴。

  第二章主要从两大层面探究南宋巴蜀禅僧画与禅宗思想的关联。一是通过南宋巴蜀禅僧的画赞，探究宋代禅宗思想对其绘画观念的影响；二是解析临济宗禅学思想与南宋巴蜀禅僧绘画形式"世俗化"之间的深刻联系。文字禅的兴起，为禅宗绘画思想的发展提供了契机。南宋巴蜀禅僧之于绘画的本质、创作、品评等方面的观念寓于画作与画赞的呼应之中。此外，据文献统计，南宋巴蜀禅僧多属临济宗门下。无论是绘画题材的选取、主题的传达，还是图式特征的表现，禅师往往把临济禅学思想融入绘画的内容与形式中。在这般绘画语义下，佛祖相常常以平常人的生命形式存在，修行方式则多渗透至平凡生活的当下。

  第三章基于禅僧画的分类标准，重点梳理南宋巴蜀禅僧画的典型题材与技法，并将对禅僧画主题与风格的分析融于其中。南宋巴蜀禅僧画的整体风貌表现为，绘画观念受临济宗禅学思想的影响颇深，外显于题材的选取与笔墨技法的表现。尤其是减笔法、泼墨法、罔两法在绘画形式中的成熟运用，造就了南宋巴蜀禅僧画的独特风格。而南宋巴蜀禅僧画题材的表现与主题之间多有交叉；画作风格具有相对一致的特征，且有赖于笔墨技法的选取。

  第四章立足于南宋"援禅入儒"的思想背景，厘清南宋巴蜀禅僧画与院画、文人画的深刻联结。一方面，南宋时期，禅宗与王道政治的相互关系，本质上也是一种相互需要、相互利用的关系。巴蜀禅僧与宫廷往来密切，深

附录1　李凯指导研究生关于巴蜀文学和艺术毕业论文题目、摘要

受朝廷重视。在绘画领域则促成了禅僧画与院体画的交互渗透。随着南宋巴蜀禅画祖师像图式的成熟，院画的禅宗题材作品在主题、构图、笔墨等方面对其多有借鉴。总体而言，院画与禅画在审美情致上存在某种意义上的趋同，但院画着重于对题材的表现，禅画则更倾向于对题材的超越。另一方面，南宋禅宗与理学、心学的关联为禅僧画与文人画的交互渗透创造了客观条件。朱熹之理学和陆九渊之心学在诸多方面都带有浓厚的禅宗色彩。在"援禅入儒"的思想背景下，南宋巴蜀禅僧画和文人画于绘画创作方面有诸多相互借鉴之处，尤其体现在题材、笔墨方面；诚然，二者在绘画风格和品评标准上也存在一定的差异性。由于创作主体在审美心理、意识形态上的根本差异，其绘画观念及形式必然也存在质的区别。文章的最后为结语，阐明南宋巴蜀禅僧画与禅宗思想以及"援禅入儒"文化背景的关联，对其艺术特性和画史地位作出总结；同时，对南宋巴蜀禅僧画在艺术史层面的理论意义作出思考。

关键词：南宋；巴蜀禅僧；绘画；禅学思想；理学；心学

10. 邓泽莉（文艺学2016级）

范镇文学活动及文学思想研究

摘　要：范镇的文学活动、文学思想与他的成长经历密不可分。身居高位、富有才情的范镇与司马光、苏轼、欧阳修等皆有往来，他们共议朝政，诗酒唱和。范镇的文学创作涉及诗歌、赋、散文、笔记等。他的文学思想"以补治道，而致和理"、重史崇实、尚自然及雅乐理论都体现在他丰富的文学创作中。范镇的文学有着重要的价值与意义，有益于后人对北宋的社会生活、对北宋时期蜀地风俗民情的研究，其文学亦有极高的文献价值。

《宋史》对范镇的生平有具体的记述，《续资治通鉴长编》《东都事略》《历代名臣奏议》《名臣碑传琬琰集》等各种文集都对范镇有所记载，但仅限于其某一件事或某一方面，如朝政、音律等。近代关于范镇的研究热潮，出现在20世纪90年代。研究大致可以分为四个方面：一是对范镇生平及其家世的研究，如范镇的从政时期、闲居时期，成都范氏家族；二是研究范镇的交游活动，与司马光、苏轼、欧阳修等；三是研究范镇的文学，笔记《东斋记事》和部分诗歌；四是对范镇以儒为本的学术思想及其政治活动的研究。

此外，对范镇的音乐和医学方面的研究，亦有一些成果。但总体而言，对范镇作为文学家这一身份的研究较少，对范镇的文学活动、文学思想的研究不多，对范镇作为蜀人，研究他与巴蜀文化之间的关系更是少之又少，这些便为本文的研究提供了契机。

  本文根据文学思想史的研究和写作方法，对范镇的文学活动和文学思想开展研究。首先，分析了影响范镇文学活动开展、文学思想形成的因素，包括范镇的生平概况与著述，他的官宦生涯、闲居生活，北宋的社会文化环境以及巴蜀的审美意识倾向。发现范镇以儒为本的思想与他的家世、为政经历、北宋统治者对文人的重视、北宋内忧外患的环境密切相关。他在文学创作中亦多忧心国家、关心百姓的内容，他正直果敢的性格使得他交往的文人亦是忠义之人。北宋经济的繁荣，士人交游的风气和雅俗并赏的审美趋向，使得范镇与文人间多往来，多交游活动，市民的生活趣事亦成为范镇文学创作的素材。此外，巴蜀文化的浪漫、"好文雅"的传统使得范镇喜爱诗文唱和，闲居期间更是如此。巴蜀的风物，亦是范镇文学创作内容的重要组成部分。其次，分析了范镇的文学活动，包括他与文人之间的交游、修史以及他的文学创作活动。范镇与文人间的交往，丰富了他文学创作的内容，其他文人的文学思想亦影响着范镇的文学追求、文学思想。北宋史学的繁荣，统治者对修史的重视，使得范镇亦加入修史的行列。修史使得他逐渐形成了重史崇实的思想，在闲居期间仿效唐人著书以记述当时之事，写作笔记《东斋记事》，俾使后人有可考。其中，在范镇与文人间的交游这一部分，分为大型的诗文酬唱和单独的文人往来。对于他的文学创作则是根据其题材进行分类，再分别分析其思想内容、行文风格等。再次，根据范镇的文学活动，结合时代背景，总结归纳范镇的文学思想，并作进一步的阐述。最后，分析了范镇的文学的价值。他的文学记录了巴蜀的物产、名胜，对宋代蜀学的繁荣作出了贡献，反映了北宋政事、对外关系，批判了北宋文坛的浮华文风。其文学还具有文献价值，被其他典籍引用、补其他典籍之缺、对其他典籍的订正以及与其他典籍互证。

  关键词：范镇；文学活动；文学思想；巴蜀文化

11. 苟鹭（艺术学理论2016级）

巴中南龛摩崖造像艺术研究

摘　要：摩崖造像作为一种佛教的石刻艺术，承载着人们的精神需求和文化信仰。巴中为四川摩崖造像分布最多且集中的地区之一，而南龛则是巴中境内规模最大、保存最完好的造像群，其造像题材多样、特征鲜明、内涵丰富，极具艺术价值。目前，学界将巴中南龛摩崖造像作为主要研究对象的文章较少，其中大多是考古学和历史学相关研究。本文选取巴中南龛摩崖造像为研究对象，以田野调查所得大量的一手材料作为坚实基础，主要运用图像分析、宗教文化学的方法，结合艺术史、艺术原理等相关理论，力图对南龛摩崖造像的形象题材、表现主题进行全面、细致的研究，从而展现南龛摩崖造像的艺术特征和文化价值。

本文主要分为三个部分：绪论、正文和结论。绪论阐述研究意义、国内外研究现状，概括研究内容和方法，并界定研究范围。正文第一章主要对巴中南龛摩崖造像形成的历史背景、所处的地理位置及分布概况进行阐述。第二章运用图像分析法，对造像所选取的题材、表现的主题、运用的雕刻技法进行探究，整理归纳南龛摩崖造像的基本情况，挖掘佛道融合的风格特点。第三章试从宗教文化学的角度，阐述西方净土变思想在南龛摩崖造像中的具体表现，并结合时代因素，厘清净土变造像艺术兴起的宗教文化背景，分析南龛造像独特的艺术美，其造像不仅体现了崇高与庄严的结合，更凸显菩萨形象女性化、世俗化的倾向。同时，将南龛摩崖造像与广元、两京、大足石刻等地区的石窟造像相比，因经济条件、地理位置或文化背景的差异，南龛摩崖造像显示出独有的地域色彩，由此可以在一定程度上窥探当时当地的历史生活面貌。第四章深入探讨南龛摩崖造像的现实意义及文化价值，作为佛教文化的表达载体，南龛摩崖造像艺术不仅体现了佛教文化的神圣性与感染力，还生动具体地传递出佛教思想的教化功能。

巴中南龛摩崖造像作为"历史的活化石"，一座座精妙绝伦的造像背后展现了一幅幅生动的历史生活画卷，也见证了隋唐时期佛道文化的发展，其精湛的雕刻技法、符号与主题相统一等艺术特点，都为后世提供了重要的学习借鉴意义。

关键词：巴中南龛；摩崖造像；艺术特征；文化价值；保护传承

附录2　且志宇《伍肇龄集辑注》序

伍肇龄为四川近代著名教育家、刻书家、学者、文人。伍肇龄，字崧生，一字嵩生，生于道光九年（1829），卒于1915年，享年八十七。伍肇龄少而歧嶷，早获功名。先后于道光二十三年（1843）考中举人、道光二十七年（1847）考中进士。中进士之时年仅十九，可见其得名甚早。咸丰二年（1852），任顺天乡试同考官。咸丰三年（1853），因祖母年迈辞官回乡孝亲。其后即未再入仕途，而在四川各地高悬绛帐，以教育英才为乐。曾先后主讲于嘉州九峰书院、邛州鹤山书院、泸州川南书院、成都潜溪书院，并担任锦江书院院长达二十余年。他还与张之洞等创建尊经书院，并兼任院长。一身而兼任锦江、尊经两书院院长，此在四川近代教育史上洵属仅见。伍肇龄从教五十余年，门生弟子遍布四川各地，被李鸿章誉为"蜀中佳士半门生"。伍肇龄又是四川近代刻书家，刻有《资治通鉴》《十三经古注》《尊经书院二集》《蜀学编》等数十种图书，以之教育蜀中士子。宣统三年（1911）年，作为士绅主要代表，伍肇龄以八十余岁高龄参加四川保路运动，为辛亥革命的胜利立下首功。他一生历清朝道光、咸丰、同治、光绪、宣统五帝及民国，不仅在巴蜀近代教育史上具有重要影响，且在四川保路运动中发挥了积极作用。

作为近代四川如此重要的人物，惜其文集之搜集、整理尚付阙如。幸而，且志宇利用其进入博士后科研工作站的机会，首次对伍肇龄文集进行了深度整理。

《伍肇龄集辑注》主要包括两个部分：第一部分是主体，即伍肇龄文集的整理，包括对伍肇龄诗文等辑佚、点校和注释；第二部分是附录，包括"伍肇龄传记及参加保路运动史料辑录""伍肇龄相关资料辑录""伍崧生先生年谱"三方面内容。

由于伍肇龄进士及第后主要在四川一地从事教育活动，虽间有外出和参与其他活动，总体说来，生活面不够宽；又加上远离官场，故其对时事政治也关注不多，其诗内容较为单薄，主要包括证道，如《白莲》《观化》《混俗》《太息》《阅张三丰无根树题句》等；阐发性理之学，如《偶成》《咏人》《元旦试笔》《读〈性修论〉柬顾子远》等；往来酬答，如《秋日登山呈李亦淇师》《赠怡园主人》《将归邛州留题寓室呈主人》《赠徐琴舫山长》《赠余桂臣》《和怡园主人咏园中石径》《朱石梅将返扬州以诗留别即和其韵》《和申夫游草堂》《和江叔海见怀元韵》等；写景咏怀，如《山行杂咏三首》《绵州试院楼望窦圌山》《六月晦日游百花潭》《咏剑》《咏怀》《咏志示同游诸子》《咏志示同学》等。

伍肇龄文章主要有三类。一是序跋。伍肇龄所撰序跋有两种来源：其一作为当时成都地区重要的出版者，伍肇龄在主持刻印图书之时也为部分图书作了序跋，如《重刻资治通鉴题辞》《京选采芹秘诀小引序》《食事积微篇跋》《丁戊书钞跋》《尊经书院课艺二集序》《续刻蜀学编序》等；其二作为德高望重的士绅为他人作序，如《重刻赵瓯北全集序》《重刻汉魏六朝百三家序》《四川通省忠义总录序》《重修昭觉寺志序》等。二是传志。一者为相识者或亲眷所撰写，如《诰封奉直大夫牟公荫亭墓表》《诰封一品夫人李母易太夫人荣晋八帙寿序》，前者牟氏为伍肇龄姻亲，后者易太夫人为伍肇龄相熟的四川提督李有恒之母；二者伍肇龄晚年作为四川采访局成员，肩负有为本邦乡贤立传之责，如《深戒和尚白公碑》《张尹氏节孝碑文》等。三是呈文。按大致时间，可分为三期，一为光绪初年，伍肇龄以四川士绅的身份所写呈文，如关于捐建尊经书院，为江长贵、何铤、丁宝桢建立专祠等；二为光绪末年，伍肇龄以四川采访局成员身份所写呈文，如关于刘沅、凤全、唐友耕、张之洞、李培荣等的呈文；三为宣统三年以川汉铁路四川士绅代表身份所写四份呈文。此外，尚有部分书启和写景抒情散文，此部分所占比例较小。

《伍肇龄集辑注》的价值首先是对文献的收集整理。文献不足，夫子深叹，斯则可见文献之重要性。据《民国邛崃县志》载，伍肇龄曾自言"述而不作"，他的诗文"随年编刻，虽享大年，皆无卷数"，因此该书的辑佚工作非常艰难。伍肇龄著述成集者仅有四川省图书馆藏《石堂诗钞》一卷，共收其诗207首。且志宇通过各种途径，广泛收集国内图书文物公藏机构、四川各地园林寺观、成都私家收藏等，共收集到伍肇龄创作的逸诗24组共28首、逸词2首、逸文52篇、逸联12组16副以及伍肇龄的相关资料共计120余篇。基本上收集到目前能够查找到的伍肇龄诗文。其中有10余篇诗文为手稿整理，此对丰富晚清民国时期的文学史料颇有助益。该著的另一重要价值在于附录部分，包括"伍肇龄传记及参加保路运动史料辑录""伍肇龄相关资料辑录""伍崧生先生年谱"三个方面。其中值得特别一提的是"伍肇龄传记及参加保路运动史料辑录"中的"参加保路运动史料"和"伍崧生先生年谱"两部分皆为著者新创。将伍肇龄参与四川保路运动的史料从传记资料中单独列出，可以还原和凸显伍肇龄在辛亥保路运动中的贡献。至于年谱的编撰，不仅按时间梳理出伍肇龄的生平事迹，还附录资料的出处并加以考订，修正了前人的部分错误。总之，全面收集、整理伍肇龄文集，不仅作为文献保存具有重要价值，还对四川近代教育史、四川近代出版史、四川保路运动史，乃至窥探巴蜀近代文人生活境遇和生存状态具有一定的史料价值和社会学价值。

  我与且志宇相识于二十年前。2001年，我于四川师范大学文学院授业，志宇即为授业生徒。其后，他相继随我攻读文艺学硕士研究生和博士研究生。志宇沉稳寡言，好学深思，于巴蜀语言文字、乡邦文献尤为着力，其硕士论文研究清代巴蜀著名文人李调元诗学思想，博士论文为《易学、史学视阈下的清代民国巴蜀诗论研究》，此前已出版有《四川方言与文化》《方言的历史——四川方言叙事图读》等。今又完成《伍肇龄集辑注》，即可见其志趣和宿心所在。作为师友，我很高兴看到且志宇学业精进，学而有成。故寥赘数语以为推介。

  是为序。

李　凯
二〇二一年八月于成都

后　　记

　　20世纪八九十年代以来，关于地域文学或曰文学地理学的研究在中国日益兴盛，出现了文学研究的空间转向。与长期单纯以时间为线索和视角的文学史研究不同，文学地理的研究则以空间或地域作为最主要的视角。本来，时间和空间作为事物存在的两个基本维度，不仅需要有时间维度的文学研究，也需要有空间维度的文学研究，还需要有综合时空维度的文学研究。从19世纪西方关注文学地理以来，近代中国的梁启超、刘师培、汪辟疆等人更是特别关注中国不同区域，尤其南北文化、文学的差异。至于自觉的文学地理学研究则始于20世纪90年代，不管是名为"地域文学"还是直接以"文学地理学"作为学科建设目标，都明显彰显出时代的风气。每个研究者都身处于具体地域文化之中，因此他的研究可能最先关注到的恰好就是本土的文学。我从20世纪90年代起，不自觉地开始研究巴蜀古代文学和文艺思想，对巴蜀文学中的杜甫、三苏、唐庚等人的文学、文艺思想进行了部分研究。21世纪以后，则更加自觉学习文学地理学，试图为地域文学特别是地域诗学的研究找到更充足的理由和更恰当的研究视野，于是围绕巴蜀文艺思想进行了系统研究。2008年，我申报的"区域文化视域下的巴蜀文艺思想研究"项目获得国家社科基金立项支持，于是集中时间系统研究了巴蜀文艺思想的来源、形成、主要内容、特征等，试图从整个巴蜀文化的角度来理解巴蜀文艺思想的特点。2014年课题结项之后，成果以《巴蜀文艺思想史论：一种区域文化视阈下的考察》在商务印书馆出版。此后我主持申报了"巴蜀文化专题选讲"课程，2016年获批为第八批国家精品视频公开课程。上面简要叙述了我个人与巴蜀文学、文艺思想的关系以及进入地域诗学研究的因缘。下面简要交代一下本书编撰的原因。首先是有时间的紧迫感。尽管遭遇了2002年"非典"，尽管曾经身处2008年5·12汶川地震的中心，但新冠疫情三年，或许是我们这批60年代出生之人感觉到的最大挑战。年届耳顺之年，突然有了一种很强的紧迫感。这是为什么要将二十多年来有关巴蜀文学与文艺思想研究的系列论文汇编成集的一个主要原因。其次是回馈养育自己的乡邦。作为生于斯长于斯的四川人，对巴蜀文化、巴蜀乡贤、乡邦文献本应比外籍人士多一份了解、多一点体验，因此相应也就多了一点认识。喝巴蜀之水，食巴蜀之粮，不能有所反哺，实在愧对乡土的养育。天分本浅，勤奋不足，所见有限，愧无新作。于是裒辑旧作，对希望了解巴蜀文化和文学者提供一点参考。由于这些文章先后发表，较为分散，是书汇编成集，则可省去读者的查检之劳。

是书虽汇集旧作，实感念曾枣庄、曹顺庆两位先生之教诲。我1987年四川师范大学中文专业毕业之后即考入四川大学古籍整理研究所，跟随曾枣庄先生攻读中国古典文献学专业硕士研究生。曾先生从最初研究杜甫、三苏等巴蜀文学名家而后转入宋代文献、文学、文化，最后又转入中国古代文体学。曾先生一生勤奋，著述丰硕，声誉卓著。从曾先生学习之时，先生刚满五十，而今我已五十有七。先生彼时已名满学界，而我迄今无闻。硕士毕业在高校工作九年之后，承曹顺庆先生不弃，得以在四川大学中文系攻读文艺学博士学位。曹先生既晓中学，复研西学，开比较诗学之新堂，复中国文明于东方。眼界宏阔，治学有方，颇有蜀学征实而善变之风。博士毕业二十一年来，我本应在学业上有所作为，可惜由于自己能力有限、大道多歧，于学界未有更大贡献。愧对两位老师的训导，于是2018年辞去担任多年的行政工作，回归教学和学术，希望能弥补万一。本书收录了我从20世纪90年代以来关于巴蜀文学和文艺思想的思考和研究。大体上可分为两部分：第一部分包括《试论古代巴蜀文学特征》《简论巴蜀文学的发展历程和主要特征》《巴蜀审美意识的发生——以三星堆和金沙出土器物为例》三篇文章，带有总论和探源的意图，对巴蜀古代文学的发展历程、特征、审美意识原型进行分析；第二部分包括司马相如、陈子昂、杜甫、三苏、文同、唐庚等人文学、文艺思想的个案分析，试图回答这些作家的文学、文艺思想与巴蜀文化的关系。除了收录我的18篇文章，本书还附录了我在四川师范大学指导的博士生、硕士生关于巴蜀文学、艺术的毕业论文题目和摘要，其中博士论文1篇、硕士论文11

后　记

篇。尽管这些论文主要是学生的思考和认识，但作为导师，指导学生选择巴蜀文学、艺术作为毕业论文选题，也包含了我对巴蜀文学、艺术的一份情感和某些认识，因此，附录于后，供希望了解巴蜀文学和艺术之人参考。最后附录我为学生且志宇写的一篇书序，以纪念师生之间的一段情缘。读者也许会觉得本书收入有关杜甫研究的文章似乎不合"巴蜀文学"之例，因此略加说明。在我看来，文学地理包括两个基本维度，一是固定的生地，二是流动的异地。只要符合这两个条件之一，都可谓地域文学的一部分，都属于文学地理学的研究范围。从生地而言，杜甫属河南，但从流动的异地看，杜甫一生主要的诗歌创作于巴蜀之地，而且2017年杜甫也被列为第一批"四川省十大历史文化名人"，因此本书不仅收录了杜甫，而且还特别关注巴蜀文人对杜甫的认识和评价。收入文章重新按照现在的文献著录格式，全部采用脚注方式；原文没有注释的，则一一补充完善；对个别字句、材料有误之处进行更正；对某些引用文献调整了出处；增列了全书的参考文献。本着尊重过往原则，本书收入时没有对内容作大的改动。本书收入的文章，先后在《四川师范大学学报》《社会科学研究》《西域研究》《中华文化论坛》《杜甫研究学刊》《重庆师范大学学报》《内江师范学院学报》《成都大学学报》等刊发表，特别向他们表示感谢。感谢论文合作者王庆博士。感谢我指导的博士生、硕士生同意将他们的毕业论文摘要收录其中。感谢西南民族大学中国语言文学学院对本书的出版支持。感谢博士生王萍、李戬对本书的文字校对和注释核查。

李　凯

2023年8月于西南民族大学中国语言文学学院